FANTASY

»Packender als jeder andere Fantasy-Stoff – ein Breitwand-Epos
mit jeder Menge Action und brillanten Einfällen,
wie Sie sie in kaum einem anderen Fantasy-Roman
finden werden.«
The Washington Post Book World

Raymond Feist, geboren 1945 in Los Angeles, studierte an der Universität von Kalifornien in San Diego und arbeitete unter anderem als Fotograf, Gebrauchtwagenverkäufer und Erfinder von Spielen, ehe er sich dem Schreiben zuwandte. Jeder seiner Romane war auf den amerikanischen Bestsellerlisten zu finden. Seine in den achtziger Jahren begonnene Midkemia-Saga gilt als Meisterwerk der modernen Fantasy.

Raymond Feist im Goldmann Verlag

Die Midkemia-Saga 1: **Der Lehrling des Magiers** (24616)
Die Midkemia-Saga 2: **Der verwaiste Thron** (24617)
Die Midkemia-Saga 3: **Die Gilde des Todes** (24618)
Die Midkemia-Saga 4: **Dunkel über Sethanon** (24611)
Die Midkemia-Saga 5: **Gefährten des Blutes** (24650)
Die Midkemia-Saga 6: **Des Königs Freibeuter** (24651)

Die Schlangenkrieg-Saga 1: **Die Blutroten Adler** (24666)
Die Schlangenkrieg-Saga 2: **Die Smaragdkönigin** (24667)
Die Schlangenkrieg-Saga 3: **Die Händler von Krondor** (24668)
Die Schlangenkrieg-Saga 4: **Die Fehde von Krondor** (24784)
Die Schlangenkrieg-Saga 5: **Die Rückkehr des Schwarzen Zauberers** (24785)
Die Schlangenkrieg-Saga 6: **Der Zorn des Dämonen** (24786)

Zusammen mit Janny Wurts

Die Kelewan-Saga 1: **Die Auserwählte** (24748)
Die Kelewan-Saga 2: **Die Stunde der Wahrheit** (24749)
Die Kelewan-Sage 3: **Der Sklave von Midkemia** (24750)
Die Kelewan-Saga 4: **Zeit des Aufbruchs** (24751)

Weitere Bände in Vorbereitung.

DIE
SCHLANGENKRIEG-
SAGA

RAYMOND FEIST

DIE RÜCKKEHR DES SCHWARZEN ZAUBERERS

Ein Midkemia-Roman

5

Aus dem Amerikanischen
von Andreas Helweg

GOLDMANN

Die amerikanische Originalausgabe erschien 1997 unter dem Titel
»Rage of a Demon King« (Chapters 1–13)
bei Avon Books, New York

*Für Stephen A. Abrams,
der mehr über Midkemia weiß
als ich.*

Umwelthinweis:
Alle bedruckten Materialien dieses Taschenbuches
sind chlorfrei und umweltschonend.
Das Papier enthält Recycling-Anteile.

Der Goldmann Verlag
ist ein Unternehmen der Verlagsgruppe Bertelsmann.

Deutsche Erstveröffentlichung 11/97

Umschlaggestaltung: Design Team München
Umschlagmotiv: Agt. Schlück/Beekman
Satz: deutsch-türkischer Fotosatz, Berlin
Druck: Elsnerdruck, Berlin
Verlagsnummer: 24785
Redaktion: Cornelia Köhler
V.B. Herstellung: Peter Papenbrok
Printed in Germany
ISBN 3-442-24785-3

3 5 7 9 10 8 6 4

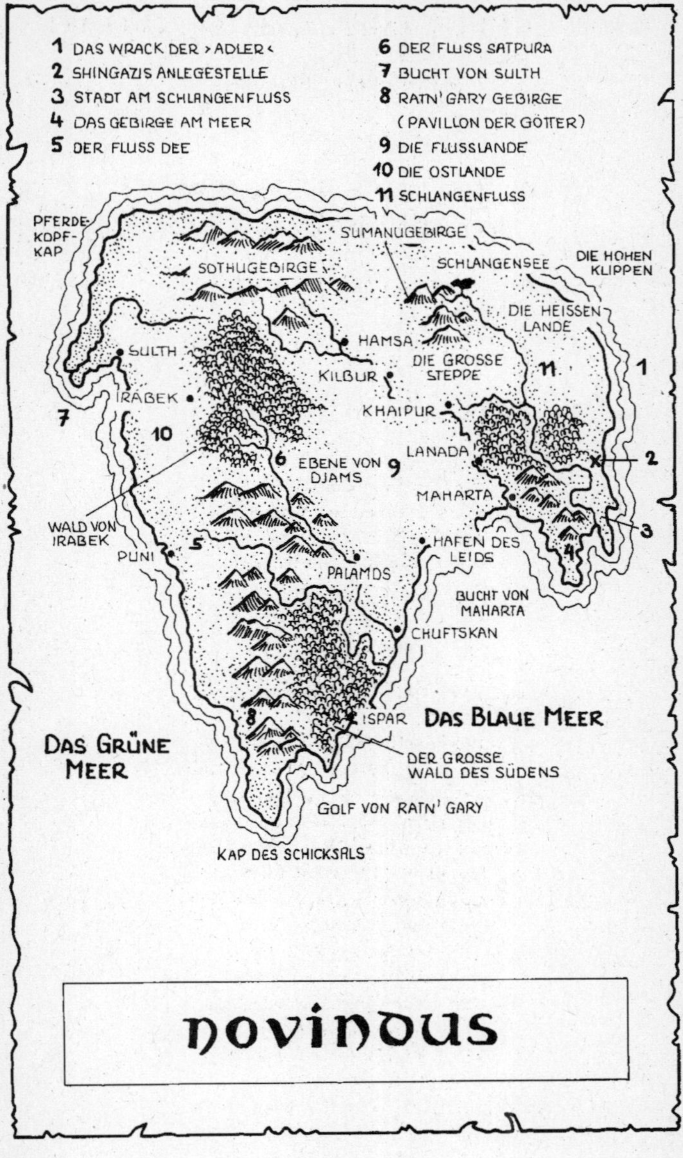
1 DAS WRACK DER >ADLER<
2 SHINGAZIS ANLEGESTELLE
3 STADT AM SCHLANGENFLUSS
4 DAS GEBIRGE AM MEER
5 DER FLUSS DEE
6 DER FLUSS SATPURA
7 BUCHT VON SULTH
8 RATN' GARY GEBIRGE (PAVILLON DER GÖTTER)
9 DIE FLUSSLANDE
10 DIE OSTLANDE
11 SCHLANGENFLUSS
PFERDE-KOPF-KAP
SUMANUGEBIRGE
SOTHUGEBIRGE
SCHLANGENSEE
DIE HOHEN KLIPPEN
DIE HEISSEN LANDE
HAMSA
SULTH
DIE GROSSE STEPPE
KILBUR
IRABEK
KHAIPUR
LANADA
EBENE VON DJAMS
MAHARTA
WALD VON IRABEK
HAFEN DES LEIDS
PUNI
PALAMDS
BUCHT VON MAHARTA
CHUFTSKAN
ISPAR
DAS BLAUE MEER
DAS GRÜNE MEER
DER GROSSE WALD DES SÜDENS
GOLF VON RATN' GARY
KAP DES SCHICKSALS
NOVINDUS

NORDBERGE
NORDLANDE
BERGENSTEIN
5
ELVANDAR
HOHE BURG
TYR-SOG
YABON
4
DIE GRAUEN TÜRME
CRYDEE
LORIEL
LA MUT
FALKENHÖHLE
HOGEWALD
10
YLITH
WALINOR
CALASTIUS GEBIRGE
CARSE
JONRIL
HUSH
NATAL
NATALHAVEN
DIE ENDLOSE SEE
TULAN
BORDON
QUESTORS SICHT
SETHANON
QUEG
SARTH
1
MARGRAVS HAFEN
FINSTERMOOR
STRASSE DER FINSTERNIS
PALANQUE
2
KRONDOR
SALADOR
DAS BITTERE MEER
LANDRETH
SEE DER TRÄUME
ELARIAL
DURBIN
SHAMATA
TAL DER TRÄUME
9
CARALYAN
TROLLHEIM-GEBIRGE
DIE STERNPFEILER
WÜSTE VON JAL-PUR
MIDKEMIA
N
W
S

Die Zähne der Welt
Eisenpass
6
Wächter des Nordens
Rodez
Ran
Romney
Tiburn
3
Silden
Sadara
Cheam
Rillanon
8
Timons
See des Königreichs
Durronys Tal
Niederhohnheim
Die Grauen Berge
Malvenhafen
Gipfel der Ruhe
Das Kaiserreich Gross-Kesh
7
1 Königreich Queg
2 Insel des Zauberers
3 Das Königreich
4 Das Grüne Herz
5 Himmelssee
6 Dunkelhain
7 Die Grünen Welten
8 Königreich Roldem
9 Grosser Sternensee
10 Ferne Küste

Die Geschichte des Wahnsinnigen Gottes

Der Reichtum, wie auch immer erworben,
stellt in England Handwerker
und Lebemänner in den Adelsstand,
alte Familien und hohe Geburt
braucht keiner hier,
Unverschämtheit und Geld,
die machen den Peer.

Daniel Defoe,
Der waschechte Engländer

Prolog

Durchbruch

Die Wand schimmerte.

In dem Raum, der einst der Thronsaal von Jarwa, dem letzten Sha-Shahan der Sieben Völker der Saaur gewesen war, schwankte die dreißig Fuß hohe Steinwand gegenüber dem leeren Thron der Macht und verschwand dann, als sich eine schwarze Leere breitmachte. Alptraumhafte Wesen versammelten sich, Ungeheuer mit schrecklichen Hauern und giftigen Krallen. Manche besaßen die Gesichter toter Tiere, während andere denen von Menschen ähnelten. Manche trugen stolze Flügel, Geweihe oder Hörner von Stieren. Allen jedoch waren die stahlharten Muskeln, die bösen Absichten, die finstere Magie und die mörderische Natur gemeinsam. Und dennoch verharrten diese Ungeheuer jetzt reglos vor Entsetzen über das, was auf der anderen Seite des gerade geschaffenen Portals erschien. Baumhohe Dämonen duckten sich und gaben sich alle Mühe, unsichtbar zu sein.

Um ein Portal zu öffnen, war große Energie vonnöten, und jahrelang hatten die verfluchten Priester von Ahsart den Dämonen einen Strich durch die Rechnung gemacht. Erst als der Hohepriester das Siegel des Portals gebrochen und dem ersten Dämonen Zugang zu seiner Stadt gestattet hatte, um dem angreifenden Heer der Saaur Einhalt zu gebieten, war die Barriere überwunden worden.

Jetzt lag die Welt Shila in Trümmern, das Leben war bis auf einige niedere Tiere auf dem Meeresboden vernichtet; auf den Felsen in den fernen Gebirgsgipfeln wuchsen noch ein paar Flechten, und winzige Geschöpfe krabbelten unter Steine, um der Entdeckung zu entgehen. Alles, was größer war als das kleinste Insekt, war verschlungen worden. Hunger war nun der ärgste Feind des Dämonenheeres, und wieder einmal waren die Dämonen zu ihrer alten Gewohnheit zurückgekehrt, einander gegenseitig aufzufressen. Doch dieser Kampf auf Leben und Tod unter den Besten des Heeres war eingestellt worden, als ein neues Portal vom Fünften Zirkel nach Shila hin geöffnet wurde und es dem obersten Herrscher des Dämonenreiches ermöglichte, zu seinen Untertanen zu sprechen.

Der Dämon ohne Namen stand am Rand jener, die man in diese einst so prächtige Halle gerufen hatte. Vorsichtig spähte er hinter einer Steinsäule hervor, um keine Aufmerksamkeit auf sich zu lenken. Dieser Dämon hatte eine einzigartige Seele gefangen, mit deren Hilfe er zu einem gefährlichen und verschlagenen Gegner für seine Brüder geworden war. Anders als diese war er zu der Erkenntnis gekommen, daß man sein Ziel, die Lebenskraft und Intelligenz zu steigern, mit List besser erreichte als mit kriegerischen Auseinandersetzungen. Immer noch präsentierte er sich jenen, die über ihm standen, mit der erforderlichen Mischung aus Angst und Bedrohlichkeit – ängstlich genug, damit sie glaubten, ihn zu beherrschen, dennoch so bedrohlich, daß sie nicht versuchten, ihn zu verschlingen. Dies war eine gefährliche Haltung, denn ein einziger Fehler konnte seine Einzigartigkeit enthüllen, und die Hauptmänner würden ihn sofort vernichten. Denn langsam wurde sein Denken fremdartig, und er war sich inzwischen seiner selbst so bewußt, daß er für sie alle eine Bedrohung darstellte.

Dieser Dämon wußte, wie leicht er sich gegen wenigstens vier seiner vorgesetzten Brüder, die hier vor ihm standen, durchsetzen könnte, doch mit einem solch raschen Aufstieg innerhalb des Heeres hätte er nur unerwünschte Aufmerksamkeit auf sich gezogen. Während seines kurzen Lebens hatte er nicht weniger als ein halbes Dutzend anderer zu schnell aufsteigen sehen, und alle waren von einem der großen Hauptmänner vernichtet worden, damit sie diesen weder selbst eines Tages herausfordern konnten, noch einem seiner bevorzugten Diener gefährlich wurden.

Der mächtigste dieser Hauptmänner war Tugor, der Erste Diener des Großen Maarg. Und der Große Maarg war es nun, der seinen Willen kundtun sollte. Tugor fiel auf die Knie und drückte die Stirn auf den Boden. Die anderen folgten seinem Beispiel.

Der Dämon ohne Namen hörte die schwache Stimme, die der Seele gehörte, welche er gefangen hatte, und er versuchte, sie zu ignorieren, doch ständig behauptete sie, sie wisse etwas Wichtiges. »Paß gut auf«, hörte er in seinem Kopf, als würde es ihm ins Ohr geflüstert oder als wäre es sein eigener Gedanke.

Ein starker Energiestrom ergoß sich in den Saal, als sich die schimmernde Wand zu kräuseln schien und schließlich verschwand, während sich das Portal zum Heimatreich öffnete. Ein Wind ging durch die Halle, weil Luft in das Loch zwischen den beiden Welten gesaugt wurde, als sollte alles im Saal dazu gezwungen werden, nach Hause zurückzukehren. Instinktiv wurde den Dämonen die Gegenwart des Mächtigeren bewußt, doch allein die Nähe zu Tugor ließ den namenlosen Dämon vor Entsetzen fast in Ohnmacht fallen.

Alle Anwesenden verharrten auf den Knien und hielten die Stirn auf den Boden gedrückt, nur der namenlose Dämon nicht, weil er hinter einer Säule verborgen stand. Er beobachtete, wie sich Tugor erhob und dem Nichts entgegentrat. Aus dem Loch in der Wand ertönte eine Stimme, in der Zorn und Machtgefühl mitschwangen. »Habt ihr den Weg gefunden?«

Tugor erwiderte: »Das haben wir, Mächtigster! Wir haben zwei unserer Hauptmänner durch den Spalt nach Midkemia geschickt.«

»Was haben sie berichtet?« verlangte die Stimme von der anderen Seite zu wissen, und der namenlose Dämon hörte neben Zorn und Machtbewußtsein noch ein weiteres Gefühl aus ihr heraus, eine Spur Verzweiflung nämlich.

»Dogku und Jakan haben noch keinen Bericht erstattet«, antwortete Tugor. »Wir wissen nichts. Wir glauben, sie sind nicht in der Lage, das Portal zu halten.«

»Schickt jemand anderes!« befahl Maarg, Herrscher des Fünften Zirkels. »Ich werde nicht herüberkommen, ehe der Weg geebnet ist; ihr habt nichts auf der Welt zurückgelassen, was ich verspeisen könnte. Beim nächsten Mal, wenn ich das Portal öffne, werde ich jedoch hinüberkommen, und falls es dann nichts für mich zu fressen gibt, werde ich mich an deinem Herzen gütlich tun, Tugor!« Das Zischen der Luft, die aus dem Saal gesaugt wurde, brach ab, als sich der Spalt schloß. Maargs Stimme hing noch im Raum, während das Schimmern der Luft aufhörte und die Wand wieder so massiv wurde wie zuvor.

Tugor stand auf und brüllte vor Wut und Niedergeschlagenheit. Ganz langsam erhoben sich die anderen, denn jetzt war nicht der rechte Zeitpunkt, die Aufmerksamkeit des Zweitmächtigsten ihres Volkes auf sich zu ziehen. Tugor war dafür bekannt, jenen die Köpfe abzureißen, die zu stark wurden, damit sich kein Rivale erheben und mit ihm um seinen Rang kämpfen konnte. Gerüchten zufolge sammelte Tugor seine Kraft für den Tag, an dem er Maarg zum Kampf um die Herrschaft herausfordern wollte.

Tugor wandte sich um. »Wer geht als nächster?«

Ohne zu wissen warum, trat der namenlose Dämon vor. »Ich werde gehen, Lord.«

Tugors Gesicht, ein Pferdeschädel mit großen Hörnern, war nahezu ausdruckslos, dennoch konnte man die Verblüffung erkennen. »Wer bist du, kleiner Narr?«

»Ich habe noch keinen Namen, Meister«, erwiderte der Namenlose.

Tugor machte zwei große Schritte und drängte einige seiner Hauptmänner zur Seite, dann stand er hochaufragend vor dem kleinen Dämon. »Ich habe Hauptmänner losgeschickt, denen die Rückkehr nicht gelungen ist. Warum solltest ausgerechnet du den Erfolg haben, der ihnen verwehrt blieb?«

»Weil ich bescheiden bin und nur beobachten werde, Meister«, gab der Namenlose ruhig zurück. »Ich werde die Lage auskundschaften und mich verstecken und solange Kraft sammeln, bis ich das Portal von der anderen Seite her wieder öffnen kann.«

Tugor hielt einen Augenblick inne, dann holte er mit der Hand aus, schlug dem kleinen Dämon ins Gesicht und schleuderte ihn durch den Raum gegen die Wand. Der Dämon besaß kleine Flügel, mit denen er allerdings noch nicht fliegen konnte, und sie brachen, als er gegen die Wand prallte.

»Das ist dafür, daß du so anmaßend warst«, schrie Tugor, dessen Wut jenen Punkt erreicht hatte, an dem nur noch Töten sie besänftigen konnte.

»Ich werde dich schicken«, sagte er zu dem Hauptmann, welcher den nächsten Rang unter ihm einnahm. Dann fuhr er herum und schnappte sich einen anderen, riß dem unglückseligen Dämon die Kehle heraus und kreischte: »Und dies ist dafür, daß der Rest von euch nicht mehr Mut gezeigt hat!«

Einige der am Rand stehenden Dämonen flüchteten aus dem Saal, während andere sich auf den Steinboden warfen und um Gnade winselten. Tugor war jedoch damit zufrieden, einen seiner Brüder getötet zu haben, trank dessen Blut und Lebenskraft und warf dann die leere Fleischhülle achtlos beiseite.

»Geh!« befahl Tugor dem Hauptmann. »Der Spalt befindet sich in den Fernen Bergen im Osten. Die, welche ihn bewachen, werden dir sagen, was du wissen mußt, um zurückkehren zu können … falls dir dies möglich sein wird. Kehrst du zurück, werde ich dich belohnen.«

Der Hauptmann eilte aus der Halle. Der kleine Dämon zögerte, dann folgte er ihm, ohne weiter auf den stechenden Schmerz in seinem Rücken zu achten. Er verließ den Palast, und draußen wurde er von zwei anderen Dämonen herausgefordert, die der Hunger trieb. Rasch tötete er sie. Nachdem er ihre Lebensenergie getrunken hatte, ließ der Schmerz in seinen Flügeln nach, und wie zuvor kamen ihm neue Gedanken in den Sinn. Plötzlich wußte er, weshalb er dem Hauptmann folgte, welcher ausgesandt worden war, den Spalt abermals zu öffnen.

Die Stimme, die einst aus der Phiole um seinen Hals zu ihm gesprochen hatte und die er jetzt stets in seinem Kopf hörte, sagte: »Wir werden es schon überstehen, dann wachsen und gedeihen, und dann tun, was getan werden muß.«

Der kleine Dämon eilte zu der Stelle, wo sich der Spalt befand, der Ort jenes Risses, durch welchen die letzten der Saaur geflohen waren. Der kleine Dämon hatte vieles erfahren, und irgendwoher wußte er, daß ein Verbündeter die Dämonen betrogen hatte, daß das Portal eigentlich hätte offenbleiben sollen, statt dessen jedoch geschlossen worden war. Zweimal hatte man es mit großem Aufwand aufgestoßen, doch jedesmal war es rasch wieder zugefallen, da es auf der anderen Seite durch Gegenzauber versiegelt worden war. Mindestens zwei Dutzend Dämonen waren von Tugors Hand gestorben, weil das Heer nicht hinüberwechseln konnte.

Der Hauptmann erreichte das Portal, wo sich ein Dutzend anderer Dämonen um ihn versammelte. Sie sollten ihm beim Übergang helfen. Unbemerkt folgte der kleinere Dämon dem großen, als wäre er sein Begleiter.

Die Stelle, an der sich der Spalt befand, war wenig bemerkenswert, ein großes Stück aufgeweichten Bodens, das Gras von Tausenden Saaurpferden und Reitern und deren Frauen und Kindern niedergetrampelt. Auch in der Umgebung war das meiste Gras verdorrt – die Dämonen hatten es niedergetreten –, doch hier und dort fanden sich noch vereinzelte grüne Flecken. Sollte der Spalt nicht bald geöffnet werden, würden selbst diese winzigen Quellen der Lebensenergie ausgesaugt werden. Der kleine Dämon kniff die Augen zusammen und entdeckte in der Energie, die in der Luft hing, eine eigentümliche Krümmung, welche jedoch kaum wahrzunehmen war, solange man nicht eigens danach suchte.

Was die Saaur und andere Sterbliche Magie nannten, war für die Dämonen nichts anderes als eine besondere Form der Lebensenergie, und einige von ihnen würden beim Öffnen des Spaltes sterben. Solange man die Schutzzauber auf der anderen Seite nicht entfernt hatte, wäre es unmöglich, den Spalt für länger als einige Sekunden offenzuhalten, und selbst dabei würden mehrere Dämonen ihr Leben lassen müssen. Kein Dämon gab sein Leben freiwillig – das lag nicht in seiner Natur –, doch alle fürchteten Tugor und Maarg und hegten die Hoffnung, daß es die anderen sein würden, die den Preis bezahlten, während sie überlebten und die Belohnung einstrichen.

Der Hauptmann befahl: »Öffnet das Portal!«

Die Dämonen, denen man diese Aufgabe übertragen hatte, blickten einander im Bewußtsein der Gefahr an, doch schließlich ließen sie die Energien fließen. Der kleine Dämon betrachtete die Luft und sah das Schimmern, als sich das Portal öffnete. Der Hauptmann duckte sich und wartete auf den richtigen Moment zum Sprung.

Während er sich bereit machte und neben ihm überall Dämonen aufschrien und zusammenbrachen, hüpfte der kleine Dämon auf seinen Rücken. Darauf nicht gefaßt, brüllte der Hauptmann vor Schreck und Empörung auf, derweil sie in den Spalt fielen. Die Dringlichkeit, mit der der kleine Dämon sein Ziel erreichen wollte, half ihm, die Verwirrung zu ignorieren; die Überraschung des Hauptmanns nahm hingegen noch zu.

Sie landeten in einer dunklen und riesigen Halle, und der kleine Dämon biß dem Hauptmann so fest er konnte ins Genick, in die schwächste Stelle seines Körpers. Augenblicklich schoß ein elektrischer Impuls in den kleinen Dämon, als sich die Empörung des Hauptmanns in Schrecken und Schmerz verwandelte. In der Dunkelheit schlug er wild um sich und versuchte verzweifelt, den Meuchler loszuwerden. Der kleine Dämon klammerte sich brutal an den Rücken seines Opfers. Dann warf sich der Hauptmann zurück und wollte den kleineren Dämon an der Felswand der Höhle zermalmen, doch seine kräftigen Flügel waren ihm dabei im Weg.

Endlich fiel der Hauptmann auf die Knie, und in diesem Augenblick war sich der kleine Dämon seines Sieges gewiß. Energie strömte in ihn hinein, bis er glaubte, er würde buchstäblich explodieren; er hatte schon bis zur Bewußtlosigkeit gefressen, doch nie zuvor hatte er mit einem einzigen Opfer soviel Energie aufgenommen. Jetzt war er so mächtig wie derjenige, den er verspeist hatte. Seine Beine, länger und muskulöser als noch Momente zuvor, standen auf hartem Stein, und er hob sein sterbendes Opfer hoch, welches nunmehr, da ihm seine Lebenskraft entzogen wurde, kaum noch schwach protestieren konnte.

Bald war es vorbei, und der abermals siegreiche Dämon stand in der Halle, nahezu trunken von der neuen Kraft. Kein Fleisch, keine Frucht, kein Bier und kein Wein konnten einen seiner Art in diesen Zustand versetzen. Er wünschte sich einen dieser Spiegel der Saaur, denn er wußte, jetzt war er wenigstens einen Kopf größer als noch einen Augenblick zuvor. Und er spürte, wie die Flügel auf seinem Rücken, die ihn eines Tages durch den Himmel tragen würden, erneut zu wachsen begannen.

Aber etwas lenkte ihn ab, und abermals bemerkte er diese fremden Gedanken in seinem Kopf. »Sieh dich um, und paß gut auf!«

Er wandte sich um und richtete seine Sinne auf die Dunkelheit.

Die riesige Halle war übersät mit Leichen von sterblichen Kreaturen. Er sah gleichermaßen Saaur und jene, die Pantathianer hießen, und dazu eine dritte Art, kleiner als die Saaur und größer als die Pantathianer. Von ihren Lebensenergien war nichts geblieben, also ließ er sie links liegen.

Die Schutzzauber, jene Barrieren, die den Tod der Dämonen, welche ohne Hilfe hatten passieren wollen, verursacht hatten, befanden sich noch an Ort und Stelle. Er untersuchte sie und sah, wie leicht die anderen Dämonen sie hätten beseitigen können.

Wieder betrachtete er das Gemetzel und bemerkte die große Magie, mit der man die Schutzzauber vor der Entdeckung durch die zuvor hier eingedrungenen Dämonen verborgen hatte. Dann fragte er sich, was mit seinen Brüdern geschehen sein mochte, denn falls sie in diesem Kampf vernichtet worden wären, hätte er irgendwo ihre verbliebene Energie entdecken müssen, doch er sah keine.

Erschöpft von dem Kampf und noch immer von seiner neuen Lebenskraft berauscht, erreichte der Dämon den ersten Schutzzauber und wollte ihn entfernen, als die fremde Stimme sagte: »Warte!«

Der Dämon zögerte, dann langte er nach der Phiole, die er um den Hals trug. Ohne über die Folgen nachzudenken, öffnete der nun soviel mächtigere Dämon die Phiole, und die Seele, die darin gefangen war, wurde befreit. Doch anstatt davonzufliegen und sich zu den großen Seelen ihrer Vorfahren zu gesellen, drang die Seele aus der Phiole in den Dämon ein.

Der Dämon erschauerte, schloß die Augen, und ein anderer Verstand übernahm die Führung. Wäre der Dämon nicht so intensiv mit den Veränderungen nach dem Sieg beschäftigt gewesen, hätte er sich dem Befehl der Seele, sie zu befreien, niemals so leicht unterworfen, und diese andere Intelligenz hätte nicht die Oberhand gewinnen können. Der Geist, der jetzt den Dämon beherrschte, ließ eine Essenz in der Phiole zurück und schob den Stopfen wieder hinein. Ein Teil von ihm mußte von dem Dämon getrennt bleiben, eine Art Rettungsanker gegen den Appetit des Dämonen. Doch selbst mit diesem Anker würde es ein ständiger Kampf sein, der Natur des Dämonen zu widerstehen.

Die nichtmenschlichen Augen der neugeschaffenen Kreatur untersuchten abermals die Schutzzauber, doch anstatt sie zu zerstören, beschwor sie alte Saaur-Magie und verstärkte sie noch. Die Kreatur konnte sich vorstellen, wie Tugor vor Wut rasen würde, wenn der nächste Dämon, der versuchte, in dieses Reich zu gelangen, in einem Feuerball aufgehen würde. Doch der Rückschlag würde die Dämonen keinesfalls vom Eindringen in diese Welt abhalten, verschaffte der neuen Kreatur aber wertvolle Zeit.

Sie streckte die Krallen und dann die plötzlich so langen Arme aus, während sie über diese dritte Art nachdachte, deren Leichen auf dem Boden lagen. Waren es Verbündete oder Feinde der Pantathianer und Saaur?

Die Kreatur schob diese Gedanken beiseite. Der neue Verstand, der aus der Verschmelzung des kleinen Dämons und der gefangenen Seele entstanden war, nahm plötzlich etwas wahr. Mindestens ein oder zwei geistlose Dämonen strichen noch durch diese riesigen Hallen und Gänge aus Stein. Die Kreatur wußte, daß die Schutzzauber den kleinen Dämonen nicht versehrt hatten, als dieser auf dem Rücken des Hauptmanns durch den Spalt geritten war, doch dem Hauptmann selbst war der Verstand geraubt worden – mochte er zuvor auch noch so mächtig gewesen sein. Die neue Kreatur allerdings, die einst ein Dämon gewesen war, wußte zudem, daß, wenn die anderen Dämonen hier fraßen und sowohl mächtiger als auch schlauer wurden, sich ihre Intelligenz wieder einstellen würde. Und dann würden sie sich erinnern, hierher zurückkehren, die Schutzzauber zerstören und den Weg freimachen.

Um das zu verhindern, mußte die Kreatur also als erstes diese Dämonen vernichten. Danach würde eine zweite Aufgabe warten. »Jatuk.« Die Kreatur sprach den Namen leise aus. Der Sohn des letzten Herrschers der Saaur auf der Welt Shila würde hier über die Reste des letzten Saaurheeres herrschen, und die Kreatur hatte ihm viel mitzuteilen. Während das Verschmelzen der beiden Wesen seinen Fortgang nahm, wurde der Verstand des Dämons zuerst unter Kontrolle gebracht und dann von der anderen Intelligenz vereinnahmt. Der Vater von Shadu – welcher nun Jatuk diente – übernahm das Kommando über diesen fremden Körper. Die Seele von Hanam, dem letzten großen Meister des Wissens der Saaur, hatte einen Weg gefunden, wie sie Tod und Verrat überlisten konnte, und sie würde nun nach den letzten Überlebenden ihres Volkes suchen, um sie vor dem großen Betrug zu warnen, der das Schicksal einer weiteren Welt besiegeln würde, wenn man ihm nicht Einhalt gebot.

Eins

Krondor

Erik machte ein Zeichen.

Die Soldaten knieten im Graben und beobachteten, wie er einen nach dem anderen von ihnen mit einer Geste auf seinen Posten schickte. Alfred, der inzwischen zum Korporal aufgestiegen war, winkte vom anderen Ende der Reihe her, und Erik nickte. Jeder Mann wußte, was er zu tun hatte.

Der Feind hatte sein Lager an einer relativ gut zu verteidigenden Stelle an der Straße nördlich von Krondor aufgeschlagen. Ungefähr drei Meilen weiter lag die kleine Stadt Eggly, das Ziel der Invasoren. Der Feind hatte noch vor Sonnenuntergang den Marsch unterbrochen, und Erik war sicher, daß der Angriff vor der Morgendämmerung erfolgen würde.

Erik hatte ihn von einem Versteck aus beobachtet. Seine Männer lagerten in der Nähe, während er darüber nachdachte, auf welche Weise er am besten vorgehen sollte. Er hatte zugesehen, wie der Feind sein Lager errichtete – dort ging es erwartungsgemäß höchst ungeordnet zu. Die Posten waren schlecht plaziert und zudem undiszipliniert, da sie mehr Zeit damit verbrachten, mit den Kameraden zu schwatzen, als nach dem Feind Ausschau zu halten. Und da sie dauernd zu den Lagerfeuern hinblickten, würden sie im Dunkeln kaum etwas erkennen können. Nachdem Erik Stärke und Position der Invasoren abgeschätzt hatte, wußte er, welche Möglichkeiten ihm offenstanden. Er hatte sich entschlossen, als erster zuzuschlagen. Obwohl die anderen wenigstens fünffach überlegen waren, hätten seine Männer dann den Vorteil der Überraschung und der besseren Ausbildung auf ihrer Seite; was das letzte betraf, hoffte er es zumindest.

Erik ließ sich noch einen Moment Zeit, um die Position des Feindes noch einmal zu begutachten. Die Posten schienen noch unaufmerksamer zu sein als zu dem Zeitpunkt, an dem Erik nach seiner Kompanie geschickt hatte. Sicherlich befanden sich die Invasoren auf einer Mission von minderer Wichtigkeit, sollten lediglich eine abgelegene Stadt einnehmen, während sich die eigentliche Auseinandersetzung weiter im Süden nahe der Hauptstadt Krondor abspielte. Erik war entschlossen, ihnen zu zeigen, daß es in einem Krieg keine Missionen von minderer Wichtigkeit gab.

Als seine Männer in Position waren, schlich Erik durch einen kleinen Hohlweg vorwärts, bis er eine der gelangweilten Wachen beinahe hätte berühren können. Er warf einen Stein hinter den Mann, der sich gedankenlos danach umdrehte. Wie Erik gehofft hatte, blickte der Mann ins Lager zurück, zum nächsten Feuer, was ihn für einen Augenblick blendete. Ein Soldat, der an dem Feuer saß, fragte: »Was gibt's, Henry?«

Die Wache erwiderte: »Nichts.«

Er wandte sich wieder um, als plötzlich Erik direkt vor ihm stand, und noch ehe er Alarm geben konnte, traf ihn Erik mit der Faust und fing ihn auf, als er fiel.

»Henry?« fragte der Mann am Lagerfeuer und wollte sich schon erheben, während er in die Dunkelheit starrte.

Erik versuchte, die Stimme der Wache zu imitieren. »Hab ich dir doch gesagt. Es ist nichts.«

Doch der Versuch scheiterte, denn der andere Soldat wollte sofort Alarm geben und zog das Schwert. Er hatte das Schwert noch nicht aus der Scheide, als Erik schon über ihm war wie eine Katze über der Maus. Er packte den Mann am Waffenrock, zog ihn nach hinten und warf ihn hart zu Boden. Indem er ihm einen Dolch an die Kehle setzte, zischte er: »Du bist tot. Keinen Laut!«

Der Mann blickte ihn säuerlich an, nickte jedoch. Leise sagte er: »Nun ja, zumindest kann ich jetzt in Ruhe zu Ende essen.« Er setzte sich auf und griff zu seinem Teller, während zwei andere

Männer nur verständnislos blinzelten, als Erik das Lagerfeuer umkreiste und ihnen die Kehlen »durchschnitt«, ehe sie den Angriff auch nur bemerkt hatten.

Rufe überall im Lager verkündeten Erik, daß seine Kompanie nun insgesamt zuschlug, Kehlen durchschnitt, Zelte einriß und ganz allgemein Verwüstungen anrichtete. Nur ein einziges Verbot hatte Erik erteilt: kein Feuer. Obwohl die Versuchung groß war, würde der Baron von Tyr-Sog den Schaden an seiner Ausrüstung hingegen wohl kaum begrüßen.

Erik eilte durch das Kampfgetümmel und tötete im Vorbeilaufen verschlafene Soldaten, die aus ihren Zelten krochen. Er zerschnitt einige Zeltleinen, wodurch die Soldaten unter der zusammenfallenden Leinwand in der Falle saßen, und er hörte wütende Rufe von drinnen. Überall im Lager fluchten Männer, während sie »getötet« wurden, und Erik konnte seine Belustigung kaum verhehlen. Sie hatten schnell zugeschlagen, und innerhalb von zwei Minuten nach dem Beginn des Angriffs hatte er schon die Mitte des Lagers erreicht. Dort angekommen, trat gerade der Baron, noch halb im Schlaf, aus dem Kommandozelt, den Schwertgürtel um das Nachthemd geschnallt und ganz offensichtlich über die Störung höchst unerfreut. »Was soll das?« verlangte er von Erik zu wissen.

»Eure Kompanie ist zerschlagen, mein Lord«, meldete Erik und tippte dem Baron vorsichtig mit der Schwertspitze auf die Brust. »Und Ihr seid jetzt tot.«

Der Baron betrachtete den Mann, der nun sein Schwert in die Scheide zurückschob: Er war groß, ungewöhnlich breit um die Schultern, ohne dabei dick zu sein, wie ein junger Schmied, doch das Gesicht zeigte keine bemerkenswerten Züge. Dennoch, sein gewinnendes Lächeln war freundlich und offen. Im Licht des Feuers schimmerte das hellblonde Haar an manchen Stellen rubinrot.

»Unfug«, entgegnete der gedrungene Baron. Sein säuberlich getrimmter Bart und sein seidenes Nachthemd erzählten Bände über seine Felderfahrung. »Wir sollten Eggly erst morgen angreifen. Niemand hatte etwas von diesem« – er umfaßte das Lager mit einer Handbewegung »diesem … Nachtangriff gesagt. Hätten wir davon gewußt, so hätten wir unsere Vorkehrungen getroffen.«

»Mein Lord«, erwiderte Erik, »wir sollten nur etwas unter Beweis stellen.«

Aus der Dunkelheit ertönte eine Stimme. »Und diesen Beweis habt Ihr sehr wohl geliefert.«

Owen Greylock, Hauptmann in der Fürstlichen Garnison des Prinzen von Krondor, trat ins Licht. In den tanzenden Schatten der Feuer hatte sein hageres Gesicht einen finsteren Zug. »Ich schätze, Ihr habt drei Viertel der Soldaten getötet oder kampfunfähig gemacht, Erik. Wie viele Männer hattet Ihr?«

Erik antwortete: »Sechzig.«

»Aber ich habe dreihundert!« brauste der Baron sichtlich verstört auf. »Und zudem noch die Hilfstruppen der Hadatikrieger.«

Erik blickte sich um und meinte: »Ich sehe überhaupt keine Hadati.«

Eine Stimme mit deutlichem Akzent meldete sich aus dem Dunkel. »So sollte es auch sein.«

Eine Gruppe Männer in Kilts und Plaids betrat das Lager. Sie trugen ihr Haar auf dem Kopf zusammengeknotet, von wo eine lange Strähne auf den Rücken fiel. »Wir haben gehört, wie sich Eure Männer angeschlichen haben«, erklärte der Anführer, indem er Erik anblickte, dessen schwarze Jacke keine Abzeichen trug, so daß er seinen Rang abschätzen mußte: »Hauptmann?«

»Feldwebel«, berichtigte Erik.

»Feldwebel«, wiederholte der Sprecher, ein großer Krieger, der über seinem Kilt nur ein einfaches, ärmelloses Hemd trug. In den Bergen würde ihn sein Plaid vor der Kälte schützen. Unter dem nachtschwarzen Haar fanden sich unauffällige ebenmäßige Gesichtszüge. Seine dunklen Augen erinnerten Erik allerdings an die eines Raubvogels. Im Licht des Lagerfeuers wirkte seine sonnengebräunte Haut fast rot. Erik brauchte nicht erst zu sehen, wie der Mann sein Schwert zog, um zu wissen, daß er ein erfahrener Kämpfer war.

»Ihr habt uns gehört?« fragte Erik.

»Ja. Eure Männer sind gut, Feldwebel, doch wir Hadati leben in den Bergen – wo wir oft auf dem nackten Boden neben unseren Herden schlafen –, und wir wissen, wann wir einen Trupp Männer näherkommen hören.«

»Wie ist Euer Name?« erkundigte sich Erik.

»Akee, Sohn des Bandur.«

Erik nickte. »Wir müssen uns unterhalten.«

Der Baron wandte ein: »Ich protestiere, Hauptmann!«

Greylock erwiderte: »Wie bitte, mein Lord?«

»Ich protestiere gegen diesen unangekündigten Angriff. Uns wurde gesagt, wir sollten die Rolle der Invasoren spielen und Widerstand von Milizen und Sondereinheiten aus Krondor in der Stadt Eggly erwarten. Über einen solchen nächtlichen Angriff hat man uns nichts mitgeteilt. Hätten wir davon gewußt, wären wir vorbereitet gewesen!« wiederholte er abermals.

Erik blickte Owen an, der ihm ein Zeichen gab, er solle seine Kompanie formieren und abziehen. Der Hauptmann würde den gekränkten Baron von Tyr-Sog schon beruhigen. Erik winkte Akee zu sich. »Eure Männer sollen ihre Ausrüstung zusammenpacken und sich bei meinem Korporal melden. Das ist ein übelaussehender Kerl namens Alfred. Sagt ihm, Ihr würdet morgen mit uns nach Krondor ziehen.«

»Wird das dem Baron gefallen?« wollte Akee wissen.

»Vermutlich nicht«, gab Erik zurück und wandte sich ab. »Aber seine Meinung ist nicht von Belang. Ich stehe im Dienst des Prinzen von Krondor.«

Der Hadati zuckte mit den Schultern und nickte seinen Gefährten zu. »Laßt die Männer frei.«

»Frei?« fragte Erik.

Akee lächelte. »Wir haben einige von denen gefangengenommen, die Ihr nach Süden geschickt habt, Feldwebel. Ich glaube, der häßliche Kerl ist unter ihnen.«

Erik, sonst die Ruhe selbst, ließ sich von der Erschöpfung und Anspannung der Nachtübung übermannen und fluchte leise. »Wenn er tatsächlich unter ihnen ist, wird er es bedauern.«

Er wandte sich an einen Mann aus seiner Kompanie, einen Soldaten mit Namen Shane. »Die Männer sollen sich am südlichen Rand des Lagers sammeln.«

Shane nickte und erteilte sofort die entsprechenden Befehle.

Erik folgte dem Hadati zu einer Stelle außerhalb des Lagers, wo zwei Hadatikrieger neben Korporal Alfred und einem halben Dutzend von Eriks besten Männern saßen.

»Was ist passiert?« erkundigte sich Erik.

Alfred erhob sich und seufzte. »Sie sind gut, Feldwebel.« Er zeigte auf einen Hügel hinter ihnen. »Sie müssen sich in dem Moment in Bewegung gesetzt haben, als sie uns kommen hörten, denn wir waren schon oben auf dem Hügel, und ich hätte meine gesamten Besitztümer darauf verwettet, daß es unmöglich wäre, aus dem Lager zu kommen, über den Hügel zu schleichen, sich zu verstecken und uns dann von hinten anzugreifen, während wir den Hügel hinunterstürmten.« Er schüttelte den Kopf. »Sie haben uns auf die Schultern getippt, ehe wir sie überhaupt gehört haben.«

Erik wandte sich an Akee. »Ihr müßt mir erzählen, wie Ihr das angestellt habt.«

Akee zuckte mit den Schultern, sagte jedoch nichts.

Zu Alfred sagte Erik: »Die Männer aus den Bergen kommen mit uns. Bring sie ins Lager, und dann nichts wie zurück nach Krondor.«

Alfred lächelte und vergaß den Rüffel, der ihn erwarten würde, wenn sie wieder in der Garnison waren. »Warmes Essen«, meinte er nur.

Erik konnte nur zustimmen. Seit einer Woche waren sie im

Manöver und hatten währenddessen nur kalte Rationen im Dunkeln bekommen; die Männer waren müde und hungrig. »An die Arbeit!«

Als er schließlich allein war, dachte Erik darüber nach, was in dem bevorstehenden Krieg alles auf dem Spiel stand, und er fragte sich, ob selbst hundert dieser Übungen die Männer des Königreichs auf das vorbereiten könnten, was da kommen sollte.

Er schob seine Sorgen beiseite und räumte ein, daß vermutlich nichts sie vollständig vorbereiten könnte, doch welche andere Wahl hatten sie schon? Calis, Prinz Patrick, Marschall William und die anderen Offiziere befanden sich diese Woche ebenfalls hier in den Bergen und führten ähnliche Übungen durch; am Ende der Woche würde man Rat halten und überlegen, was zu tun sei.

»Es muß so viel getan werden wie nur möglich«, murmelte er in sich hinein. Seine schlechte Laune, so erkannte er, rührte mehr von seiner Müdigkeit und seinem Hunger her als von Alfreds Versagen bei der Aufgabe, den Hinterhalt der Hadati zu umgehen. Dann lächelte er. Wenn die Männer aus den Bergen nördlich von Yabon so schnell waren, konnte man nur froh sein, daß sie auf der Seite des Königreichs standen und, was noch erfreulicher war, unter seinem eigenen Kommando.

Er ging zurück in Richtung Lager. Vermutlich war es besser, Greylock dabei zu unterstützen, den betrübten Baron von Tyr-Sog zu trösten.

Die Soldaten nahmen Haltung an, während der Hof noch vom Gleichschritt ihrer Stiefeltritte widerhallte, und sie standen reglos da, während der Prinz von Krondor das Podest betrat.

Roo sah zu seinem Freund Erik hinüber. »Gar nicht schlecht.«

Erik schüttelte den Kopf; Roo sollte besser still sein. Roo grinste, schwieg jedoch, derweil Prinz Patrick, Regent von Krondor, den Salut der versammelten Garnison des Palastes entgegennahm. Neben ihm stand Calis, Hauptmann jener speziellen Einheit des Prinzen, welche als die Blutroten Adler bekannt war.

Erik trat von einem Fuß auf den anderen, denn die Aufmerksamkeit, die ihm und den anderen zuteil wurde, behagte ihm gar nicht. Die Überlebenden der letzten Expedition zum fernen Novindus sollten für ihre Tapferkeit ausgezeichnet werden, und Erik war sich nicht ganz klar darüber, was das mit sich brachte. Am liebsten hätte er sich um seine gewohnten Pflichten gekümmert.

Nachdem er vom Manöver in den Bergen zurückgekommen war, hatte er eine baldige Ratsversammlung erwartet, doch Calis hatte Erik und den anderen mitgeteilt, daß Prinz Erlands Rückkehr von seinem Besuch bei seinem Bruder König Borric mit einer Zeremonie begangen werden sollte, die mit der Verleihung von Auszeichnungen verbunden war. Darüber hinaus wußte Erik wenig. Er blickte zur Seite und sah, daß seinem Hauptmann, Calis, ebenfalls die Ungeduld ins Gesicht geschrieben stand. Renaldo, einer der anderen Überlebenden der letzten Reise, wandte sich Micha zu. Die beiden Soldaten hatten Calis während der Flucht aus den Höhlen der pantathianischen Schlangenpriester begleitet. Renaldo warf sich stolz in die Brust, als der Prinz von Krondor ihm die Weiße Kordel der Tapferkeit verlieh, welche man am Ärmel trug und die allen verkündete, mit welchem Mut der Träger für König und Vaterland gekämpft hatte.

Roo war mit einem seiner größten Schiffe nach Novindus gesegelt, um die Soldaten des Königreichs nach Hause zu holen. Erik und seine Gefährten hatten sich während der Rückreise ausgeruht und ihre Wunden kuriert. Ihr Hauptmann, dieser rätselhafte Mann, dem man nachsagte, ein Halbelb zu sein, hatte so schwere Verletzungen davongetragen, daß sie jeden anderen Mann das Leben gekostet hätten. Zwei seiner alten Gefährten, Praji und Vaja, waren in dem magischen Feuerstoß umgekommen, der auch Calis getroffen hatte. Sein halber Körper war dabei verbrannt worden. Dennoch fand man kaum eine Narbe an ihm, allein die betroffenen Stellen an Gesicht und Hals waren ein wenig heller als der Rest der sonnengebräunten Haut. Erik fragte sich, ob er jemals die volle Wahrheit über den Mann erfahren würde, unter dem er diente.

Und was Rätselhaftigkeit anbelangte, so wanderte Eriks Blick hinüber zu einem anderen Mann, der während der letzten Jahre sein Gefährte gewesen war, zu Nakor, diesem eigentümlichen Glücksritter. Er stand ein wenig abseits von denen, die geehrt werden sollten, und beobachtete die Zeremonie mit einem halb spöttischen Grinsen. An seiner Seite stand Sho Pi, der frühere Mönch, der sich mittlerweile als Nakors Schüler betrachtete. Im vergangenen Monat hatten sie als Gäste des Herzogs von Krondor im Palast gewohnt, und Nakor hatte wenig Ambitionen gezeigt, seiner gewohnten Beschäftigung nachzugehen. Sonst pflegte er in den Hinterzimmern der Wirtshäuser des Königreiches Nichtsahnende beim Kartenspiel auszunehmen.

Während der Prinz einen nach dem anderen aufrief, fragte sich Erik, wer diejenigen ehren würde, die zurückgeblieben waren, an erster Stelle der eisenharte, nachtragende Feldwebel Bobby de Loungville, der mehr als jeder andere Erik zu jenem Soldaten geschmiedet hatte, der er nun war. Er spürte, wie sich Tränen in seinen Augen sammelten, als er sich an die eisigkalte Gebirgshöhle erinnerte, in der er Bobby im Arm gehalten hatte, während sich die durch einen Schwerthieb verletzten Lungen des Feldwebels mit Blut füllten. Still sagte Erik zu sich selbst: Aber wenigstens habe ich Calis lebend herausgebracht.

Er kniff die Augen zu, drängte die Tränen zurück und warf abermals einen Blick auf Calis, der nun seinerseits ihn beobachtete. Mit kaum wahrnehmbarem Nicken schien Calis ihm mitzuteilen, daß er wisse, woran Erik dachte, und daß er sich ebenfalls an verlorene Freunde erinnerte.

Die Zeremonie zog sich dahin; dann war sie unversehens zu Ende, und die versammelte Garnison des Palastes von Krondor wurde entlassen. Marschall William, der militärische Oberbefehlshaber des Fürstentums, winkte Erik und die anderen zu sich. Zu Calis sagte er: »Der Prinz bittet euch alle zu einem Treffen in seinem privaten Ratszimmer.«

Erik blickte Roo an, der nur mit den Schultern zuckte. Auf der

Rückreise hatten die beiden Jugendfreunde einander alle Neuigkeiten erzählt. Erik hatte sich halb amüsiert, halb erstaunt über seinen Freund gezeigt, dem es in weniger als zwei Jahren gelungen war, einer der führenden Händler von Krondor und zudem einer der reichsten Männer des Königreiches zu werden. Als er jedoch gesehen hatte, wie der Schiffsmeister und seine Mannschaft jedem Befehl von Roo augenblicklich nachkamen, war ihm bewußt geworden, daß Rupert Avery, der in seiner Kindheit nicht viel mehr als ein Dieb gewesen war und heute kaum das Jungenalter hinter sich hatte, tatsächlich der Besitzer des Schiffes war.

Erik hatte Roo davon erzählt, was er und die anderen entdeckt hatten, und es brauchte wenig Ausschmückung, um ihm das Entsetzen und den Ekel zu vermitteln, welche Erik verspürt hatte, als sie sich durch die Höhlen der Pantathianer gekämpft hatten. Von denen, die bei der letzten Reise von Calis nach Novindus nicht dabei gewesen waren, gehörten Roo, Nakor und Sho Pi zu denjenigen, die den Kontinent bereits zuvor besucht hatten, und sie wußten, was die anderen hatten mitansehen müssen. Langsam, über die ganze Fahrt verteilt, hatte Erik seinem Freund die grausigen Einzelheiten des Gemetzels an den pantathianischen Weibchen und Jungen erzählt. Auch von dem »dritten Mann im Spiel«, der mehr Verwüstung angerichtet hatte als Calis' Soldaten, hatte er berichtet. Falls sich nicht noch irgendwo anders Zuchthöhlen der Pantathianer befanden – und das war höchst unwahrscheinlich –, waren die letzten lebenden Pantathianer jene an der Seite der Smaragdkönigin. Wenn diese in der kommenden Schlacht besiegt werden würden, wäre die Zeit der Schlangenpriester endgültig vorbei, ein Schicksal, das ihnen die beiden Jugendfreunde aus Finstermoor inständig wünschten.

Roo und Erik hatten sich getrennt, nachdem das Schiff angelegt hatte, da Roo Geschäfte in Übersee zu erledigen hatte. Zwei Tage später war Erik ins Manöver aufgebrochen und hatte sich einen Eindruck davon verschafft, wie Jadow Shati die Ausbildung während der Abwesenheit von Calis fortgeführt hatte. Erik stellte mit Zufriedenheit fest, daß die neuen Männer, die in der letzten Woche unter seinem Kommando gestanden hatten, genauso diszipliniert und verläßlich waren wie jene, die er – damals noch als gemeiner Soldat – gedrillt hatte.

Als er nun den Palast betrat, fühlte Erik wie schon früher ein starkes Unbehagen angesichts der Hallen der Macht und der Gegenwart jener, die sie ausübten. Er hatte ein Jahr in Krondor gedient, ehe er mit Calis zu ihrer letzten Reise aufgebrochen war, doch die meiste Zeit hatte er sich auf dem Ausbildungsgelände aufgehalten. In den eigentlichen Palast ging er nur, wenn er gerufen wurde oder wenn er sich von Marschall William ein Buch über Taktiken oder andere Gebiete der Kriegskunde auslieh. In Gegenwart des obersten Befehlshabers der Königlichen Armeen des Westens war ihm nie so recht wohl zumute, doch schließlich hatte er sich an die Stunden gewöhnt, in denen sie über einem Glas Wein oder Bier über das sprachen, was er gelesen und wie er es bei der Armee anzuwenden hatte, die er gerade ausbildete. Hätte man Erik die Wahl gelassen, hätte er seine Zeit ausschließlich auf dem Drillplatz, in den Werkstätten der Waffenschmiede, bei den Pferden oder am liebsten draußen im Feld verbracht, wo das Leben einen so vereinnahmte, daß man keinen Gedanken an den bevorstehenden Krieg verschwendete.

Im privaten Ratszimmer des Prinzen, einem kleinen Saal, warteten bereits andere Männer, darunter Lord James, Herzog von Krondor, und Jadow Shati, der andere Feldwebel in Calis' Kompanie. Erik glaubte, man würde Jadow zum Hauptfeldwebel befördern, um Bobbys Stelle einzunehmen. Auf dem Tisch stand ein übervolles Tablett mit Käse, Früchten, Brot und Gemüse. Bier, Wein und Krüge mit gekühltem Obstsaft waren ebenfalls aufgetischt worden.

»Greift zu«, lud der Prinz von Krondor sie ein, legte Krone und Amtsmantel ab und reichte sie wartenden Pagen. Calis schnappte sich einen Apfel und biß hinein, derweil die anderen noch ihre Plätze einnahmen.

Erik winkte Roo zu sich.

»Wie geht es zu Hause?« fragte Erik.

»Die Kinder sind ... erstaunlich«, gab Roo Auskunft. »Sie sind in den wenigen Monaten so rasch gewachsen, daß ich sie kaum wiedererkannt habe.« Auf seinem Gesicht machte sich eine nachdenkliche Miene breit. »Meine Abwesenheit hat dem Geschäft nicht geschadet, aber es ist doch nicht alles so gut gelaufen, wie ich erwartet habe. Jacob Esterbrook hatte mich dreimal übervorteilt, während ich nicht da war. Eines dieser Geschäfte hat mich ein kleines Vermögen gekostet.«

»Ich dachte, ihr beide wärt Freunde«, wunderte sich Erik und steckte sich etwas Brot und Käse in den Mund.

»Sozusagen«, erwiderte Roo. Er hatte es für besser gehalten, Erik nichts von seiner Beziehung zu Sylvia Esterbrook zu erzählen. Vielleicht hatte Erik ja etwas strengere Ansichten, was Familie und Treueschwüre anging.

»›Freundschaftliche Konkurrenten‹ wäre wohl die angemessenere Bezeichnung. Er hat den Handel mit Kesh fest im Griff und weigert sich standhaft, auch nur einen kleinen Teil davon abzutreten.«

Calis trat zu ihnen. »Roo, würdet Ihr uns bitte einen Augenblick entschuldigen?«

Rupert nickte. »Natürlich, Hauptmann.« Er ging an den Tisch, um sich dort zu bedienen.

Calis wartete, bis sie außer Hörweite der anderen waren, ehe er fragte: »Erik, hat Marschall William heute schon die Gelegenheit gehabt, mit dir zu sprechen?«

Erik schüttelte den Kopf. »Nein, Hauptmann. Ich hatte alle Hände voll zu tun, um zusammen mit Jadow die Dinge wieder in ihren gewohnten Gang zu bringen ... jetzt, wo Bobby nicht mehr bei uns ist ...« Er zuckte mit den Schultern.

»Ich verstehe.« Calis machte dem Marschall ein Zeichen, welcher sich daraufhin zu ihnen gesellte. Calis blickte Erik an. »Du mußt dich entscheiden.«

William, ein kleiner, schlanker Mann, der, wie Erik wußte, trotz seines fortgeschrittenen Alters zu den besten Reitern und Fechtern des Königreichs zählte, begann: »Calis und ich haben über Euch gesprochen, junger Mann. So, wie die Dinge stehen, haben wir mehr offene Stellen als geeignete Männer, mit denen wir sie besetzen können.«

Erik wußte, was William mit »so, wie die Dinge stehen« meinte. Eine erschreckend große Armee würde das Königreich innerhalb der nächsten zwei Jahre angreifen. »Entscheiden?«

»Ich würde Euch gern einen Posten im Stab anbieten«, fuhr William fort. »Ihr würdet den Rang eines Leutnants in der Armee des Prinzen erhalten, und ich würde Euch den Befehl über die Lanzenreiter von Krondor übertragen. Ihr könnt gut mit Pferden umgehen – nun, ich kann mir keinen besseren Mann für den Posten vorstellen.«

Erik blickte Calis an. »Sir?«

»Ich würde dich natürlich lieber bei den Blutroten Adlern behalten«, meinte Calis trocken.

»Dann bleibe ich bei den Adlern«, sagte Erik ohne zu zögern. »Ich habe jemandem ein Versprechen gegeben.«

William lächelte wehmütig. »Ich hatte mir das schon gedacht, aber ich wollte doch wenigstens fragen.«

»Vielen Dank für das Angebot, mein Lord«, antwortete Erik. »Ich fühle mich geschmeichelt.«

William grinste Calis an. »Du mußt irgendeine Magie einsetzen. Er ist auf bestem Wege, einer der ausgezeichnetsten Strategen zu werden, die ich je kennengelernt habe – wenn er weiter so lernt, wird er der beste – und du willst ihn als Feldwebel beim Drill verheizen.«

Calis lächelte schief – ein Ausdruck trockener Belustigung, wie Erik sehr wohl wußte. Der halbelbische Hauptmann entgegnete: »Wir brauchen mehr Strategen als Feldwebel, die die Soldaten drillen, Willy. Außerdem sind meine Feldwebel ganz anders als deine.«

William zuckte mit den Schultern. »Da hast du natürlich recht, aber wenn ›sie‹ kommen, möchte jeder von uns die Besten an seiner Seite wissen.«

»Das kann ich nicht bestreiten.«

William ging, und Calis wandte sich an Erik: »Ich danke dir.«

Erik wiederholte: »Ich habe jemandem ein Versprechen gegeben.«

»Bobby?« fragte Calis.

Erik nickte.

Calis' Miene verfinsterte sich. »Nun, da ich Bobby gut kannte, sollte ich dir am besten gleich sagen, daß ich einen Hauptfeldwebel brauche und kein Kindermädchen. Du hast mir einmal das Leben gerettet, Erik von Finstermoor, und damit ist dein Versprechen an Bobby de Loungville abgegolten. Wenn du eines Tages die Wahl zwischen meinem Leben und dem Überleben des Königreichs hast, sollst du die richtige Entscheidung treffen.«

Erik brauchte einen Augenblick, bis der Groschen gefallen war. »Hauptfeldwebel?«

»Du nimmst Bobbys Stelle ein«, erklärte Calis.

»Jadow ist doch schon viel länger bei Euch –«, begann Erik.

»Aber du hast den Dreh heraus«, unterbrach ihn Calis. »Und Jadow nicht. Er ist ein guter Feldwebel – du hast ja die Männer gesehen, die er ausgebildet hat –, aber wenn er noch höher befördert würde, wäre er eher eine Last denn eine Hilfe.« Er betrachtete Eriks Gesicht einen Moment lang eingehend. »William hat ein wenig übertrieben, was deine Fähigkeiten als Stratege angeht. Daran wirst du noch arbeiten müssen. Du weißt, was vor uns liegt, und du weißt zudem, daß du dich, wenn der Kampf einmal begonnen hat, dort draußen mit Hunderten von Männern wiederfinden wirst, deren Leben in deiner Hand liegt. Ein alter Isalani-General hat das einst den ›Nebel der Schlacht‹ genannt, und Männer, die anderen das Leben erhalten können, während um sie herum das Chaos ausbricht, sind ausgesprochen rar.«

Erik konnte nur nicken. Er und die anderen, die mit Calis unterwegs gewesen waren, hatten die Armee der Smaragdkönigin gesehen, waren sogar eine Zeitlang ein Teil davon gewesen. Wenn dieses Heer angeheuerter Meuchelmörder an der Küste des Königreichs erschiene, wäre ein großes Chaos die Folge. Und inmitten dieses Chaos würden nur gutausgebildete, disziplinierte und harte Männer überleben. Und das Schicksal des Königreichs – und des Rests der Welt von Midkemia – würde von diesen Männern abhängen und nicht von traditionellen Armeen.

»Sehr wohl, Hauptmann. Ich nehme an«, sagte Erik.

Calis lächelte und legte Erik die Hand auf die Schulter. »Du hast auch keine andere Wahl gehabt, Hauptfeldwebel. Als nächstes wirst du ein paar Männer befördern müssen; wir brauchen dieses Jahr noch einen Feldwebel und ein halbes Dutzend Korporäle.«

»Alfred von Finstermoor«, platzte Erik heraus. »Er war schon Korporal und ein ziemlicher Schinder dazu, bis ich mir ihn vorgenommen habe. Er ist bereit, Verantwortung zu übernehmen, doch im Herzen ist er immer noch ein Raufbold, und solche Männer werden wir brauchen, wenn die Zeit gekommen ist.«

»Damit hast du recht«, bestätigte Calis. »Was das betrifft, sollte jeder von ihnen ein ausgesprochener Raufbold sein.«

»Ich denke, wir haben ausreichend Männer, die zum Korporal taugen. Ich werde heute abend eine Liste aufstellen.«

Calis nickte. »Ich muß noch mit Patrick sprechen, bevor die Sache hier sich zu einem richtigen Empfang auswächst. Entschuldige mich.«

Als Calis gegangen war, kehrte Roo zu Erik zurück und fragte: »Na, bist du befördert worden oder Jadow?«

»Ich«, antwortete Erik.

»Meinen Glückwunsch«, gratulierte Roo. Dann grinste er und schlug seinem Freund herzlich auf den Arm. »Hauptfeldwebel.«

»Was ist nun mit dir?« fragte Erik. »Du wolltest mir doch gerade erzählen, wie es bei euch zu Hause steht.«

Roo lächelte schwach und zuckte mit den Schultern. »Karli hat mir immer noch nicht verziehen, daß ich ihr nur eine kurze Mitteilung geschickt habe, als ich aufgebrochen bin, um euch zurückzuholen, und sie hat recht: die Kinder erkennen mich nicht mehr, wenngleich Abigail mich auch Papa nennt und Helmut mich schüchtern angrinst.« Er seufzte. »Ehrlich gesagt, bin ich von Helen Jacoby herzlicher begrüßt worden.«

»Nun, nach allem, was du mir erzählt hast, steht sie tief in deiner Schuld. Du hättest sie und ihre Kinder auch auf die Straße setzen können.«

Roo kaute auf einem Stück Obst. »Eigentlich nicht. Ihr Ehemann hatte mit dem Mord an meinem Schwiegervater nichts zu tun.« Er zuckte mit den Schultern. »Ich habe noch ein paar Kleinigkeiten zu erledigen; Jason, Duncan und Luis haben während meiner Abwesenheit sehr gut auf die Gesellschaft aufgepaßt, und meine Partner bei der Bittermeer-Gesellschaft haben mich nicht allzusehr ausgenommen.« Er grinste. »Zumindest habe ich dafür noch keinen Hinweis gefunden.« Sein Gesicht nahm wieder einen ernsten Ausdruck an. »Und ich weiß auch, daß diese Armee, von der ihr der wichtigste Teil sein werdet, Proviant, Waffen und Rüstungen braucht. Und die sind nicht billig.«

Erik nickte. »Ich habe nur eine schwache Ahnung davon, wie wir der Smaragdkönigin begegnen werden, und da wir nie in der Lage sein werden, eine ähnlich große Streitmacht wie die ihre ins Feld zu führen, müssen wir einen Feldzug starten, wie man ihn seit dem Spaltkrieg nicht mehr gesehen hat, einen, wie es ihn noch nie gegeben hat.«

»Wie viele Männer werden dann unter Waffen stehen?«

»Das kann ich nur schätzen«, erwiderte Erik. »Doch zumindest sollten es fünfzig- oder sechzigtausend Männer mehr sein, als die gegenwärtigen Armeen des Osten und des Westens aufbieten.«

»Dann wären es ja fast hunderttausend Mann!« staunte Roo. »Haben wir so viele?«

»Nein.« Erik schüttelte den Kopf. »Wir haben zwanzigtausend in allen Armeen des Westens, die zehntausend Mann unter dem Befehl des Prinzen eingeschlossen. Die Armeen des Ostens sind die größten, aber einige von ihnen sind nur Ehrengarnisonen. Da jetzt schon solange Frieden mit Roldem herrscht, ist es in den östlichen Königreichen ruhig, denn niemand wird es wagen, uns ohne Roldem auf seiner Seite zu reizen.« Er zuckte mit den Schultern. »Ich habe zu oft mit Lord William über Strategie geplaudert, glaube ich ... Wir müssen jetzt beginnen, uns für die Schlacht zu rüsten.« Mit einem Kopfschütteln sagte er leise. »Auf unserer letzten Reise nach Novindus haben wir zu viele unserer wichtigsten Männer verloren.«

Roo nickte. »Wir haben eine ganz schöne Rechnung mit der grünen Hure zu begleichen.« Dann seufzte er hörbar. »Und es wird eine ganz schöne Rechnung auflaufen, um das zu finanzieren.«

Erik lächelte. »Unser Herzog greift dir in die Tasche?«

Roo erwiderte das Lächeln trocken. »Bis jetzt noch nicht. Er hat mir zu verstehen gegeben, daß die Steuern erträglich bleiben, weil er sich von mir den größten Teil des Geldes für den bevorstehenden Krieg leihen will, und weil er Jacob Esterbrook und die anderen überzeugen will, uns ebenfalls auszuhelfen.«

Bei der Erwähnung von Esterbrook mußte Roo abermals an dessen Tochter denken, Sylvia, die seit nun fast einem Jahr seine Geliebte war. Er hatte sie nach der Rückkehr aus Novindus erst einmal gesehen und beabsichtigte, sie heute abend zu besuchen; er sehnte sich nach ihr. »Ich glaube, ich sollte mich bald einmal bei Jacob sehen lassen«, meinte er, als wäre ihm das gerade erst in den Sinn gekommen. »Wenn wir beide uns einverstanden erklären, den Krieg mitzufinanzieren, wird sich kein anderer Mann von Einfluß dem Ersuchen des Prinzen widersetzen.« Und er fügte noch hinzu: »Nun ja, denn wenn wir in dieser Sache versagen sollten, wird die Rückzahlung unserer Darlehen unsere kleinste Sorge sein. Vorausgesetzt, wir können uns dann überhaupt noch über irgend etwas Sorgen machen.«

Erik nickte unverbindlich. Er mußte zugeben, daß Roo über alle Maßen unter Beweis gestellt hatte, um wieviel besser er sich mit Finanzangelegenheiten auskannte als Erik, seinem phänomenalen Erfolg nach sogar besser als die meisten anderen Geschäftsleute des Königreichs.

»Ich sollte mich beim Prinzen entschuldigen und mich um meine Geschäfte kümmern«, fuhr Roo fort. »Vermutlich werden jene von uns, die nicht zum inneren Kreis der Militärexperten gehören, sowieso bald entlassen.«

Erik nahm seine Hand. »Ich denke, du hast recht.« Andere Adlige, die ebenfalls nicht zum Militär gehörten, verabschiedeten sich gerade vom Prinzen, und Roo ließ seinen Jugendfreund stehen und reihte sich bei ihnen ein. Bald waren nur noch der Prinz, seine engsten Berater und die Mitglieder des Militärs anwesend.

Als Owen Greylock eintrat, verkündete Patrick: »Jetzt sind wir vollzählig.«

Marschall William bat alle mit einer Geste zu einem runden Tisch im hinteren Teil des Raums. Herzog James setzte sich rechts neben den Prinzen, William links daneben.

Es war der Herzog, der als erster sprach. »Nun, wo das Gepränge vorbei ist, können wir uns wieder der vermaledeiten Aufgabe widmen, die vor uns liegt.«

Erik lehnte sich zurück und hörte zu, wie die Pläne für die letzte Verteidigung des Königreichs Form annahmen.

Roo ging zum Tor, wo sein Pferd wartete. Er hatte die Kutsche seiner Frau überlassen, denn seine Familie wohnte jetzt auf einem Anwesen vor den Toren der Stadt. Während er das Stadthaus bevorzugte, welches gegenüber von Barrets Kaffeehaus lag – wo er den größten Teil seines Arbeitstages verbrachte –, bot das Landhaus eine Ruhe, die er sich vor dem Umzug gar nicht hatte vorstellen können. Er konnte jagen, wenn ihm danach war, oder fischen, er konnte all die Annehmlichkeiten in Anspruch nehmen, die Adligen oder reichen Bürgern vorbehalten waren. Bald würde er sich etwas Zeit gönnen, um diese Vergnügungen zu genießen.

Mit noch nicht dreiundzwanzig Jahren war Roo Avery bereits Vater von zwei Kindern und einer der reichsten Geschäftsmänner des Königreichs, zudem wurde er in Geheimnisse eingeweiht, die nur den wenigsten zugänglich gemacht wurden. Das Landhaus war außerdem eine Bank, wie es die Spieler nennen, ein Ort, an den sich seine Familie zurückziehen konnte, wenn die bevorstehende Invasion begann und der Mob aus der Stadt floh und alles niedertrampelte, was ihm in den Weg geriet. Roo war beim Fall von Maharta dabeigewesen, jener fernen Stadt, die vor drei Jahren von den Armeen der Smaragdkönigin zerstört worden war. Er hatte sich durch das Gewühl panischer Bürger drängen müssen, hatte mitangesehen, wie Unschuldige starben, nur weil sie sich am falschen Ort befanden. Damals hatte er sich geschworen, seinen Kindern dieses Entsetzen zu ersparen, mochte da kommen, was wolle.

Vor Jahren schon hatte man ihm und dem Rest von Calis' Kompanie an der Küste des fernen Landes namens Novindus mitgeteilt, daß, sollte das Königreich der Inseln nicht den Sieg davontragen, alles Leben auf Midkemia vernichtet werden würde. Im tiefsten Innern konnte er sich noch immer nicht mit dem Gedanken abfinden, aber er traf die entsprechenden Vorbereitungen. Er hatte auf seiner Reise in den Süden zuviel gesehen, wußte daher, daß ihnen unter dem Joch der Armeen der Smaragdkönigin nur die Wahl zwischen Tod und Sklaverei bleiben würde, selbst wenn sich die Behauptungen des Hauptmanns als übertrieben herausstellen sollten. Und wenn die angreifende Armee ein den Verteidigern unbekanntes Ziel ins Auge fassen würde, wären jegliche Vorsichtsmaßnahmen ohnehin vergeblich. Trotzdem war er entschlossen, alles zu tun, um seine Frau und seine Kinder vor jeder Gefahr zu schützen. Er hatte ein Haus in Salador gekauft, welches gegenwärtig von einem seiner Vertreter bewohnt wurde, der seine Geschäfte im Östlichen Reich leitete, und er würde vermutlich ein weiteres in Ran kaufen, an der Ostgrenze des Königreichs. Zusätzlich würde er in Kürze einen ausländischen Makler aufsuchen, um möglicherweise im fernen Roldem, jenem Inselkönigreich, welches der engste Verbündete des Königreichs der Inseln war, Grund und Boden zu erwerben.

Er tauchte aus diesen Gedanken auf und erkannte, daß er schon auf halbem Weg zu seinem Geschäft war. Karli hatte er gesagt, er würde die Nacht im Stadthaus verbringen, weil die Angelegenheiten im Palast ihn angeblich zwängen, bis spät in die Nacht zu arbeiten. In Wahrheit jedoch wollte er Sylvia Esterbrook eine Nachricht schicken und anfragen, ob sie sich heute abend sehen könnten. Seit er zurückgekehrt war, hatte er kaum an etwas anderes denken können. Die Bilder ihres Körpers spukten durch seine Träume, und die Erinnerungen an ihren Duft und ihre weiche Haut verdrängten wichtigere Dinge aus seinem Kopf. Eine einzige Nacht hatte er nach seiner Rückkehr mit ihr verbracht, und diese hatte seine Sehnsucht eher noch angestachelt.

Er erreichte sein Geschäft und ritt durchs Tor, an Arbeitern vorbei, welche die Umbauten vornahmen, die er nach seiner Seereise als erstes angeordnet hatte. Ein zweites Stockwerk wurde dem alten Lagerhaus aufgesetzt, eigentlich mehr ein Dachgeschoß, wo er seinen Geschäften nachgehen konnte, ohne von der Betriebsamkeit im Lagerhaus gestört zu werden. Die Zahl seiner Angestellten wuchs, und er brauchte mehr Platz. Er hatte bereits ein Angebot für ein Grundstück gemacht, das an die Hinterseite seines eigenen angrenzte. Die alten Wohnungen dort, in denen Arbeiter und ihre Familien hausten, würde er abbrechen und neue Geschäftsräume bauen lassen. Für das Grundstück hatte er zuviel gezahlt, das wußte er, doch er brauchte wirklich dringend mehr Platz.

Er stieg vom Pferd, winkte einen seiner Arbeiter zu sich und überließ ihm das Tier. »Gib ihm etwas Heu; keinen Hafer«, unterwies er den Mann, während er an den Fuhrwerken, die be-

oder entladen wurden, vorbeiging. »Dann sattelst du ein anderes Pferd und hältst es für mich bereit.« Der Lärm im Lagerhaus war ohrenbetäubend, überall wurde gehämmert, wurden gebrochene Räder repariert oder Pferde neu beschlagen.

Die Aufsicht über dieses Durcheinander lag in den Händen zweier Männer, Luis de Savona, Roos Gefährten aus den frühen Tagen von Calis' ›Kompanie zu allem bereiter Männer‹, und Jason, der ehedem Kellner in Barrets Kaffeehaus gewesen war und wie kein anderer mit Zahlen jonglieren konnte.

Roo lächelte. »Wo ist Duncan?«

Luis zuckte mit den Schultern. »Vermutlich mit irgendeiner Hure im Bett.«

Es war Mittag, und Roo schüttelte den Kopf. In mancher Hinsicht konnte sich Roo auf seinen Cousin verlassen, doch in anderer besaß dieser einfach kein Pflichtgefühl. Dennoch, auf dieser Welt gab es nur wenige Männer, denen Roo in einem Kampf blind die Deckung seines Rückens anvertrauen würde, und Duncan war einer davon.

»Was gibt's Neues?« fragte Roo.

Jason hielt ihm ein Dokument hin. »Unser Ersuchen, eine regelmäßige Handelsverbindung nach Groß-Kesh aufzubauen, wird ›bedacht‹, wie es so schön in diesem wortreichen Schreiben des Handelsgesandten von Kesh heißt. Wir sollen gelegentlich mitbieten, wenn wir auf Ausschreibungen aufmerksam werden.«

»Hat er das gesagt?«

»In nicht ganz so wenigen Worten«, erwiderte Luis.

»Wo wir doch Jacoby und Söhne übernommen haben, dachte ich, wir würden regelmäßig Aufträge von ihnen bekommen.«

»Bekommen wir auch«, meinte Jason, »nur nicht von den Kaufleuten aus Kesh.« Er schüttelte den Kopf, und sein junges Gesicht wurde feierlich. »Nachdem bekannt geworden ist, daß du für Helen Jacoby das Geschäft führst, hat sich jeder Kaufmann aus Kesh so schnell wie möglich aus den Verträgen mit uns zurückgezogen.«

Roo runzelte die Stirn. Er tippte sich mit dem Finger ans Kinn und fragte: »Wer hat diese Verträge bekommen?«

»Esterbrook«, antwortete Luis. Roo drehte sich zu seinem alten Freund um, und der fuhr fort: »Jedenfalls die Gesellschaften, an denen er Anteile hält, oder Gesellschaften, auf deren Besitzer er großen Einfluß hat. Du weißt doch, er hat viele Geschäfte mit den Jacobys gemacht, bevor du mit ihnen abgerechnet hast.«

Roo blickte Jason an. »Was hast du herausgefunden, als du die Konten der Jacobys geprüft hast?«

Während Roo auf See gewesen war, hatte Jason diese Konten eingehend geprüft. Roo hatte Randolph und Timothy Jacoby getötet, als diese versucht hatten, sein Geschäft zu ruinieren, und anstatt Randolphs Ehefrau Helen auf die Straße zu setzen, hatte er ihr vorgeschlagen, Jacoby und Söhne für sie zu führen.

»Welche Geschäfte Esterbrook und Jacoby auch immer gemacht haben mögen, es gibt darüber nur wenige Belege. Ein paar kleinere Verträge, doch nichts Außergewöhnliches, nur ein paar gelegentliche persönliche Noten, die für mich keinen Sinn ergeben. Aber eine Sache paßt nicht ins Bild.«

»Und die wäre?« fragte Roo.

»Die Jacobys waren zu reich. Sie hatten in verschiedenen Kontoren sehr viel Geld ... und ich weiß nicht, wo es herkam. Manche dieser Konten bestehen schon zehn Jahre« – er deutete auf einen Stapel Hauptbücher – »und ich konnte keine Quelle dafür finden.«

Roo nickte. »Schmuggel.« Er erinnerte sich an seine erste Auseinandersetzung mit Tim Jacoby, in der es um einen Ballen geschmuggelter Seide gegangen war, die Roo in seinen Besitz gebracht hatte. »Wieviel Gold?«.

Jason antwortete: »Mehr als dreißigtausend Goldsovereigns, und ich habe noch nicht jeden Betrag aufgespürt.«

Roo dachte einen Augenblick lang schweigend nach. »Kein Sterbenswörtlein zu irgendwem. Wenn du, aus welchem Grund auch immer, mit Helen Jacoby sprichst, sag ihr einfach nur, die

Geschäfte würden besser laufen als erwartet. Bleib vage, verrat ihr nur genug, damit sie weiß, daß ihre Kinder ein Leben lang versorgt sind, egal, was mir zustoßen sollte. Und frag sie, ob sie irgend etwas braucht.«

»Willst du dich nicht mit ihr treffen?« fragte Luis.

»Bald.« Roo sah sich um. »Wir brauchen mehr Mittel, also schau dich nach Geschäften um, die wir kaufen können, und übernimm sie sofort. Aber in aller Stille; wenn du den Namen Avery und Sohn oder die Bittermeer-Gesellschaft ins Spiel bringst, werden die Preise schneller steigen als eine Springflut.« Die anderen nahmen die Anweisungen zur Kenntnis, und Roo fuhr fort: »Ich gehe als nächstes zu Barret, um meine Partner zu treffen, und falls ich hier gebraucht werde, findet ihr mich für den Rest des Tages dort.«

Roo ließ seine Gefährten allein und bestieg das frische Pferd. Während er noch über die Neuigkeiten nachdachte, war er schon bei Barrets Kaffeehaus angekommen.

Roo stieg ab und warf die Zügel einem der bereitstehenden Kellner zu. Er zog eine Silbermünze aus der Weste und gab sie dem Jungen. »Bring es in den Stall hinter meinem Haus, Richard.«

Lächelnd führte der junge Mann das Pferd davon. Roo hatte die Angewohnheit, sich alle Namen der Angestellten von Barret zu merken und stattliche Trinkgelder zu geben. Er hatte selbst noch vor drei Jahren hier gearbeitet und wußte, wie anstrengend die Arbeit sein konnte. Seine Großzügigkeit, wenn er die Dienste der Kellner brauchte, weil er eine Nachricht überbringen lassen wollte oder für einen seiner Partner eine ausgefallene Mahlzeit bestellte, wurde mit der raschen Erledigung seiner Aufträge belohnt.

Roo ging durch die erste Schranke, wo ein anderer Kellner ihm das Tor aufhielt, und stieg die Treppe nach oben zur Galerie im ersten Stock. Seine Partner, Jerome Masterson und Stanley Hume, warteten bereits auf ihn. Er nahm Platz. »Meine Herren?«

Jerome antwortete: »Rupert! Einen wunderbaren Morgen wünsche ich.« Hume begrüßte ihn ebenfalls, und dann gingen sie die anstehenden Geschäfte der Bittermeer-Gesellschaft durch, der größten Handelsgesellschaft des Königreichs der Inseln.

Zwei

Warnung

Erik schäumte vor Wut.

Den ganzen Tag über hatte er einen Plan ausgebrütet, wie er die Hadati, die Männer aus den Bergen, in seine Truppe einbauen könnte, nur um dann gesagt zu bekommen, daß sie die Burg des Prinzen verlassen hatten. Niemand schien genau zu wissen, wohin oder auf wessen Befehl sie abmarschiert waren. Schließlich stand er vor dem Geschäftszimmer des Marschalls von Krondor, welcher hinter verschlossenen Türen eine Besprechung mit Hauptmann Calis abhielt.

Nach einigem Warten ließ ihn ein Amtsdiener herein, und William und Calis begrüßten ihn. »Hauptfeldwebel« – William bot ihm mit einer Geste einen Stuhl an – »was kann ich für Euch tun?«

»Ich komme wegen der Hadati, mein Lord«, begann Erik, ohne Platz zu nehmen.

»Was ist mit ihnen?«, wollte Calis wissen.

»Sie sind verschwunden.«

»Das weiß ich wohl«, meinte Calis und lächelte schwach.

»Was ich meine, ist ... ich hatte Pläne ...«

Marschall William unterbrach ihn, indem er die Hand hob. »Hauptfeldwebel, welche Pläne Ihr auch immer gehabt haben mögt, sie waren sicherlich so gut, wie wir es von Euch gewohnt sind. Doch in dieser Angelegenheit werden wir Eure Fähigkeiten nicht benötigen.«

Erik kniff die Augen zusammen. »In welcher Angelegenheit?«

»Männern aus den Bergen beizubringen, wie man in den Bergen kämpft«, erklärte Calis.

Er gebot Erik mit einer Handbewegung, sich zu setzen.

William zeigte auf die Karte an der Wand. »Wir haben insgesamt tausend Meilen Gebirge und Bergketten, vom Großen Sternensee bis hinauf nach Yabon, Hauptfeldwebel. Wir brauchen Männer, die dort ohne Nachschub aus Krondor überleben können.«

Erik erwiderte: »Ich weiß, mein Lord –«

William unterbrach ihn abermals. »Diese Hadati sind genau die richtigen Männer dafür.«

Erik schwieg einen Augenblick lang. »Sehr wohl, mein Lord. Aber, nur um meine Neugier zu befriedigen, wo sind sie?«

»Auf dem Weg zu einem Lager nördlich von Tannerus. Dort werden sie sich mit Hauptmann Subai treffen.«

»Hauptmann Subai?« fragte Erik. Der Genannte war der Kopf der Fürstlich Krondorischen Späher, einer Elite-Kundschaftereinheit, deren Geschichte noch bis zu den ersten Streifzügen des Königreichs im Westen zurückreichte. »Ihr habt sie den Spähern unterstellt?«

»In gewisser Art und Weise«, antwortete Calis. Er klang müde, und Erik betrachtete das Gesicht seines Vorgesetzten genauer. Seine Augen waren dunkel gerändert, als habe er in den letzten Tagen wenig geschlafen, und insgesamt wirkte er noch verkniffener als gewöhnlich. Diese Anzeichen wären allerdings jemandem entgangen, der nicht jeden wachen Moment seit Monaten in Calis' Gesellschaft verbracht hatte: Calis war besorgt, und er arbeitete bis spät in die Nacht. Erik unterdrückte ein Lächeln. Er begann tatsächlich, das Kindermädchen zu werden, welches Calis sich verbeten hatte, und außerdem war er selbst genauso überarbeitet wie sein Vorgesetzter.

Calis erklärte: »Wir brauchen Kuriere und Offensivkundschafter.«

Dieser Begriff war Erik neu. »Offensivkundschafter?« fragte er.

»Eine Aufgabe für Verrückte«, erklärte Calis. »Du packst dir ein paar Rationen und einen Vorrat Wasser aufs Pferd; dann reitest du wie der Teufel durch die Wachposten des Feindes, hinter seine Linien, und versuchst dabei am Leben zu bleiben, triffst dich mit Agenten und Spionen, bringst gelegentlich jemanden um oder brennst ein befestigtes Lager nieder, richtest eben Schaden an, soviel es nur geht.«

»Du hast den wichtigsten Teil vergessen, Calis«, ergänzte William. »Überleben. Und mit dem zurückzukommen, was am allerwichtigsten für uns ist.«

»Informationen«, sagte Calis. »Ohne die sind wir blind.«

Mit plötzlicher Klarheit erkannte Erik, daß alles, was er auf den beiden Reisen nach Novindus durchgemacht hatte – die Entbehrungen, der Verlust guter Männer –, nur einem Zweck gedient hatte: lebenswichtige Informationen zu beschaffen. Bei vielen Dingen, die Erik gelernt hatte, war es ihm so ergangen – zuerst glaubte er, alles verstanden zu haben, um später zu bemerken, daß seine Ansichten oftmals oberflächlich waren und sich ihm der tiefere Sinn mancher Sache erst nach und nach erschloß. Taktiken und Strategien gehörten auch dazu. William betonte immer wieder, wie begabt Erik in dieser Hinsicht sei, und dennoch fühlte sich Erik häufig wie vor den Kopf gestoßen, wenn er mal wieder nicht auf das Offensichtliche kam.

Mit rotem Kopf antwortete Erik: »Ich verstehe.«

»Dessen bin ich mir sicher«, erwiderte Calis freundlich.

William sagte: »Wir würden es begrüßen, die Hadati für solche Zwecke einzusetzen, doch vermutlich werden sie als Späher und Kuriere dienen; die wenigsten von ihnen sind ausreichend gute Reiter, um sich für diese Aufgabe zu eignen.«

»Ich könnte sie doch ausbilden?« schlug Erik mit plötzlichem Interesse vor.

»Vielleicht. Doch wir erwarten noch einige inonianische Bergläufer aus dem Osten. Sie sind erfahrene Reiter.«

Erik hatte gelegentlich einen Inonianer in Finstermoor gesehen. Es waren dunkelhäutige, zähe Männer aus Inonia, das an der Küste der See des Königreichs lag, in der Nähe der Grenze mit Kesh. Ihrem Ruf nach waren sie genauso erbitterte Verteidiger ihres Hochlandes wie die Hadati oder die Zwerge. Erik kannte sie, weil sie ihren exzellenten Wein gegen die besten aus Finstermoor tauschten; ihre Weine waren vollmundig, unterschieden sich durch die Rebsorten von denen aus Finstermoor. Die Inonianer produzierten außerdem das beste Olivenöl, und dieses stellte auch die hauptsächliche Quelle ihres Wohlstandes dar.

»Soweit ich es beurteilen kann«, meinte Erik, »sind die inonianischen Reiter dazu geeignet.«

»In den Bergen«, setzte William an, wobei er aufstand, als könne er so seine Müdigkeit abschütteln, »sind Stippangriffsstrategien die Regel. Man stellt auch keine große Truppe zusammen, sondern arbeitet mit einem Dutzend oder weniger Männern.« Er deutete auf ein Bücherregal auf der anderen Seite seines Arbeitszimmers. »Es gibt Aufzeichnungen darüber, wie das Königreich das inonianische Gebiet erobert hat. Sie haben einige üble Tricks auf Lager, die uns helfen könnten, wenn die Invasoren hier ankommen.« Er reckte sich. »Sie reiten kleine zähe Ponys, und sie werden sich nicht leicht überzeugen lassen, auf unsere schnelleren Pferde umzusteigen; in dieser Hinsicht werdet Ihr ihnen Unterweisung geben müssen.«

Calis grinste, und Erik wußte, ohne es mitgeteilt zu bekommen, daß die Männer aus den Bergen des Ostens keinesfalls darauf erpicht sein würden, von ihm ausgebildet zu werden. »Doch im Augenblick«, fügte der Hauptmann hinzu, »kehrst du zuerst einmal mit einer anderen Truppe Soldaten in die Berge zurück.«

»Schon wieder?« Erik unterdrückte mühsam ein Stöhnen.

»Schon wieder«, antwortete Calis. »Bei Greylock und Jadow sind noch sechzig Leute in Ausbildung, und sie schwören, die wären jetzt für deinen Drill reif. Du und Alfred, ihr werdet morgen früh mit ihnen und sechs weiteren Männern losziehen.«

William wies ihn an: »Lehrt sie alles, was Ihr könnt, Hauptfeldwebel.«

»Und haltet Ausschau nach Männern, die sich zum Korporal eignen«, fügte Calis hinzu. »Wir brauchen auch mehr Feldwebel.«

»Jawohl, Sir.« Erik erhob sich, salutierte und wandte sich zum Gehen.

»Erik?«

»Ja?« fragte Erik, indes er an der Tür stehenblieb.

»Du siehst miserabel aus. Warum gehst du nicht heute abend ein wenig aus und amüsierst dich? Und das ist ein Befehl.«

Erik zuckte mit den Schultern, schüttelte den Kopf und meinte: »Ihr riecht auch nicht gerade nach Veilchen.«

Calis lächelte. »Ich weiß. Ich werde ein heißes Bad nehmen und mich heute abend früh zurückziehen.«

William sagte: »Sucht Euch ein Mädchen, trinkt etwas und entspannt Euch.«

Erik verließ das Geschäftszimmer des Marschalls und machte sich auf den Weg zu seinem Quartier. Er hatte den ganzen Tag draußen auf dem Kasernenhof verbracht, und bevor er irgendwo hinging, wollte er baden und sich umziehen.

Nach dem Bad und in ein frisches Hemd gekleidet, bemerkte er plötzlich, wie hungrig er war, und überlegte, ob er noch kurz in der Messe vorbeischauen sollte. Dann entschied er, ein Essen in der Stadt wäre genau das richtige.

Erik wählte den Gebrochenen Schild, jenes Gasthaus, welches Lord James für seine Männer führte, wo sie trinken und Huren finden konnten, ohne daß der Herzog befürchten mußte, seine Leute würden einem möglichen Agenten des Feindes gegenüber etwas ausplaudern.

Der Abend senkte sich gerade über die Stadt, die von Fackeln und Laternen hell erleuchtet war. James hatte für das Gasthaus einen Ort gewählt, der weit genug vom Palast entfernt war, damit die Soldaten sich von ihren Offizieren unbeobachtet fühlten, jedoch nah genug, damit eine Nachricht innerhalb von Minuten übermittelt werden konnte. Nur Erik, die Offiziere und ein paar andere wußten darum, daß jede Person in dem Gasthaus entweder ein Agent oder ein Angestellter des Herzogs war.

Kitty winkte Erik zu, als er eintrat, und unvermittelt lächelte er ihr zu. Er war es gewesen, der ihr die Nachricht von Bobby de Loungvilles Tod überbracht hatte, und seitdem kümmerte er sich gelegentlich ein wenig um sie. Das Mädchen hatte auf die traurige Nachricht kaum eine Reaktion gezeigt, sich lediglich für ein paar Minuten entschuldigt, und als sie zurückgekommen war, hatten nur die leicht geröteten Ränder um ihre Augen ihre Gefühle verraten. Erik vermutete, daß die frühere Diebin in den Mann verliebt gewesen war, der vor Erik den Rang des Hauptfeldwebels bekleidet hatte. Bobby war ein schwieriger, manchmal fast grausamer Mann gewesen, doch das junge Mädchen hatte er stets mit Respekt behandelt, seit es im Gasthaus arbeitete.

Erik hatte James gefragt, ob das Mädchen ausschließlich hinter der Theke stand, und der Herzog hatte nur erwidert, daß er mit ihren Diensten zufrieden sei und daß sie zu seinen Agenten zählte. Erik wußte, daß sie vor allem darauf aufzupassen hatte, daß sich keine Spötter, also Mitglieder der Gilde der Diebe, in den Gebrochenen Schild einschlichen.

»Was gibt's Neues?« fragte Erik, indes er an den Tresen trat.

»Nicht viel«, erwiderte Kitty und holte einen großen Krug unter der Theke hervor, den sie mit Bier füllte. »Nur die beiden da, die von wer-weiß-woher kommen.« Mit dem Kinn deutete sie auf zwei Männer, die an einem Tisch in der Ecke saßen.

»Wer sind die?« erkundigte sich Erik und nahm einen großen Schluck Bier. Man kann sagen, was man will, dachte er, zumindest serviert der Herzog hier das beste Bier.

Kitty zuckte mit den Schultern. »Haben nichts gesagt. Hören sich an wie Leute aus dem Osten. Sind sicherlich nicht aus der Gegend.« Sie holte einen Lappen hervor und begann, den blitzblanken Tresen abzuwischen. »Einer von ihnen schweigt die ganze Zeit, der dunkle Kerl in der Ecke, und der andere redet genug für beide.«

Erik zuckte mit den Schultern. Während die Einheimischen wußten, daß das Gasthaus der Treffpunkt der Soldaten war, verirrten sich gelegentlich Fremde herein, und obwohl die Angestellten stets auf der Hut waren und nach Spionen und Informanten Ausschau hielten, hatten die meisten dieser Fremden stichhaltige Gründe für ihren Aufenthalt. Die wenigen, welche diese nicht aufweisen konnten, wurden entweder von Herzog James' Agenten beschattet oder zur Befragung in den Keller gebracht, je nachdem, wie es der Herzog anordnete.

Erik sah sich um und entdeckte keines der anderen Mädchen. Er blickte Kitty an, und eigentlich war es ihm ganz recht, sich ein wenig mit ihr zu unterhalten. »Die Mädchen sind ja gar nicht da.«

»Meggan und Heather arbeiten heute abend«, erklärte Kitty. »Sie haben sich hinausgeschlichen, als die Fremden eingetroffen sind.«

Erik nickte. »Und die Mädchen für besondere Fälle?«

»Eine ist unterwegs«, sagte Kitty. Die Mädchen für besondere Fälle waren Agentinnen des Herzogs, und wenn sich ein Fremder zu lange im Gasthaus aufhielt, erschien bald eines von ihnen, um den Mann zu begleiten und aus ihm herauszuholen, was immer sich an Informationen als nützlich erweisen könnte.

Erik fragte sich, wer wohl die Rolle des obersten Spions gespielt hatte, und er war sich ziemlich sicher, daß dies Bobby de Loungville übernommen hatte. Ganz bestimmt nicht Hauptmann Calis.

»Was denkst du?« fragte Kitty.

»Ich habe nur gerade überlegt« – er warf einen Blick auf die beiden Fremden und sagte dann etwas anderes als beabsichtigt – »was die Angestellten unseres Pächters wohl machen?«

Kitty zog die Augenbrauen fragend hoch. »Was meinst du damit?«

Erik zuckte mit den Achseln. »Wahrscheinlich geht mich das sowieso nichts an. Man soll nicht zu neugierig sein.«

Kitty beugte sich vor und stützte die Ellbogen auf den Tresen. »Neugier hat mir das Todesmal eingebracht.«

Erik runzelte die Stirn. »Die Spötter?«

»Ich hab's gerüchteweise vor einigen Wochen gehört. Ein alter

Freund wollte mich warnen. Der Aufrechte ist zurückgekehrt, oder zumindest jemand, der von sich behauptet, er wäre der Aufrechte. Und mir hat man die Schuld für die Schwierigkeiten zugeschoben, die es nach dem Tod von Sam Tannerson gegeben hat.«

Tannerson war ein mieser, verbrecherischer Hund gewesen, der Kittys Schwester ermordet hatte, allein um Roo einen Denkzettel dafür zu verpassen, daß er im Armenviertel keine Geschäfte machen durfte, ohne Schutzgeld zu zahlen. Es war eine blutige Angelegenheit gewesen, und weder Roo noch Kitty wären ohne den Schutz des Herzogs heil aus der Sache herausgekommen.

»Was für Schwierigkeiten?«

»Das hat mit dem früheren Anführer der Spötter zu tun, dem Klugen, der aus Krondor fliehen mußte.« Sie seufzte. »Jedenfalls, wenn ich mich nach Einbruch der Dunkelheit aus diesem Gasthaus herauswage oder irgendwann das Armenviertel betrete, bin ich so gut wie tot.«

»Das ist ein hartes Los.«

Kitty tat es ab, als sei es nicht weiter wichtig. »So ist das Leben.«

Erik nippte an seinem Bier und betrachtete das Mädchen. Als man sie gefangengenommen hatte, war sie gezwungen worden, sich vor Bobby und den Männern auszuziehen. Sie war schön – hatte einen geschmeidigen Körper, einen langen Hals und große blaue Augen, die jedem Mann sofort auffielen –, aber sie war auch aus hartem Holz geschnitzt. Sie besaß einen rauhen Zug, der ihrer Schönheit nicht abträglich war, sondern sie eher unterstrich, als hätte das Leben sie in heißerem Feuer geschmiedet als andere Menschen. Erik fand sie sehr anziehend, auf eine Weise, die er nicht genau hätte beschreiben können. Sie war unnahbar und herausfordernd, wie die Mädchen, mit denen er im Schild des Weißen Flügel schlief, manchmal auch verspielt und ein wenig spöttisch, wie die Huren, die hier im Gasthaus arbeiteten. Zudem war sie zurückhaltend, aufmerksam, und, wie Erik fand, sehr klug.

»Was starrst du denn so an?« fragte sie.

Erik senkte den Blick. Es war ihm gar nicht aufgefallen, wie er sie angestarrt hatte. »Dich, glaube ich.«

»Hier gibt's genug Mädchen, wenn dich der Hafer sticht, Erik. Und falls du was Besonderes suchst, geh doch in den Weißen Flügel.«

Erik wurde puterrot. Kitty lachte. »Du benimmst dich wie ein kleiner Junge.«

»Ich bin nicht in der Stimmung ... dafür. Ich dachte nur, ich würde eben gern ein Gläschen oder zwei trinken ... und ein bißchen reden«, gab Erik zurück.

Kitty sah ihn forschend an, sagte jedoch einen Augenblick lang nichts. Schließlich fragte sie: »Reden?«

Erik seufzte. »Ich verbringe den ganzen Tag mit Männern, die nur erpicht darauf sind, mir den nächsten Befehl von den Augen abzulesen oder sich mit dem Hauptmann und den anderen Offizieren des Hofes zu treffen. Da wollte ich mich einfach mal ein wenig mit jemandem unterhalten, der nichts mit« – beinahe wäre ihm ›der Invasion‹ herausgerutscht – »Soldaten zu tun hat.«

Sollte Kitty sein kurzes Zögern aufgefallen sein, so ließ sie es sich jedoch nicht anmerken. »Also, worüber willst du mit mir reden?« fragte sie und legte den Lappen zur Seite.

»Zum Beispiel, wie es dir so geht.«

»Mir? Nun, ich bekomme besseres Essen als je zuvor. Und ich habe mich daran gewöhnt, nicht mehr mit einem Dolch in der Hand zu schlafen – ich lege ihn jetzt unters Kopfkissen. Ja, und daran habe ich mich inzwischen auch gewöhnt: in einem richtigen Bett zu schlafen.

Und keine Läuse und Flöhe zu haben, ist auch wunderbar.«

Unvermittelt mußte Erik lachen. Kitty fiel ein. Erik sagte: »Ich weiß, was du meinst. Dieses Ungeziefer kann einen regelrecht in den Wahnsinn treiben.«

Einer der Fremden trat zu ihnen heran. »Ich schätze, so wie du angezogen bist, bist du bestimmt Soldat, wie?« erkundigte er sich.

Erik nickte. »Ja, allerdings.«

Der Kerl klang ganz freundlich. »Ziemlich ruhig hier. Ich hab mich schon in einer Menge Gasthäuser rumgetrieben, aber das hier würde ich nicht gerade als belebt bezeichnen.«

Erik zuckte mit den Schultern. »Manchmal so, manchmal so. Hängt davon ab, was im Palast los ist.«

Der Mann fragte: »Tatsächlich?«

Erik warf Kitty einen Blick zu, und das Mädchen nickte kaum merklich. »Ich glaube, ich muß hinten mal eben etwas nachschauen«, gab sie vor und verschwand durch die Hintertür.

»Es steht eine große Parade ins Haus«, erklärte Erik. »Irgendein Botschafter oder jemand anderes aus Kesh kommt zu einem dieser Staatsbesuche. Der Zeremonienmeister der Fürstlichen Leibgarde ist halb verrückt wegen all dieses Unfugs, der zur Vorbereitung notwendig ist. Ich bin nur schnell auf ein Bier und einen Schwatz mit meiner Freundin vorbeigekommen; dann muß ich auch schon wieder zurück.«

Der Mann betrachtete seinen leeren Bierkrug. »Ich brauch noch eins.« Er drehte sich um und rief: »Mädchen!«

Als Kitty nicht antwortete, wandte er sich wieder an Erik. »Meinst du, sie würde etwas dagegen haben, wenn ich mich selbst bediene?«

Erik schüttelte den Kopf. »Wenn du ihr das Geld auf den Tresen legst, wohl kaum.«

»Darf ich dir eins spendieren?« fragte der Mann, während er hinter den Tresen trat.

»Was ist mit deinem Freund?« erkundigte sich Erik und deutete auf den anderen Mann am Tisch, den dunkleren, von dem Kitty gesagt hatte, er sei der Schweigsamere.

»Der wird warten. Er ist ein Geschäftspartner von mir.« Der Mann senkte die Stimme und fügte verschwörerisch hinzu: »Um die Wahrheit zu sagen, er ist ein füchterlicher Langeweiler. Der redet über nichts anderes als seine Geschäfte und seine Kinder.«

Erik nickte, als würde er verstehen.

»Ich bin ja noch nicht verheiratet«, sagte der Fremde, kam wieder vor den Tresen und reichte Erik das schäumende Bier. »Heiße übrigens Pierre Rubideaux. Aus Bas-Tyra.«

»Erik.« Er nahm den Krug entgegen.

»Auf deine Gesundheit.« Pierre hob seinen Krug.

Erik nahm einen Schluck. »Was bringt dich nach Krondor?« fragte er.

»Geschäfte. Vor allem wollen wir einen Handel mit der Fernen Küste in Gang bringen.«

Erik lächelte. »Das wirst du sicherlich mit einem meiner Freunde besprechen wollen, denke ich.«

»Und wer soll das sein?« wollte Rubideaux wissen.

»Rupert Avery. Dem gehört die Bittermeer-Gesellschaft. Wenn man in Krondor Handel treiben will, macht man seine Geschäfte entweder mit Roo oder mit Jacob Esterbrook. Und wenn es um die Ferne Küste geht, dann ist Roo genau der Richtige.« Erik nippte erneut an seinem Bier. Irgendwie hatte es einen leicht bitteren Nachgeschmack. Er runzelte die Stirn. Beim ersten Krug war ihm das nicht aufgefallen.

»Ehrlich gesagt, ich wollte tatsächlich zu Rupert Avery«, meinte der Mann.

Der andere Mann erhob sich und nickte Pierre zu. »Es ist an der Zeit«, sagte er. »Wir müssen los.«

»Nun gut, Erik von Finstermoor, es war mir ein Vergnügen, dich kennengelernt zu haben.«

Erik wollte auf Wiedersehen sagen, doch statt dessen zog er nur die Brauen hoch. »Ich habe dir doch gar nicht meinen vollen Namen gesagt –« begann er. Im gleichen Augenblick spürte er im Bauch einen stechenden Schmerz, als hätte ihm jemand ein glühendes Messer in die Gedärme gestoßen. Er streckte die Hand aus und packte den Fremden am Hemd.

Als würde er den Griff eines Kleinkindes lösen, schob dieser Mann Eriks Hand zurück. »Du hast noch ein paar Minuten, Erik, und die werden dir wie eine Ewigkeit vorkommen; das kannst du mir glauben.«

Erik fühlte, wie seine Beine unter ihm nachgaben, als er einen Schritt nach vorn machen wollte. Das Blut rauschte ihm in den Ohren, und um ihn herum wurde es dunkel. Schwach wurde ihm bewußt, daß Kitty die Wirtsstube betrat. Er hörte ihre Stimme wie von Ferne und konnte das meiste, was sie sagte, nicht verstehen, doch dann brüllte ein Mann: »Ergreift sie!«

Und dann war sein Sichtfeld wie durch einen langen hellen Tunnel verengt, während um ihn herum alles in Dunkelheit versank. Sein Körper schien in Flammen aufzugehen, so sehr tat er ihm weh, und jedes Gelenk begann anzuschwellen. Heiße Schmerzen jagten durch seine Arme und Beine, und sein Herz schlug schneller und schneller, als wollte es ihm aus der Brust springen. Der Schweiß rann ihm übers Gesicht, die Muskeln verkrampften sich und verweigerten den Gehorsam. Als Kittys Gesicht am Ende des schmalen Tunnels erschien, versuchte er, ihren Namen zu sagen, doch seine Zunge wollte ihm ebenfalls nicht mehr gehorchen, und der Schmerz machte das Atmen unmöglich.

Das letzte, was er hörte, ehe die Dunkelheit ihn vollends umfing, war sein einziges Wort: »Gift.«

»Er wird es überstehen«, sagte eine Stimme, als Erik langsam wieder zu Bewußtsein kam.

Schmerz schoß ihm durch die Stirn, als er die Augen öffnete, und er stöhnte. Das laute Stöhnen verdoppelte den Schmerz, und Erik verbiß sich ein zweites. Sein ganzer Körper tat weh, und seine Gelenke brannten.

»Erik?« hörte er die Stimme einer Frau, und er versuchte herauszufinden, woher sie kam. Verschwommen nahm er seltsame Schemen wahr, doch seine Augen wollten ihm nicht gehorchen, und so schloß er sie wieder.

Dann wieder eine andere Stimme, die von Roo: »Kannst du mich hören?«

»Ja«, gelang es Erik zu krächzen.

Jemand legte ihm ein feuchtes Tuch auf die Lippen, und Erik

lutschte daran. Die Feuchtigkeit tat ihm gut, also saugte er weiter. Dann setzte ihm jemand einen Becher Wasser an die Lippen, während sein Kopf gestützt wurde.

»Nur einen kleinen Schluck«, hörte er die Stimme der Frau.

Erik nippte, und obwohl er noch nie solch starke Schmerzen im Hals gehabt hatte, zwang er sich zum Schlucken. Nach ein paar Sekunden, als Mund und Kehle wieder feucht waren, fühlte er sich etwas besser.

Erik blinzelte. Er lag in einem Bett. Über ihn gebeugt hatten sich Kitty, Herzog James, Roo und Calis. Am Rande seines Sichtfeldes stand, kaum erkennbar für ihn, noch eine weitere Gestalt.

»Was ist geschehen?« fragte Erik mit heiserer Stimme.

»Du bist vergiftet worden«, erklärte ihm Roo.

»Vergiftet?«

Herzog James nickte. »Henri Dubois. Ein Giftmischer aus Bas-Tyra. Ich habe es schon mal mit seinen Künsten zu tun gehabt, in Rillanon. Doch so weit im Westen habe ich nicht mit ihm gerechnet.«

Indem er sich umsah, stellte Erik fest, daß er sich in einem Hinterzimmer des Wirtshauses befand. Den Mann, der hinter den anderen stand, hielt er für einen Priester, dessen Orden er jedoch nicht kannte.

»Warum?« wollte Erik wissen. Obwohl seiner Vermutung nach alle im Raum von der bevorstehenden Invasion wußten, wollte er dennoch kein Geheimnis verraten.

»Es hat nichts mit dem zu tun, was auf uns zukommt«, meinte Calis. Er sah bedeutungsvoll zu dem Priester hinüber, woraus Erik schloß, daß dem Mann nicht zu trauen war.

»Eine persönliche Angelegenheit«, erklärte Herzog James.

Einen Augenblick lang war Erik sich nicht darüber im klaren, was das zu bedeuten hatte, dann traf ihn die Erkenntnis wie ein Schlag. »Mathilda«, flüsterte er. Er ließ sich in die Kissen zurücksinken. Die Witwe seines Vaters, die Mutter seines ermordeten Halbbruders, hatte Erik und Roo Rache geschworen und offensichtlich jemanden geschickt, der die Angelegenheit für sie erledigen sollte.

»Dann haben sie es als nächstes auf Roo abgesehen«, sagte Erik.

»Das entbehrt nicht einer gewissen Logik«, stimmte James zu.

»Wer war der andere Mann, der stille?« fragte Erik, während James ihm half, sich aufzurichten. Übelkeit erfaßte ihn, seine Ohren klingelten, die Tränen schossen ihm in die Augen, doch er blieb bei Bewußtsein.

»Wir wissen es nicht«, antwortete Calis. »Er konnte aus dem Wirtshaus entkommen, während wir Dubois festgenommen haben.«

»Ihr habt ihn festgenommen?« erkundigte sich Erik.

»Ja«, gab James zurück. »Gestern abend.« Er deutete auf Kitty. »Nachdem sie meine Agenten geholt hatte, kehrte sie zurück und fand Euch auf dem Boden liegend vor. Da ahnte sie, was passiert war. Sie eilte zum nächsten Tempel und holte einen Priester.«

»Sie hat mich halb hierhergezerrt, meint Ihr«, warf der namenlose Priester ein.

James lächelte. »Meine Männer haben Dubois in den Palast gebracht, wo wir ihn die ganze Nacht über verhört haben. Wir sind sicher, daß ihn die alte Witwe des Barons von Finstermoor auf Euch angesetzt hat.« James zog eine Augenbraue hoch und deutete mit dem Kopf auf den Geistlichen.

Erik schwieg. Er wußte, daß Lady Gamina, die Gemahlin von James, des Gedankenlesens mächtig war, und genau aus diesem Grunde war man sicher, wer den Meuchelmörder gesandt hatte. Ein Geständnis war nicht vonnöten.

Der Priester trat vor. »Ich denke, Ihr solltet Euch ausruhen. Die Magie, welche Euren Körper von dem Gift gereinigt hat, konnte den bereits angerichteten Schaden nicht rückgängig machen. Ihr müßt wenigstens eine Woche bei strenger Diät das Bett hüten.«

»Ihr danke Euch, Vater ...?« setzte Erik an.

»Vater Andrew«, ergänzte der Priester. Er nickte dem Herzog zu und verließ den Raum ohne ein weiteres Wort.

Erik meinte: »Was für ein eigentümlicher Priester. Ich habe seine Ordensabzeichen nicht erkannt.«

»Wäre auch seltsam, wenn Ihr das hättet, Erik«, erwiderte der Herzog, indem er sich auf die Tür zubewegte. »Andrew ist ein Priester vom Orden des Ban-ath. Sein Schrein liegt dem Wirtshaus am nächsten.«

Der Gott der Diebe wurde nur von den wenigsten Bürgern verehrt, wenngleich es zwei Feiertage gab, an denen man ihm kleine Opfer darbrachte, um sein Heim zu schützen. Doch die meisten, die den Tempel besuchten, kamen durch die Hintertür, wie man so sagte. Den Gerüchten nach zahlten die Spötter dem Tempel den Zehnten.

James verabschiedete sich. »Ich werde Euch nun verlassen. Ihr bleibt noch ein paar Tage lang hier, und dann zieht Ihr mit dieser fröhlichen kleinen Bande von Strolchen, die wir für Euch rekrutiert haben, in die Berge und bringt ihnen bei, was sie wissen müssen.«

Erik blickte sich um. »Wo ist ›hier‹?«

»Mein Zimmer«, erklärte Kitty.

»Nein«, widersprach Erik und wollte aufstehen. Von der Anstrengung wurde er fast ohnmächtig. »Ich muß nur wieder ein wenig zu mir kommen, dann will ich zum Palast zurück.«

Calis wandte sich zum Gehen. »Du bleibst hier.«

»Ich habe schon in schlechterer Gesellschaft geschlafen«, verkündete Kitty. »Es macht mir nichts aus, auf dem Boden zu schlafen.«

Erik wollte protestieren, doch die Erschöpfung machte es ihm schwer, die Augen offenzuhalten.

Er hörte, wie Calis etwas zu Kitty sagte, doch er bekam nicht so recht mit, um was es sich handelte.

Während der Nacht peinigte ihn Schüttelfrost, bis ein warmer Körper zu ihm ins Bett schlüpfte. Er spürte, wie sich Arme wohltuend um seine Taille legten. Doch als er am Morgen erwachte, war er allein.

Erik ritt schweigend dahin. Nach einigen Tagen im Bett und einer Woche im Sattel kam er langsam wieder zu Kräften. Seit dem Aufbruch von Krondor hatte er es Alfred überlassen, die Männer zu schleifen, und kaum mehr getan, als Alfred und dem anderen Korporal namens Nolan Anweisungen zu geben. Nur ein oder zwei Mal hatte er die Verteidigungsanlagen des Lagers inspiziert. Jadow und die anderen Feldwebel hatten in Krondor gute Arbeit geleistet. Die Männer waren darin geübt, ihr Lager jeden Abend in der Art der alten keshianischen Legionen zu befestigen. Innerhalb einer Stunde, nachdem der Befehl gegeben war, stand ein kleines Fort mit brusthohem Wall und Graben, bewehrt mit angespitzten Pfählen und beweglichen Planken, die Ein- oder Auslaß gewährten.

Erik lernte die Männer langsam kennen, doch noch immer konnte er nicht jeden Namen behalten. Wie er wußte, würden viele von ihnen im bevorstehenden Krieg den Tod finden. Doch Calis und William suchten mit sicherer Hand die richtigen Männer für diese speziellen Kompanien aus. Die Männer, die er jetzt führte, waren hart und selbstbewußt, und Erik vermutete, daß sie in der Lage wären, monatelang auf sich selbst gestellt in diesen Bergen zu überleben, sollte die Situation dies erfordern – wenn sie nur erst einmal die Besonderheiten des Lebens im Gebirge gelernt hatten.

Erik rief sich alles ins Gedächtnis, was er noch von seiner Zeit in Ravensburg wußte: Die Sinnestäuschungen, die einem der Wind vorspielte, die Bedrohung durch einen plötzlich aufziehenden Sturm, den man erspüren mußte, ehe er wirklich da war, und die Gefahren, denen man in einem solchen Sturm ausgesetzt war. Er hatte schon mehr als einen toten Reisenden gesehen, der nach einer Frostnacht, nur wenige Meilen vom nächsten Gasthaus entfernt, nicht mehr aufgewacht war.

Der Nordwind blies kalt, denn der Winter stand vor der Tür. Erik mußte an den Händler zurückdenken, den er mit zehn Jahren gefunden hatte; der Mann hatte unter einem Baum Schutz gesucht und sich in seinen Mantel gehüllt, doch der Nachtwind hatte alle Wärme aus dem Mann gesogen, als wäre er in Eis eingeschlossen gewesen.

Sie zogen über einen schmalen Bergpfad, der überwiegend von Jägern und manchmal auch von Schafhirten benutzt wurde. Der Weg nahm die gleiche Richtung wie die Straße des Königs von Krondor nach Ylith, wandte sich jedoch etwa fünfzig Meilen von der Stadt des Prinzen entfernt weiter nach Nordosten. Eine Reihe kleiner Weiler säumte den Weg, bis an einer Gabelung eine Straße nach Westen abzweigte, vermutlich in Richtung Falkenhöhle und Questors Sicht, während ein schmalerer Weg weiter nach Nordosten auf die Zähne der Welt und den Hogewald zuführte. Die Ausläufer des großen Gebirges und die Wiesen, Täler und Weiten des Waldes stellten eine der gefährlichsten und unerforschtesten Gegenden innerhalb der Grenzen des Königreiches dar.

Bis heute hatten sich nur wenige Bürger des Königreichs in diese Gegend vorgewagt, denn es gab keine natürlichen Handelswege, wenig brauchbares Ackerland und kaum Bodenschätze, die Menschen hierhergelockt hätten. Erik hatte – ohne jemanden zu fragen – beschlossen, diese Rekruten auf diesem Marsch weiter nach Norden zu führen als alle anderen zuvor. Er hatte ein Gefühl, daß sie, je besser sie über den Norden des Königreichs Bescheid wußten, desto weniger unliebsame Überraschungen erleben würden, wenn schließlich die Armee der Smaragdkönigin einträfe.

Als würde er seine Gedanken lesen, ritt Alfred neben ihm auf und fragte: »Sind wir nur zum Drill nicht schon ein wenig zu weit gezogen, Erik?«

Erik nickte. Er zeigte auf einen in der Ferne liegenden Paß. »Schick eine Schwadron vor, die den Berg dort auskundschaften soll, damit wir nicht unerwartet auf einen Trupp Dunkelelben treffen. Sie sollen einen geeigneten Lagerplatz für die Nacht suchen.« Er blickte sich um und fügte leise hinzu: »Morgen wird gejagt. Wir wollen doch mal sehen, wer es schafft, sich sein eigenes Essen zu besorgen.«

Alfred erschauerte. »Das ist eine verdammt kalte Ecke zum Lagern.«

»Je weiter wir nach Norden kommen, desto kälter wird es.«

Alfred seufzte. »Jawohl, Hauptfeldwebel.«

»Außerdem haben wir unser Ziel fast erreicht«, verkündete Erik.

»Und wärt Ihr so frei, mir dieses Ziel zu verraten, Hauptfeldwebel?« fragte Alfred.

»Nein«, entgegnete Erik.

Korporal Alfred ritt davon, und Erik unterdrückte ein Lächeln. Der alte Korporal hatte für Eriks Vater in Finstermoor Kasernendienst geschoben, und das schon fünfzehn Jahre, bevor sie sich kennengelernt hatten. Während Erik erst zweiundzwanzig Jahre alt war, hatte der Korporal schon zwanzig Jahre mehr auf dem Buckel. Er hatte zu den ersten gehört, die von Erik geformt worden waren. Dabei war es nicht ohne Einsatz der Fäuste gegangen. Das erste Mal waren sie in einem Gasthaus in Wilhelmsburg aneinandergeraten, wo Alfred versucht hatte, Erik zu verhaften, das zweite Mal in der ersten Woche des Drills unter Erik und Jadow Shati, und das dritte Mal, als Alfred ein wenig zu selbstsicher geworden war und gedacht hatte, er könne den jungen Feldwebel ausstechen. Danach waren sie zur Reise nach Novindus, dem fernen Kontinent, aufgebrochen, und Alfred hatte zu den wenigen Überlebenden gehört. Heute würde Erik dem Mann sein Leben anvertrauen, und er wußte, daß es sich andersherum genauso verhielt.

Erik dachte über diesen seltsamen Haufen von Soldaten nach. Es waren Männer, die ansonsten kaum miteinander ausgekommen wären, die jedoch, indem sie zusammen dienten und gemeinsam dem Tod ins Auge geschaut hatten, wie Brüder füreinander fühlten. Bei dem Wort Bruder schoß ihm die Frage durch den Kopf, ob es James gelingen würde, die Mutter von Eriks

Halbbruder davon zu überzeugen, ihre Mordabsichten gegen ihn fallenzulassen. Falls überhaupt jemand dazu in der Lage war, dann nur Lord James.

Die Männer marschierten weiter, und Eriks Gedanken wanderten zu dem bevorstehenden Krieg. Erik war nicht in alle Pläne von Lord James, Marschall William und Prinz Patrick eingeweiht, doch er konnte sich diese sehr gut vorstellen. Und diese Vorstellung gefiel ihm ganz und gar nicht.

Besser als die meisten Männer wußte er über das Bescheid, was auf sie zukam und wie hoch der Preis für den Sieg sein würde. In diesem Augenblick wurde er aus seinen Grübeleien gerissen, als eine Nachricht durchgegeben wurde: »Kundschafter zurück!«

Einer der Männer, die vorausgeschickt worden waren, kam raschen Schritts angelaufen und rannte an der Kolonne vorbei, die vor Erik marschierte. Beim Hauptfeldwebel blieb er stehen. Der Mann hieß Matthew, und er rang nach Atem, während er Bericht erstattete. »Rauch, Hauptfeldwebel!« Er drehte sich um und zeigte auf die Stelle. »Hinter dem Kamm. Etwa ein Dutzend Feuer, würde ich schätzen.«

Als Erik den Bergkamm absuchte, bemerkte er den tiefhängenden Rauch, den man aus dieser Entfernung leicht mit Bodennebel verwechseln konnte. »Wo sind die anderen Kundschafter?«

Der Soldat, der immer noch nach Luft japste, antwortete: »Mark ist weiter vorangezogen, während Wil und Jenks dort warten, wo wir den Rauch zum ersten Mal bemerkt haben.« Er holte tief Luft und fügte dann hinzu: »Und Jenks wird ihm vermutlich gerade folgen, schätze ich.«

Erik nickte. Es war das Standardvorgehen für jede Berührung mit eventuell feindlich gesonnenen Soldaten. Die Kundschafter brachen stets eine Stunde vor dem Haupttrupp auf und zogen paarweise zu beiden Seiten der Straße voran, wobei sie nach möglichen Hinterhalten Ausschau hielten. Wenn ein etwaiger Feind entdeckt wurde, sollte einer der Männer zurückkehren, während ein zweiter weiter vorstieß. Falls dieser Kundschafter sich nicht binnen kurzer Zeit wieder meldete, folgte ihm ein zweiter, um festzustellen, ob der erste tot oder gefangen war oder einfach nur den Feind beobachtete. Wenn der erste Kundschafter abgelöst worden war, brachte er die gewonnenen Informationen zurück, während er dem zweiten Mann die Beobachtung des Feindes überließ.

Erik nickte und wünschte, die Männer befänden sich schon in der Reiterausbildung. Diese begann erst im nächsten Monat, und die Geschwindigkeit von Reitern wäre ihm jetzt von Nutzen gewesen.

Erik hob die Hand und befahl: »Verständigung nur noch durch Handzeichen!«

Die hintersten Männer drehten sich um und vergewisserten sich des Befehls, dann tippte jeder dem Vordermann auf die Schulter und gab den Befehl lautlos weiter. Alfred machte eine fragende Geste, und Erik nickte. Er zeigte an, daß er mit dem Kundschafter zur Vorhut reiten würde, während Alfred die Kolonne anführen sollte. Zwei Schwadrone sollten die Flügel sichern und auf alles gefaßt sein.

Dann bedeutete Erik dem Kundschafter, er solle vorangehen, und ritt hinter ihm her. Der Mann lief in gutem Tempo los, und Erik ließ sein Pferd im Trab gehen.

Nachdem sie fast eine halbe Stunde der Straße gefolgt waren, trafen sie auf den Kundschafter, der zurückgelassen worden war. Er hob die Hand, und Erik stieg ab. Mit gesenkter Stimme erstattete der Mann Bericht. »Keine Nachricht von Jenks oder Mark, Feldwebel.«

Erik nickte und reichte Matthew die Zügel. Er machte Wil ein Zeichen, mit ihm zu kommen, und schlich den Weg entlang. Während er den Blick über das kleine Tal schweifen ließ, konnte er den Rauch hinter dem Kamm nun deutlich erkennen.

Er folgte dem Weg eine Viertelmeile und blieb dann stehen. Hier stimmte etwas nicht. Er lauschte, wobei ihm auffiel, daß man aus allen Richtungen Geräusche hören konnte, nur nicht von vorn. Er gab Wil ein Zeichen, er solle auf der anderen Seite neben der Straße weitergehen, dann kämpfte er sich durch das dichte Unterholz vor.

Während er sich durch die Büsche schlug, kam er nur langsam voran. Die Bäume an diesem felsigen Berghang standen in kleinen Gruppen, dazwischen gab es Lichtungen, die kaum Dekkung gewährten. Am Rande einer solchen Lichtung entdeckte Erik Wil auf der anderen Seite der Straße. Mit Handzeichen gab er dem Kundschafter zu verstehen, daß er einen Bogen schlagen und sich von hinten an die nächste Baumgruppe heranschleichen sollte.

Erik hielt Ausschau und wartete. Wenn Wil nicht wieder erscheinen würde, wüßte er, wo er sich aufhielt, wer auch immer seine Kundschafter gefangennahm. Erik beobachtete die Umgebung und entschied, weiter den Hang hinaufzusteigen.

Er trat unter den Bäumen hervor, zwischen denen er sich versteckt hatte, und erreichte das Bett eines ausgetrockneten Baches. Beim nächsten Regen würde sich durch diesen Bach eine Sturzflut ergießen, doch im Augenblick erinnerte nur der feuchte Boden unter seinen Füßen an den letzten Niederschlag in den Bergen.

Jetzt konnte Erik Rauch riechen. Hier mußten noch weitere Feuer gebrannt haben, und Erik vermutete, daß die andere Kompanie in der vorangegangenen Nacht an dieser Stelle gelagert hatte. Ein vertrauter Geruch stieg ihm in die Nase, und Erik richtete den Blick hangaufwärts. Zwar hatte man den Pferdedung gut versteckt, doch jemandem, der mit Pferden aufgewachsen war, entging der Geruch nicht so leicht. Die Tiere waren ein Stück entfernt von jener Lichtung, wo seine Kundschafter verschwunden waren, angepflockt gewesen. Der jetzt noch vorhandene Gestank des Pferdeurins würde sich bereits morgen verflüchtigt haben.

Erik bewegte sich auf einen Punkt zu, der genau jenem auf der anderen Seite der Straße gegenüberlag, wo er Wil zum letzten Mal gesehen hatte. Dort blieb er stehen und lauschte. Wieder schien es dort eine Stelle zu geben, von der sich die Tiere des Waldes fernhielten, bis die gegenwärtig dort Anwesenden abgezogen waren.

Erik umrundete das Gebüsch und erreichte die nächste Baumgruppe von der Hangseite aus. Er arbeitete sich wieder zum Weg vor. Plötzlich wurde ihm bewußt: jemand beobachtete ihn.

Obwohl er noch jung war, besaß er eine Menge Erfahrung im Kriegshandwerk, und ihm war klar, daß er jeden Augenblick angegriffen werden würde. Er sprang zur Seite, während an der Stelle, wo er sich gerade noch befunden hatte, ein Körper landete.

Der Mann war sofort wieder auf den Füßen. Erik tat das, was man am wenigsten erwartet hätte: Er warf sich auf den Mann und drückte ihn zu Boden.

Nur wenige Männer waren so kräftig wie Erik, und so standen seine Chancen im Nahkampf besser. Er wälzte den Mann herum und richtete sich über ihm auf.

Doch sein Gegner war ebenfalls kräftig und zudem schnell. Dennoch hatte Erik ihn bald an den Handgelenken gepackt. Da er in den Händen des Mannes keine Waffe sah, ließ er die Handgelenke los und holte aus, um zuzuschlagen. Als er den Mann erkannte, zögerte er jedoch.

»Jackson?«

Der Soldat antwortete: »Jawohl, Hauptfeldwebel.«

Erik stieß sich von dem Mann ab und erhob sich. Der Soldat gehörte Prinz Patricks Leibgarde an. Doch statt der Gardeuniform des Palastes trug er ein dunkelgrünes Gewand und eine ebensolche Hose, dazu einen Lederharnisch, einen kurzen Dolch und einen runden Helm.

Erik streckte die Hand aus und half dem Wachmann auf die Beine. »Wollt Ihr mir nicht verraten, was es hiermit auf sich hat?«

Eine andere Stimme antwortete: »Nein, das will er nicht.«

Erik blickte sich nach der Stimme um und entdeckte ein weiteres vertrautes Gesicht: Hauptmann Subai von den Fürstlich Krondorischen Spähern.

»Hauptmann?«

»Hauptfeldwebel!« erwiderte der Offizier. »Ihr seid ein wenig vom Weg abgekommen, nicht wahr?«

Erik betrachtete den Mann. Er war hochgewachsen, doch schlaksig, fast hager. Sein Gesicht war wettergegerbt und ähnelte dunklem Leder. Wenngleich seine Augenbrauen und sein Haar schon grau waren, hielt Erik ihn noch nicht für einen alten Mann. Schenkte man den Gerüchten Glauben, stammte er eigentlich aus Kesh. Er wurde zu den besten Fechtern gezählt und galt als herausragender Bogenschütze. Doch wie die meisten Späher blieb er unter seinesgleichen und hatte kaum etwas mit den anderen Soldaten der Garnison oder Calis' Blutroten Adlern zu tun.

»Prinz Patrick hat mir den Befehl erteilt, meine neue Kompanie auszubilden, und ich dachte, es wäre nicht verkehrt, sie durch ein rauheres Gelände marschieren zu lassen, als man es in der Umgebung von Krondor findet.« Mit dem Kopf deutete er auf den fernen Rauch. »Sind das Eure Feuer, Hauptmann?«

Der Mann nickte. »Nun, Ihr könnt Eure Männer so weit in den Norden führen wie Ihr wollt, Hauptfeldwebel, doch nicht hier entlang.«

»Aus welchem Grunde nicht, Hauptmann?«

Der Mann zögerte, erklärte jedoch schließlich: »Das war keine Bitte, Hauptfeldwebel. Das war ein Befehl.«

Erik hatte keine Lust, sich über die Befehlshierarchie zu streiten. Hier hatte er keinen Söldner vor sich, wie sie von Adligen angeheuert wurden, sondern einen Hauptmann der Armee des Prinzen, einen Mann, dessen Rang dem von Calis gleichkam. Erik dachte an Bobby de Loungville, der in einer solchen Situation sicherlich die passende Erwiderung parat gehabt hätte, doch alles, was ihm einfiel, war: »Jawohl, Sir.«

Subai sagte: »Eure Kundschafter sind dort drüben. An denen müßt Ihr noch etwas arbeiten.«

Erik überquerte die Straße und entdeckte zwei weitere Soldaten, die Wil, Mark und Jenks bewachten. Seine Männer waren gefesselt, doch nicht allzu unbequem. Erik sah sich die beiden Wachen an und stellte fest, daß einer ebenfalls ein Späher war, während der andere Prinz Patricks Leibgarde angehörte.

»Macht sie los«, befahl Erik, und die beiden Wachen gehorchten. Seine drei Leute erhoben sich, offensichtlich ein wenig steif von den Fesseln, und reckten und streckten sich, derweil die Wachen ihnen ihre Waffen zurückgaben.

Wil wollte etwas sagen, doch Erik hob die Hand. Er hörte aus der Ferne ein leises Geräusch, dann noch eins, und ein drittes. »Kommt mit!« befahl er seinen Männern.

Nachdem sie die Späher hinter sich gelassen hatten, fragte Erik: »Sie sind also aus den Bäumen auf euch heruntergesprungen?«

Mark antwortete: »Jawohl, Hauptfeldwebel.«

Erik seufzte. Genau das hatte er sich schon gedacht. »Also gut, dann müßt ihr eben öfter mal nach oben schauen.«

Die Männer erwarteten einen Zornesausbruch oder zumindest Vorwürfe, weil sie sich so leicht hatten gefangennehmen lassen, doch Erik war mit seinen Gedanken bereits wieder ganz woanders.

Er sann darüber nach, warum sich Prinz Patricks Leibgarde hier oben in den Bergen befand, dazu noch zusammen mit den Spähern und ihrem seltsamen Hauptmann. Noch seltsamer allerdings war die Gegenwart so vieler Soldaten auf einem Bergrücken, wo es allen Karten zufolge gar keine Straße gab. Am seltsamsten jedoch waren die schwachen Geräusche, die Erik gehört hatte. Er hatte einen Augenblick gebraucht, bis er das zweite Geräusch erkannt hatte, doch dann war ihm klar geworden, daß dort Bäume gefällt wurden. Das und auch das Klopfen von Steinen hatte er nicht sofort einordnen können. Das erste Geräusch hingegen kannte er schon seit seiner frühesten Kindheit: Das Klingen eines Hammers, der auf einen Amboß schlägt.

Als sie den wartenden vierten Kundschafter erreichten, erkühnte sich Jenks zu fragen: »Was machen diese Kerle eigentlich dahinten, Hauptfeldwebel?«

Ohne nachzudenken antwortete Erik: »Sie bauen eine Straße.«

»Dort hinten?« fragte Wil. »Wozu?«

Erik erwiderte: »Das weiß ich auch noch nicht, aber ich beabsichtige, es herauszufinden.«

Das stimmte nicht ganz. Er konnte sich sehr wohl vorstellen, weshalb man in einer so abgelegenen Gegend eine Straße baute. Doch die Antwort auf diese Frage gefiel ihm ganz und gar nicht.

Drei

Queg

Roo zog eine verdrießliche Miene.

Karli trat mit deutlicher Ehrfurcht im Gesicht zurück, als der Herzog von Krondor ihr Haus betrat. Sie hatte Lord James bereits auf dem Fest kennengelernt, welches Roo zu Ehren der Gründung der Bittermeer-Gesellschaft ausgerichtet hatte. Draußen vor der Tür wartete eine Kutsche. Vier Soldaten, von denen einer eine Lanze mit dem Banner des Herzogs trug, hielten ihre Pferde am Zügel.

»Guten Abend, Mrs. Avery«, grüßte der Herzog. »Entschuldigt bitte die unerwartete Störung, doch ich muß Euch leider für eine Weile Euren Gemahl entführen.«

Karli war sprachlos, doch dann brachte sie hervor: »Entführen?«

Herzog James lächelte, nahm ihre Hand und drückte sie sachte. »Ich bringe ihn heil zurück. Das verspreche ich.«

Roo fragte: »Was gibt es zu besprechen?« Er deutete auf die Tür seines Arbeitszimmers.

Der Herzog nickte nur.

Er zog seinen Umhang aus und reichte ihn dem staunenden Dienstmädchen, welches gekommen war, um nachzusehen, wer an der Tür war. Der Herzog drückte sich an ihr und Karli vorbei.

Roo schloß die Tür des Arbeitszimmers hinter ihnen. »Welchem Umstand habe ich das Vergnügen zu verdanken?« fragte er.

James setzte sich auf einen Stuhl gegenüber von Roos Schreibtisch. »Dem Ausdruck Eures Gesichts nach, als ich vor der Tür stand, kann man wohl kaum von Vergnügen sprechen.«

Roo erwiderte: »Nun, der Herzog von Krondor meldet sich

nur höchst selten gerade dann an, wenn ich gerade ins Bett gehen will.«

»Ich komme ganz gut ohne vorherige Anmeldung aus, und außerdem versetze ich dann nicht gleich deinen ganzen Haushalt in Aufruhr und muß nicht mit all deinen Nachbarn zu Tisch sitzen«, meinte James. »Um die Wahrheit zu sagen, kenne ich die meisten Leute, die hier in der Gegend ihre Anwesen haben, und Ihr gehört zu den wenigen, mit denen sich ein interessantes Gespräch führen läßt.«

Roo blickte ihn mißtrauisch an. »Wollt Ihr die Nacht hier verbringen, mein Lord?«

»Besten Dank für das Angebot, doch ich muß meine Reise noch fortsetzen. Ich bin unterwegs in Eure Heimat, um ein Wörtchen mit der Baroneßwitwe von Finstermoor und ihrem Sohn zu wechseln. Wegen des Giftmischers, den sie geschickt hat, um Erik zu ermorden.«

»Ihr habt den Mörder doch in Haft genommen.«

»Ja«, erwiderte der Herzog. Sein Gesicht wirkte müde, und es schien, als hätte er in den letzten Tagen keinen Schlaf gefunden, doch seine Augen waren wach. Er betrachtete Roo einen Augenblick lang. »Man hat sich ... um ihn gekümmert. Der andere Mann treibt sich allerdings noch frei herum, und falls er der Bote von Baroneß Mathilda war, wird er wohl inzwischen wieder in Finstermoor sein. Und Mathilda wird bereits das nächste Komplott schmieden. Ich habe jedoch Pläne mit Euch und Erik, und aus diesem Grunde möchte ich persönlich dafür sorgen, daß sie ihre Mordgelüste begräbt«, sagte er leichthin. Dann fügte er ernsthaft hinzu: »Keiner von Euch beiden darf sterben, ehe ich meine Zustimmung gebe.«

Roo lehnte sich zurück. Bevor der Herzog nicht damit herausrückte, was er auf dem Herzen hatte, gab es nichts, das ihm noch zu sagen blieb. Roo wußte, wieviel er dem Herzog schuldete, weil dieser ihn bei seinem nie zuvor gesehenen Aufstieg zu Reichtum und Macht unterstützt hatte, und er war sicher, daß

James jetzt gekommen war, um einen Teil dieser Schuld einzutreiben. Er würde nicht nur einfach so hereinschauen, um ihm mitzuteilen, wie sehr er sich persönlich um seine und Eriks Sicherheit sorgte.

Nachdem er einen Augenblick geschwiegen hatte, meinte James: »Ich könnte etwas zu trinken vertragen.«

Roo hatte den Anstand zu erröten. »Entschuldigt«, sagte er und erhob sich von seinem Stuhl. Er holte zwei Kristallgläser und eine dazu passende Karaffe mit edlem Brandy aus einem Wandschränkchen neben einem der Fenster, durch das man auf Karlis Beete im Garten hinaussehen konnte. Daraufhin goß er in beide einen reichlichen Schluck und reichte eines der Gläser dem Herzog.

James nippte daran und nickte beifällig.

Nachdem sich Roo wieder gesetzt hatte, begann der Herzog zu sprechen. »Ich muß Euch um einen Gefallen bitten.«

Roo zeigte sich überrascht. »Ihr klingt, als würdet Ihr das tatsächlich so meinen.«

»Das stimmt auch. Wir wissen beide, wieviel Ihr mir zu verdanken habt, aber ich kann Euch nicht dazu zwingen, dorthin zu gehen.«

»Wohin zu gehen?«

»Nach Queg.«

»Nach Queg?« Roo hätte nicht verblüffter dreinschauen können. »Warum nach Queg?«

James zögerte einen Augenblick lang, ganz so, als würde er abwägen, wieviel er Roo verraten konnte. Er senkte die Stimme. »Im Vertrauen, wir werden alle Hände voll zu tun haben, wenn die Flotte der Smaragdkönigin die Straße der Finsternis durchquert hat. Nicky hat ein paar Ideen, wie er sie während der Passage angreifen kann, doch dazu muß er den größten Teil der Flotte zur Fernen Küste verlegen. Damit wären unsere Frachtschiffe von den Freien Städten und Ylith ohne Schutz, sobald der Feind ins Bittere Meer eingedrungen ist.«

»Also wollt Ihr mit Queg ein Abkommen treffen, daß sie unsere Schiffe nicht überfallen?«

»Nein«, entgegnete James. »Ihr sollt mit Queg verhandeln, damit ihre Kriegsschiffe unsere Schiffe eskortieren.«

Roo blinzelte wie eine Eule im hellen Sonnenschein. Dann lachte er. »Ihr wollt sie bestechen.«

»So könnte man es ausdrücken, ja.« James nippte an seinem Brandy, dann fügte er mit abermals gesenkter Stimme hinzu: »Und wir brauchen Feueröl. Und zwar viel.«

»Werden sie es uns verkaufen?«

James nippte erneut. »Früher hätten sie das nie getan. Aber sie wissen, daß wir es selbst herstellen können und daß wir das auch seit dem Fall von Armengar tun. Alles, was uns fehlt, sind große Herstellungseinrichtungen. Unsere Agenten haben herausbekommen, daß die Queganer über einen ausreichenden Vorrat verfügen. Ich brauche mindestens fünftausend Fässer. Zehntausend wären jedoch besser.«

»Damit kann man eine Menge zerstören«, flüsterte Roo.

»Ihr wißt, was auf uns zukommt, Roo«, erwiderte der Herzog genauso leise.

Roo nickte. Es gab nur einen einzigen Händler in Krondor, der zu jenem fernen Land gereist war und mit eigenen Augen mitangesehen hatte, mit welcher Zerstörung die Smaragdkönigin Unschuldige überzog. Doch es gab genug andere Händler, die weit bessere Verbindungen nach Queg besaßen. »Warum ich?«

»Weil man neugierig auf Euch ist, Roo Avery. Die Nachricht von Eurem Aufstieg hat sich von Roldem bis zu den Inseln des Sonnenuntergangs herumgesprochen, und ich hoffe, daß diese Neugier ins Gewicht fallen wird.«

»Inwiefern?« fragte Roo.

James stellte das Glas auf Roos Schreibtisch ab. »In Queg gibt es viele drollige und originelle Gesetze, und eines davon besagt, daß man als Nichtbürger dieses verrückten kleinen Reiches nicht die geringsten Rechte besitzt. Wenn Ihr einen Fuß auf queganischen Boden setzt, ohne einen queganischen Gastgeber zu haben, werdet Ihr das Eigentum des nächsten Queganers, der stark genug ist, Euch zu fesseln. Falls Ihr Widerstand leistet, und sei es auch nur, um Euer Leben zu retten, gilt das als Angriff auf einen Bürger.« Er machte eine rudernde Bewegung. »Was haltet Ihr von langen Seereisen?«

»Wie lange?«

»Zwanzig Jahre ist das kürzeste Urteil, von dem wir gehört haben.«

Roo seufzte. »Und wie finde ich einen Gastgeber?«

»Das ist der heikle Punkt«, erklärte James. »Unsere Beziehungen zu Queg sind in letzter Zeit etwas belastet. Nach unserem Geschmack schmuggeln sie zuviel und überfallen auch zu viele Schiffe, während wir in ihren Augen zu wenig Zoll zahlen, um auf *ihrem* Meer zu fahren. Unsere Delegation wurde vor vier Jahren rausgeworfen, und es wird noch eine Weile dauern, bis sie die nächste empfangen.«

»Klingt durchaus schwierig«, meinte Roo.

»Ist es auch. Doch man muß über die Queganer nur zwei Dinge wissen: ihre Regierung ist dazu da, um die Ordnung zu bewahren – was bedeutet, die Bauern zu unterdrücken – und die Insel zu verteidigen. Die eigentliche Macht liegt in den Händen der reichen Geschäftsleute. Die ältesten Familien haben einen ererbten Sitz im Kaiserlichen Senat, dem Gremium mit der eigentlichen Macht. Und wer genug Geld hat, kann sich einen Sitz kaufen.«

Roo grinste. »Klingt, als wäre es für Leute wie mich gedacht.«

»Ich bezweifle, daß es Euch dort gefallen wird. Vergeßt nicht, Fremde haben dort keine Rechte. Wenn Ihr Euren Gastgeber irgendwie reizt, kann er Euch im Bruchteil eines Augenblicks seinen Schutz entziehen. Was bedeutet, daß Ihr Euch äußerst höflich benehmen müßt. Nehmt eine Menge Geschenke mit.«

»Ich verstehe, was Ihr meint.« Roo dachte eine Weile über das nach, was James ihm gerade mitgeteilt hatte. »Und wie kann ich überhaupt an Land gehen und einen Gastgeber finden, wenn Ihr mich schon nicht in die Gesellschaft einführen könnt?«

»Ihr seid ein findiges Kerlchen«, meinte James und trank seinen letzten Schluck Brandy. Er erhob sich. »Ihr werdet Euch schon etwas einfallen lassen. Hört Euch unter Euren Geschäftspartnern um. Wenn Ihr die Namen von einigen habt, mit denen Ihr Kontakt aufnehmen könnt, werde ich ohne Schwierigkeiten eine Botschaft nach Queg einschmuggeln lassen können, doch das ist alles, was ich für Euch tun kann.«

Roo erhob sich ebenfalls. »Ich denke, ich werde einen Weg finden.« In Gedanken widmete er sich schon ganz diesem neuen Problem.

»Meine Kutsche wartet, und ich habe noch ein gutes Stück zu fahren«, sagte der Herzog, während er in den Flur trat.

James folgte Roo und nahm dem Dienstmädchen seinen Mantel ab, das ihn immer noch hielt. Rasch half sie dem Herzog beim Anziehen, und James trat zu Roo, der bereits die Tür öffnete.

Die Kutsche wartete direkt vor dem Portal, und Roos Portier stand bereit, um die Kutsche zum Eingang des Anwesens zu geleiten.

Als eine Wache die Kutschentür hinter James geschlossen hatte, lehnte sich dieser aus dem Fenster und sagte: »Wartet nicht zu lange. Spätestens nächsten Monat müßt Ihr aufbrechen.«

Roo nickte und schloß die Tür. Karli kam die Treppe heruntergeeilt und fragte: »Was wollte der Herzog denn?«

»Ich muß nach Queg«, antwortete Roo.

»Queg?« fuhr seine Frau auf. »Ist das nicht gefährlich?«

Roo zuckte mit den Schultern. »Ja. Aber im Augenblick besteht das eigentliche Problem darin, überhaupt dorthin zu gelangen.« Er gähnte, legte den Arm um sie und drückte sie an sich. »Jetzt muß ich erst einmal richtig schlafen. Laß uns ins Bett gehen.«

Sie begegnete seiner guten Laune mit einem ihrer seltenen Lächeln. »Das würde mir wohl auch gefallen.«

Roo führte seine Frau nach oben.

Roo lag in der Dunkelheit und lauschte Karlis gleichmäßigem Atem. Sie hatten sich geliebt, doch ohne große Phantasie. In keiner Weise erregte Karli Roos Verlangen so wie Sylvia Esterbrook. Während der Liebesspiele mit seiner Frau hatte Roo die ganze Zeit an seine Geliebte gedacht und verspürte nun deswegen Schuldgefühle.

Seit der Ordensverleihung im Palast hatte er Sylvia mindestens einmal die Woche besucht, oft auch zweimal, und noch immer war es mit ihr so aufregend wie beim ersten Mal. Leise stieg er aus dem Bett und trat ans Fenster.

Durch das makellose Glas, welches er zu einem hohen Preis aus Kesh importiert hatte, blickte er auf die geschwungenen Hügel seines Anwesens. Dazu gehörte auch ein kleiner Fluß, der, wie man ihm gesagt hatte, exzellente Angelmöglichkeiten bot, und ein kleiner Forst, in dem es von Wild nur so wimmelte. Immer schon hatte er wie ein Adliger fischen und jagen wollen, doch nie schien er die Zeit dafür erübrigen zu können. Erholen konnte er sich nur, wenn er mit Erik den Schild des Weißen Flügels besuchte, wenn er mit Sylvia im Bett war oder wenn er mit seinem Cousin Duncan Fechtübungen machte.

Es war einer jener wenigen Augenblicke, in denen er über sich selbst nachdachte; er betrachtete seine Frau und fand sich vom Schicksal gleichermaßen gesegnet wie verflucht. Gesegnet, weil er den Mord an Stefan von Finstermoor, die Reise nach Novindus mit Hauptmann Calis und die Auseinandersetzung mit den Jacoby-Brüdern überlebt hatte. Und darüber hinaus war er der reichste Händler von Krondor. Glücklich war er auch über seine Familie, wenngleich er von seiner Frau nicht allzuviel hielt; seit langem war er davon überzeugt, daß er Karli aus Mitleid und Schuldgefühl geheiratet hatte: Er glaubte, für den Tod ihres Vaters verantwortlich zu sein.

Seine Kinder verwirrten ihn. Sie waren fremdartige kleine Wesen, die Dinge verlangten, welche er nur vage als notwendig empfand. Und sie neigten dazu, in den ungünstigsten Augenblicken unangenehm zu riechen. Abigail war ein schüchternes Kind, das oft in Tränen ausbrach und schon davonlief, wenn er seine Stimme nur geringfügig hob. Helmut zahnte zur Zeit, weswegen er ständig den Inhalt seines Magens erbrach, gewöhnlich dann, wenn Roo sich gerade ein frisches Hemd angezogen hatte. Roo war sich bewußt, daß Sylvia jetzt seine Frau wäre, hätte er seinerzeit nicht Karli geheiratet. Er hatte keine Ahnung, was andere meinten, wenn sie von Liebe sprachen, doch all seine Gedanken kreisten stets um Sylvia. Sie führte ihn zu Höhen der Leidenschaft, von denen er allenfalls geträumt hatte, bevor sie in sein Leben getreten war. Wäre Sylvia seine Frau geworden, so stellte er sich vor, wären seine Kinder vollkommen, kleine blonde Engel, die stets lächelten und erst dann sprachen, wenn ihr Vater sie dazu aufforderte. Er seufzte. Nein, selbst mit Sylvia als Mutter würden ihm Abigail und Helmut als eigentümliche, fremdartige Wesen erscheinen.

Er sah einer Wolke nach, die sich vor den großen Mond schob, den einzigen, der sich zur Zeit am Nachthimmel zeigte. Und während sich die Landschaft vor seinem Fenster verdunkelte, verfinsterte sich auch seine Stimmung. Sylvia, dachte er im stillen. Er zweifelte langsam daran, ob sie wirklich in ihn verliebt war; vielleicht zweifelte er auch nur an sich selbst, dennoch konnte er nicht glauben, daß jemand wie er ihr Interesse auf sich ziehen, geschweige denn ihr Herz für sich gewinnen konnte. Und trotzdem wirkte sie jedesmal erfreut, wenn er einen Besuch bei ihr und ihrem Vater einrichten konnte, besonders dann, wenn er die Nacht bei ihr verbrachte. Ihr Liebesspiel war einfallsreich und leidenschaftlich, doch während die Monate verstrichen, zweifelte er mehr und mehr daran, ob er dem Schein trauen konnte. Und er fragte sich zudem oft, ob sie nicht geschäftliche Informationen an ihren Vater weitergab, was ihn viel Geld kosten konnte. Er würde sich mehr in acht nehmen müssen bei dem, was er Sylvia erzählte. Sicherlich horchte sie ihn nicht geradewegs aus, doch schon eine beiläufige Bemerkung von ihr beim Essen konnte dem listigen alten Fuchs Vorteile gegenüber seinem jungen Rivalen verschaffen.

Er reckte sich, derweil die Wolke vorbeizog. Sylvia war etwas Seltsames und Unerwartetes in seinem Leben, ein wahres Wunder. Dennoch konnte er die Zweifel nicht besänftigen. Er fragte sich, was Helen Jacoby wohl von all dem halten würde. Der Gedanke an Helen ließ ihn lächeln. Obwohl sie die Witwe eines Mannes war, den er getötet hatte, waren sie Freunde geworden, und, um die Wahrheit zu sagen, unterhielt er sich lieber mit ihr als mit Karli oder selbst Sylvia.

Roo seufzte erneut. Drei Frauen, und er wußte nicht, was er von ihnen zu halten hatte. Leise schlich er aus dem Schlafgemach und ging hinüber in sein Arbeitszimmer. Dort machte er eine Truhe auf, nahm ein Holzkästchen heraus und öffnete es. Im Mondlicht glitzerte ein Schmuckstück mit fünf großen Rubinen, von denen jeder so groß war wie sein Daumen, und einem Dutzend kleinerer, die alle auf die gleiche Weise geschliffen waren.

Er hatte das Stück im Osten verkaufen wollen, doch zu viele Juweliere hätten es als das erkannt, was es war: Diebesgut. Auf dem Kästchen stand der Name des Eigentümers, Lord Vasarius.

Roo lachte leise. Wie oft hatte er darüber geflucht, daß er dieses Schmuckstück nicht verkaufen konnte, und jetzt gereichte ihm das zum Vorteil. Am Morgen würde er seinen Lehrling Dash zu dessen Großvater, Herzog James, schicken, damit dieser eine Botschaft nach Queg überbringen ließ:

»Geehrter Lord Vasarius. Mein Name ist Rupert Avery, ich bin Händler in Krondor. Jüngst gelangte ich in den Besitz eines Gegenstandes von großem Wert, der, wie ich sicher bin, Euch gehört. Werdet Ihr mir das Vergnügen bereiten, ihn Euch eigenhändig zurückgeben zu dürfen?«

Das Schiff lag in dem riesigen Hafen von Queg, der Hauptstadt jener Inselnation gleichen Namens, und schaukelte leise vor sich hin. Fasziniert beobachtete Roo das Treiben auf dem Kai.

Riesige Kriegsgaleeren füllten den Hafen, daneben lagen Dutzende kleinerer Schiffe und Boote, vom großen Handelsschiff bis hin zum kleinsten Fischkutter. Für eine Insel von der Größe Quegs war der Hafen unglaublich belebt.

Roo hatte soviel über dieses feindselige kleine Inselvolk in Erfahrung gebracht wie nur möglich, hatte seine Geschäftspartner, alte Soldaten und Seeleute und jeden ausgefragt, der ihm einen »Trumpf« zustecken konnte, wie die Kartenspieler sagen. Als sich das Kaiserreich Groß-Kesh von der Fernen Küste und den heutigen Freien Städten zurückgezogen hatte, um seine Legionen gegen die aufständischen Nationen im Süden der Keshianischen Konföderation zu werfen, hatte der Gouverneur von Queg revoltiert.

Als Sohn des damaligen Kaisers von Kesh und seiner vierten oder fünften Frau hatte er das Kaiserreich Queg ausgerufen. Dieses kleine Volk vormaliger Keshianer, welches sich durch Heirat mit der Urbevölkerung der Insel vermischt hatte, wäre eigentlich nicht ernst zu nehmen gewesen. Doch zwei Gründe machten das kleine Volk zu einem durchaus wichtigen Staat: denn erstens war die Insel vulkanischen Ursprungs und besaß das fruchtbarste Ackerland nördlich des Tals der Träume, welches zudem von ungewöhnlichen Meeresströmungen umgeben war, die für das mildeste Klima im ganzen Bitteren Meer sorgten – wodurch die Insel in der Lage war, ihre Bevölkerung alleine zu ernähren. Und zweitens war da noch seine Marine.

Queg hatte die größte Marine im ganzen Bitteren Meer, eine Tatsache, die in ständigen Kleinkriegen mit dem Königreich, Kesh und den Freien Städten ihre Bestätigung fand. Außerdem beanspruchte Queg die territoriale Oberhoheit über das gesamte Bittere Meer – ein Erbe jenes alten Anspruchs von Kesh –, und darüber hinaus führte seine Piraterie zu zusätzlichen Irritationen. Oft überfielen Galeeren ohne Banner die Küste des Königreichs und der Freien Städte, in manchen Jahren sogar die westliche Küste des Kaiserreichs Kesh, und stets behaupteten Kaiser und Senat von Queg, von solchen Vorgängen nichts zu wissen.

Mehr als einmal hatte Roo einen der niederen Palastbeamten

sagen hören: »Und dauernd behaupten sie: ›Wir sind eine arme Nation, die auf allen Seiten von Feinden umgeben ist.‹«

Seltsame Schatten streiften über das Wasser. Roo hob den Blick und riß die Augen auf. »Seht nur!«

Jimmy, der Enkel von Lord James, und sein Bruder Dash blickten ebenfalls beide auf und betrachteten die Formation riesiger Vögel, die hinaus aufs Meer zogen. Jimmy war mitgekommen, weil sein Großvater darauf bestanden hatte, und dieser Umstand hatte Roo kein geringes Unbehagen bereitet. Dash arbeitete für ihn, zumindest offiziell, und auf ihn konnte er sich verlassen. Jimmy arbeitete jedoch für seinen Großvater, obwohl Roo sich nicht ganz sicher war, in welchem Rahmen er das tat. Jedenfalls führte er ihm bestimmt nicht die Bücher. Einen kurzen Augenblick lang fragte sich Roo, ob die Queganer die ganze Reisegesellschaft oder nur ihn selbst hängen würden, wenn man die Jungen der Spionage beschuldigte.

Die Brüder waren sich äußerlich nicht besonders ähnlich, Jimmy sah aus wie seine Großmutter, hatte feine Züge und helles Haar; Dash kam mehr nach seinem Vater, Lord Arutha, und hatte braune Locken und ein breites, offenes Gesicht. Doch wie die wenigsten Brüder waren sie sich ebenbürtig, was ihre Haltung und ihre Gerissenheit betraf.

»Adler«, sagte Jimmy, »oder so etwas Ähnliches.«

»Ich dachte, die wären nur eine Legende«, erwiderte Dash.

»Was?« fragte Jimmy.

»Die riesigen Raubvögel, die Harnische tragen und wie Ponys geritten werden.«

»Auf denen reitet jemand?« fragte Roo ungläubig, während die Hafenarbeiter die Seile vertäuten.

»Kleine Menschen«, erklärte Jimmy. »Männer, die seit Generationen wegen ihrer geringen Größe ausgewählt wurden.«

Dash fügte hinzu: »Der Legende nach hat in uralten Zeiten ein Drachenlord mit ihnen gejagt, so wie du oder ich mit einem Falken jagen würden. Dies sind die Nachfahren dieser Vögel.«

»Mit einem Schwarm von ihnen könnte man vermutlich in einer Schlacht viel Schaden anrichten«, gab Roo zu bedenken.

»Nein«, widersprach Jimmy. »Sie können nicht viel tragen, und sie werden rasch müde.«

»Du weißt aber eine Menge über sie«, meinte Roo.

»Gerüchte, mehr nicht«, erwiderte Jimmy grinsend.

»Oder Berichte vom Schreibtisch deines Großvaters?« hakte Roo nach.

Dash rief: »Seht nur, das Empfangskomitee.«

»Was immer du ihnen geschrieben hast, Roo«, sagte Jimmy, »es scheint seinen Zweck erfüllt zu haben.«

»Ich habe Lord Vasarius nur darüber informiert«, erläuterte Roo, »daß sich etwas von Wert, das ihm gehört, in meinen Händen befindet, und daß ich es ihm gern zurückgeben würde.«

Die Planken wurden ausgefahren, doch als Roo von Bord gehen wollte, legte ihm der Kapitän des Schiffes die Hand vor die Brust und hielt ihn zurück. »Wir sollten uns besser an die hiesigen Sitten halten, Mr. Avery, Sir.«

Der Kapitän rief hinüber: »Mr. Avery und seine Gesellschaft aus Krondor. Haben sie Erlaubnis, an Land zu kommen?«

Eine große Delegation Queganer wartete um einen Mann vor einer Sänfte, die von einem Dutzend muskelbepackter Sklaven getragen wurde. Jeder von ihnen war mit einem bunten Tuch bekleidet, welches über eine Schulter hing und das man, wie Roo gesagt worden war, Toga nannte. In den kalten Monaten trugen die Einheimischen Hemd und Hose, doch im Frühjahr, Sommer und beginnenden Herbst wurde von den Reichen dieses leichte Gewand bevorzugt. Einer der Männer antwortete in der Sprache des Königreichs: »Bitte kommt an Land und seid unser Gast, Mr. Avery.«

Der Kapitän fragte: »Wer hat gesprochen?«

»Alfonso Velari.«

Der Kapitän zog seine Hand zurück. »Ihr seid jetzt eingeladen, Euren Fuß auf queganischen Boden zu setzen, Mr. Avery. Solange dieser Velari seine Protektion nicht zurückzieht, seid Ihr ein freier Mann. Der Tradition nach muß er Euch das jedoch einen Tag im voraus wissen lassen. Wir werden hier warten und jederzeit bereit sein, die Segel zu setzen.«

Roo sah den Mann mit Namen Bridges, einen seiner vielen Kapitäne, an. »Ich danke Euch, Kapitän.«

»Wir stehen zu Eurer Verfügung, Sir.«

Während er an Land ging, hörte er, wie Dash Jimmy zumurmelte: »Natürlich steht er Roo zur Verfügung. Roo ist schließlich der Besitzer des Schiffes!«

Jimmy lachte leise, dann verstummten die Brüder.

Roo blieb vor Velari stehen. Der war ein kleiner Mann mittleren Alters, der sein Haar kurz und mit Öl eingestrichen trug. Roo fühlte sich sofort an Tim Jacoby erinnert, der ebenfalls eine Vorliebe für die queganische Art der Haartracht gehabt hatte. »Mr. Avery?« fragte der Queganer.

»Zu Euren Diensten, Sir.«

»Nicht zu meinen, freundlichster Mr. Avery. Ich bin nur einer der vielen Diener von Lord Vasarius.«

»Befindet sich Lord Vasarius in der Sänfte?« erkundigte sich Roo.

Der Queganer lächelte milde. »Die Sänfte ist für Euch gedacht, Mr. Avery.« Er bat Roo mit einer Geste, in die Sänfte einzusteigen. »Träger werden sich Eures Gepäcks annehmen und es zum Heim meines Meisters bringen.«

Roo warf Dash und Jimmy einen Blick zu. Die beiden nickten. Roo sagte: »Ich habe geplant, in einem der besseren Gasthäuser der Stadt zu übernachten ...«

Velari machte eine wegwerfende Handbewegung, mit der er jeden Einwand ausräumte. »Es gibt keine, Sir. Nur die gemeinen Reisenden und die Seeleute übernachten in öffentlichen Häusern. Männer von Rang sind stets Gäste anderer Männer von Rang.«

Als wäre die Angelegenheit damit erledigt, hielt er den Vorhang der Sänfte zur Seite, und Roo stieg unbeholfen hinein. In dem

Moment, in dem er Platz genommen hatte, wurde die Sänfte von acht Sklaven angehoben, und die Prozession setzte sich in Gang.

Roo besichtigte die Stadt Queg, während er durch sie hindurchgetragen wurde. Mit einem Blick nach hinten stellte er fest, daß Jimmy und Dash ihm folgten, und so widmete er sich ganz der Pracht der queganischen Hauptstadt.

Eines der wichtigsten Exportgüter Quegs stammte aus den Steinbrüchen in der Mitte der Insel. Dort wurde Marmor von unerreichter Qualität gebrochen und zu hohen Preisen an die Adligen im Königreich, in Kesh oder in den Freien Städten verkauft. Damit wurden dann Fassaden eindrucksvoll verziert oder großartige Kamine gebaut. Hier hingegen wurde der Marmor für alles verwendet. Gewöhnliche Gebäude waren zwar offensichtlich aus verputztem Stein gebaut, doch die größeren Häuser auf den Hügeln der Umgebung glänzten schneeweiß in der Morgensonne.

Der Tag war trotz der frühen Stunde schon warm, und Roo wünschte, er hätte leichtere Kleidung angezogen. Die Geschichten, die er über das Klima hier gehört hatte, waren sämtlich untertrieben gewesen. Während das Wetter in Krondor des Morgens noch sehr kühl und nachmittags mild war, herrschte in Queg schon fast Sommer. Gerüchten zufolge entsprangen die warmen Strömungen rund um die Insel Unterwasservulkanen.

Obwohl das queganische Volk den Ruf hatte, Fremden gegenüber höchst feindselig und prinzipiell schwer zugänglich zu sein, schienen sich die Leute auf der Straße kaum von denen in Krondor zu unterscheiden. Vor allem trugen sie andere Kleidung, die Arbeiter, die im Hafen Frachten entluden, zum Beispiel Lendenschurze und Stirnbänder, andere Arbeiter hingegen kurze Hemden aus einem Stoff, der wie leichte Wolle aussah, und dazu kreuzweise geschnürte Riemchensandalen.

Gelegentlich erspähte Roo einen Adligen in Toga, doch die meisten Männer trugen kurze Hemden. Roo sah zudem Frauen, die lange Kleider, Arme und Kopf jedoch unbedeckt trugen.

Die Stadt waren ebenso laut wie Krondor, auch wenn es kaum Pferde zu geben schien. Roo erklärte sich die Abwesenheit der Tiere damit, daß eine Bevölkerung dieser Größe eine Menge Ackerland brauchte, um versorgt zu werden. Somit blieb nicht viel Platz für Weiden. Pferde mußten auf Queg großen Luxus darstellen.

Die Gesellschaft zog eine Reihe von Hügeln hinauf und wieder hinunter, bis sie schließlich vor einem großen Gebäude hinter einer Steinmauer ankam. Das Tor öffnete sich, und zwei Wachen in der traditionellen queganischen Uniform – Brustpanzer, Beinschienen, Kurzschwert und Helm – gewährten ihnen Einlaß. Roo erinnerten sie im Aussehen an die legendären Soldaten der Inneren Legion von Kesh. Er hatte die Taktiken der Legionäre kennengelernt, als er bei Calis' Blutroten Adler gedient hatte, und wußte einiges über sie. Doch aus der Nähe hatte er noch keinen gesehen.

Und während die Sänfte vorsichtig abgestellt wurde, dachte Roo, daß er vermutlich niemals ein wirkliches Mitglied der Inneren Legion zu Gesicht bekommen würde. Obwohl man sich erzählte, daß sie nach wie vor die besten Soldaten der Welt seien, verließen sie niemals die Gegend um den Overnsee, jenen Binnensee, an welchem die Stadt Kesh vor Jahrhunderten erbaut worden war. Abwesend fragte sich Roo, ob der Ruf dieser Soldaten verdient war oder sich nur auf die Eroberungen in alten Zeiten gründete.

Die Sprache von Queg war ein Dialekt des alten Keshianisch, wie es zu der Zeit gesprochen worden war, als sich das Kaiserreich aus dem Bitteren Meer zurückgezogen hatte, und von daher war sie mit der Sprache von Yabon und den Freien Städten verwandt. Zudem ähnelte sie auch dem Dialekt, der in Novindus gesprochen wurde, so daß Roo das meiste verstehen konnte, was rund um ihn herum gesprochen wurde.

Er hielt es jedoch für ratsam, dies nicht offen zu zeigen.

Als er aus der Sänfte stieg, kam eine junge Frau langsam die drei

Steinstufen herunter, die zum breiten Eingang des Gebäudes führten. Sie war nicht unbedingt eine Schönheit, doch immerhin majestätisch: schlank, selbstsicher und mit einer Haltung, die Bände über ihre Verachtung einem fremden Kaufmann gegenüber sprach, derweil sie diese Verachtung mit einem Lächeln zur Begrüßung überspielte.

»Mr. Avery«, sagte sie in der Sprache des Königreichs, wenn auch mit deutlichem Akzent.

»Der bin ich«, erwiderte Roo und verneigte sich unverbindlich.

»Ich bin Livia, die Tochter des Vasarius. Mein Vater hat mich gebeten, Euch Eure Gemächer zu zeigen. Auch um Eure Bediensteten wird man sich kümmern.« Als sie sich umwandte, trat Jimmy vor und räusperte sich.

Die junge Frau drehte sich erneut um. »Ja?«

»Ich bin Mr. Averys persönlicher Sekretär«, sagte Jimmy, ehe Roo sich noch äußern konnte.

Das Mädchen zog die Augenbrauen hoch, wandte sich jedoch abermals um, und Roo nahm dies als Zustimmung, daß Jimmy mit Roo kommen dürfte. Leise fragte Roo: »Du bist mein was?«

Jimmy flüsterte zurück: »Ich habe beim Münzwerfen gewonnen. Dash spielt deinen Diener.«

Roo nickte. Einer würde drinnen bei Roo, der andere draußen beobachten, was es zu beobachten gab. Natürlich hatte Lord James den beiden noch weitere Aufgaben zugedacht, als nur darauf zu achten, daß Roo nicht auf der Ruderbank einer Galeere oder am Galgen endete.

Roo und Jimmy wurden in den großzügigen, nach oben offenen Eingangsbereich geführt, und von dort aus eine Reihe von Gängen entlang. Roo vermutete bald, daß das Gebäude aus vier im Quadrat angeordneten Flügeln bestand, und sein Verdacht bestätigte sich, als er durch eine Tür einen Blick auf den Garten im Inneren des Quadrats werfen konnte.

Das Mädchen führte sie in ein großes Zimmer, in dem zwei

Betten standen, die von feinmaschigen weißen Netzen eingehüllt waren. In den Boden in der Mitte des Raums war ein großes Becken zum Baden eingelassen. Aus den Fenstern konnte man über die Mauer hinweg in der Ferne die Stadt sehen, während die Nachbarhäuser verdeckt waren. Zurückgezogenheit und Panorama, dachte Roo. Livia sagte: »Dies ist Euer Zimmer. Badet und kleidet euch um. Die Diener werden Euch zum Abendessen führen. Bis dahin wünsche ich angenehme Ruhe.«

Sie verließ das Zimmer ohne weiteren Kommentar, und sie beachtete auch Roos Dankesworte nicht. Jimmy lächelte, als ihm ein junger Mann die Tasche aus der Hand nahm und begann, sie auszupacken. Er zwinkerte Roo zu und legte den Kopf leicht schief.

Roos Gepäck wurde von einem jungen Mädchen ausgepackt, auch das Holzkästchen mit dem Rubinschmuck. Sie legte es auf einen der Tische, als wäre es nicht Besonderes, nahm seine Kleider und ging auf eine, wie es schien, massive Marmorwand zu. Sie drückte leicht dagegen, die Tür öffnete sich, und dahinter lag ein Schrank.

»Erstaunlich«, sagte Roo und trat näher heran, um sich die Tür anzusehen. »Jimmy, guck dir das an.«

Jimmy kam zu ihm. Die Tür bestand aus einer dünnen Marmortafel, die jedoch schwerer als ein Mann sein mochte. Klug aufgehängt und genau ausgewogen ließ sich die Tür ohne Anstrengung bewegen.

Roo zeigte auf die Angeln. »Sehr gut verarbeitet.«

»Teuer«, meinte Jimmy.

Das Mädchen konnte ein Kichern gerade noch unterdrücken, und Roo sagte: »Unser Gastgeber scheint zu den reichsten Männern von Queg zu gehören.«

Der Junge, der sich um Jimmys Gepäck gekümmert und seine Habseligkeiten in einer Truhe vor dem Bett verstaut hatte, stellte sich neben das Mädchen und wartete.

Roo war sich nicht ganz sicher, was jetzt folgen sollte, doch

Jimmy sagte: »Wir baden lieber allein, danke. So ist es bei uns Sitte. Wenn wir jetzt für uns sein dürften?«

Ohne eine Regung warteten die beiden jungen Leute. Jimmy machte mit Gesten deutlich, daß er und Roo baden wollten und zeigte dann auf die Diener und die Tür. Die beiden verbeugten sich und verließen das Zimmer. Roo fragte: »Diener zum Baden?«

»Das ist hier und in Kesh sehr verbreitet. Vergiß nicht, sie sind Sklaven, und sie dürfen nur so lange in diesem Luxus leben, solange sie ihrem Meister und seinen Gästen zu Gefallen sind. Selbst der kleinste Fehler kann sie in ein Bordell am Hafen oder in die Steinbrüche verschlagen.«

Roo sah ihn entsetzt an. »Darüber habe ich mir gar keine Gedanken gemacht.«

»Das machen sich die meisten Leute aus dem Königreich nicht.« Jimmy begann, sich auszuziehen. »Wenn du nicht mit mir baden willst, kann ich als erster hinein oder auch auf dich warten.«

Roo schüttelte den Kopf. »Ich habe schon in kalten Flüssen mit anderen Männern gebadet, und dieses Becken ist groß genug für sechs von uns.«

Sie zogen sich aus und stiegen ins Wasser. Roo blickte sich um und fragte: »Wo ist die Seife?«

»Wir sind in Queg«, erklärte Jimmy und zeigte auf eine Reihe Holzstäbchen, die auf dem Beckenrand lagen. »Schrubb dir den Schmutz damit ab.«

Roo hätte lieber ein Stück handgemachte Seife aus Krondor gehabt und betrachtete die Stöckchen mißtrauisch, nahm sich jedoch schließlich eins und folgte Jimmys Beispiel. Nach einer zweiwöchigen Seereise war er zwar nicht außerordentlich schmutzig, doch frisch konnte man ihn auch nicht gerade nennen. Doch nachdem Jimmy ihm gezeigt hatte, wie man die Stäbchen – *stigle* in der Landessprache – benutzte, wurde er den Schmutz im heißen Wasser bald los.

Doch mit dem Haar war das so eine Sache. Obwohl er wiederholt untertauchte, fühlte er sich noch immer nicht so recht sauber, bis ihn Jimmy darauf hinweis, daß die meisten queganischen Männer ihr Haar mit Öl einstrichen.

»Was ist mit den Frauen?« fragte Roo.

»Darüber habe ich mir noch keine Gedanken gemacht«, erwiderte Jimmy, während er aus dem Becken stieg und sich in ein großes Badetuch hüllte.

Nachdem sie sich angezogen hatten, stellten sie fest, daß im Zimmer jegliche Sitzmöglichkeit fehlte, und deshalb legten sie sich hin, um auf das Zeichen zum Essen zu warten. Roo döste ein wenig in der Wärme des Nachmittags, bis er von Jimmy geweckt wurde.

»Zeit zum Essen.«

Roo erhob sich. Vor der Tür ihres Zimmers wartete Livia auf sie. Er nahm das Holzkästchen mit den Rubinen und ging auf die Tür zu. Als er Livia begrüßen wollte, fragte das Mädchen: »Haben Euch die Diener nicht zufriedengestellt?«

Roo hatte keine Ahnung, worauf sie hinauswollte. Jimmy hingegen antwortete. »Doch, meine Dame. Wir waren nur erschöpft und wünschten Ruhe.«

»Falls Ihr unter den Dienern und Dienerinnen am Tisch welche findet, nach denen es Euch verlangt, merkt Euch nur die Namen, und wir werden sie Euch heute nacht auf Euer Zimmer schicken.«

Roo stammelte: »Ähm …, meine Dame, ich bin ein verheirateter Mann.«

Das Mädchen blickte ihn über die Schulter an, während er sie den Gang entlangführte. »Stellt dies ein Problem für Euch dar?«

»In meinem Volk schon«, erwiderte Roo und errötete. Während er seine Frau mit Sylvia so selbstverständlich betrog wie er atmete, erschien ihm der Gedanke, eines dieser jungen Mädchen – oder gar einer dieser Jungen – könnte zu ihm ins Bett geschickt werden, schockierend.

Jimmy mußte sich arg zusammenreißen, um nicht laut loszulachen.

Das Mädchen gab sich gleichgültig, während es sie zum Speisezimmer führte. Der Tisch bestand aus einer langen Marmorscheibe, die auf verzierten Stützen aus dem gleichen Material ruhte. Roo vermutete, daß der Tisch mit einem Kran in das Zimmer befördert und das Dach hinterher aufgesetzt worden sein mußte. Entlang jeder Seite des Tisches stand ein halbes Dutzend Stühle ohne Rückenlehne, kaum mehr als Halbkreise aus zum Tisch passendem Stein, die mit dicken Kissen gepolstert waren. Fast wie kleine Bänke, dachte Roo. Man schob diese schweren Stühle nicht zurück, um sich zu setzen, sondern man stieg über sie hinweg. Livia deutete auf einen Stuhl zur Linken des Mannes, der am Kopf der Tafel saß. Roo sollte dort Platz nehmen. Dann ging sie zu dem Stuhl auf der rechten Seite ihres Vaters. Jimmy setzte sich links neben Roo.

Lord Vasarius war ein eindrucksvoller Mann, befand Roo. Er trug seine Toga über einer Schulter, und so konnte Roo sehen, welche Muskeln er trotz seines Alters noch besaß. Er hatte die Schultern eines Ringers und die Arme eines Schmiedes. Sein eingöltes rotblondes Haar war mit viel Grau durchsetzt und lag eng am Kopf an. Er erhob sich weder noch bot er Roo die Hand, sondern senkte nur leicht den Kopf. »Mr. Avery.«

»Mein Lord«, erwiderte Roo und verneigte sich, wie er es vor dem Prinzen getan hätte.

»Eure Nachricht war sehr geheimnisvoll, doch der einzige Gegenstand von Wert, den Ihr im Königreich möglicherweise in Händen halten könnt, ist ein Rubingeschmeide, welches mir vor über einem Jahr gestohlen wurde. Wenn Ihr es mir bitte geben würdet?« Er streckte die Hand aus.

Roo wollte ihm das Kästchen über den Tisch reichen, doch ein Diener nahm es ihm aus der Hand und trug es die kurze Entfernung zu seinem Meister. Dieser öffnete es, betrachtete rasch die Edelsteine und ließ das Kästchen wieder zuschnappen.

»Vielen Dank, daß Ihr mir mein Eigentum zurückgebracht habt. Dürfte ich vielleicht fragen, wie Ihr in seinen Besitz gelangt seid?«

»Wie Ihr womöglich wißt, mein Lord, habe ich in jüngster Zeit mehrere verschiedene Gesellschaften erworben«, begann Roo. »Dieser Gegenstand wurde im Inventar einer dieser Gesellschaften entdeckt. Da es keine ordentliche Quittung über den Erwerb gab und da Euer Name so deutlich auf dem Kästchen stand, kam mir der Verdacht, es könnte sich um Diebesgut handeln. Der einzigartigen Schönheit und des hohen Wertes wegen hielt ich es für angebracht, es Euch persönlich zurückzubringen.«

Vasarius reichte das Kästchen einem Diener. »Sein Wert besteht lediglich darin, daß es ein Geschenk für meine Tochter zu ihrem letzten Geburtstag sein sollte. Sowohl der Diener, der es aus dem Haus geschmuggelt hat, als auch der Kapitän des Schiffes, auf dem es außer Landes gebracht wurde, sind erwischt und bestraft worden. Ich muß nur noch herausbekommen, an wen es verkauft wurde und durch welche Hände es sonst noch gegangen ist, bis Ihr es mir zurückgegeben habt. Alle werden einen qualvollen Tod finden.«

Roo dachte an seinen Freund John Vinci, der den Schmuck von einem queganischen Kapitän gekauft hatte, und sagte: »Mein Lord, sie befanden sich in einer Kiste mit anderen Gegenständen zweifelhafter Herkunft. Ich glaube kaum, daß es möglich sein wird, die Spur von diesem Kapitän bis zu mir zurückzuverfolgen. Warum wollt Ihr Euch noch damit belasten, wo es sich nun wieder in Euren Händen befindet?« Roo hoffte, daß Lord Vasarius die Sache damit auf sich beruhen ließ. Wenigstens hatte der inzwischen tote Kapitän offensichtlich John nicht verraten, denn ansonsten wären er und Roo längst tote Männer.

Vasarius wandte ein: »Mein Name stand auf dem Kästchen, Mr. Avery. Jeder, der es gesehen hat, mußte wissen, daß es sich um mein Eigentum handelt. Und jeder, der es nicht wie Ihr zurückgegeben hat, ist ein Mann ohne Ehre, ein Dieb, der am besten zu den Tieren in die Arena geworfen oder ganz langsam gefoltert werden sollte.«

Roo erinnerte sich daran, wie er selbst versucht hatte, die

Steine zu verkaufen. Allein der Mord an seinem Schwiegervater hatte ihn von diesem Unternehmen abgebracht. Doch Roo ließ sich nichts anmerken. »Nun, mein Lord, vielleicht sollte es so sein. Indem Ihr die Edelsteine nun zurückhabt, mindert es jedoch die Beleidigung.«

»Gewissermaßen schon«, stimmte Roos Gastgeber zu, derweil die Diener begannen, das Abendessen aufzutragen. »Da ich die anderen, die meine Ehre befleckt haben, nicht finden konnte, wird die Frage wohl offenbleiben.«

Roo saß reglos da und hoffte nur, daß dies der Fall sein würde. Inzwischen wurde er von jungen Männern und Frauen bedient, die nach allen Maßstäben sehr attraktiv waren. Was auch immer Lord Vasarius noch an anderen Lastern haben mochte, ganz eindeutig schätzte er die Schönheit der Jugend über alles.

So prachtvoll das Zimmer auch ausgestattet war, so einfach war die Kost an Lord Vasarius' Tafel. Früchte und Wein wurden serviert, dazu Fladenbrot mit Butter und Honig, doch der Käse war farblos, der Wein gewöhnlich und das Lamm verkocht. Dennoch tat Roo, als würde er das beste Essen genießen, welches ihm je vorgesetzt worden war; die Götter wußten, daß er in seinen Soldatentagen weit schlechtere Dinge zu essen bekommen hatte.

Während des Mahls wurde kaum gesprochen, und Roo bemerkte nur, wie sich Livia und ihr Vater mehrfach bedeutungsvoll anblickten. Jimmy schien sich zu langweilen, doch Roo wußte, daß er sich so viel einprägte, wie er nur konnte. Als das Essen schließlich vorbei war, beugte sich Vasarius vor und rief einen Diener herbei, der ein Tablett mit einer Karaffe und Metallbechern trug.

Roo fand den Gedanken, aus Metallbechern Brandy zu trinken, absonderlich, da der Geschmack des Metalls durchdrang, doch er verzichtete auf eine Bemerkung. Schließlich war er nicht der große Weinkenner wie die meisten anderen Leute, die in Ravensburg geboren wurden. Und außerdem war es in diesem Land gefährlich, seinen Gastgeber zu beleidigen.

Vasarius hob seinen Becher. »Auf Eure Gesundheit!« Er trank.

Roo tat desgleichen und gab zurück: »Ihr seid zu freundlich.«

»Und nun zu einer anderen Angelegenheit, Mr. Avery. Was erwartet Ihr als Lohn dafür, daß Ihr mir mein Eigentum zurückgebracht habt?«

Roo erwiderte: »Ich erwarte keinen Lohn, mein Lord. Ich habe nur nach einer Gelegenheit gesucht, nach Queg zu reisen und die Möglichkeiten des Handels auszukundschaften.«

Vasarius blickte Roo einen Moment lang an. »Als ich Euren Brief erhalten habe, war ich zunächst geneigt, ein Komplott von Lord James dahinter zu vermuten. Sein Vorgänger war schon ein schlauer Mann, ja, ein viel zu schlauer Mann, doch James ist ein leibhaftiger Dämon.« Roo warf einen Seitenblick auf Jimmy, ob der junge Mann irgendwie auf diese Charakterisierung seines Großvaters reagierte, doch Jimmys Gesicht bot genau jene Fassade der Gleichgültigkeit, die man seinem Rang als persönlicher Sekretär entsprechend erwartete. »Aber ich bin gewillt, davon abzusehen, da Euch Euer Ruf vorauseilt. Diese Juwelen zurückzugeben, kann einem Mann von Eurem Wohlstand wenig Gewinn einbringen, Mr. Avery. Doch wenn Ihr damit Handelsbeziehungen zu Queg aufbauen könnt, wird es sich für Euch gelohnt haben.«

Vasarius nippte an seinem Brandy und fragte dann: »Wißt Ihr viel über mein Volk, Mr. Avery?«

»Leider nur sehr wenig«, mußte Roo eingestehen. Tatsächlich hatte er so viel wie möglich über die Queganer in Erfahrung gebracht, doch es schien seinen Zielen besser zu dienen, wenn er Unwissenheit vorgab.

Livia sagte etwas auf Queganisch. »Wenn Ihr nun eine Abhandlung über Geschichte halten wollt, Vater, so bitte ich Euch, mich zu entschuldigen. Diese Barbaren widern mich an.«

Lord Vasarius antwortete ebenfalls in Queganisch: »Barbaren oder nicht, sie sind unsere Gäste. Falls du dich langweilst, nimm den jungen Sekretär und zeig ihm den Garten. Er ist hübsch genug, um dich auf andere Gedanken zu bringen. Und vielleicht kennt er sogar noch einen Kniff, der dir unbekannt ist.« Der Ton, in dem er sprach, verbarg seine Geringschätzung nicht; sie wäre selbst dann deutlich gewesen, wenn Roo und James seine Sprache nicht verstanden hätten.

Vasarius wandte sich an Roo. »Vergebt meiner Tochter, daß es ihr an Benimm mangelt, doch wir benutzen die Sprache des Königreichs nur sehr selten. Allein auf Betreiben ihres Lehrers hat sie die Sprachen unserer Nachbarn gelernt.«

»Er war ein Sklave, der im Königreich geboren wurde«, ergänzte das Mädchen. »Ich glaube, der Sohn eines Edelmannes. Das hat er jedenfalls behauptet.« Zu Jimmy sagte sie: »Geschäftsangelegenheiten langweilen mich. Wäre es Euch recht, wenn ich Euch den Garten zeige?«

Jimmy nickte, entschuldigte sich und ließ Roo und Vasarius allein.

Der Herr des Hauses fuhr fort: »Die meisten Menschen außerhalb unserer Grenzen wissen sehr wenig über uns. Wir sind der letzte Rest dessen, was von einer einst stolzen und großen Tradition geblieben ist, die wahren Erben dessen, was Groß-Kesh einst darstellte.«

Roo nickte, als würde er dies zum ersten Mal hören.

»Gegründet wurden wir als Außenposten des Kaiserreiches, Mr. Avery. Dies ist von großer Wichtigkeit. Niemals waren wir eine Kolonie wie etwa Bosania, welches Ihr als die Freien Städte und die Ferne Küste kennt, oder ein erobertes Volk, wie jene in der Jal-Pur-Wüste oder im Tal der Träume. Die Primitiven, die hier auf der Insel lebten, vermischten sich bald mit den Einheiten, welche die Interessen von Kesh im Bitteren Meer verteidigten.«

Vergewaltigt von Soldaten und mit halbblütigen Kindern im Arm, so stellte Roo sich die einheimischen Frauen vor. Denn er zweifelte nicht daran, daß ihre Männer entweder getötet oder versklavt worden waren, nachdem die Keshianer hier Einzug gehalten hatten.

»Die Soldaten stammten alle aus Kesh, aus der Inneren Legion. Ich erwähne dies nur aus dem Grunde, weil Ihr im Königreich oft mit den Hundesoldaten von Kesh zu tun gehabt habt. Der Anführer der Truppen in Queg war Lord Vax, der vierte Sohn des Kaisers von Groß-Kesh.

Als die Legion nach Hause beordert wurde, um einen Aufstand in der Konföderation von Kesh niederzuschlagen, weigerte er sich, seine Untertanen ohne Schutz zu lassen. Nur in Queg hat die große Kultur von Kesh überlebt, seit Bosania ans Königreich gefallen ist. Jene auf dem Thron am Overnsee sind Abtrünnige, Mr. Avery. Sie nennen sich selbst ›Reinblütige‹, doch sie sind ein niederes und degeneriertes Volk.«

Er starrte Roo an und wartete auf seine Reaktion. Roo nickte und nippte an seinem Brandy.

Vasarius setzte seinen Vortrag fort. »Deshalb geben wir uns wenig mit Fremden ab. Wir besitzen eine mächtige Kultur, doch ansonsten sind wir ein armes Volk, das auf allen Seiten von Feinden umgeben ist.«

Unter anderen Umständen wäre Roo vor Lachen laut herausgeplatzt, denn diese Phrase hatte er schon so oft gehört, daß sie ihm wie ein Scherz erschien. Doch inmitten dieser Pracht verstand Roo sie auf einmal. Es gab viel Schönheit hier, aber Marmor oder Gold kann man nicht essen. Man mußte Handel treiben. Dennoch mißtraute diese Nation jedem Fremden, ja fürchtete ihn gar.

Roo überlegte sich seine Worte sehr wohl. »Man muß sorgfältig auswählen, mit wem man Handel treibt.«

Vasarius nickte. »Ihr versteht sehr gut … für einen Außenseiter.«

Roo zuckte mit den Schultern. »Ich bin zuallererst Geschäftsmann, und wenngleich ich sehr viel Glück hatte, habe ich doch sehr viel auch meiner Klugheit zuzuschreiben. Ich wäre nicht hier, wenn ich nicht einen lohnenden Gewinn riechen würde.«

»Wir in Queg erlauben nicht vielen, mit uns Handel zu treiben,

Mr. Avery. In der Geschichte unseres Volkes wurden weniger als ein Dutzend solcher Konzessionen ausgegeben, und stets nur an Kaufleute aus den Freien Städten und Durbin. Nie zuvor wurde einem Kaufmann des Königreichs dieses Privileg gewährt.«

Roo wog ab, welche Möglichkeiten er hatte. Im Königreich wäre an dieser Stelle ein »Geschenk« fällig gewesen, denn Bestechung gehörte zum Geschäft. Doch irgend etwas an diesem Mann warnte ihn vor einem solchen Angebot. Nach einem Augenblick sagte er: »Ich wäre glücklich, wenn ich in Krondor bleiben und meinem queganischen Partner die hiesigen Geschäfte überlassen könnte. Ich bin ein Fuhrunternehmer, und die ... Zusammenarbeit mit einem Queganer von Rang und Einfluß wäre sehr zu meinem Vorteil. Und zudem gibt es Güter, die außerhalb von Queg nur sehr schwer zu beschaffen sind.«

Vasarius beugte sich vor und senkte die Stimme. »Ihr überrascht mich. Ich hatte angenommen, Ihr würdet in Queg eine Niederlassung gründen wollen, Mr. Avery.«

Roo schüttelte den Kopf. »Ich würde sehr bald von Euren hiesigen Geschäftsleuten ausgebootet, dessen bin ich mir sicher. Nein, ich brauche die sichere Hand und den geübten Verstand eines Mannes, der in Queg für seinen Scharfsinn und seine Weisheit bekannt ist. Ein solcher Mann würde aus dieser Vereinbarung genauso große Vorteile ziehen wie ich.«

Er schwieg. Vasarius wußte, was Roo ihm anzubieten hatte. Roo konnte die karge Speisekarte in Queg aufbessern. Mit Weinen, wie sie in der Welt unerreicht waren. Roo konnte Vasarius' Tochter und seine Geliebten mit Seide aus Kesh versorgen. Mit Luxusgegenständen, nach denen sich die Menschen hier offensichtlich sehnten.

Er blickte sich im Zimmer um. Er wußte, die Häuser waren aus Marmor erbaut; es gab ausreichend Marmor in Queg. Holz hingegen war rar. Das meiste Land war schon vor Jahrhunderten gerodet und urbar gemacht worden. An Vieh wurden hauptsächlich Schafe gehalten, denn die fraßen weniger Gras als Rinder. Alles an dem Essen heute abend hatte darauf hingewiesen, daß dieses Volk zwar Wohlstand besaß, doch zu einem hohen Preis. Nein, Queg schien nach importiertem Luxus aus dem Königreich zu hungern.

»Was habt Ihr also anzubieten?« erkundigte sich Lord Vasarius.

»Fast alles, was Ihr Euch nur vorstellen könnt, mein Lord«, gab Roo zurück. Er zögerte, dann ergänzte er: »Luxusartikel, Raritäten und Neuheiten.« Vasarius blinzelte nicht einmal. Roo sprach weiter. »Holz, Kohle und Rindfleisch.« In Vasarius' Augen entzündete sich ein Funke, und Roo wußte, daß er jetzt für den Queganer ein ebenbürtiger Mitspieler war. Er spürte, wie sich das warme Kribbeln des Erfolgs in seinem Inneren ausbreitete. Gleich würde das Feilschen beginnen.

»Und welche Güter würdet Ihr kaufen wollen?« wollte Vasarius wissen.

»Nun, tatsächlich habe ich einen Auftrag, der, sollte ich ihn hier erfüllen können, ein großartiger Anfang für eine Handelsbeziehung wäre.«

»Was wollt Ihr also kaufen?«

»Feueröl.«

Vasarius blinzelte. Das war die offenherzigste Reaktion des Mannes, die Roo bislang bemerkt hatte. Diesem Mann beim Kartenspiel gegenüber zu sitzen, war nicht gerade Roos größter Traum. Immerhin war es ihm gelungen, sein Gegenüber zu überraschen.

»Feueröl?«

»Ja. Sicherlich haben Euch Eure Spione berichtet, daß sich das Königreich zum Krieg rüstet.« Er begann, das abzuspulen, was James ihm für diesen Augenblick eingeschärft hatte. »Kesh rührt sich im Tal der Träume wieder einmal, und wir befürchten eine größere Invasion. Da wir in Krondor einen neuen Prinzen haben, und kein erfahrener General die Armeen des Westens anführt, ist es nur klug, sich auf einen solchen Fall so gut wie möglich vorzubereiten. Wir bilden zusätzliche Truppen für die Armee des Prinzen aus, und wir planen, unsere Verteidigungsanlagen mit Feueröl auszustatten. Zwar wissen wir, wie man es herstellt, darüber seid Ihr sicherlich im Bilde; das ist auch kein Geheimnis. Aber es fehlt uns an Herstellungsmöglichkeiten, um ausreichende Mengen zu produzieren.«

»Wieviel wollt Ihr kaufen?«

»Zehntausend Fässer.«

Roo entdeckte abermals ein Flackern in den Augen des Mannes; ein kurzer Schreck, dem nahezu sofort Gier folgte. Roo fragte sich, ob er diesen Mann dazu bringen könnte, mit ihm Karten zu spielen.

Vier

Beziehungen

Dash lachte.

Jimmy erzählte: »Und dann habe ich gefragt: ›Sind die roten Knollen schwieriger zu ziehen als die gelben?‹«

Owen Greylock, Hauptmann in der Armee des Westens, sagte: »Das kam ja einer persönlichen Beleidigung nahe, James.«

Jimmy lächelte. »In jenem seltsamen Land war das, was ich gesagt habe, viel bedeutsamer als das, was ich eigentlich gemeint habe.« Er nahm einen Schluck Bier. »Unter anderen Umständen hätte ich das Mädchen vielleicht anziehend gefunden, doch sie hatte es nur auf mich abgesehen, weil ich aus einem anderen Land stammte ... und damit zerstörte sie alle romantischen Gefühle in mir.«

Roo warf ein: »Mit dem jungen Dienstmädchen später des Nachts hattest du diese Probleme augenscheinlich nicht.«

Jimmy grinste. »Ich dachte, du hättest geschlafen.«

Roo schüttelte den Kopf. »Hab ich auch, aber du hast mich geweckt. Ich hielt es jedoch für angemessen, so zu tun, als würde ich schlafen. Außerdem habe ich im Feld oft wenige Meter neben Paaren gelegen, die das gleiche taten.« Er warf Erik einen Blick zu.

Kitty, die hinter Roo gestanden hatte, begann, die Bierkrüge nachzuschenken. »Ach?« sagte sie mit eindeutigem Unterton in der Stimme, wandte sich dann ab und ging davon.

Als Erik errötete, begannen Roo und die anderen zu lachen. »Was ist denn los?« wollte Duncan Avery wissen. »Geht zwischen euch beiden irgend etwas vor?«

Erik erwiderte: »Nicht daß ich wüßte.« Er sah hinter Kitty her. »Jedenfalls glaube ich es nicht.«

»Du glaubst es nicht?« meinte Jadow Shati. »Mann, entweder – oder. Das müßte doch selbst für jemanden mit deinem unterentwickelten Verstand zu begreifen sein, nicht?«

Erik erhob sich. »Eigentlich schon, glaube ich. Entschuldigt mich.«

Jadow lachte, während Erik Kitty folgte. Der Feldwebel aus dem Tal der Träume sagte: »Mann, wenn der Junge sich Frauen gegenüber noch ein kleines bißchen dümmer anstellen würde, müßten wir ihn umbringen, um ihn von seinem Elend zu erlösen.«

Jimmy warf seinem Bruder einen Blick zu, und Dash meinte: »Ich weiß nicht. Kitty ist ein merkwürdiges Mädchen. Ich glaube, sie hat einfach gern jemand … Anständiges um sich.«

Roo sagte: »Dann ist Erik ja der richtige.«

Erik erreichte den Tresen. »Kitty?«

»Ja, Hauptfeldwebel?« fragte sie kühl zurück.

»Äh …« Erneut errötete er. Sie starrte ihn unerschütterlich an. »Ich … äh.«

»Spuck's aus, bevor du dran erstickst.«

»Was hast du gerade gemeint, da am Tisch?«

»Gemeint?« fragte sie mit skeptischer Miene. »Womit?«

»Mit diesem ›Ach‹?«

»Nichts. Nur ›ach‹, so wie eben ›ach‹!«

Erik merkte plötzlich, wie er sich zum Narren machte.

»Du machst dich über mich lustig.«

Sie langte über den Tresen und tätschelte ihm die Wange. »Das ist ja auch zu leicht.«

»Was soll das?« fragte er. Sein Sinn für Humor war ihm jetzt gänzlich abhanden gekommen. »Bist du sauer auf mich?«

Sie seufzte. »Ich bin nur auf Männer ganz allgemein sauer.«

Erik fauchte: »Dann such dir doch jemand anderen für deine Scherze aus!«

Sie kniff die Augen zusammen. »Du bist aber ein zartbesaitetes Jüngelchen für einen, der schon ein Dutzend Männer umgebracht und es neben seinen Freunden mit Huren getrieben hat.«

Erik geriet aus der Fassung. Die Feindseligkeit des Mädchens traf ihn unter der Gürtellinie. »Was willst du eigentlich von mir?« fragte er verzweifelt.

Kitty betrachtete schweigend sein Gesicht. Dann gab sie leise zurück: »Ich weiß nicht.«

Erik starrte sie an. Das Licht der Fackeln spiegelte sich schwach auf einer feuchten Stelle ihrer Oberlippe. Sie schwitzte, trotz des kühlen Abends.

Einen Augenblick später fragte sie: »Was willst du denn?«

Erik schüttelte den Kopf. »Ich weiß es auch nicht, aber ich ... ich habe es nicht gemocht, wie du ...«

»Wie ich ›ach‹ gesagt habe?« brachte sie den Satz für ihn zu Ende.

Das hörte sich so dumm an, daß Erik lachen mußte. »Ja, ich glaube, das war's.«

»Komm mit«, sagte sie. Sie gab einem der anderen Mädchen mit einem Zeichen zu verstehen, daß sie hinausging, und führte Erik durch die Küche am Koch und seinen Helfern vorbei auf den Hof.

Einen kurzen Moment fühlte Erik sich auf eigentümliche Weise zu Hause; in einem solchen Hof war er aufgewachsen. Dort hatte es genauso einen Stall und eine Schmiede, einen Brunnen und einen Heuboden hinter dem Gasthaus gegeben. Beim Brunnen stand eine Bank. Kitty ging dorthin, ließ sich darauf nieder und machte Erik ein Zeichen, er solle sich zu ihr setzen.

»Hier hinten ist es aber ruhig«, bemerkte Erik.

Kitty zuckte mit den Schultern. »Das ist mir nie aufgefallen. Normalerweise habe ich zuviel zu tun.«

Erik setzte sich, und Kitty beugte sich zu ihm hinüber und küßte ihn. Zuerst reagierte er nicht, dann erwiderte er den Kuß. Schließlich lehnte sie sich zurück und sah ihn an, dann sagte sie: »Das habe ich noch nie gemacht.«

»Einen Mann geküßt?« fragte er, und in seiner Stimme schwang Überraschung mit.

»Ich bin eine Diebin, keine Hure«, erklärte sie. »Man hat mich vergewaltigt, und Männer haben mir ihre Zunge in den Mund gesteckt, aber freiwillig habe ich noch nie jemanden geküßt.«

Eriks Mund stand offen, doch endlich bekam er ihn wieder zu. »Und was war mit Bobby?« fragte er.

»Was soll schon mit ihm gewesen sein?«

»Also, ich hab gedacht ...« Er zögerte. »Also, ich habe immer geglaubt, du und er ...«

Sie blickte zu Boden. »Ich hätte ja gesagt, wenn er mich gefragt hätte. Er war gut zu mir. Besser, als ich es verdient hatte, glaube ich. Ich meine, er hat mich in dieser Nacht, in der du mich geschnappt hast, grob behandelt, und er hat mir gedroht, er würde mich hängen und so weiter, aber eigentlich habe ich nur darüber lachen können. Und er hat mich vor den anderen beschützt.« Sie zeigte auf die hintere Front des Wirtshauses. »Ich soll meine Augen nach Spöttern aufhalten, die hier vielleicht herumschnüffeln, aber eigentlich bin ich jetzt nur einfach eine Kellnerin. Das ist nicht schlecht, denn ich muß wenigstens meinen Körper nicht verkaufen.«

Sie blickte erneut zu Boden. »Ich wäre mit Bobby ins Bett gegangen, denn er war gut zu mir, aber er hat mich nicht geliebt, und ich ihn nicht. Nicht auf diese Weise jedenfalls.« Sie sah Erik an. »Ich glaube, es gab niemanden, den er geliebt hat, außer vielleicht Hauptmann Calis.«

»Bobby war ihm regelrecht verfallen.«

»Eine Zeitlang habe ich geglaubt, er wäre einer dieser Männer, die andere Männer lieben.« Sie machte eine Handbewegung, als wolle sie die Bemerkung wegwischen. »Nicht, daß es mir etwas ausmachen würde; ich bin keine Anhängerin von Sung der Reinen, aber man macht sich so seine Gedanken. Dann habe ich gehört, daß er regelmäßig im Weißen Flügel verkehrt, also denke ich, er hat seine Bedürfnisse bei jemandem gestillt, der ...« Sie suchte nach dem passenden Ausdruck.

»Der ihm nicht wirklich etwas bedeutete?« schlug Erik vor.

»Ja«, stimmte sie zu. »Das ist es. Als wäre es etwas anderes gewesen, wenn er es mit mir oder sonst einer, die keine Hure ist …«

Erik nickte. Er hatte verstanden.

Sie seufzte. »Bobby hat oft gescherzt und mich zum Lachen gebracht. Zuerst hatte ich Angst vor ihm, weil er gesagt hat, daß er mich umbringen würde, wenn ich den Prinzen oder den Herzog betrügen würde, und ich konnte von seinen Augen ablesen, wie ernst er das gemeint hat. Doch nach einer Weile, nachdem mich die Leute hier anständig behandelt haben, hatte ich keine Angst mehr.

Jetzt habe ich einen Ort, an den ich gehöre, und wie auch immer du es finden magst, hier ist mein Zuhause.« Sie betrachtete eine Weile stumm das Wirtshaus. »Es ist gar kein so schlechtes Leben. Ich weiß, auf uns kommt etwas Großes zu. Wenn man hier arbeitet, bekommt man schon einiges mit. Soldaten geben sonst immer mit ihren Taten an, doch hier halten sie alle still. Also kommt etwas Großes auf uns zu. Ich weiß zwar nicht was, aber ich glaube, das will ich auch gar nicht wissen.« Sie verfiel in Schweigen und betrachtete den bleichen Mond.

Plötzlich fuhr sie zu Erik herum. »Aber nachdem Bobby tot war, warst du der Mann, der mich von allen am freundlichsten behandelt hat. Die Männer machen gegenüber den anderen Mädchen manchmal Bemerkungen über mich, aber das stört mich nicht. Es ist nur, also, du bist immer nett zu mir gewesen.«

Erik zuckte mit den Schultern. »Ich weiß, wie es ist, wenn das Leben es hart mit einem meint.«

»Du hast keine Ahnung, was es bedeutet, auf der Straße aufzuwachsen.«

Er erwiderte nichts, betrachtete sie nur einfach im flackernden Schein der Fackeln. Sie fuhr fort: »Von Töchtern als Nachwuchs hält man nicht viel, es sei denn, es sind die von Huren. An manchen Orten bekommt man viel Geld für kleine Mädchen.« Sie legte die Arme um sich. »Meine Mutter war eine Hure, das stimmt. Wer mein Vater war, weiß ich nicht. Meine Mutter hat mich rausgeworfen, als ich sechs war. Ich glaube, sie wollte mich nur beschützen. Ihr Lude hatte bereits ein Auge auf mich geworfen.

Dann hat mich dieser Kerl namens Daniels aufgegriffen, und er hat mich an einen Ort in den Abwasserkanälen mitgenommen. Sie haben mir zu essen gegeben und gesagt, sie würden auf mich aufpassen, wenn ich täte, was sie verlangten. Da gab es auch noch andere Kinder. Und denen schien es gar nicht so schlecht zu gehen. Zwar waren die meisten dreckig, aber sie hatten zu essen.

Also mußte ich betteln gehen, und ich lernte die besten Tricks. Ich konnte weinen, als wäre ich ein verlorengegangenes Kind, und wenn jemand bei mir stehenblieb und nachfragte, was los sei, schnitt ihm ein anderer den Beutel ab. Nach einer Weile wurde ich zum Überbringer.«

»Überbringer?« erkundigte sich Erik.

»Wenn der Beutelschneider erwischt wird oder von der Stadtwache angehalten wird, sollte er besser nichts bei sich haben, das ihm nicht gehört. Also arbeiten die Spötter meist zu mehreren zusammen. So schnell wie möglich gibt der Beutelschneider die Beute an den Überbringer weiter, der sie wiederum dem Verteiler gibt, und der bringt sie zu Mutter.«

»Mutter?«

»Na, so nennen die Spötter den Ort, wo wir alle leben … lebten.«

»Ach so.«

Sie fuhr fort: »Na, egal, ich habe jedenfalls nach ein paar Jahren meine Mutter wiedergetroffen. Sie hat mir erzählt, daß ich eine Schwester habe, die als Hure arbeitet. Das war Betsy.«

»Und dann hast du sie aufgetrieben?«

»Ja, und wir kamen gut miteinander aus. Sie mochte es nicht, daß ich eine Diebin war, und mir hat ihre Hurerei nicht gefallen, doch wir sind gut miteinander ausgekommen. Ich habe sie gern gehabt. Sie war die einzige, die ich kannte, die nicht ständig etwas von mir wollte.

Als ich die hier« – sie zeigte auf ihre Brüste – »bekommen habe, behandelten mich die Männer plötzlich immer gröber. Solange ich mit den anderen Taschendieben unterwegs oder bei Mutter war, ging es mir gut. Doch manchmal ist man eben allein. Du weißt, was ich meine?«

Erik hatte es nicht verstanden, dennoch nickte er.

»Ich wurde mehrfach vergewaltigt, und dann habe ich mich so angezogen, wie du mich kennengelernt hast, wie ein Junge, dreckig und nicht gerade wohlriechend.«

Erik wußte nicht, was er erwidern sollte, und so schwieg er einfach.

»Ich meine, ich will nur sagen, ich habe es noch nicht mit einem Mann gemacht, weil ich es selbst wollte.«

Erik wartete, doch sie sagte nichts mehr, daher fragte er: »Willst du damit andeuten, daß du jetzt willst?«

In ihren Augen sammelten sich Tränen. Sie nickte kaum merklich. Er seufzte und schloß sie in die Arme. Erik hatte sich noch nie in seinem Leben so unsicher gefühlt. Er war seit seinem Eintritt in die Armee mit Huren zusammengewesen, und er erinnerte sich nur zu gut an das, was die erste Frau ihm gesagt hatte: Entspann dich. Doch jede Frau, mit der er es gemacht hatte, hatte mehr Erfahrung gehabt als er. Und nun bat ihn ein Mädchen, das bisher von Männern nur Gewalt kennengelernt hatte, mit ihm zu schlafen.

Er küßte sie auf die Wange, aufs Kinn, auf die Lippen. Zuerst rührte sie sich nicht, aber nach etlichen Küssen reagierte sie schließlich. Dann erhob sie sich, nahm ihn bei der Hand und führte ihn in die Scheune, hinauf auf den Dachboden, wo in einem Bretterverschlag ihr Bett stand.

»Erik?« hörte er eine vertraute Stimme. »Bist du dort oben?«

Kitty schmiegte sich in seine Arme und fragte verschlafen: »Wer ist da?« Sie hatten Liebe gemacht, zuerst zaghaft, sachte, unbeholfen, doch nach und nach hatte sich Erik gefühlt, als stünde er mitten in der Schlacht, und schließlich war Kitty in einem Aufruhr von Gefühlen explodiert. Seine Berührungen hatten bei ihr Lachen und Tränen ausgelöst, und am Ende hatte sie erschöpft dagelegen, genauso wie er.

Eine Weile danach hatten sie zum zweiten Mal miteinander geschlafen, und Kitty hatte schon viel besser gewußt, was sie wollte. Und Erik hatte mit keiner anderen Frau je etwas Ähnliches erlebt.

Er fragte sich, ob er verliebt war.

Als sein Name abermals gerufen wurde, stützte er sich auf einem Arm hoch. »Nakor, ich bring dich um!« murmelte er, während er sich aufsetzte und anfing, sich anzuziehen.

Kitty wurde wach. »Ist das dieser komische Spieler?« fragte sie.

»Im Augenblick finde ich ihn überhaupt nicht komisch«, entgegnete Erik.

Während er sich die Stiefel anzog, legte sie ihm die Arme um den Leib. »Danke.«

Er hielt inne. »Wofür?«

»Dafür, daß du mir das gezeigt hast, worüber die anderen Mädchen immer reden.«

Erik saß einen Moment reglos da. »Dafür brauchst du dich nicht zu bedanken, denke ich.«

Sie legte den Kopf auf seine Schulter. »Denkst du?«

»Ich wollte dir damit keinen Gefallen tun«, sagte er schroff.

»Ach, dann war es für dich auch schön?« fragte sie unschuldig.

Erik begriff, daß sie sich mal wieder über ihn lustig machte. Glücklicherweise war es dunkel, so konnte sie nicht sehen, wie er errötete. »Ich sollte dir den Hintern versohlen«, murmelte er.

Sie küßte ihn auf die Schulter. »Manche Mädchen im Weißen Flügel berechnen das extra, habe ich mir sagen lassen.«

Unsicherheit durchflutete Erik, er fühlte sich, als hätte ihm jemand ein Schwert in die Brust gestochen. Er drehte sich um und packte sie an den Armen, fester, als er beabsichtigt hatte, und als er die Angst in ihren Augen sah, ließ er sofort los. »Tut mir leid«, flüsterte er. »Aber ich kann es nicht ausstehen, wenn du mich verspottest.«

Sie sah, wie ihm die Tränen in die Augen traten, und plötzlich mußte sie weinen. Sie legte ihm das Kinn auf die Schulter, Wange an Wange, und antwortete ebenfalls im Flüsterton: »Es tut mir auch leid. Ich weiß nur nicht, wie ich mich verhalten soll.«

»Ich werde dir niemals weh tun«, sagte er leise.

»Das weiß ich«, flüsterte sie. »Aber ich bin ganz durcheinander.« Sie zog den Kopf zurück, und er sah, wie sie lächelte. »Und das ist deine Schuld, Erik von Finstermoor.«

Er küßte sie.

Dann hörte er ein Keuchen, und als er sich umdrehte, sah Erik Nakors Kopf an der Kante des Dachbodens, dort, wo die Leiter stand. »Da bist du ja!«

Ohne ein Wort zu sagen, streckte Erik sein Bein aus, trat die Leiter weg und sah sie befriedigt verschwinden, während er Nakor in der Dunkelheit kreischen hörte. Dann folgte ein dumpfer Plumps und ein Stöhnen.

Kitty lachte, und Erik zog sich zu Ende an. Schließlich sah er zu Nakor hinunter, der dramatisch stöhnend auf einem Heuballen lag, und rief: »Wenn du mit deiner Vorstellung fertig bist, kannst du die Leiter wieder anstellen.«

Das Stöhnen wurde augenblicklich von Kichern abgelöst. »Du kennst mich einfach zu gut«, beschwerte sich Nakor.

Die Leiter erschien an der Kante, und Erik sah Kitty an, die sich inzwischen etwas übergezogen hatte. Er stieg die Leiter als erster hinunter, und sie folgte ihm.

»Entschuldige, wenn ich dich und deine Freundin gestört habe, doch ich mußte unbedingt mit dir sprechen«, sagte Nakor.

»Warum?«

»Ich wollte mich für eine Weile von dir verabschieden.«

Erik sah Sho Pi, seinen einstigen Waffenbruder und jetzigen Schüler von Nakor, schweigend an der Tür der Scheune stehen. »Wohin gehst du?« fragte Erik.

»Wieder mal runter nach Stardock. Der König hat mich gebeten dorthin zu gehen, weil Lord Arutha zu seinem Vater zurückkehrt, um etwas für ihn zu erledigen.« Dann machte er ein ernstes Gesicht. »Es geht etwas vor sich. Prinz Erland ist heute abend an Bord eines Schiffes aus Kesh im Hafen angekommen.«

Erik sagte: »Darüber sollten wir besser nicht laut sprechen.«

Nakor nickte. »Ja, da hast du ganz recht.«

»Nun, ich wünsche dir eine gute Reise, und laß es mich wissen, wenn du wieder mal in der Stadt bist.«

Nakor nickte erneut. »Wir werden bestimmt zurückkommen.« Er winkte Sho Pi mit sich, als er die Scheune verließ, und Erik blickte hinter den beiden her, bis sie in der Dunkelheit verschwunden waren.

»Das ist der seltsamste Mann, den ich kenne«, meinte Kitty.

»Du bist nicht die einzige, der das aufgefallen ist«, erwiderte Erik. »Aber er ist ein guter Kerl und soviel wert wie sechs andere, wenn du ihn brauchst. Er weiß wirklich erstaunliche Dinge. Zudem behauptet er, es gäbe keine Magie, doch falls es hier einen besseren Magier gibt, so habe ich den noch nicht kennengelernt.«

Kitty schmiegte sich an Erik, und er legte ihr den Arm um die Taille. »Was hat er mit ›Es geht etwas vor sich‹ gemeint?«

Erik küßte sie. »Du sollst Spione fangen und fragst mich nach Geheimnissen aus?«

Sie nickte und legte ihre Wange an seine. »Manchmal glaube ich zu wissen, was vor sich geht, Erik, wenn ich alle Sachen, die ich so gehört habe, zu einem Ganzen zusammensetze. Dann wieder bin ich mir nicht einmal im klaren darüber, was ich hier mache. Seit Bobby tot ist, denke ich oft, ich befände mich an einem dieser Orte, von denen die Priester immer predigen, einer dieser Vorhöllen. Ich kann das Wirtshaus ohne Wachen nicht verlassen. Die Spötter haben mich mit dem Todesmal belegt, aber sie sind die einzigen, die je so etwas wie eine Familie für mich waren.«

Erik wußte nicht, was er darauf antworten sollte. Er umarmte sie. »Wenn ich das nächste Mal frei habe, werde ich dich irgendwohin ausführen, raus aus der Stadt.«

Sie umarmte ihn einen Augenblick lang fest und sagte dann: »Ich muß zurück.«

Er ging mit ihr zur Hintertür des Gasthauses, und erst dort nahm er den Arm von ihr. Ohne etwas zu sagen, trat er hinter ihr ein. Schweigend durchquerte sie die Küche und nahm ihren gewohnten Platz hinter dem Tresen ein.

Jadow Shati und Owen Greylock saßen noch am Tisch, doch Roo war gegangen.

»Wo ist Roo?« fragte Erik, als er saß.

»Du bist nicht zurückgekommen, und da sind er, Jimmy und Dash aufgebrochen. Er schien noch eine wichtige Verabredung zu haben«, antwortete Greylock.

»Hat Nakor dich gefunden?« fragte Jadow unschuldig.

»Ja«, erwiderte Erik.

»Hoffentlich nicht im ungünstigsten Augenblick«, fuhr Jadow fort, und über sein Gesicht breitete sich ein Grinsen aus.

Erik errötete. »Nein.«

»Das ist schön«, meinte Jadow. Dann brach er in ein Lachen aus, das so ansteckend war, daß Greylock und Erik nicht anders konnten und einfielen.

Kitty trat mit einem frischen Krug Bier an den Tisch. »Was gibt's da zu lachen?« wollte sie wissen.

In ihrer Stimme schwang Verletztheit mit, und ihr Gesicht sprach Bände: Falls sie der Gegenstand eines Witzes war oder wenn Erik mit seiner Eroberung angegeben hätte, dann würde der angerichtete Schaden nicht mehr wiedergutzumachen sein.

Geistesgegenwärtig antwortete Greylock »Nakor!« und begann abermals zu lachen.

»Ach«, sagte Kitty, als würde das alles erklären. Sie lächelte Erik an, und der erwiderte das Lächeln.

Nachdem sie gegangen war, fragte Jadow: »Da spielt sich also etwas zwischen euch beiden ab, wie?«

Erik nickte: »Und es jagt mir eine Heidenangst ein.«

Greylock hob sein Bier, als wollte er einen Trinkspruch ausbringen. »Das hört sich ernst an.«

Jadow nickte weise. »Sehr ernst. Das kann nur eine Sache sein.«

»Was?« fragte Erik, unzweifelhaft besorgt.

»Oh, Mann, der arme Junge«, meinte Jadow.

»Wirklich«, stimmte Greylock zu.

»Was?« wollte Erik wissen.

Greylock fragte: »Ob er noch nie verliebt gewesen ist?«

Jadow gab zurück: »Er ist zu dumm, um es zu wissen.«

Erik lehnte sich zurück. »Das glaube ich nicht.« Er legte die Stirn in Falten und starrte in sein Bier, als könnte er die Antwort dort finden. Dann plötzlich grinste er und blickte in die Gesichter seiner beiden Freunde. »Das glaube ich nicht.«

Er drehte sich um und sah zu Kitty hinüber, die eifrig den Tresen abwischte und sich dabei leise mit einem der anderen Mädchen unterhielt. Wieder an seine Freunde gewandt, sagte Erik, als wäre es eine Enthüllung: »Ich bin verliebt.«

Greylock und Jadow konnten nicht an sich halten und platzten abermals vor Lachen laut heraus. Nachdem die Heiterkeit abgeebbt war, meinte Jadow: »Komm, Junge, ich glaub, du brauchst noch was zu trinken.«

Greylock schüttelte nur den Kopf und seufzte. »Wenn ich doch nur noch einmal jung sein könnte.«

Erik saß bloß schweigend da und dachte über die verwirrenden Gefühle nach, die ihn erfüllten. Über die eigentümliche Verzückung und die gleichzeitige Unsicherheit. Verstohlen blickte er zu Kitty und bemerkte, daß sie ihn ebenfalls beobachtete. Er lächelte sie an, sie lächelte zurück, und plötzlich verspürte er eine unbändige Freude in sich.

Dann, während Jadow und Greylock miteinander scherzten, schob sich eine dunkle Wolke über Eriks Gemüt, als er an den bevorstehenden Krieg dachte. Wie konnte er sich nur die Zeit leisten, an etwas anderes zu denken als daran, fragte er sich.

Verspielt biß Sylvia Roo in den Hals.

»Aua«, entfuhr es ihm, halb im Scherz, halb in echtem Schmerz. »Das war zu fest.«

Sie schmollte. »Du hast mich zu lange allein gelassen.«

Sie schmiegte sich in seine Armbeuge, und er gestand ein: »Ich weiß. Je näher wir an die –« Er hielt inne. Beinahe hätte er gesagt: »die Invasion kommen.«

»Näher an was?« fragte sie, unvermittelt sehr aufmerksam.

Im Kerzenlicht studierte er ihr Gesicht. Er war spät eingetroffen, und sie waren sogleich ins Bett gegangen. Ihr Vater sei geschäftlich unterwegs, hatte sie erklärt, und daher plante Roo, die ganze Nacht bei ihr zu verbringen und nicht vor der Dämmerung nach Hause zu gehen wie gewöhnlich, wenn Jacob Esterbrook anwesend war. Während er abermals an die geschäftlichen Vorteile ihres Vaters im Handel mit Kesh dachte, fragte er sich, ob sie ihrem Vater verriet, was er ihr mitteilte. Er schob den Gedanken beiseite. »Ich meine, während ich meinem Ziel näherkomme, alle Frachtgeschäfte auf dem Bitteren Meer zu kontrollieren, habe ich kaum noch Zeit für etwas anderes.«

Sie biß ihm abermals in die Schulter, diesmal so heftig, daß er allen Ernstes aufschrie. »Überleg dir schon einmal, wie du das deiner Frau erklärst«, sagte sie und zeigte auf die Eindrücke, die ihre Zähne hinterlassen hatten. Sie stieg aus dem Bett, und Roo gaffte ihren nackten Körper an. Sie war die schönste Frau, der er je begegnet war, und im Licht der einsamen Kerze erschien sie ihm, als wäre sie aus lebendem Marmor gehauen, ohne den geringsten Makel. Er dachte an den molligen Körper seiner Frau, dem jede Andeutung von Muskeln fehlte, an die Spuren, die die Geburten hinterlassen hatten, und er wunderte sich, daß er überhaupt noch mit Karli schlafen konnte.

Sylvia zog ihren Morgenmantel über. Er fragte: »Was ist in dich gefahren?«

»Du hast immer Zeit für Helen Jacoby, nur mich läßt du tagelang allein.«

»Bist du vielleicht eifersüchtig auf Helen?« fragte Roo weiter.

»Warum auch nicht?« Sie drehte sich um, auf ihrem Gesicht stand ein vorwurfsvoller Ausdruck, während er sich im Bett aufsetzte. »Du verbringst viel Zeit mit ihr. Sie ist durchaus anziehend, auf diese Weise, wie es die Mädchen vom Lande mit ihren grobschlächtigen Gesichtern eben sind. Du hast schon mehrmals erwähnt, wie klug du sie findest, für meinen Geschmack viel zu oft.«

Roo stieg aus dem Bett. »Ich habe ihren Ehemann getötet, Sylvia. Ich schulde ihr etwas Trost. Aber ich habe sie niemals angerührt.«

»Aber das würdest du gern tun, möchte ich wetten«, warf ihm Sylvia vor.

Roo versuchte, die Arme um sie zu legen, doch sie schob ihn zur Seite und rückte von ihm ab. »Sylvia, du bist ungerecht.«

»Ich bin ungerecht?« sagte sie, wandte sich ihm wieder zu und erlaubte ihrem Morgenmantel, aufzugehen.

Roo spürte, wie ihn der Anblick erregte.

»Du bist der Mann mit Frau, Kindern und einem Ruf. Ich war eine der begehrtesten Töchter des Königreiches, bis ich dich kennengelernt habe.« Schmollend schürzte sie die Lippen, trat auf ihn zu und strich mit dem Busen über seine nackte Brust. »Ich bin nur die Geliebte. Ich bin die Frau ohne Rang. Du kannst mich verlassen, wann immer du möchtest.« Mit der Hand malte sie kleine Kreise auf seinen Bauch.

Roo atmete schwer. »Ich würde dich niemals verlassen, Sylvia.«

Sie fuhr mit der Hand weiter nach unten und liebkoste ihn. »Ich weiß.«

Er zog ihr den Morgenmantel aus und trug sie so schnell zum Bett, daß er sie bald auf die Decke geworfen hatte. Er nahm sie, und dabei schwor er ihr seine unsterbliche Liebe, während sie den Baldachin über sich anstarrte und mit einem Gähnen kämpfte. Dann formte sich auf ihren Lippen ein selbstzufriedenes Lächeln, das nichts mit körperlichem Vergnügen zu tun hatte, sondern nur mit Macht. Roo war auf dem besten Wege, der bedeutendste

Kaufmann des Königreichs zu werden, und er stand ganz unter ihrem Einfluß. Sie lauschte auf Roos Atem, der vor Leidenschaft schneller und schneller ging, und wandte sich ab. Das Neue hatte sich schon lange verschlissen, und sie bevorzugte die Fähigkeiten seines Cousins Duncan, der weitaus anziehender war und ebenso auf erfinderische Liebesspiele erpicht war wie sie selbst.

Roo würde unendlich empört sein, wenn er erfuhr, daß sie und Duncan dieses Bett schon oft geteilt und manchmal sogar eine der Dienerinnen mit hinzugenommen hatten. Sie wußte zudem, daß Duncan in ihren Händen vollkommen formbar war, solange er nur feine Kleider, gutes Essen, seltene Weine, schöne Frauen und all die Verführungen des Reichtums genießen durfte. Er würde ein guter Liebhaber sein, wenn sie Roo heiratete, und eines Tages auch ein gesellschaftlich angemessener Ersatz für ihn. Derweil sich Roo dem Höhepunkt seiner Lust näherte, dachte Sylvia abwesend darüber nach, wie lange sie wohl bis zur Heirat mit Roo warten mußte, wenn sie erst den Mord an seinem fetten Weib arrangiert hatte. Bei dem Gedanken daran, wie sie die Führung über das finanzielle Imperium sowohl ihres Vaters als auch Roos übernehmen würde, spürte sie, wie ihre Erregung schließlich doch zunahm, und als Roo nicht mehr an sich halten konnte, ergab sich auch Sylvia den erleichternden Zuckungen, wobei sie sich vorstellte, wie es sein mochte, die mächtigste Frau in der Geschichte des Königreichs zu sein.

Erik klopfte an der Tür, und William sah auf. »Ja, Hauptfeldwebel?«

»Wenn Ihr eine Minute Zeit für mich hättet, Sir?« fragte er.

William winkte ihn zu einem Stuhl, und Erik setzte sich. »Was gibt es?«

»Es hat nichts mit dem Dienst zu tun«, erklärte Erik. »Der läuft sehr gut. Es handelt sich mehr um eine persönliche Angelegenheit.«

William lehnte sich zurück. Sein Gesicht war ausdruckslos. Da sie zusammen dienten, hatten beide gelegentlich Äußerungen über ihr Privatleben fallenlassen, doch keiner hatte je ein Gespräch über persönliche Themen gesucht. »Ich höre«, sagte der Marschall von Krondor.

»Ich habe da dieses Mädchen kennengelernt, und, nun, wenn es Euch nichts ausmacht, würde ich gern mit Euch darüber sprechen, wie es ist, wenn man Soldat ist und heiraten will.«

William antwortete zunächst nicht, schließlich nickte er. »Das ist eine schwierige Frage. Manche kommen mit einer Familie gut zurecht. Andere nicht.« Er schwieg kurz. »Der Mann, der vor mir dieses Amt bekleidet hat, Gardan, war einst ebenso wie Ihr ein Feldwebel. Er hatte unter Lord Borric gedient, dem Herzog von Crydee, als mein Vater noch ein Kind war. Er ist mit Prinz Arutha nach Krondor gekommen und dann bis in dieses Amt aufgestiegen. Und er war verheiratet.«

»Wie ist es ihm damit ergangen?«

»Nun, wenn ich mir die Dinge so durch den Kopf gehen lasse«, meinte William, »er hatte Kinder, und einer seiner Söhne ist sogar selbst Soldat geworden. Der ist bei den Überfällen auf die Ferne Küste gefallen.«

Erik erinnerte sich daran, was ihm sein Stiefvater, Nathan, von jenen Tagen erzählt hatte. Er wußte, daß viele ihr Leben bei diesen Überfällen verloren hatten. »Gardan war zu der Zeit jedoch schon tot. Einige seiner anderen Kinder hingegen haben überlebt, glaube ich.«

William erhob sich, schloß die Tür hinter Erik und setzte sich auf die Kante seines Schreibtisches. Erik fiel auf, daß der Marschall – abgesehen vom formellen Wappenrock seines Amtes – keinerlei Rangabzeichen auf seiner einfachen Uniform trug. »Bei dem, was auf uns zukommt ...«, begann William. Er suchte nach Worten. »Ist es da überhaupt weise, eine feste Beziehung einzugehen?«

»Weise oder nicht, ich habe es jedenfalls getan«, erwiderte Erik. »Ich habe noch keinem Mädchen gegenüber solche Gefühle empfunden.«

William lächelte, und für einen Augenblick sah Erik, wie lange Jahre von dem Mann abfielen. »Daran kann ich mich auch noch gut erinnern.«

»Wenn ich mir die Frage erlauben darf, Sir: Wart Ihr je verheiratet?«

»Nein«, antwortete William, und in seiner Stimme schwang eine Spur Bedauern mit. »In meinem Leben hat die Familie nie eine große Rolle gespielt.«

Er ging zu seinem Stuhl zurück und setzte sich. »Um die Wahrheit zu sagen, habe eher ich für meine Familie nie eine große Rolle gespielt.«

»Euer Vater?« fragte Erik.

William nickte. »Lange Zeit haben wir überhaupt nicht miteinander gesprochen. Das ist zwar lange her, aber dennoch ist es noch immer schwierig mit ihm. Wenn Ihr meinen Vater je kennenlernt, werdet Ihr glauben, er sei mein Sohn. Er sieht kaum zehn Jahre älter aus als Ihr.« William seufzte. »Ironischerweise bin ich Soldat geworden, was einst sein Jugendtraum war. Er hingegen wollte, daß ich Magie studiere.«

William lächelte. »Könnt Ihr Euch vorstellen, irgendwo aufzuwachsen, wo jedermann Magie ausübt oder mit jemandem verheiratet oder verwandt ist, der das tut?«

Erik schüttelte den Kopf. »Es muß trotzdem in der Familie liegen. Ich habe Eure Schwester kennengelernt.«

William lächelte reumütig. »Das ist eine Ironie des Schicksals. Gamina ist adoptiert. Und sie ist, was die Magie betrifft, wesentlich begabter als ich.

Ich besitze nur ein einziges armseliges Talent. Ich kann mit Tieren sprechen. Die neigen allerdings zu sehr kurzen, wenig interessanten Unterhaltungen. Wenn man von Fantus absieht.«

Bei der Erwähnung des Feuerdrachens sagte Erik: »Ich habe ihn seit einiger Zeit gar nicht mehr im Palast gesehen.«

»Er kommt und geht, ganz wie es ihm gefällt. Und frage ich ihn, wo er war, ignoriert er mich einfach.«

Erik brachte die Sprache auf das ursprüngliche Thema zurück. »Ich bin einer Entscheidung jetzt immer noch nicht näher, Sir.«

»Ich kenne das Gefühl, ich weiß, was Ihr meint. Es gab in Stardock eine junge Magierin, ein Mädchen von einem Wüstenstamm der Jal-Pur. Sie hat bei meinem Vater studiert, als ich noch ein Junge war. Sie war zwei Jahre älter als ich.

Und sie war das schönste Ding, das mir je unter die Augen gekommen ist, dunkle Haut und Augen in der Farbe von Kaffee. Sie bewegte sich anmutig wie eine Tänzerin, und ihr Lachen war wie Musik.

Ich war vom ersten Augenblick an hingerissen. Sie kannte mich nur als den Sohn des Meisters, Pugs Jungen, und sie wußte, daß ich für sie schwärmte. Ich lief ihr hinterher und wurde ihr bald lästig. Sie ging ausgesprochen gnädig mit mir um, obwohl ich ihr nach einer Weile schon sehr auf die Nerven fiel.«

William blickte aus dem Fenster hinaus auf den Hof. »Ich glaube, ihre Gleichgültigkeit meinen Bemühungen gegenüber war einer der Hauptgründe, weswegen ich Stardock verlassen habe und nach Krondor gekommen bin.« Die Erinnerung ließ ihn lächeln. »Sie kam zwei Jahre später.«

Erik zog fragend die Augenbrauen hoch.

»Prinz Aruthas Vater hatte einen magischen Berater, einen wundervollen alten Mann namens Kulgan. Mochte er auch nicht zu den mächtigeren Magiern gehören, so war er zweifelsohne einer der intelligentesten. In vielerlei Hinsicht war er so etwas wie ein Großvater für mich. Sein Tod hat meinen Vater hart getroffen. Nun, jedenfalls entschied Prinz Arutha, er wolle wieder einen magischen Berater an seinem Hof haben, und so bat er Pug, seinen besten Mann nach Krondor zu schicken. Vater hat alle überrascht, indem er sie schickte anstelle eines der Meister; zuerst dachte ich, er habe sie geschickt, damit sie auf mich aufpaßt.« Er lächelte abermals reumütig bei der Erinnerung.

Als er fortfuhr, lachte William fast. »Könnt Ihr Euch vorstellen, wie empört sich der Adel gab, als sie hier auftauchte und nicht nur aus Kesh stammte, sondern zudem mit einem der mächtigsten Lords der Wüstenstämme entfernt verwandt war? Es hat Prinz Arutha viel Mühe gekostet, sie am Hofe durchzusetzen.«

William seufzte. »Seit dem Tag, an dem sie hier ankam, wurden die Dinge für mich sehr schwierig, und darüber möchte ich nicht weiter sprechen. Es genügt zu sagen, daß wir nach und nach begriffen, wie sehr wir uns seit Stardock verändert hatten. Meine Gefühle hatten sich nicht verändert, und ich war erstaunt, weil sie mich nach den zwei Jahren, in denen wir getrennt gewesen waren, mit anderen Augen betrachtete. Wir liebten uns.«

Erik sagte nichts, während sich William für einen Augenblick in Erinnerungen verlor.

»Wir waren sechs Jahre lang zusammen.«

»Was ist dann geschehen?«

»Sie starb.«

»Wenn Ihr nicht darüber reden möchtet –«

»Das möchte ich in der Tat nicht«, unterbrach ihn William.

In Erik machte sich Unbehagen breit. »Nun, dann werde ich mal gehen, Sir. Ich wollte keine alten Wunden aufbrechen.«

William wischte die Entschuldigung beiseite, ehe sie ganz ausgesprochen war. »Habt Ihr nicht. Diese Wunde spüre ich jeden Tag, sie ist nie verheilt. Das ist einer der Gründe, weshalb ich nie geheiratet habe.«

Bereits an der Tür fragte Erik: »Wenn ich mir erlauben darf, Sir, wie war ihr Name?«

William starrte aus dem Fenster. »Jezharra.«

Erik schloß die Tür hinter sich. Auf dem Weg zum Kasernenhof dachte er über das Gespräch nach. Er wußte noch immer nicht, was er tun sollte, und deshalb beschloß er, sich auf die anstehenden Aufgaben zu konzentrieren. Sollten sich seine Gefühle für Kitty doch so entwickeln, wie sie mochten.

Fünf

Elvandar

Tomas saß reglos da.

König Rotbaum, *Aron Earanorn* in der Sprache der Elben, begann: »In den Jahren, die vergangen sind, seit wir die Nordlande verließen und *zurückgekehrt* sind, haben wir uns bemüht, unsere Vettern zu verstehen.« Der Anführer der Glamredhel, der »verrückten« Elben, welche vor vielen Zeitaltern in die Nordlande jenseits der Grenzen des Königreichs aufgebrochen waren, um ihr eigenes Leben zu führen, sah Königin Aglaranna mit festem Blick an. »Wir beugen uns vor Euch als Herrscherin, *hier*« – er machte eine allumfassende Geste mit der rechten Hand – »in Elvandar. Doch wir werden uns Eurer Herrschaft nicht absolut unterwerfen.«

Tomas warf seiner Gemahlin einen Blick zu. Die Herrscherin aller Elben von Elvandar schenkte dem Elbenkrieger, der sein Volk schon fast ebenso viele Jahre regierte wie sie das ihre auf den Lichtungen der Elben, ihr mildestes Lächeln. »Earanorn, niemand denkt an so etwas«, entgegnete sie. »Jenen, die nach Elvandar kommen, ob nun dem Ruf des alten Blutes folgend oder als unsere Gäste, steht es frei, uns zu jeder Zeit zu verlassen. Nur die, welche sich aus freiem Herzen zum Hierbleiben entscheiden, werden meine Untertanen.«

Der frühere König tippte sich ans Kinn. »Das ist doch genau der Haken an der Sache, nicht wahr?« Er blickte die versammelten Elben im Rat der Königin an: Tathar, der älteste Berater; Tomas, der halbmenschliche Kriegsherr und Prinzgemahl; Acaila, der Anführer der Eldar, die auf der Welt Kelewan gelebt hatten, bis Pug sie dort entdeckt hatte; und andere, unter ihnen Pug und seine gegenwärtige Gefährtin Miranda. Nach langem Schweigen fragte der alte König: »Wohin sollten wir gehen? Zurück in die Nordlande, zu unseren weniger großzügigen Vettern?«

Tomas blickte nun zu Pug – Freund seit der Kindheit, Stiefbruder und Verbündeter im Spaltkrieg – hinüber. Dieser Blick enthüllte, daß er die Antwort ebenfalls wußte: Für die »wilden« Elben gab es keinen anderen Ort, an den sie gehen konnten.

Tomas wandte seine Aufmerksamkeit Acaila zu, dessen Weisheit und Macht Pug immer wieder aufs neue in Erstaunen versetzten, und hob so unmerklich den Finger, daß es dem menschlichen Magier beinahe entgangen wäre. Acaila neigte den Kopf um den Bruchteil eines Zolls, und die Königin erwiderte das fast nicht wahrnehmbare Nicken.

»Warum wollt Ihr uns überhaupt verlassen?« fragte der Anführer der Eldar, jener uralten Elben, die den alten Drachenlords am nächsten gewesen waren und deren Geschichte und Wissen bewahrten. »Nach Jahrhunderten der Isolation habt Ihr endlich Euer verlorenes Volk gefunden, und niemand verlangt von Euch, wieder in Sklaverei zu leben. Auch scheint es Euch hier nicht schlecht zu ergehen. Darf man daher den Grund erfahren?«

Rotbaum seufzte tief. »Ich bin ein alter Mann.» Bei dieser Bemerkung lachten Tathar, Acaila und einige der anderen, ohne Hinterhältigkeit, sondern höchst vergnügt. »Allerdings, denn ich bin schon bald dreihundertsiebzig Jahre alt, und während hier manche doppelt so alt sind, ist doch der Weidenwald in den Nordlanden ein rauher Ort, wo es viele Feinde und wenig zu essen gibt. Inmitten des Reichtums von Elvandar habt Ihr wenig Sinn dafür, wie es dort draußen zugeht.« Er schlang die Arme um sich, als würde ihn bei der Erinnerung frösteln. »Wir besaßen keine Zauberwirker und keine heilende Magie wie Ihr in Elvandar. Hier heilen kleine Wunden allein durch Ruhe und gutes Essen; dort kann der Wundbrand einen Krieger genauso dahinraffen wie der Pfeil eines Feindes.« Er streckte die geballte Faust aus, und Wut sprach aus seinen Worten. »Ich habe mein Weib und meine Söhne begraben. Nach den Maßstäben meines Volkes bin ich ein sehr, sehr alter Mann.«

Miranda flüsterte Pug zu: »Und ein sehr, sehr weitschweifiger dazu.« Sie unterdrückte ein Gähnen. Pug gab sich alle Mühe, bei den erregten Worten des alten Königs nicht zu lächeln, doch wie Miranda und die anderen hatte er die Geschichte von Rotbaums Schlachten und Verlusten in den vergangenen Monaten, seit sie bei den Elben waren, schon viele Male gehört.

Calin, Aglarannas älterer Sohn und Thronerbe, sprach. »Ich glaube, wir haben über die letzten dreißig Jahre hinweg unseren guten Willen demonstriert, König Rotbaum. Wir trauern mit Euch um Eure Verluste«, – andere im Rat nickten zustimmend – »doch hier bieten sich Eurem Volke die besten Möglichkeiten zu wachsen und zu gedeihen.

Während des Spaltkriegs und der Großen Erhebung haben auch wir viele verloren, die nun auf den Gesegneten Inseln ruhen, und dennoch haben wir gewonnen, da Ihr den Weg zu uns gefunden habt. Am Ende haben alle Mitglieder des Elbengeschlechts davon profitiert.«

Rotbaum nickte. »Ich habe lange darüber nachgedacht, welche Wahlmöglichkeiten sich meinem Volk stellen.« Ein gewisser Stolz war ihm anzumerken. »Ich habe keine Söhne.« Er blickte Calin an. »Und ich brauche einen Erben.«

Ein junger Krieger der Glamredhel trat zu seinem König und reichte ihm ein Bündel, das in Leder eingeschlagen und mit Riemen zugebunden war. »Dies ist das Zeichen meines Ranges«, verkündete Rotbaum und öffnete das Bündel. Im versammelten Rat machte sich Überraschung breit, soweit Elben überhaupt Überraschung zeigen konnten. In den Häuten befand sich ein Gürtel von erlesener Schönheit: Seidenfäden, die, wie Pug dachte, wohl nicht von dieser Welt stammten, hielten Edelsteine von betörendem Glanz. Sie ergaben ein gleichermaßen hübsches wie bemerkenswertes Muster. »*Aslethnath*!« verkündete Rotbaum.

Pug betrachtete den Gürtel, und nicht nur auf der Wahrnehmungsebene der Augen. Er flüsterte Miranda zu: »Dieser Gegenstand besitzt große Macht.«

»Wirklich?« fragte sie trocken.

Pug sah sie an. Sie lächelte und mußte sich zusammenreißen, um nicht laut loszuprusten. Abermals war er sich gewiß, daß ihre Macht und ihr Wissen größer waren, als sie ihm gegenüber offenbarte.

Acaila stand von der kreisrunden Bank auf und trat zu Rotbaum. »Darf ich?« fragte er.

Rotbaum reichte ihm den Gürtel.

Acaila betrachtete ihn sorgfältig und gab ihn dann Tathar. »Dies ist ein Gegenstand von großer und wunderbarer Magie. Wußtet Ihr nicht, daß er sich hier befindet?«

Tathar, der älteste Zauberwirker der Königin, schüttelte den Kopf. Leicht gereizt antwortete er: »Wußtet Ihr davon?«

Acaila lachte, so wie er oft in dem Jahr gelacht hatte, als er Pugs Lehrer gewesen war, in Elvardein, jenem Zwillingswald von Elvandar, der unter einer magischen Eiskappe auf der Welt Kelewan verborgen lag. In diesem Lachen lag kein Spott, doch mit leichter Ironie sagte Acaila: »Nun, ja.« Er wandte sich wieder an Rotbaum, und der Herrscher der Glamredhel nickte kaum merklich. Acaila drehte sich um, als Tathar von seinem Platz im Kreis der Königin aufstand. Obwohl Acaila unbestritten der älteste und erfahrenste Berater der Königin war, befand er sich erst seit kurzer Zeit in Elvandar, jedenfalls nach den Maßstäben der Elben. Tathar war Aglarannas ältester Berater.

Während Tathar den Gürtel nahm und ihn Calin zeigte, erklärte Rotbaum: »Dieser Gürtel wird nur im hohen Rat getragen und vom König an seinen Sohn weitergereicht. Wie jener, der mein Vater war, mir diesen Gürtel gab, um meinen Rang zu bestätigen, so übergebe ich ihn nun Euch, Prinz Calin.«

Aglaranna erhob sich. »Damit sind unsere Völker wieder vereint.« Zu Rotbaum sagte sie: »Man nennt Euch zu Recht Aron Earanorn.« Sie neigte den Kopf vor ihm. Ein Elb erschien mit einer neuen Robe, und auf ein Zeichen der Königin hin legte er sie über die Rüstung und den Pelz, den Rotbaum nach Art seines Volkes trug. »Ihr würdet unseren Rat ehren, wenn Ihr einen Sitz in ihm einnähmet.«

Der alte König erwiderte: »Die Ehre ist ganz auf meiner Seite.«

Acaila streckte die Hand aus und führte Rotbaum zu dem Platz zwischen sich und Tathar.

Pug lächelte und zwinkerte Miranda zu. Indem er den Glamredhel im Rat über sich selbst stellte, dem Range nach gleich hinter Tathar, vermied der weise Führer der Eldar den möglichen Groll der Glamredhel. Rotbaum nahm nun den zweiten Rang unter den Beratern der Königin ein.

Miranda gab Pug mit dem Kopf ein Zeichen, sie sollten sich aus dem Rat zurückziehen, und als sie weit genug von der Versammlung entfernt waren, fragte sie: »Wie lange geht das jetzt schon so?«

Pug zuckte mit den Schultern. »Rotbaums Volk ist vor dreißig Jahren hierhergekommen, zwanzig Jahre, nachdem Galain und Arutha sie nach dem Fall von Armengar entdeckt haben.«

»Sie haben sich dreißig Jahre darüber gestritten, wer welchen Rang einnimmt?« wollte Miranda wissen. Auf ihrem Gesicht zeichnete sich Unglauben ab.

»Debattiert«, mischte sich Tomas ein, der von hinten an sie herangetreten war. »Kommt mit mir.«

Tomas führte Pug und Miranda zu einem privaten Bereich, der vom Hof der Königin durch geschickt gezogene Äste des Baumes getrennt war. Von dieser Seite hatte man einen wunderbaren Blick auf die Baumstadt Elvandar.

Pug fragte: »Hast du dich je an diesen Ausblick gewöhnt?« Er betrachtete seinen Freund, und hinter den fremdartigen Gesichtszügen des von fremden Mächten geprägten Kriegers entdeckte er das Lächeln seines Stiefbruders.

Selbst in seinem Festgewand strahlte Tomas Kraft und Macht aus. Die blaßblauen, fast farblosen Augen auf Elvandar gerichtet, antwortete er: »Ja, doch die Schönheit rührt mich noch immer jedesmal aufs neue an.«

Miranda meinte: »Kein Sterblicher könnte dabei ungerührt bleiben.«

Es war Abend, und Hunderte von Kochfeuern erleuchteten Elvandar, manche unten auf dem Boden, andere auf Plattformen, die in den Ästen der Bäume errichtet worden waren. In der ganzen Stadt brannten Laternen, sie gaben jedoch nicht ein solch gelbes Licht wie die Laternen in den Städten der Menschen, sondern glühten in einem weicheren blauweißen Schein: Elbenkugeln, zum Teil natürlich, zum Teil magisch, und einzigartig in der Welt. Auch die Bäume selbst leuchteten, die Zweige strahlten ein sanftes, bläuliches oder grünliches Licht ab, als würden ihre Blätter phosphoreszieren.

Tomas drehte sich herum, wobei seine goldgesäumte rote Robe ein wenig aufwallte. »Ist es an der Zeit für mich, meine Rüstung anzulegen, alter Freund?«

»Ich fürchte schon«, gab Pug zurück.

Fast wehmütig sprach Tomas weiter: »Als wir in Sethanon den Sieg davontrugen, hoffte ich, wir hätten diese Angelegenheit ein für alle Mal erledigt.«

Pug nickte. »Das hofften wir alle. Dennoch wußten wir, daß die Pantathianer früher oder später zurückkommen würden, allein wegen des Steins des Lebens.« Pug legte die Stirn in Falten, als wollte er noch etwas hinzufügen, unterließ es jedoch. »Solange dein Schwert in dem Stein ruht und solange die Valheru nicht endgültig bezwungen sind, haben wir lediglich Zeit gewonnen.«

Tomas erwiderte nichts, sondern blickte weiter über das Geländer hinaus auf das prachtvolle Elvandar. »Ich weiß«, stimmte er schließlich zu. »Es wird der Zeitpunkt kommen, an dem ich das Schwert wieder herausziehen und das vollenden muß, was wir an jenem Tag begonnen haben.« Mit großem Interesse hatte er alle Berichte verfolgt, die Miranda von ihrer letzten Reise mit seinem Sohn zum südlichen Kontinent geliefert hatte.

Tathar, Acaila und die anderen Zauberwirker hatten sie seit ihrer Ankunft vor Monaten immer und immer wieder ausgefragt und so auch jene Einzelheiten ans Tageslicht gebracht, von denen sie geglaubt hatte, sie bereits vergessen zu haben. Während Mirandas Geduld dadurch bis zum äußersten strapaziert worden war, hatten die langlebigen Elben die unendlichen Befragungen mit Gleichmut hinter sich gebracht.

Lautes Stimmengewirr verkündete, daß Aglaranna und ihre Berater in die Privatgemächer unterwegs waren, wo sie sich zu Tomas gesellen wollten. Von Tathar, Acaila, Rotbaum und Calin gefolgt, trat die Königin ein.

Miranda und Pug verneigten den Kopf, doch die Königin sagte: »Die Sitzung des Hofes ist vorüber, meine Freunde. Wir sind gekommen, um einige wichtige Dinge im privaten Kreis zu besprechen.«

»Den Göttern sei Dank«, entfuhr es Miranda.

Rotbaum zog eine finstere Miene. »Mit Eurem Volk bin ich nicht sehr gut vertraut« – er warf Acaila einen Blick zu, und der formte mit den Lippen stumm zwei Wörter – »meine Dame«. Er betonte die Wörter wie etwas Fremdes. »Aber dieses übereilte Handeln, wie ich es bei Menschen beobachtet habe, … es ist mir unbegreiflich.«

»Übereilt!« platzte Miranda heraus und erlaubte sich, ihr Staunen offen zum Ausdruck zu bringen.

Pug erklärte: »Wir haben es schon seit fünfzig Jahren mit den Pantathianern zu tun, Rotbaum.«

Der alte Elb nahm einen angebotenen Kelch mit Wein entgegen. »Nun, dann solltet Ihr Euch inzwischen ja ein ungefähres Bild vom Feind machen können.«

Plötzlich begriff Pug den sehr eigenen Sinn für Humor des alten Elben, der sich deutlich von dem Acailas unterschied: obwohl er ebenso trocken war, mangelte es ihm nicht an einer Prise Spott. Pug grinste. »Ihr erinnert mich an Martin Langbogen.«

Rotbaum lächelte, und Jahre schienen von seinem Gesicht abzufallen. »Nun, das ist ein Mensch ganz nach meinem Geschmack.«

»Wo ist Martin eigentlich?« erkundigte sich Tomas.

»Hier«, ließ sich die Stimme des früheren Herzogs von Crydee vernehmen, der von unten eine Treppe hinaufstieg. »Ich bin nicht mehr so schnell auf den Beinen wie früher.«

»Den Bogen hingegen haltet Ihr noch recht anständig, Martin«, erwiderte Rotbaum. Dann fügte er hinzu: »Zumindest für einen Menschen.«

Martin war der älteste lebende Mensch, den Rotbaum als Freund bezeichnen mochte. Mit fast neunzig Jahren wirkte Martin kaum älter als Ende sechzig, Anfang siebzig. Seine kräftigen Schultern waren noch nicht gebeugt, obwohl seine Arme dünner waren, als Pug sie in Erinnerung hatte. Seine Haut sah aus wie altes Leder, wettergegerbt und runzlig, und sein Haar war nunmehr vollständig weiß geworden. Doch Martins Augen besaßen noch immer den gewohnten aufmerksamen Glanz, und der alte Mann zeigte keinerlei Anzeichen von Altersschwäche. Wenn die Magie von Elvandar ihn auch nicht verjüngen konnte, so hielt sie ihn jedenfalls bei Kräften.

Martin nickte Miranda zu und lächelte. »Ich kenne die Edhel«, – dies war der Name, mit dem die Elben sich selbst bezeichneten – »seit ich ein kleines Kind war, und die meisten Menschen verstehen ihren Humor nicht.«

Miranda erwiderte: »Genausowenig wie ihren Sinn für Eile.« Sie sah Pug an. »Seit Monaten, nahezu einem Jahr, sagt Ihr nun, daß wir dies oder jenes tun müssen – meistens: ›Wir müssen Macros den Schwarzen finden‹ – und trotzdem sitzen wir die meiste Zeit herum und tun nichts.«

Pug kniff kurz die Augen zusammen. Er wußte, Miranda war viel älter, als man ihr ansah, vielleicht sogar älter als er mit seinen über siebzig Jahren, doch erstaunt nahm er bei ihr immer wieder etwas zur Kenntnis, das man nicht anders denn als Ungeduld bezeichnen konnte. Eine Entgegnung lag ihm auf der Zunge, dann eine andere. Schließlich sagte er: »Macros' Erbe an mich beinhaltet viele Dinge – seine Bibliothek, seine Kommentare, und, zum Teil wenigstens, seine Macht –, doch nichts kann seine Erfahrung ersetzen. Wenn uns irgend jemand helfen kann, das Geheimnis zu entschlüsseln, dem wir gegenüberstehen, dann er.« Pug stellte sich vor Miranda und blickte ihr in die Augen. »Ich kann nicht anders, ich habe das Gefühl, daß sich hinter all dem noch ein weiteres Geheimnis verbirgt, eines von viel größerem Gewicht und größerer Gefahr als jenes, welches wir bereits gelüftet haben.« Mit etwas freundlicherer Stimme fügte er spöttisch-scheltend hinzu: »Und von dir erwarte ich, so wie von allen anderen auch, die Einsicht, daß man, wenn man bewegungslos verharrt, am ehesten auf eine Idee kommt, wie man die anstehenden Probleme lösen kann.«

»Ich weiß«, hielt Miranda dagegen, »aber ich fühle mich wie ein Pferd, das zu lange am Zügel zurückgehalten wurde. Ich will endlich etwas *tun*!«

Pug wandte sich an Tomas. »Womit wir wieder bei unserem eigentlichen Problem wären, nicht?«

Tomas nickte und sah die Weisen des Rates von Elvandar einen nach dem anderen an. »Die Frage ist doch, was getan werden muß?«

»Einst hast du Macros gefunden, indem du mich in die Hallen der Toten geführt hast. Wäre es sinnvoll, dorthin zurückzukehren?«

Tomas schüttelte den Kopf. »Ich glaube nicht; du?«

Pug zuckte mit den Schultern. »Eigentlich nicht. Ich wüßte nicht einmal recht, was ich sagen sollte, wenn wir erneut vor Lims-Kragma stünden. Mein Wissen ist seit damals gewachsen, doch die Natur der Götter und ihrer Diener ist mir im wesentlichen noch immer ein Rätsel. Wie dem auch sei, der Besuch in den Hallen der Toten ist ein letzter Strohhalm, an den man sich klammern könnte.« Er schwieg einen Augenblick lang, und die Niedergeschlagenheit ließ sich deutlich von seinem Gesicht ablesen. »Nein, im Reich der Toten würden wir nur Zeit verschwenden.«

Acaila meinte: »Den Sterblichen ist es nicht vergönnt, jene Wesen zu verstehen. Aber erlaubt mir eine Frage, Pug: Warum wäre es Zeitverschwendung, diese Person in den Hallen der Toten zu suchen?«

Pug antwortete: »Ich weiß nicht genau. Ein Gefühl, weiter nichts. Ich bin mir sicher, daß Macros lebt.« Daraufhin beschrieb er, wie ihm Gathis, Macros' Majordomus auf dem Eiland des Zauberers, erzählt hatte, daß es eine Art Verbindung zwischen ihm und dem Schwarzen Zauberer gäbe. Gathis würde es irgendwie wissen, wenn Macros tot wäre. Pug endete mit den Worten: »Und mehrere Male während der letzten Jahre habe ich gespürt, daß Macros nicht nur lebendig ist, sondern auch …«

Miranda blickte ihn nun vollends verärgert an: »Was?«

Pug zuckte mit den Schultern. »Daß er irgendwie in der Nähe war.«

Sie murmelte etwas in sich hinein. »Das würde mich nicht überraschen.«

Martin lächelte amüsiert und fragte: »Warum?«

Miranda sah hinaus auf die Lichter von Elvandar. »Weil meiner Erfahrung nach die meisten dieser ›legendären‹ Personen mit Täuschungen arbeiten, die uns alle von ihrer Wichtigkeit überzeugen sollen, mehr jedenfalls, als daß sie etwas tun, das von wirklicher Bedeutung wäre.«

Aglaranna nippte an ihrem Wein und ließ sich neben Tomas auf einer Bank am Geländer nieder. »Ihr hört Euch an, Miranda, als wärt Ihr verärgert.«

Miranda senkte den Blick kurz; als sie ihn erneut zur Elbenkönigin hob, hatte sie sich wieder gefaßt. »Vergebt mir meinen Eigensinn, Hoheit. In Kesh streiten wir allzuoft über Äußerlichkeiten wie Rang und Stand, die mit dem eigentlichen Wert der Dinge nichts zu tun haben. Manche werden einfach hoch geboren, während andere, die es vielmehr verdient hätten, niemals Bedeutung erlangen und ihr Leben mit gewöhnlichen Arbeiten vergeuden. Dennoch fehlt diesen ›großen‹ Adligen das Bewußtsein dafür, daß sie ihren hohen Rang allein ihrer Geburt zu verdanken haben.« Sie zog ein säuerliches Gesicht. »Sie glauben, nur weil ihre Mütter die waren, die sie waren, stünden sie in der Gunst der Götter. Wenn ich so über mein ... Leben nachdenke, so habe ich es häufiger mit solchen Männern zu tun gehabt, als ich es verdient hätte. Mir fehlt für sie ... die rechte Geduld, fürchte ich.«

»Also«, begann Tomas, »Macros hat sich seine Legende selbst geschaffen, um seine Abgeschiedenheit zu gewährleisten, dafür würde ich meine Hand ins Feuer legen. Doch als einer, der mehr als einmal neben ihm gestanden hat, kann ich beschwören, daß diese Legende nur ein Schatten seiner wahren Macht ist. In diesem Wald hier ist er einem Dutzend Erhabener der Tsurani entgegengetreten, und während die Magie unserer Zauberwirker ihn zwar unterstützte, hat allein er ihre Werke zunichte gemacht und sie in ihre Heimatwelt zurückgejagt. Er ist der einzige, bei dem es mich mit Entsetzen erfüllen würde, wenn ich mich ihm entgegenstellen müßte. Seine Macht ist schlicht und einfach unfaßbar.«

Pug nickte. »Und aus genau diesem Grunde müssen wir ihn finden.«

»Wo sollen wir anfangen?« fragte Miranda ruhiger. »Im Gang?«

»Ich glaube kaum«, meinte Pug. »Im Gang zwischen den Welten gibt es zu viele, die willens sind, Informationen an den Meistbietenden zu verkaufen.« Er ließ sich gegenüber der Elfenkönigin nieder. »Ich dachte, wir könnten vielleicht zur Ewigen Stadt reisen und den Schreckenslord befragen, der dort gefangen ist.«

Tomas zuckte mit den Schultern. »Ich möchte bezweifeln, ob er mehr weiß, als wir bislang schon aus ihm herausbekommen haben. Er war nur ein Werkzeug.«

»Habt Ihr schon in Betracht gezogen, daß sich der Zauberer hier auf Midkemia befinden könnte?« warf Acaila ein.

»Warum?« fragte Martin.

Der Eldar erwiderte: »Pugs ›Gefühl‹. Das würde ich nicht einfach außer acht lassen. Oftmals weisen uns solche Gefühle auf etwas hin, das wir unbewußt wahrgenommen haben.«

»Das stimmt«, bemerkte Rotbaum und biß in einen großen roten Apfel. »In der Wildnis muß man sich oft auf seinen Instinkt verlassen, sonst kehrt der Jäger ohne Beute zu seiner hungrigen Familie zurück, oder der Krieger fällt auf dem Feld der Schlacht.« Er sah Pug an. »Wo habt Ihr Macros' Gegenwart am deutlichsten gespürt?«

»Seltsamerweise«, antwortete Pug, »in Stardock.«

»Darüber hast du nie etwas gesagt«, warf ihm Miranda vor.

Pug lächelte. »Ich war oft abgelenkt.«

Miranda hatte den Anstand zu erröten. »Du hättest es mir trotzdem bei Gelegenheit mitteilen können.«

Pug zuckte mit den Schultern. »Ich habe es darauf zurückgeführt, daß sich all seine Bücher und Schriftrollen in meinem Turm befanden. Manchmal hatte ich sogar das Gefühl, er würde mir beim Lesen über die Schulter blicken.«

Tathar warf ein: »Wir dürfen auch dieses Artefakt nicht vergessen, das Ihr vom südlichen Kontinent mitgebracht habt.«

Aglaranna nickte. »Die Zauberwirker haben etwas sehr Fremdartiges an ihm gespürt.«

»Wahrhaftig«, meinte Tomas. »Und zwar mehr als nur die Präsenz der Pantathianer. Etwas daran ist selbst den Valheru fremd.«

Martin warf ein: »Es gibt da eine Sache, die ich nicht begreife.«

»Welche, alter Freund?« fragte Calin.

»Seit dem Tag, an welchem das erste Tsurani-Schiff vor Crydees Küste auftauchte, bis hin zum Fall von Sethanon, hat niemand eine sehr wichtige Frage gestellt.«

»Die da lautet?« wollte Aglaranna wissen.

»Warum gingen all diese Pläne und Komplotte mit solchem Chaos und solcher Zerstörung einher?«

Tomas antwortete: »Das liegt in der Natur der Valheru.«

Martin entgegnete: »Aber wir haben den Valheru gar nicht ge-

genübergestanden; wir hatten es nur mit ihren Agenten, den Pantathianern, oder deren Dienern zu tun.«

Pug wollte Martins Einwand ausräumen. »Ich glaube, die Pantathianer haben uns oft genug gezeigt, von welcher Natur sie sind.«

Martin erwiderte: »Du verstehst nicht, worauf ich hinauswill. Bei all dem fehlt das offensichtliche Motiv. Wir haben den Pantathianern die ganze Zeit ihre Beweggründe unterstellt, doch eigentlich wissen wir gar nicht, warum sie sich so verhalten.«

Pug sagte: »Ich muß mich entschuldigen, aber ich habe immer noch nicht verstanden, worauf du hinauswillst.«

Miranda hielt ihm vor: »Weil du nicht zuhörst.« Sie trat an Pug vorbei zu Martin. »Ihr habt also eine Idee.« Das war nicht als Frage gemeint.

Der alte Bogenschütze nickte. Er wandte sich an Tathar, Acaila und Rotbaum. »Bitte berichtigt mich, wenn ich etwas Falsches von mir gebe.« An Pug und Tomas gewandt fuhr er fort: »Ihr besitzt Kräfte, die meine Vorstellungen übertreffen, doch ich habe den größten Teil meines Lebens hier im Westen verbracht und kenne die Sagen der Edhel wie kein anderer Mensch, möchte ich behaupten.«

»Besser als jeder andere lebende Mensch«, schränkte Tathar ein.

»In den Sagen der Edhel«, fuhr Martin fort, »wird einiges über die Uralten berichtet.« Er blickte die Königin an. »Höchst ehrenwerte Dame, warum wird dieser Name bevorzugt?«

Die Königin dachte einen Augenblick über die Frage nach. »Tradition. Einst hat man geglaubt, man würde die Aufmerksamkeit der Valheru auf sich ziehen, wenn man ihren Namen ausspricht.«

Miranda fragte: »Aberglauben?«

Martin sah zu Tomas. »Aberglauben?« wiederholte er.

Tomas antwortete: »Viele der Erinnerungen, die mir aus den alten Zeiten gegeben wurden, liegen im Nebel, und selbst jene, die klar sind, sind die Erinnerungen eines anderen Wesens. Zwar ist uns vieles gemeinsam, aber ich weiß noch lange nicht alles. Einst wurde den Eldar die Macht gegeben, sie zu rufen, indem sie ihre Namen laut aussprachen. Das könnte der Ursprung dieses Glaubens sein.«

Martin verstand, besser als jeder andere neben Pug, in ganzem Ausmaß Tomas' Dualität. Er hatte Tomas und Pug schon gekannt, als sie noch Jungen in der Burg Crydee gewesen waren, und er hatte mitangesehen, wie die magische Rüstung des lange toten Drachenlords Ashen-Shugar Tomas in das seltsame Wesen verwandelt hatte, das er heute war: weder ganz Mensch noch ganz Drachenlord, sondern eine Mischung von beidem.

Tomas sah den Eldar an und fragte: »Acaila?«

Der alte Elb nickte. »So berichten es die Legenden. Wir, die wir die ersten Sklaven der Valheru waren, konnten mit ihnen Kontakt aufnehmen. Daher mag der Brauch stammen, ihre Namen nicht laut auszusprechen.«

Miranda fragte: »Worauf wollt Ihr eigentlich hinaus?«

Martin zuckte mit den Schultern. »Ich weiß es selbst nicht genau, aber mir scheint es, als würden wir lauter Mutmaßungen anstellen, und falls eine davon nicht richtig ist, fußen all unsere Pläne auf einer falschen Annahme.« Er blickte Miranda in die Augen. »Ihr habt aus dem Lande am anderen Ende der Welt diese Artefakte mitgebracht, die, wie es scheint, von den Uralten hergestellt wurden, obwohl Pug und Tomas sagen, sie wären ›befleckt‹ und nicht das, was sie zu sein scheinen.«

Acaila nickte abermals. »Sie sind nicht rein. Wir wissen genug über unsere früheren Herren, um sagen zu können, daß diese Gegenstände von einer fremden Hand berührt wurden.«

»Und dennoch sprechen sie zu Euch?« wollte Pug wissen.

»Ja, sie erinnern stark an die Valheru«, antwortete Aglaranna.

Martin fragte: »Wem gehört dann die fremde Hand?«

»Dem dritten Mann im Spiel«, sagte Pug. Er sah Miranda an. »Ich nehme an, er hat den Dämon gemeint.«

Martin nickte. »Ja. Was, wenn die Pantathianer nicht die Werkzeuge der Uralten sind, sondern der Dämonen?«

Tomas nickte. »Das würde einige Dinge erklären.«

»Und zwar?« fragte Rotbaum und nahm einen Schluck Wein.

Pug antwortete: »Zum einen den Schreckenslord.«

Acaila erkundigte sich: »Wieso?«

Tomas erklärte: »Solche Verbündete hätte ich von meinen Brüdern nicht erwartet.« Er benutzte das Wort *Brüder* für die Valheru, wenn er als einer von ihnen dachte.

»Und noch weniger wahrscheinlich, daß sie sich solcher Werkzeuge bedienen«, fügte Aglaranna hinzu. »Der Überlieferung nach, die die Eldar über Generationen weitergegeben haben, waren die Schreckenslords stets Rivalen der Valheru, wenn sich ihre Wege gekreuzt haben.«

»Dennoch«, warf Pug ein, »haben wir diese eigentümliche Möglichkeit nie in Betracht gezogen.«

Mit einem schwachen Lächeln auf den Lippen meinte Tomas: »Wir waren ein wenig voreingenommen.«

Pug legte die Stirn in Falten und zog eine fragende Miene.

»Der Spaltkrieg?« setzte Tomas lachend hinzu.

Pug lachte ebenfalls. »Ich weiß, worauf du hinauswillst, ich frage mich nur, warum du nicht früher schon daran gedacht hast?«

Jetzt war es an Tomas, sich ratlos zu zeigen. »Ich weiß es nicht. Ich habe angenommen, der Schreckensmeister in der Ewigen Stadt und der Schreckenslord in Sethanon wären Teil eines Spiels, mit dem die Valheru uns ablenken wollten. Ich bin davon ausgegangen, daß die Pantathianer irgendwie in Kontakt mit diesen Wesen getreten sind –«

Acaila unterbrach ihn. »Ihr besitzt Erinnerungen und einiges Wissen und große Macht, Tomas, doch es fehlt Euch an Erfahrung. Ihr seid noch kein Jahrhundert alt, und dennoch wohnen Euch Kräfte inne, die man nicht in der fünffachen Spanne erlangen könnte.« Er blickte sich in der Versammlung um. »Wir sind wie Kinder, wenn wir von Wesen wie den Valheru und den

Schreckenslords sprechen. Wir gehen von Mutmaßungen aus, wenn wir sie zu begreifen oder ihre Ziele zu verstehen suchen.«

»Dem möchte ich zustimmen«, warf Pug ein, »und dennoch müssen wir es versuchen, denn wir können diesen Wesen nicht einfach erlauben, zu uns zu kommen; wir müssen die Ziele derer erkennen, die den Stein des Lebens in ihre Gewalt bringen und uns alle töten wollen.«

»Was uns an den Ausgangspunkt zurückbringt«, folgerte Miranda. »Wir wissen wenig, und wir müssen Macros den Schwarzen finden, und bisher hast du noch keine Idee gehabt, wo wir mit der Suche beginnen sollen.«

Pug wirkte überfordert. »Ich weiß es auch nicht.«

Acaila schlug vor: »Vielleicht solltet Ihr nicht weiter nach einem Ort Ausschau halten, sondern anfangen, nach einer Person zu suchen.«

»Was wollt Ihr damit sagen?« fragte Pug.

Der alte Elb erklärte: »Ihr habt davon gesprochen, daß Ihr die Nähe von Macros gespürt hättet. Vielleicht ist es an der Zeit, Eure Aufmerksamkeit auf dieses Gefühl zu richten, nach der Präsenz zu suchen und Euch von ihr zu dem Mann führen zu lassen.«

Pug erwiderte: »Ich kann mir nicht vorstellen, wie das möglich sein sollte.«

»Ihr habt nur kurze Zeit bei mir studiert, Pug. Es gibt viele Dinge, die wir Euch noch beizubringen hätten. Ich will es Euch und Miranda jetzt zeigen.«

»Muß ich mitkommen?« wollte Tomas wissen.

Acaila sah den Kriegsherrn von Elvandar an und schüttelte den Kopf. »Ihr wißt, wann es Zeit ist zu gehen, Tomas.«

An die Königin gewandt, fuhr er fort: »Wir werden uns auf die Lichtung der Kontemplation zurückziehen. Tathar, ich würde es begrüßen, wenn Ihr mir bei dieser Angelegenheit zur Seite stehen würdet.«

Der alte Elb verbeugte sich vor seiner Königin und fragte: »Mit Eurer Erlaubnis, meine Dame?«

Sie nickte, und die vier verließen die Privatgemächer von Tomas und der Königin. Sie gingen zwischen den Häuschen hindurch, aus denen die Elbenstadt in den Bäumen bestand, bis sie den Boden erreichten, wo große Feuer ihren hellen Schein verbreiteten.

Schweigend ließen sie das Herz von Elvandar hinter sich, bis sie schließlich zu einer stillen Lichtung gelangten. Hier hatten sich Tomas und Aglaranna verlobt; und hier wurden die wichtigsten Zeremonien der Elben abgehalten.

»Wir fühlen uns geehrt«, erklärte Pug.

»Es ist eine Notwendigkeit«, erwiderte Acaila. »An diesem Ort ist unsere Magie am stärksten, und ich vermute, wir brauchen sie, um Euch am Leben zu erhalten.«

»Was habt Ihr vor?«

»Tomas hat mir von Eurer Reise zu den Hallen der Toten erzählt, in die Ihr durch den Eingang in der Nekropolis der Götter eingetreten seid. Obwohl wir eine andere Ansicht vom Universum und seiner Ordnung haben, kennen wir den Glauben der Menschen doch gut genug, um zu wissen, daß allein Tomas' Kraft Euch auf dieser Reise am Leben gehalten hat.«

»Ich bin mit brennenden Lungen erwacht, und ich fühlte mich, als wäre ich bis auf die Knochen durchgefroren gewesen«, sagte Pug.

Acaila erklärte: »Man betritt das Reich der Toten nicht, solange man noch lebt – jedenfalls nicht, ohne weitläufige Vorbereitungen zu treffen.«

»Kehren wir in die Hallen von Lims-Kragma zurück?« fragte Pug.

»Es könnte sein«, antwortete Acaila. »Und deshalb müssen wir das, was wir hier tun müssen, hier an diesem Ort tun. Die Zeit verstreicht in anderen Reichen unterschiedlich schnell, soviel wissen wir noch von den Reisen unserer Meister durch die Dimensionen. Ihr werdet vielleicht nur Stunden abwesend sein und trotzdem Jahre erlebt haben. Oder ihr werdet Monate abwesend sein und doch nur Minuten erlebt haben. Wir haben keine Möglichkeit, vorauszusagen, welcher Fall eintreten wird. Tathar und ich werden dafür sorgen, daß eure Körper bereit sind, euch zu empfangen, wenn ihr zurückkehrt. Wir werden euch am Leben erhalten.«

»Das wissen wir zu schätzen«, meinte Miranda.

Pug wandte sich ihr zu und bemerkte ihre unschlüssige Miene. »Du mußt nicht mitkommen.«

»Doch, ich muß«, gab sie zurück. »Das wirst du noch verstehen.«

»Wann?«

»Bald, denke ich«, antwortete sie.

»Was müssen wir tun?«, erkundigte sich Pug bei Acaila.

»Legt euch hin«, erwiderte der.

Sie taten wie angewiesen, und Acaila begann: »Ihr dürft nie vergessen, was ich euch über das Verstreichen der Zeit gesagt habe. Das ist von äußerster Wichtigkeit, denn ihr müßt euch beeilen, solange ihr in Geistform seid. Wenn ihr nur eine Stunde verweilt, können hier auf Midkemia Monate vergangen sein, und wir wissen doch, daß sich der Feind bald im Anzug befinden wird. Zudem werden eure Körper dem Geist folgen. Wenn ihr hierher zurückkehrt, werdet ihr eure Körper vielleicht nicht vorfinden. Wenn alles so verläuft, wie wir hoffen, werdet ihr zum rechten Zeitpunkt hier eintreffen und Tathar und ich werden wissen, ob ihr erfolgreich wart, denn entweder werdet ihr hier erwachen, oder eure Körper werden verschwinden. Wir können euch jedoch nicht bei der Rückkehr helfen. Die müßt ihr aus eigener Kraft mit euren eigenen Künsten vollbringen. Wir werden wissen, ob es euch gelungen ist oder nicht, wenn eure Körper unseren Anstrengungen zum Trotz sterben. Nur soviel können unsere Künste bewirken.

Und jetzt schließt eure Augen und versucht zu schlafen. Ihr werdet Visionen haben. Wenn sie kommen, werdet ihr sie wie Träume empfinden. Doch nach und nach werden sie immer realer werden. Dann rufe ich euch, und ihr werdet aufstehen.«

Pug und Miranda schlossen die Augen. Pug hörte Acailas Stimme, als der alte Zauberwirker der Aldar mit seinem Singsang begann. Die Worte waren ihm überraschend vertraut, und dennoch konnte er sie nicht verstehen. Es war, als höre er die Worte eines Liedes und würde sie im gleichen Augenblick vergessen.

Bald träumte er von Elvandar. Er konnte das schwache Glühen der von Magie durchdrungenen Bäume über sich sehen, als hätte er die Augen wieder aufgeschlagen. Doch sie erschienen ihm in grell schimmernden Farben, blau und grün, gold und weiß, rot und orange, und der Himmel war so finster wie die tiefste Höhle unter den Bergen. Unbemerkt verstrich die Zeit, dann sah er den Geist der Sterne am weiten Firmament. Ein seltsames, fernes, scharfes Geräusch drang in sein Bewußtsein vor, es war ebenfalls vertraut, doch nicht recht einzuordnen.

Weiter rauschte die Zeit vorbei, und Pug verlor sich in einer Bewußtheit, wie er sie nie zuvor erfahren hatte. Die Struktur des Universums lag offen vor ihm, nicht die äußeren Formen oder die Illusionen von Zeit und Raum, sondern das Innerste der Realität. Er fragte sich, ob dies der ›Stoff‹ war, von dem Nakor so oft sprach, dieses fundamentalste Element, aus dem alles gemacht war.

Sein Geist begann aufzusteigen, in die Ferne zu schweben, und er bemerkte, wie er sich allein durch seinen Willen von Ort zu Ort bewegen konnte. Dennoch fühlte er, daß er noch immer auf der Lichtung lag. Sein Körper hatte sich verändert, und Pug spürte fremde Kräfte und eigentümliche Gefühle, die ihn durchfluteten.

Seit seiner Zeit auf dem Turm der Prüfung, hoch über der Versammlung auf der fernen Welt Kelewan, hatte er sich mit der Welt um ihn her nicht mehr so verbunden gefühlt. Er dachte an diesen Abschnitt seines Lebens zurück, während er ›hinunter‹ auf Midkemia blickte.

Plötzlich schwebte er Meilen über den höchsten Gipfeln des Königreichs, und in seiner Wahrnehmung erschienen die Meere und Küsten wie Linien auf einer Landkarte. Nur wirkte alles nicht mehr wie ein lebloses Ding, sondern das ganze Land und die Meere pulsierten mit Kraft und Schönheit.

Er sah genauer hin und konnte sogar die einzelnen Fische im Wasser schwimmen sehen. Wie ähnlich bin ich doch jetzt einem Gott! dachte er.

»Pug.« Ein Ruf aus der Ferne hätte ihm dieses Wahrnehmungsvermögen beinahe entrissen.

»Findet Macros!« wurde er angewiesen. »Und denkt an die Zeit!«

Er sah zur einen Seite und dann zur anderen, und jedes Lebewesen der Welt war mit Energie gezeichnet, mit einer Kraftlinie, die ihren Anfang in Sethanon beim Stein des Lebens nahm, welcher alles Leben auf Midkemia miteinander verband. Während die Zeit verstrich, verschwanden Linien, da Lebewesen starben, und neue Linien breiteten sich nach Geburten aus. Alles erschien ihm wie ein smaragdgrüner Springbrunnen pulsierender Energie, das leibhaftige Leben, und der Anblick ließ Pug den Atem stocken.

Unter Myriaden von Strängen suchte er den einen, jenen, den er kannte. Er verlor jedes Zeitgefühl, wußte nicht, ob Stunden oder Jahre verstrichen, dann schließlich fand er, was er suchte.

Der Zauberer! dachte er, als er die gesuchte pulsierende Kraftlinie entdeckte. Wie stark und ausgebildet sie ist, dachte er weiter, während er sie genau in Augenschein nahm. Doch etwas daran war höchst merkwürdig. Sie existierte an zwei Stellen gleichzeitig.

»Steht auf!« hörte er einen Befehl, und Pug stand auf.

Er sah Acaila und Tathar, doch sie kamen ihm fremdartig vor, Wesen von einfacher Natur und begrenzter Energie, derweil er eine Kreatur gehobener Wahrnehmung und unbegrenzter Kraft war. Er blickte zu Miranda hinüber und sah ein Wesen von betörender Schönheit.

Sie trug keine Kleider und zeigte kein Merkmal des Geschlechts. Wo er die Brüste und Hüften hätte sehen sollen, die ihm so vertraut waren wie sein eigener Körper, entdeckte er nur weiche glatte Linien. Ihr Gesicht war ein Oval, in dem zwei Punkte leuchteten, wo sich die Augen hätten befinden sollen. Sie hatte keine Nase. Anstelle des Mundes fand sich nur ein Schlitz, und er hörte ihre Stimme nicht, sondern spürte, wie Miranda seinen Geist berührte.

»Pug?« fragte Miranda.

»Ja«, antwortete er.

»Sehe ich so seltsam aus wie du?« fragte sie weiter.

»Du siehst hinreißend aus«, erwiderte er.

Plötzlich konnte er sich durch ihre Augen betrachten. Er war genauso gesichtslos wie sie. Beide waren sie von gleicher Größe, und beide schienen sie wie von innerer Energie erleuchtet zu schimmern. Keiner von ihnen besaß Geschlechtsorgane, Zähne oder Fingernägel.

Aus großer Ferne hörten sie Acailas Stimme. »Was ihr seht, ist euer wahres Selbst. Blickt nach unten.«

Sie taten wie geheißen und entdeckten ihre eigenen Körper, die im Gras lagen, als würden sie schlafen.

»Eilt euch nun«, drängte Acaila. »Folgt dem Strang, der euch zu Macros führt, denn je länger ihr aus euren Körpern fortbleibt, desto schwieriger wird die Rückkehr. Wir werden euch am Leben halten, und wenn die Zeit zur Rückkehr gekommen ist, braucht ihr nur daran zu denken. Eure Körper werden dort erscheinen, wo auch immer ihr sie braucht«, wiederholte er noch einmal. »Mögen die Götter euch beschützen!«

Pug sandte zurück: *»Wir verstehen.«* Miranda fragte er: *»Bist du bereit?«*

»Ja«, erwiderte sie. *»Wohin gehen wir?«*

Mit einem Gedanken machte er den Strang für sie sichtbar. *»Dem müssen wir folgen.«*

»Wohin führt er uns?« fragte sie, während er seinen Geist aussandte, sie ›an der Hand nahm‹ und am Strang entlangführte.

»Spürst du es nicht?« fragte er. *»Er führt zu dem Ort, an den ich gleich hätte denken sollen. Er führt uns zur Himmlischen Stadt. Wir reisen zur Heimstatt der Götter!«*

Sechs

Infiltration

Calis zeigte in die Ferne.

Erik nickte, dann gab er seiner Schwadron das Kommando, hinter ihm vorzurücken. Die Männer gingen geduckt durch den Graben und näherten sich ihrem Gegner.

Erik hatte es über, seine Männer zu drillen, und gleichzeitig befürchtete er, noch immer nicht genug getan zu haben. In den sechs Monaten, seit er mit der ersten Truppe in die Berge gezogen war, hatte er ungefähr zwölfhundert Soldaten unter seinem Kommando gehabt, verläßliche Männer, die auf sich selbst gestellt überleben würden, solange es möglich war.

Und weitere sechshundert Männer waren fast so weit, bedurften nur noch ein wenig harten Drills.

Die Truppe jedoch, die er gegenwärtig führte, gehörte zu jenen, von der er glaubte, daß sie niemals zu brauchbaren Soldaten werden würden.

Alfred tippte ihm auf die Schulter. Der Korporal zeigte auf einen Mann auf der anderen Seite des Grabens. Der Kerl ging nicht wie befohlen gebückt, sondern ließ wegen seiner schmerzenden Knie alle Vorsicht außer acht.

Erik nickte, und Alfred schlich sich zu dem Mann hin und zog ihn zu Boden. Spitze Steine bohrten sich beiden Männern in die Haut, doch Alfred drückte dem Soldaten die Hand auf den Mund, damit er nicht einen Schrei ausstieß, den die Wachen hören konnten. Erik vernahm das Zischeln seines Korporals: »Also Davy, deine Knie werden dir und deinen Kameraden noch den Tod einbringen.«

Eine Stimme in der Ferne verriet Erik, daß die Übung fehlgeschlagen war, und als könne er Eriks Gedanken lesen, stand Calis auf und sagte: »Das war es dann wohl.«

Erik und die anderen richteten sich ebenfalls auf. Alfred riß den Soldaten namens Davy auf die Füße. Jetzt ließ er seine Stimme in voller Lautstärke hören: »Du hirnloser Taugenichts! Du bist zu dumm zum Wasserholen! Wenn ich mit dir fertig bin, wirst du den Tag verfluchen, an dem dein Vater deine Mutter zum erstenmal angeschaut hat.«

Calis hörte einen Anruf, und er antwortete mit der Losung. Er winkte Erik mit sich, und der Hauptfeldwebel trat mit seinem Hauptmann ein Stück zur Seite. Calis befahl: »Korporal, bring die Männer zurück ins Lager.«

Alfred brüllte: »Habt ihr den Hauptmann gehört! Zurück ins Lager! Aber rasch!«

Die Soldaten verfielen in einen erschöpften Trab, und der Korporal trieb sie von hinten an.

Calis beobachtete schweigend, wie die Männer außer Sicht liefen; dann meinte er: »Wir haben ein Problem.«

Erik nickte. Im Westen näherte sich die Sonne dem Horizont. »Jeden Tag um diese Zeit habe ich das Gefühl, wir hätten wieder eine Niederlage eingesteckt. Wir werden es niemals schaffen, sechstausend Männer rechtzeitig auszubilden.«

»Ich weiß«, erwiderte Calis.

Erik sah den Hauptmann an und suchte in seinem Gesicht nach einem Hinweis darauf, in welcher Laune er sich befand. Nach all den Jahren, die er mit Calis verbracht hatte, war es nicht einfacher für ihn geworden, aus der Miene des Hauptmanns schlau zu werden. Für Erik war dieser Mann ein Rätsel, so unverständlich wie die ausländischen Bücher, die William in seiner Bibliothek stehen hatte. Calis lächelte. »Das ist jedoch nicht das Problem. Mach dir keine Sorgen. Wir werden unsere sechstausend Mann im Felde stehen haben, wenn die Zeit kommt. Vielleicht werden sie nicht so gut ausgebildet sein, wie wir es gern sehen würden, doch der Kern wird solide sein, und die wirklich guten Soldaten werden die anderen mit durchziehen.« Er studierte die Miene seines jungen Hauptfeldwebels. »Vergiß nicht, eines kannst du den Männern nicht beibringen: die Erfahrung, die man nur in der Schlacht sammelt. Einige der Männer, die du als fähig erachtest, werden sich noch in den ersten Minuten töten lassen, während andere, von denen du nichts hältst, inmitten des Schlachtgetümmels aufblühen werden.«

Sein Lächeln verschwand. »Nein, das Problem, von dem ich spreche, ist ein anderes. Wir sind infiltriert worden.«

Erik fragte: »Infiltriert? Von einem Spion?»

»Von mehreren, vermute ich. Es ist eher eine Ahnung, weiter nichts. Unser Feind ist vielleicht manchmal ungeschickt, doch dumm ist er nie.«

Erik hielt es für angebracht, sein eigenes Unbehagen zur Sprache zu bringen. »Geben die Wachen des Prinzen sich deshalb so große Mühe, den Bau der Straße am Alptraumgebirge zu verheimlichen?«

»Alptraumgebirge?« fragte Calis. Sein Gesichtsausdruck verriet Erik alles. Darin lag keine Unaufrichtigkeit, der Hauptmann kannte den Namen einfach nicht.

»So haben wir es in Ravensburg genannt«, erklärte Erik. »Hier im Norden heißt es vielleicht anders.« Er blickte sich um. »Ich habe eine Kompanie in den Norden geführt, ein bißchen weiter als gewöhnlich. Dabei sind wir auf eine Kompanie Späher und einen Trupp von Patricks Leibgarde gestoßen. Ich konnte von der anderen Seite des Tales die Geräusche der Werkzeuge hören: Bäume wurden gefällt, Stahl schlug auf Ambosse, und Meißel wurden in den Fels getrieben. Das Ingenieurskorps des Prinzen baut eine Straße. Dieses Gebirge verläuft von den Zähnen der Welt durch Finstermoor bis halb nach Kesh hinunter. Wo es keine Straße gibt, ist es nahezu unmöglich, es zu überqueren, und dort oben hat man schon mehr als einen Wanderer tot aufgefunden. Deshalb nennt man es das Alptraumgebirge. Wenn man sich dort oben in kaltem Wetter verläuft, ist man so gut wie tot.«

Calis nickte. »Das ist die Stelle. Du solltest dich dort nicht blicken lassen, Erik. Hauptmann Subai hat das überhaupt nicht gefallen, und Prinz Patrick genausowenig. Aber tatsächlich sind Spione auch der Grund, weshalb niemand dort Zutritt hat. Weil es sein könnte, daß die Spione des Feindes in der Umgegend von Krondor herumschnüffeln.«

Erik platzte heraus: »Also soll die Stadt evakuiert werden?«

Calis seufzte. »Ich wünschte, es wäre so einfach.« Schweigend betrachtete er den Sonnenuntergang. In der Ferne hingen dunkle Wolken im grellen Orange und Violett des späten Tages weit draußen über dem Meer. Dadurch bekam die sich senkende Nacht etwas Unwirkliches, als sollte in dieser Welt nichts Schönes mehr existieren, nur noch das heranziehende Böse.

Der Hauptmann wandte den Blick Erik zu. »Wir haben verschiedene Pläne entworfen. Doch du brauchst dir nur über deine eigenen Soldaten Gedanken zu machen. Man wird dir sagen, wo du sie hinbringen sollst und welche Möglichkeiten du zur Wahl hast. Wenn du mit deinen Männern erst einmal in den Bergen bist, mußt du deine eigenen Entscheidungen treffen, Erik. Du wirst selbst beurteilen müssen, was das Beste für deine Männer und den ganzen Feldzug ist. Und von deinem Urteil wird viel abhängen.

Doch bis der Prinz und der Marschall dich noch nicht über die gesamte Operation unterwiesen haben, werde ich dir keine Einzelheiten verraten, die du womöglich den falschen Leuten gegenüber ausplauderst.«

»Gegenüber den Infiltranten?«

»Zum einen das. Aber du könntest auch entführt werden und von einem der pantathianischen Agenten mit irgendeinem Trank zum Reden gebracht werden. Vielleicht haben sie auch Gedankenleser wie Lady Gamina. Wir haben keine Ahnung, was im einzelnen alles geschehen kann. Aus diesem Grunde wirst du nichts, was du erfährst, weitersagen, und du wirst auch nur das mitgeteilt bekommen, was du unbedingt wissen mußt.«

Erik nickte. »Ich mache mir Sorgen …«

»Wegen des Mädchens?«

Erik war überrascht. »Ihr wißt über sie Bescheid?«

Calis machte ein Zeichen, daß sie den Soldaten folgen sollten. »Was für ein Hauptmann wäre ich, wenn ich nicht über das Leben meines Hauptfeldwebels außerhalb der Kaserne im Bilde wäre?«

Erik wußte darauf keine Antwort. »Natürlich mache ich mir wegen Kitty Sorgen. Und auch über Roo und seine Familie. Ich mache mir wegen aller Sorgen.«

»Jetzt hörst du dich schon wie Bobby an, obwohl er das wahrscheinlich niemals so offen ausgedrückt hätte.« Calis lächelte. »Er hätte gesagt: ›Wir haben verdammt viel zu tun und nur die Hälfte der Zeit zur Verfügung, die wir brauchen, und dazu nur einen Haufen unfähiger Dummköpfe zur Hilfe.‹«

Erik lachte. »Das klingt ganz nach ihm.«

»Ich vermisse ihn, Erik. Ich weiß, du auch, aber Bobby war einer der ersten, die ich mir herausgepickt habe. Der erste meiner ›verzweifelten Männer‹.«

Erik sagte: »Ich dachte, Ihr hättet ihn Euch von einem der Grenzbarone geholt.«

Jetzt lachte Calis. »Bobby hätte es vielleicht so dargestellt. Dabei hätte er nur zu erwähnen vergessen, daß er gehängt werden sollte, weil er einen anderen Soldaten bei einer Prügelei erschlagen hat. Ich mußte ihn ein halbes Dutzend Mal vertrimmen, bis er es lernte, sein Temperament im Zaum zu halten.«

»Vertrimmen?« fragte Erik und trat um einen großen Felsen herum, während sie dem Graben abwärts folgten.

»Ich habe ihm gesagt, jedes Mal, wenn ihm die Pferde durchgingen, würde ich mir die Ärmel hochkrempeln und dann könnten wir es austragen. Wenn er mich besiegen würde, wäre er ein freier Mann. Er hat sechsmal Prügel einstecken müssen, bis er schließlich eingesehen hat, daß ich doch ein wenig stärker bin, als ich aussehe.«

Wie Erik wußte, entsprach das der Wahrheit. Der Vater des

Hauptmanns war ein Mann namens Tomas, eine Art Lord oder so etwas, oben im Norden. Den Gerüchten nach war seine Mutter die Königin der Elben. Aber wer auch immer seine Eltern waren, Calis war stärker als jeder andere Mann, dem Erik je begegnet war. Dabei war Erik als der frühere Schmied von Ravensburg der stärkste Junge des Städtchens gewesen, und von den Soldaten, mit denen er auf der ersten Reise nach Novindus gedient hatte, war ihm nur ein Riese namens Biggo an Kraft gleichgekommen. Calis hingegen hatte Dinge vollbracht, die nach Eriks Auffassung eigentlich unmöglich waren. Einmal hatte der Hauptmann einen Wagen angehoben, damit Erik das Rad wechseln konnte. Normalerweise hätte man dafür sonst mindestens zwei Männer gebraucht.

Während er sich an Bobby de Loungville erinnerte, meinte Erik: »Es überrascht mich eigentlich, daß Ihr ihn nicht töten mußtet.«

Calis lachte. »Ich stand zweimal kurz davor. Bobby konnte Niederlagen nicht leicht wegstecken. Als wir von unserer ersten Fahrt nach Novindus zurückkamen und wie geprügelte Hunde in Krondor von Bord humpelten, nannte mich Prinz Arutha den ›Adler‹, wegen der Flagge unseres Schiffes.« Erik nickte. Er wußte besser als jeder andere, welche Rolle Calis in jenem Land als Söldnerhauptmann gespielt hatte. Seine Kompanie hatte die »Blutroten Adler« geheißen. »Bobby nannte sich daraufhin ›der Hund von Krondor‹. Prinz Arutha gefiel das zwar ganz und gar nicht, er hat jedoch nichts gesagt.«

Calis blieb stehen und hielt Erik zurück. »Sag niemandem etwas über deine Vermutungen, Erik. Ich möchte nicht noch einen Hauptfeldwebel verlieren. Bobby mag sich vielleicht selbst als Hund bezeichnet haben, aber Hunde beißen nicht nur; sie sind auch zäh und vor allem treu. Du bist genauso zäh und treu, obwohl dir das vielleicht noch nicht bewußt ist.«

Erik nickte. »Danke für das Kompliment, Sir.«

»Ich bin noch nicht fertig. Ich will keinen weiteren Hauptfeldwebel verlieren, weil Herzog James ihn aufhängen muß, um ihn zum Schweigen zu bringen.« Er sah Erik in die Augen. »Habe ich mich verständlich gemacht?«

»Durchaus.«

»Dann komm mit. Wir müssen diese Truppe nach Krondor zurückschaffen und sie William übergeben, damit er Kasernenratten aus ihnen macht. Wenn sie sich aus irgendeinem Grunde in den Bergen wiederfinden, werden sie vielleicht ein wenig länger durchhalten als andere, aber für uns ist keiner dieser Männer von Nutzen.«

»Da kann ich Euch nicht widersprechen«, stimmte Erik zu.

»Such mir neue Männer, Erik. Verzweifelte Männer, wenn es sein muß, aber bring mir Männer, die wir ausbilden können.«

»Wo soll ich sie suchen?«

»Geh zum König, ehe er Krondor verläßt. Wenn du ihn höflich bittest, wird er dir vielleicht die Erlaubnis geben, dir die besten Männer der Grenzbarone zu holen. Die Barone werden nicht glücklich darüber sein, doch sollte dieser Krieg verlorengehen, wird eine mögliche Invasion aus dem Norden unsere geringste Sorge sein.«

Erik dachte an die Karte des Königreichs, die in Williams Amtszimmer hing. »Das bedeutet eine Reise zu den Wächtern des Nordens, Eisenpaß und Hohe Burg.«

»Beginn mit Eisenpaß«, instruierte ihn Calis. »Du mußt dich beeilen, und wenn du die Männer in den Süden bringst, marschiert ihr über Finstermoor und laßt Sethanon links liegen. Und mach, so schnell du nur kannst.« Und dann fügte er, während um seine Lippen das spielte, was Erik als sein Grinsen kannte, hinzu: »Du hast zwei Monate.«

Erik hätte fast aufgestöhnt. »Ich brauche drei!«

»Reit meinetwegen ein paar Tiere zuschanden, wenn es sein muß, aber du hast nur zwei Monate. Ich brauche sechshundert gute Männer, zweihundert aus jeder Garnison, und zwar in zwei Monaten in Krondor.«

»Dann werde ich ihnen die Hälfte ihrer Truppen abziehen! Die Barone werden sich weigern!«

»Natürlich werden sie sich weigern«, sagte Calis und lachte. »Deshalb brauchst du ja auch einen Befehl des Königs.«

Erik hielt einen Augenblick lang inne, dann begann er zu laufen und ließ einen verwunderten Calis hinter sich zurück. »Wo rennst du denn hin?«

»Krondor«, rief Erik. »Ich habe keine Minute zu verlieren, und ich muß mich noch von jemandem verabschieden.«

Calis' Lachen blieb hinter ihm zurück, während Erik weiterrannte. Er lief noch immer, als er den erschrockenen Alfred überholte, der mit seinen Männern ins Lager zurückmarschierte.

Erik hatte einen harten Tag hinter sich. Erst war er beim König gewesen, dann bei Kitty. Obwohl der König dem Gedanken, den nördlichen Garnisonen Soldaten abzuziehen, die dort zum Schutz vor marodierenden Goblins und Dunkelelben gebraucht wurden, nicht besonders ablehnend gegenüberstand, konnte er der Idee, daß Calis mit der Auswahl der Männer ausgerechnet einen Hauptfeldwebel beauftragt hatte, keine Begeisterung entgegenbringen. Und auch Erik fragte sich, wie er einen Adligen mit vierhundert bewaffneten Männern überzeugen sollte, seinen Wünschen Folge zu leisten, wenn sich der Befehl des Königs als unzureichend erweisen würde.

Er teile Jadow mit, daß Calis später mit den Männern zurückkommen würde, und machte sich dann zu Kitty auf.

Diese nahm die Nachricht von seiner zweimonatigen Abwesenheit äußerlich gelassen auf, doch Erik kannte sie inzwischen gut genug, um zu sehen, wie sehr sie sich darüber aufregte. Er wünschte nur, er hätte einen Tag Zeit für sie gehabt, doch Calis' knappe Vorgabe ließ keine weitere Verzögerung zu.

Sie zogen sich aus dem Gasthaus zurück und gaben sich eine Stunde lang der Leidenschaft hin, und am Ende war Erik fast versucht, sein Wort gegenüber Calis zu brechen und etwas von dem zu erzählen, was er vermutete. Doch er warnte Kitty lediglich, sie solle nicht mehr hier sein, wenn dieses »große Etwas«, das auf sie zukam, schließlich eintraf. Dann solle sie Krondor verlassen und nach Ravensburg gehen. Wenn die Nachricht von der Invasion Krondor erreichte, würde nur noch wenig Zeit bleiben, die Stadt zu verlassen, ehe der Prinz die Tore schließen lassen würde. Kitty war klug genug, um zu wissen, was das bedeutete, und sie würde nach Ravensburg ins Gasthaus ›Zur Spießente‹ gehen, wo sie bei Freida, seiner Mutter, und Nathan, seinem Stiefvater, in Sicherheit wäre. Dort, so versprach er ihr, würde er sie finden.

Zwei Stunden vor Sonnenuntergang brach Erik auf. Zwar würde er die Nacht in einem Gasthaus unterwegs verbringen müssen, doch jede Stunde, die er gewann, war die zusätzlichen Ausgaben wert. Außerdem verschwendete er schließlich das Gold des Königs und nicht sein eigenes.

Bei Sonnenuntergang war er noch eine Reitstunde vom nächsten Gasthaus entfernt. Der kleine Mond stand am Himmel, somit war die Nacht nicht völlig finster, und die Straße des Königs war gut ausgebaut. Dennoch ließ Erik das Pferd langsamer gehen, um nicht noch einen Sturz zu riskieren.

Sein Pferd war ein zäher kleiner stichelhaariger Wallach, den er selbst ausgesucht hatte. Es war vermutlich nicht so kräftig wie die größeren Tiere im Stall des Prinzen, doch dafür besaß es mehr Ausdauer. Auf seiner Reise würde er die Pferde häufig wechseln und von morgens bis abends im Sattel sitzen müssen, zwei Wochen lang, bis er Eisenpaß erreicht hatte. Er würde die Pferde zwar bis ans Ende ihrer Kräfte antreiben müssen, aber er konnte es schaffen.

Still verfluchte Erik seinen Hauptmann und ritt in die Nacht hinein.

Nakor sagte: »Dort wieder!«

Sho Pi nickte: »Wie beim letzten Mal, Meister.«

Nakor widerstand dem Impuls, dem jungen Mann zu sagen, er

solle ihn nicht Meister nennen. Es war genauso sinnlos, als würde man einem Hund befehlen, sich nicht zu kratzen.

»Patrouillen von Kesh an der Küste des Sees der Träume«, bemerkte Nakor. »Beim letzten Mal hat Calis den Kommandanten der Garnison benachrichtigt, und trotzdem reiten da immer noch Keshianische Lanzenreiter mit entrollten Bannern.« Einen Augenblick später lachte er.

»Was ist daran so lustig, Meister?«

Nakor klopfte dem jungen Mann auf die Schulter. »Ist doch ganz offensichtlich. Lord Arutha hat eine Abmachung mit ihnen getroffen.«

»Eine Abmachung?« fragte Sho Pi, während der Kapitän sein Boot auf die Küste zusteuerte.

»Du wirst schon sehen«, erwiderte der kleine Mann.

Er und sein Schüler waren in Krondor an Bord eines Schiffes gegangen und damit bis zum Zugang der Wasserstraße zwischen dem Bitteren Meer und dem See der Träume gefahren. Jetzt befanden sie sich auf einem Flußschiff mit Ziel Port Shamata, wo sie Pferde kaufen und dann nach Stardock reiten würden. Nakor trug Dokumente für Lord Arutha und Befehle von Prinz Patrick und Herzog James bei sich. Ihm war ein dringender Verdacht gekommen, was in diesen Dokumenten stehen könnte, denn einige von ihnen trugen das Siegel des Königs.

Der Rest der Reise verlief ohne weitere Zwischenfälle, und schließlich fanden sich Nakor und Sho Pi auf dem Floß, mit dem Passagiere und Fracht über den Großen Sternensee zur Insel Stardock gebracht wurden, wo die Gemeinschaft der Magier lebte.

Arutha, Graf am Hofe des Königs und Sohn von Herzog James, wartete am Steg auf sie. »Nakor, Sho Pi! Wie schön, euch zu sehen.« Er lachte. »Unsere letzte Begegnung war viel zu kurz.«

Nakor lachte ebenfalls. Er hatte beim letztenmal kaum zwei Minuten mit dem gerade eingetroffenen Grafen verbracht, bevor er mit Sho Pi und Pug zur Reise nach Elvandar aufgebrochen war.

Während sich die Lücke zwischen Fähre und Anleger langsam

schloß, sprangen die beiden schon an Land. Nakor berichtete: »Ich habe Botschaften von deinem Vater bei mir.«

Arutha erwiderte: »Dann kommt mit mir.«

»Woher wußtest du, daß wir auf der Fähre sein würden?« wollte Nakor wissen.

Sie gingen auf das riesige Gebäude zu, welches die Insel dominierte. Der Mann, den der König als Verwalter geschickt hatte, antwortete: »Dafür gibt es einen ganz einfachen Grund. Unser Ausguck hat euch von dort oben gesehen.« Er zeigte auf eines der Fenster in dem hohen Turm. »Er hat mich benachrichtigen lassen.«

»Muß einer meiner Studenten gewesen sein«, sagte Nakor und nickte.

Im Inneren des Gebäudes schritten sie durch einen langen Gang auf Aruthas Geschäftszimmer zu. Dort hatte auch Nakor gesessen, als Calis ihn zum Oberhaupt der Insel gemacht hatte. »Haben Chalmes, Kalied und die anderen dir noch Ärger bereitet?« fragte Nakor.

Bei der Erwähnung des aus Kesh stammenden Traditionalisten, der die Oberhoheit des Königreiches über die Insel nicht anerkennen wollte, schüttelte Arutha den Kopf. »Nichts, was der Erwähnung wert wäre. Sie meckern ein wenig dann und wann, doch solange sie frei lehren und forschen dürfen, beschweren sie sich kaum über meine Verwaltung.«

Nakor äußerte die Vermutung: »Wahrscheinlich schmieden sie ihre Ränke.«

»Ohne Zweifel«, stimmte Arutha zu, während sie sein Geschäftszimmer erreichten. »Aber ich glaube, damit werden wir ohne Hilfe von außen fertig. Es fehlt ihnen an Rückgrat, den Versuch zu unternehmen, sich vom Königreich zu lösen, wenn sie nicht einen starken Verbündeten hinter sich wissen.«

Als sie eingetreten waren, schloß Arutha die Tür hinter ihnen. »Und wir sind vorbereitet«, meinte der Graf. Er nahm den Stapel Dokumente entgegen, den ihm sein Vater geschickt hatte. »Entschuldigt mich einen Augenblick«, sagte er und brach das Siegel des ersten Briefes, einer persönlichen Mitteilung des Herzogs.

Während er las, betrachtete Nakor den Grafen. Er war so groß wie sein Vater, doch er ähnelte mehr seiner Mutter, hatte er doch feine Gesichtszüge und einen fast zierlichen Mund. Die Augen, dachte Nakor, sind die seines Vaters; sie besitzen diesen gefährlichen Glanz. Auch das Haar hatte er vom Herzog, dichte dunkelbraune Locken.

Nach einer Weile fragte Arutha: »Wißt Ihr, was hier drin steht?«

»Nein«, erwiderte Nakor. »Aber ich kann es mir denken. Erland ist gerade aus Kesh zurückgekehrt. Ist er hier vorbeigekommen?«

Arutha lachte. »Euch entgeht aber auch gar nichts, wie?«

»Wenn du erst einmal solange gelebt hast wie ich«, gab Nakor zurück, »dann lernst du, auf alles zu achten.«

»Ja, Erland hat hier auf seinem Weg nach Hause eine Nacht haltgemacht.«

»Also hast du eine Abmachung mit Kesh getroffen.«

»Sagen wir besser, wir sind zu einer Einigung gekommen«, antwortete Arutha.

Falls Sho Pi der Unterhaltung zuhörte, ließ er es sich nicht anmerken, da er das Gespräch zwischen seinem Meister und dem Grafen nicht unterbrach.

Nakor lachte. »Dein Vater ist der böswilligste und gefährlichste Mann, dem ich je begegnet bin. Glücklicherweise steht er auf unserer Seite.«

Arutha blickte kläglich drein. »In dieser Hinsicht werde ich Euch nicht widersprechen. Er hat mich nie mein eigenes Leben führen lassen.«

Nakor nahm den Brief, den ihm Arutha über den Schreibtisch reichte. »Das scheint dir allerdings nicht viel ausgemacht zu haben«, bemerkte der kleine Spieler.

Arutha zuckte mit den Schultern. »Ich habe natürlich auch gegen meinen Vater rebelliert, wie die meisten jungen Männer, doch die Aufgaben, die er mir gestellt hat, waren stets interessant, ja, oft sogar eine Herausforderung. Meine eigenen Söhne sind, wie Ihr vielleicht festgestellt habt, ganz anders. Meine Gemahlin verzeiht ihnen all ihre ›Abenteuerchen‹, was meine Mutter nie getan hat.« Er erhob sich, während Nakor den Brief des Herzogs las. »Oft habe ich darüber nachgedacht, wie das Leben meines Vaters wohl gewesen sein mag. Schließlich ist er als Dieb buchstäblich in den Abwasserkanälen von Krondor aufgewachsen.« Er blickte aus dem kleinen Fenster hinaus auf die Küste. »Ich habe jedenfalls genug Geschichten über ›Jimmy die Hand‹ gehört.«

»Ich habe immer gedacht, Euer Vater würde sich nicht so viel aus Prahlerei machen«, merkte Sho Pi an, während Nakor weiterlas.

»Ich habe die Geschichten nicht von Vater gehört, sondern von anderen«, erklärte Arutha. »Vater hat die Geschichte des Königreichs auf den Kopf gestellt.« Er verfiel in nachdenkliches Schweigen. »Es kann ganz schön schwierig sein, wenn man einen solch großen Mann zum Vater hat.«

Nakor meinte: »Die Leute erwarten viel vom Sohn eines großen Mannes.« Er legte das Dokument auf den Schreibtisch. »Soll ich hierbleiben?«

»Eine Weile lang«, sagte Arutha. »Ich brauche jemanden, dem ich vertrauen kann, wenn es losgeht. Eine Rückversicherung, daß Chalmes und die anderen nicht verrückt spielen.«

»Oh, die werden bestimmt etwas aushecken, wenn sie erst erfahren, was dein Vater und Prinz Erland sich ausgedacht haben«, lachte Nakor. »Aber ich werde dafür sorgen, daß niemandem etwas Ernstliches passiert.«

»Gut. Ich breche nächste Woche auf, nachdem ich mich noch um einige notwendige Kleinigkeiten gekümmert habe.«

»Du mußt zurück nach Krondor?« fragte Nakor.

Arutha nickte. »Ich kenne meinen Vater schließlich.«

Nakor seufzte. »Ich verstehe.«

Arutha sagte: »Ihr habt die gleichen Zimmer wie immer, also ruht euch aus. Ich werde euch beim Abendessen sehen.«

Sho Pi spürte, daß sie mit diesen Worten entlassen worden waren, erhob sich und öffnete die Tür für Nakor.

Nachdem sie das Arbeitszimmer des Grafen verlassen hatten, fragte Sho Pi: »Meister, was habt Ihr damit gemeint, als Ihr Lord Arutha gefragt habt, ob er zurückkehren muß?«

»Sein Vater hat ihn nach Rillanon befohlen, unter dem schwachen Vorwand, er solle dem König eine Botschaft überbringen«, erklärte ihm Nakor, während sie sich zu den Zimmern aufmachten, die für sie bereitgehalten worden waren. Sie stiegen eine Treppe hoch, und Nakor fuhr fort: »Arutha weiß, daß sein Vater Krondor wahrscheinlich nicht verlassen wird, wenn die Schlacht beginnt. Und er will verhindern, daß seine beiden Söhne bei ihrem Großvater bleiben.«

»Ich weiß, Krieg ist gefährlich«, erwiderte der frühere Soldat, »aber warum sollte für die Enkel des Herzogs ein größeres Risiko bestehen als für alle anderen?«

»Das nicht. Nur wird es vermutlich überhaupt niemand überleben, wenn die Flotte der Königin nach Krondor kommt«, antwortete Nakor rundweg.

Sho Pi schwieg, und schließlich erreichten sie ihre Gemächer.

Erik gab das Zeichen, und die Reiter hielten an. Einer der beiden Kundschafter kam auf ihn zugeritten. Erik hatte den größten Teil der letzten zwei Monate damit verbracht, den Grenzbaronen ihre besten Männer abzujagen, und jetzt ritten fast sechshundert Männer in drei Kolonnen mit jeweils mehreren Meilen Abstand zueinander hinter ihm. Es war ein anstrengender Ritt gewesen, und Erik hatte Calis bei jeder Meile verflucht, doch immerhin – er hatte jetzt seine Männer.

Jeder Grenzbaron, bei dem Erik erschienen war, hatte den Königlichen Befehl mit einer Mischung aus Unglauben und Empörung gelesen. Jeder Baron war auf seine Art einzigartig, denn er war ein Vasall der Krone und unterstand keinem Grafen oder Herzog. Und nun kam ein kleiner Hauptfeldwebel aus der Kaserne des Prinzen daher und hatte Befehle in der Tasche, sich die besten Männer auszusuchen. Und da die Versprechungen auf Ersatz eher vage waren, überstieg dies die Geduld eines jeden Barons.

Der Baron in Nordwacht, wie die Burg bei den Wächtern des Nordens genannt wurde, hatte sogar darüber nachgedacht, Erik bis zur Bestätigung des Befehls festzuhalten, doch da hatte Erik schon eine Kompanie von fast zweihundert Männern bei sich gehabt, und der Baron hatte es sich schließlich anders überlegt.

In Hohe Burg hatte der Baron nur dreingeschaut, als hätte man ihm zu der schweren Last, die ohnehin schon auf seinen Schultern lag, noch eine weitere hinzugefügt, und die Befehle mit wenig Murren erfüllt. Erik vermutete allerdings, daß die vierhundert Männer, die die Wappen von Nordwacht und Eisenpaß trugen, ein übriges getan hatten, um den Baron zu überzeugen.

Sie waren durch die weiten Grasländer des Hogewalds geritten, wo nomadische Stämme zu Hause waren, ihre Herden hüteten und mit den Baronen und den wenigen kleinen Städtchen hier oben im rauhen Norden Handel trieben. Mehrfach waren sie auf Lager gestoßen, die erst jüngst verlassen worden waren, als hätte das Näherkommen so vieler bewaffneter Männer die Banditen in die Berge gejagt.

Nachdem sie das dritte dieser Lager gefunden hatten, hatte Erik zwei Männer vom Eisenpaß als Kundschafter vorausgeschickt. Es beunruhigte ihn, sich so weit im Landesinnern Gedanken über seine Sicherheit machen zu müssen. Doch zwischen der Fernen Küste und der See des Königreichs galt dieses Gebiet – im Norden von den Zähnen der Welt, diesem großen Gebirge und im Süden vom Hogewald begrenzt – als das feindseligste des ganzen Landes. Banden von Goblins und Dunkelelben hatten sich noch vor dem Spaltkrieg bis nach Sethanon gewagt, und gleichgültig, wie oft die Patrouillen des Königs auch durch diese Gegend ziehen mochten, es blieb ein wildes und ungastliches Land.

Gegenwärtig ritten sie durch offenes Waldland und würden bald den weitaus dichteren eigentlichen Hogewald erreichen. Inzwischen hatte Erik es aufgegeben, die Stellen zu zählen, an denen ihnen ein Hinterhalt drohen könnte.

Der Kundschafter zügelte sein Pferd. »Ein befestigtes Lager, Hauptfeldwebel. Mindestens hundert Mann.«

»Was?« fragte Erik. »Hat dich jemand gesehen?«

»Nein, sie haben keine Wachen aufgestellt und scheinen sich sehr sicher zu fühlen; wahrscheinlich denken sie, sie wären hier draußen allein.«

»Hast du sie identifizieren können?«

»Keine Banner, und niemand trug Uniform oder Wappenrock. Sie sehen wie Banditen aus.«

Erik ließ den Kundschafter wegtreten und wandte sich an den Mann, dem er die Aufgaben eines Korporals übertragen hatte, einen Feldwebel aus Eisenpaß mit dem Namen Garret. »Ich will eine Angriffsreihe fünfzig Meter hinter uns – die Hälfte der Männer. Beim ersten Anzeichen von Schwierigkeiten sollen sie von beiden Seiten angreifen. Der Rest soll sich darauf vorbereiten, durch die Mitte vorzustoßen, in Zweierreihen. Nehmt die besten vier Eurer Männer und reitet mit mir.«

Wenngleich er wenigstens zehn Jahre älter war als Erik, zögerte der Mann keinen Augenblick, die Befehle auszuführen. Erik gefiel das, und desgleichen gefiel ihm auch Garrets Disziplin. Er hatte sich vorgenommen, den Mann sobald wie möglich zum Feldwebel zu befördern, denn er machte auf ihn den Eindruck von jemandem, dem das Wohl – und vor allem das Leben – seiner Männer am Herzen lag.

Das war einer der Gründe gewesen, weshalb Erik Calis' Plan zähneknirschend zugestimmt hatte: Die Männer, die er hatte zusammenholen sollen, waren durch Jahre des Kampfes gegen Goblins, Dunkelelben und Banditen abgehärtet. Die meisten hatten viel Kampferfahrung in den Bergen gesammelt, und es würde nur wenig Nachhilfe erfordern, sie in die Truppe zu integrieren, die bereits unter Eriks Kommando stand.

Die ersten zwanzig Männer schwenkten hinter ihnen ab. Erik wandte sich Garret zu: »Macht Euch auf einige Schwierigkeiten gefaßt.«

Befehle wurden ausgegeben, und Erik, Garret sowie die vier Männer, die dieser ausgewählt hatte, ritten los.

Langsam suchten sie sich ihren Weg zwischen den Bäumen hindurch und kamen auf Sichtweite an das Lager heran. Nahezu achtzig Männer standen da und unterhielten sich auf der Lichtung oder lagen dösend herum. Ein paar Dutzend Zelte verschiedener Größe waren wirr durcheinander aufgestellt, und einige Männer beschäftigten sich an den Feuern in der Mitte der Lichtung mit der Zubereitung des Essens. Wagen und Pferde waren am gegenüberliegenden Rand des Lagers untergebracht, wie Erik sah. Er warf Garret einen Blick zu: »Das sind keine Banditen.«

Der ältere Soldat nickte nur. »Wir sollten sie besser mit ganzer Härte angreifen.« Für ihn war es keine Frage, daß ein Kampf bevorstand. Doch etwas anderes verwunderte ihn. Obwohl es gerade erst Mittag war, schliefen viele der Männer. Erik hob die Hand und flüsterte: »Sie warten auf jemanden.«

»Woher wißt Ihr das, Hauptfeldwebel?« fragte Garret.

»Man kann ihnen die Langeweile ansehen, und sie sind schon mindestens eine Woche hier.« Er zeigte auf eine Grube rechts von ihnen.

Garret erwiderte: »Ich rieche es auch. Ihr habt recht. Sie müssen schon eine Weile hier sein.«

»Und wenn ich mich nicht irre, gibt es hier nichts, worauf zu warten es sich lohnte, demnach müssen sie auf jemand anderes warten.«

»Auf wen?«

»Das müssen wir wohl herausfinden.«

Er winkte die Männer vorwärts, und die Pferde am Zügel führend, gingen sie weiter auf das Lager zu.

Ein gelangweilter Soldat saß da und putzte sein Schwert. Er sah auf, als Erik und die anderen in Sichtweite kamen. Dann riß er die Augen weit auf und schlug Alarm.

Als Erik die Stimme des Mannes hörte, sträubten sich ihm die Nackenhaare. Nach hinten brüllte er: »Zum Angriff!«

Ohne zu zögern wurden die Schwerter gezogen, und Hufschlag erfüllte die Luft. Die Männer im Lager liefen zu ihren Sachen und legten eilig Rüstungsteile an, wie sie ihnen gerade in die Hände kamen. Sie langten nach Schilden und Schwertern, Bögen und Pfeilen. Der Kampf brach los.

Wie Erik geplant hatte, ritt die Zweierkolonne geradewegs in die Mitte des Lagers hinein, während die breite Angriffslinie das Lager umzingelte. Männer schrien, Pfeile zischten durch die Luft, und Stahl traf auf Stahl. Die Reiter drangen in die Lichtung ein. Viele von Eriks Männern waren berittene Bogenschützen, die rasch ihr Ziel fanden, derweil die Feinde sich noch mit ihren Rüstungen abmühten.

Erik ritt zwei Männer nieder und hielt auf die Mitte des Lagers zu. Wer immer diese Männer anführte, er befand sich mit Sicherheit dort, und Erik wollte ihn stellen, ehe ihn irgendein übereifriger Bogenschütze des Königs mit einem Pfeil durchbohrte.

Dann entdeckte Erik den Anführer.

Der Mann stellte in der Verwirrung rings um ihn herum eine Oase der Ruhe dar. Er brüllte Befehle und versuchte, seine Männer mit aller Willenskraft in eine zweckmäßigere Kampfordnung zu bringen. Erik gab seinem Pferd die Sporen und hielt auf ihn zu.

Der Anführer spürte Eriks Nahen mehr, als daß er ihn sah, so sehr war er damit beschäftigt, seine Männer zu dirigieren. Er drehte sich um, bemerkte Pferd und Reiter und duckte sich unter Eriks Angriff hinweg zur Seite.

Erik wendete sein Pferd. Inzwischen hatte sich der Mann

Schwert und Schild gegriffen. Erik wußte augenblicklich, daß er es hier mit einem ernstzunehmenden Gegner zu tun hatte, denn der Kerl war nicht planlos ausgewichen, sondern auf seine Waffen zu. Dieser Mann ließ sich nicht so leicht aus der Ruhe bringen.

Doch Erik war schlau genug, ihn nicht noch einmal auf die gleiche Art anzugreifen. Das Risiko, daß der Mann sich abermals ducken und dann auf die Beine seines Pferdes einschlagen würde, war zu groß. Jedenfalls strahlte der Kerl genug Ruhe und Selbstvertrauen aus, um ihm dies zuzutrauen.

Die Männer des Königs hatten inzwischen einen hohen Blutzoll eingefordert, und Erik umrundete seinen Gegner und wartete ab. Der Mann behielt ihn aufmerksam im Auge und wartete auf den Angriff, der jedoch nicht erfolgte. Erik rief: »Laßt so viele wie möglich am Leben!«

Als offensichtlich wurde, wie deutlich die Männer im Lager den angreifenden Reitern unterlegen waren, ließ der Anführer seine Waffen fallen und bat um Schonung.

Und so entwickelte sich die Sache ganz nach Eriks Wünschen, nachdem der Anführer seine Waffen fallengelassen hatte. In Novindus war das bei den Söldnern ein gemeinhin gültiges Zeichen der Kapitulation, erinnerte er sich.

Er sah sich im Lager um. Auf dem Boden lag ein Banner, dessen Wappen ihm bekannt vorkam. Erik lenkte sein Pferd an den Mann heran. Garret und die anderen Soldaten standen nur verblüfft daneben, als der Hauptfeldwebel des Prinzen plötzlich in einer fremden Sprache redete.

»Duga und seine Kriegshunde, wenn ich mich nicht irre?« fragte er den Anführer.

Der Mann nickte. »Und wer seid Ihr?«

»Ich war bei Calis' Blutroten Adlern.«

Hauptmann Duga, Söldnerführer von einhundert Schwertern, seufzte. »Wir hatten Befehl, Euch zu töten, wenn wir Euch zu Gesicht bekommen. Aber das war auf der anderen Seite der Welt.«

»Ihr habt einen langen Weg hinter Euch«, merkte Erik an.

»Das ist allerdings wahr.« Der Anführer blickte sich um und beobachtete, wie seine Männer von Eriks Soldaten entwaffnet wurden. »Was jetzt?«

»Das kommt darauf an. Wenn Ihr mit mir zusammenarbeitet, behaltet Ihr vielleicht das Leben. Falls nicht …«

»Ich werde meinen Eid bestimmt nicht brechen«, entgegnete Duga.

Erik studierte das Gesicht des Mannes. In Novindus hatte er zu den bekannteren Hauptmännern gehört. Klug, vielleicht sogar intelligent, auf jeden Fall jedoch schlau genug, um seine Männer durchzubringen. Und das war das wichtigste für einen Hauptmann. Er mußte hart genug sein, damit er einen mürrischen Haufen Strolche zusammenhalten konnte, und er mußte ehrlich sein, sonst würde ihn niemand anheuern.

»Ihr braucht keinen Eid zu brechen. Ihr seid ein Gefangener, aber wir können Euch wohl kaum einfach nach Hause schicken.«

Verbittert erwiderte der Mann: »Ich weiß nicht einmal, wo mein Zuhause liegt.«

Erik zeigte nach Südwesten. »In die Richtung – nur auf der anderen Seite der Welt, wie Ihr schon gesagt habt.«

»Würdet Ihr uns ein Boot leihen?« fragte Duga voller Sarkasmus.

»Vielleicht. Wenn Ihr uns einige Informationen gebt, bekommt Ihr womöglich Gelegenheit, nach Hause zurückzukehren.« Erik ging nicht darauf ein, wie klein die Chance war, daß dieser Fall eintreten würde.

»Sprecht«, forderte Duga ihn auf.

»Wie seid Ihr hierhergekommen?«

»Durch eines dieser magischen Portale, die die Schlangenmenschen geschaffen haben.« Er zuckte mit den Schultern. »Sie haben jedem Hauptmann, der seine Männer hindurchführt, eine hohe Belohnung versprochen.« Er blickte sich um. »Obwohl nur die Götter wissen, wo ich die hier ausgeben soll.«

Erik fragte: »Wie lange seid ihr schon hier?«

»Drei Wochen.«

»Auf wen wartet ihr?«

»Ich weiß es nicht«, antwortete der Söldnerhauptmann aus Novindus. »Ich kenne nur den Befehl von General Fadawah, und der war sehr einfach: geht durch diesen Spalt und sucht euch in der Nähe einen Lagerplatz. Dann wartet.«

»Worauf?«

»Ich weiß es nicht. Ich weiß nur, daß wir den Befehl zum Warten haben.«

Erik war sich nicht sicher, wie er weiter verfahren sollte. Bis zum Eintreffen der nächsten Kolonne seiner Männer hatte er fast so viele Gefangene wie Soldaten, um sie zu bewachen. Und jeden Augenblick konnten weitere Feinde auftauchen. Er überlegte. »Wir gewähren euch Schonung. Euch wird nichts geschehen, aber wir können euch nicht einfach davonreiten lassen. Wenn wir unser Lager aufgeschlagen haben, werden wir weiter verhandeln.«

Der Söldner dachte einen Moment nach. »Abgemacht.« Mit offensichtlicher Erleichterung rief er seinen Männern zu: »Kein Kampf mehr. Und jetzt laßt uns essen!«

Und wieder einmal staunte Erik über das Benehmen der Söldner aus Novindus, die den Kampf als Beruf betrachteten, die anderen Männern mal als Feinde, eine kurze Zeit später als Verbündete und dann vielleicht wieder als Feinde gegenübertraten, und die nur wenige oder keine bösen Absichten hegten.

Erik winkte Garret zu sich. »Wenn hier alles geregelt ist, sollen die Männer das Lager aufschlagen und dann essen.«

Der Feldwebel aus Eisenpaß salutierte und gab die entsprechenden Befehle aus.

Erik setzte sich im Sattel zurecht und spürte jeden einzelnen Knochen. Sein Gesäß war wund, und er konnte sich nicht erinnern, je so erschöpft gewesen zu sein. Mit einem stillen Stöhnen stieg er ab. Jetzt, wo er den Essensduft von den Feuern her roch, fiel ihm auf, wie hungrig er war.

Während er sein Pferd versorgte, verfluchte er seinen Hauptmann noch einmal. Und bevor er mit den Verhören der Gefangenen begann, verfluchte er seinen Vorgesetzten abermals.

Sieben

Pläne

Roo nickte.

Der Handelsgesandte sprach seit fast einer geschlagenen Stunde, und Roo hatte schon nach den ersten fünf Minuten begriffen, worauf der Mann hinauswollte. Doch das Protokoll verlangte, daß man sich das ganze Angebot anhörte, bevor man es ablehnte. Roo wünschte nur, der Mann würde zum Ende kommen, denn das Treffen war ohnehin sinnlos.

Nachdem Roo seinerzeit den Getreidemarkt des Westlichen Reiches unter seine Kontrolle gebracht hatte, war der Einfluß seiner verschiedenen Gesellschaften, vor allem der Bittermeer-Gesellschaft, von Monat zu Monat gewachsen, bis er nur noch einen einzigen ernsthaften Konkurrenten hatte: Jacob Esterbrook.

Und der Bereich, den Jacob vollständig dominierte, war der Handel mit Kesh. Der gewinnträchtige Handel mit Luxusgütern war Roo versagt, und was immer er auch versuchte, um auf dem lukrativen Markt Fuß zu fassen, mehr als kleinere Verträge oder weniger profitable Geschäfte waren dabei nicht herausgekommen.

Jetzt bemühte er sich abermals um eine Konzession von Kesh, doch mit großer Ausführlichkeit teilte ihm dieser Abgesandte mit, daß aus seinen Plänen erneut nichts werden würde.

Und nachdem der Mann schließlich geendet hatte, lächelte Roo ihn an. »Um es deutlich zu sagen, die Antwort ist nein.«

Der Handelsgesandte blinzelte und gab Überraschung vor. »Oh, ich denke, es wäre zu harsch, es als glatte Ablehnung aufzufassen, Mr. Avery.« Er legte die Fingerspitzen aneinander. »Es entspricht viel eher der Wahrheit, wenn man feststellt, daß eine

Übereinkunft gegenwärtig nicht zu erreichen ist. Wie auch immer, damit ist keineswegs ausgeschlossen, daß wir in Zukunft zu einer Übereinkunft gelangen werden.«

Roo blickte zum Fenster des oberen Stockwerks von Barrets Kaffeehaus hinaus. Es wurde bereits dunkel. »Es ist spät geworden, Sir, und ich habe noch einiges zu erledigen, bevor ich mich zum Abendessen setzen kann. Wenn ich einen Vorschlag machen dürfte, dann sollten wir uns beim nächsten Mal vielleicht früher am Tage treffen.«

Der Mann aus Kesh erhob sich, und wie Roo von seinem Gesicht ablesen konnte, war ihm der Scherz in Roos Bemerkung vollkommen entgangen. Er verneigte sich knapp und verließ das Kaffeehaus.

Duncan Avery, Roos Cousin, saß dösend in der Ecke und streckte sich nun. »Na endlich«, sagte er.

Luis de Savona, Roos Geschäftsführer, meinte: »Da kann ich nur zustimmen. Endlich.«

Roo erwiderte: »Nun, wir mußten es wenigstens versuchen.« Er lehnte sich zurück, starrte auf den Kaffee und das Gebäck, welches schon seit Stunden auf dem Tisch stand und nun kalt geworden war. »Eines Tages werde ich herausfinden, wieso Jacob den Handel mit Kesh so fest in der Hand hat. Es ist fast, als ...« Er ließ den Gedanken unausgesprochen.

»Als was?« hakte Duncan nach.

Luis blickte Roos Cousin an. Die beiden Männer kamen schlecht miteinander aus, obwohl sich beide friedlich benahmen, wenn sie aufeinandertrafen. Luis, ein früherer Waffenbruder von Roo, arbeitete hart und gewissenhaft und erledigte jede Aufgabe mit beispielloser Sorgfalt. Duncan war faul, widmete Einzelheiten keine Aufmerksamkeit und befand sich nur in Roos Diensten, weil er dessen Cousin war. Ansonsten war er charmant, lustig und ein exzellenter Fechter, und Roo mochte seine Gesellschaft.

Luis fragte: »Seit wann interessierst du dich denn für Handel?«

Duncan zuckte mit den Schultern. »Roo wollte etwas sagen. Ich habe nur gefragt, was. Das ist alles.«

Roo mischte sich ein: »Was soll's denn. Ich muß mir eben noch ein paar Dinge ganz genau ansehen.«

»Kann ich irgend etwas für dich erledigen?« bot sich Duncan an.

Roo schüttelte den Kopf. »Nein, ich muß mit Herzog James sprechen.« Er erhob sich, ging zum Geländer und rief nach unten: »Dash?«

»Ja, Mr. Avery«, kam die Antwort von unten. Dash blickte vom Tisch der Bittermeer-Gesellschaft auf, wo er die Rechnungen durchging, die zwei von Roos Schreibern ausstellten. »Was kann ich für Euch tun, Sir?« Während die beiden normalerweise weniger förmlich miteinander umgingen, beachtete Dash in der Öffentlichkeit stets die Regeln des Anstands.

»Ich müßte, sobald es geht, Euern Großvater treffen.«

»Jetzt gleich?« fragte Dash und war schon halb aufgesprungen.

Roo winkte ihn zurück. »Morgen wäre früh genug.«

Vom Eingang her sagte eine Stimme: »Jetzt wäre allerdings besser.«

Dash sah auf, während Roo sich den Hals verrenkte, um zu sehen, wer da gesprochen hatte. »Großvater!« entfuhr es Dash.

Der Herzog von Krondor trat herein. Er wurde von zwei Wachen des Palastes begleitet. Der gesamte untere Stock des Kaffeehauses kam in Bewegung, die meisten Anwesenden erhoben sich und neigten den Kopf vor dem hohen Gast. James ging ans Geländer, das Nichtmitglieder davon abhalten sollte, die Galerie zu betreten, und eine der Wachen öffnete das Tor. James trat hindurch und stieg die Stufen hinauf. Das war ein enormer Bruch des Protokolls, denn Nichtmitglieder hatten nur Zutritt, wenn sie zu Geschäften heraufgebeten wurden. Roo entschloß sich allerdings, dem mächtigsten Adligen des Königreichs diese Kleinigkeit nicht unter die Nase zu reiben.

James wandte sich zunächst an Luis und Duncan. »Bitte laßt

uns allein.« Er beugte sich über das Geländer und rief Dash zu: »Kümmere dich bitte darum, daß wir nicht gestört werden.«

Mit gesenkter Stimme, damit ihn niemand außer Roo verstehen konnte, sagte James: »Es ist an der Zeit, ein Geschäft abzuschließen.«

Roo hörte das zwar nicht gern, zuckte jedoch nur mit den Schultern. »Früher oder später mußte es ja so weit sein.«

»Ich brauche zwei Millionen Goldsovereigns.«

Roo blinzelte. Sein Vermögen war ein Vielfaches davon wert, doch im Augenblick hatte er diesen Betrag nicht flüssig. Um so viel Gold in die Hand zu bekommen, mußte er einige seiner Geschäfte neu ordnen. »Wie bald braucht Ihr das Geld?«

»Gestern, aber morgen würde noch genügen.«

»Und zu welchen Zinsen?«

James lächelte. »Was immer Euch gefällt, im vernünftigen Rahmen natürlich. Ihr wißt ja, daß wir vielleicht nicht in der Lage sein werden, dieses Darlehen zurückzuzahlen.«

Roo nickte. »Wenn Ihr dieses Darlehen nicht zurückzahlen könnt, bezweifle ich, ob ich in der Lage sein werde, mich darüber zu beschweren.«

James fragte: »Wann kann ich mit dem Gold rechnen?«

»Bis morgen abend kann ich Euch eine halbe Million Goldsovereigns zur Verfügung stellen. Für die restlichen Anderthalbmillionen brauche ich ein paar Tage Zeit. Die Geldverleiher in der Stadt werden mich ausnehmen. Und im Osten werde ich auch noch einige Geschäfte machen müssen.« Er lehnte sich zurück. »Würdet Ihr mir beim nächsten Mal vielleicht den Gefallen tun und mich etwas früher in Kenntnis setzen, Euer Gnaden?«

»Nein«, entgegnete James. »Es kommt Bewegung in die Sache.«

»Wo wir gerade davon sprechen«, sagte Roo. »Der Handelslegat aus Kesh hat mein Ersuchen um eine Konzession erneut abgelehnt. Gibt es etwas, womit Ihr mir in dieser Sache weiterhelfen könntet?«

»Möglicherweise«, meinte James. »Im Moment machen wir viele Geschäfte mit Kesh.«

»Deswegen das Gold?« erkundigte sich Roo und zog fragend die Augenbrauen hoch.

»Ein sehr reichliches Bestechungsgeld für einige Adlige aus Kesh an wichtigen Stellen.«

»Überaus reichlich«, stimmte Roo zu. »Wollt Ihr den Kaiser stürzen?«

James erhob sich. »Man bräuchte weitaus mehr Gold, um auch nur davon träumen zu können. Vielleicht gibt es überhaupt nicht genug Gold, um den Kaiser von Kesh zu stürzen.« James zögerte, dann fügte er hinzu: »Jetzt wißt Ihr es also. Wir müssen uns um unsere Südgrenze sorgen.«

Roo nickte. »Soviel habe ich schon selbst herausbekommen.« Er reckte sich und stand ebenfalls auf. »Mich würde interessieren, was Ihr vorschlagt, wie man sich mit Kesh hinsichtlich der bevorstehenden Invasion einigen soll.«

»Ich beschäftige mich bereits mit den verschiedenen Eventualitäten«, sagte James. »Wir müssen genügend keshianische Soldaten an der richtigen Stelle stehen haben, damit die Smaragdkönigin dort bleibt, wo wir sie haben wollen.«

Roo nickte. »Keine Einfälle südlich von Krondor, oben in den Bergen am Tal der Träume.«

»So ungefähr. Und außerdem müßte die Smaragdkönigin die Zwerge bei Dorgin überrennen, was noch nie jemandem gelungen ist.« James lächelte schief. »Doch selbst König Halfdans Armee würde von diesem Heer in die Flucht geschlagen werden, fürchte ich.«

Roo zuckte mit den Schultern. Er hatte Geschichten darüber gehört, welch furchterregende Krieger die Zwerge waren, doch bislang hatte er noch keinen persönlich kennengelernt.

Als James sich zum Gehen wandte, kam Roo um den Tisch herum. »Ich finde schon allein zur Tür«, verabschiedete sich der Herzog.

An der Treppe zögerte er noch einmal. »Ach, übrigens, versucht doch nicht weiterhin, Euren Reichtum im Osten und in den Freien Städten zu horten. Ich werde das meiste für den Krieg brauchen.«

Roo gab sich gar nicht erst den Anschein, als wäre er überrascht oder als wolle er die Wahrheit verbergen; er hatte kleine Summen Kapitals in aller Ruhe aus Krondor herausgeschafft. »Sehr wohl«, gestand er mit ehrlicher Zerknirschung zu. »Euch austricksen zu wollen ist reine Zeitverschwendung.«

James nickte. »Vergeßt das nicht.«

Er ging, und Roo stand allein da und wunderte sich erneut darüber, warum es ihm nicht gelungen war, eine Handelskonzession von Kesh zu bekommen. Er hatte da so seine Theorie, und die mußte er nur noch beweisen, doch im Augenblick hatte er Dringlicheres zu tun: er mußte einen riesigen Batzen Gold auftreiben, und er wollte nicht jeden Geldverleiher der Stadt dazu veranlassen, seine Zinsen zu verdoppeln.

Mit einem Seufzen dachte er an seinen geplanten Besuch bei Sylvia. Er mußte Duncan beauftragen, ihr eine Nachricht zu bringen, denn vermutlich würde er bis weit nach Mitternacht hierbleiben. Also setzte er sich und begann zu schreiben.

Nachdem er das erledigt hatte, rief er nach Dash. Als Dash schließlich vor ihm stand, trug Roo ihm auf: »Gib dies Duncan. Er soll es zu den Esterbrooks bringen. Er weiß schon Bescheid.« Roo reckte sich erneut. »Dann laß doch bitte meine Frau benachrichtigen, daß mich dein Großvater zu sehr beschäftigt hält, um während der nächsten Tage nach Hause zu fahren.« Eigentlich hatte Roo seiner Frau gesagt, er wolle in der Stadt bleiben, geplant hatte er jedoch, die Nacht mit Sylvia zu verbringen. Jetzt fühlte er sich verpflichtet, Sylvia in der morgigen Nacht zu besuchen oder in der darauffolgenden, bevor er nach Hause zurückkehrte.

Er blickte aus dem Fenster auf den Sonnenuntergang und lauschte auf die Geräusche der Stadt. Der Tag ging seinem Ende zu, und die Läden schlossen. »Ich werde noch eine kleine Pause einlegen, ehe ich mich dem Anliegen deines Großvaters widme«, sagte Roo. »Ich denke, ich statte Helen Jacoby und ihren Kindern mal einen Besuch ab.«

Dash nickte. »Und danach?«

»Danach werde ich für eine Stunde ins Geschäft gehen.« Mit säuerlichem Gesicht fügte er hinzu: »Dann werde ich wieder hierherkommen. Höchstwahrscheinlich für den Rest des Abends.«

Dash nickte abermals. »Noch etwas?«

»Nein, das ist alles. Morgen früh kommst du als erstes hierher. Ich schätze, ich werde eine Menge Arbeit für dich haben. Und bring Jason mit.«

Während Dash schon an der Tür war, stieg Roo noch die Treppe hinunter. Er trat aus dem Kaffeehaus und wollte schon über die Straße zu seinem Stadthaus gehen, um sich ein Pferd zu satteln und zu Helen zu reiten. Doch dann überlegte er es sich anders und entschloß sich zu einem Spaziergang.

Er schlenderte durch die geschäftigen Straßen. Der Menschenmassen und des Geschreis würde er wohl niemals müde werden. Als Kleinstadtjunge betrachtete er Krondor als nie versiegende Quelle der Anregung. Allein dadurch, daß er durch die Stadt ging, erholte er sich und schöpfte neuen Glauben daran, daß alles möglich sei. Doch heute störte das Schreckgespenst der Smaragdkönigin und ihres anrückenden Heeres diesen Genuß.

Einerseits wußte er, daß Krondor letztendlich angegriffen und vermutlich überrannt werden würde. Er hatte selbst mitangesehen, was geschah, wenn General Fadawah eine Stadt eroberte: der Zerstörung des fernen Maharta war er selbst nur knapp entkommen. Ihm war wohl bewußt, was geschehen würde. Wenn er auch die leise Hoffnung hegte, daß die Armee des Königreichs, die weit besser ausgebildet war und mit Leib und Seele kämpfen würde, Krondor würde beschützen können, ahnte er doch, welch geringe Aussichten tatsächlich für die Stadt bestanden.

Andererseits erschien ihm der bevorstehende Krieg als etwas, das unmöglich eintreffen konnte. Er war reicher, als er es sich selbst in seinen gierigsten Träumen vorgestellt hatte; er hatte die schönste Frau der Welt zur Geliebten; und er hatte einen Sohn. Nichts auch nur entfernt Böses durfte diese Vollkommenheit stören.

Roo blieb stehen. In Gedanken versunken hatte er die Straße verpaßt, an der Helens Haus lag. Er drehte sich um und sah aus den Augenwinkeln, wie sich eine Gestalt duckte und aus dem Staub machte. Daraufhin beschleunigte er seine Schritte, bog um die Ecke und sah sich nach beiden Seiten um.

Ladenbesitzer schlossen ihre Geschäfte, Arbeiter eilten vorbei, entweder mit den letzten Aufträgen ihrer Meister beschäftigt oder bereits auf dem Weg nach Hause oder in ein fröhliches Gasthaus. Doch die Gestalt, die er gesehen hatte, war nirgends zu entdecken.

Roo schüttelte den Kopf. Es muß an meiner Müdigkeit liegen, dachte er. Aber so ganz konnte er das Gefühl nicht abschütteln, daß er verfolgt worden war. Er sah sich nochmals um, dann machte er sich zum Hause der Jacobys auf.

Er dachte, es müsse die Erkenntnis sein, daß die Flotte der Smaragdkönigin bereit war, in See zu stechen. Er hatte keine genauen Nachrichten darüber, doch er wußte genug, um sich dessen sicher zu sein.

Er hatte gesehen, wie ihre Armee über den Kontinent Novindus hinweggefegt war, er hatte im Rat gesessen, als die Verteidigungspläne gegen ihren Angriff auf das Königreich geschmiedet worden waren. Er konnte die Anzeichen deuten. Er beförderte mehr Frachten als jeder andere Fuhrmann im Königreich; er wußte, wo die Ausrüstungen gelagert wurden; er wußte, wo Waffen und Ersatzpferde bereitgehalten wurden. Er wußte, daß der Angriff bald erfolgen würde.

Es war früher Herbst in Krondor, somit mußte auf der anderen Seite der Welt Frühjahr sein; bald würde die riesige Flotte zu ihrer Monate dauernden Reise aufbrechen. Vor kurzem hatte Roo

Admiral Nicholas erzählen gehört, welche Gefahren in der Straße der Finsternis lauerten. Schwierig zu durchsegeln bei mildestem Wetter, war sie im Winter kaum passierbar. Um eine solch große Flotte sicher hindurchzubringen, wäre Benapis, der Mittsommertag, der richtige Zeitpunkt. Die Gezeiten und Winde würden dann die enge Passage zwischen Endloser See und Bitterem Meer auch für unerfahrene Kapitäne befahrbar machen. Wenn er an das Gemetzel dachte, welches die Königin in Novindus angerichtet hatte, konnte er sich kaum vorstellen, daß dort unten noch sechshundert wirklich fähige Kapitäne am Leben waren. Abgesehen von den Verheerungen, die die Smaragdkönigin über das Land gebracht hatte, gab es in Novindus ohnehin kaum hochseerfahrene Kapitäne; überwiegend handelte es sich um Küstenschiffer, die nicht einmal geahnt hatten, daß es jenseits des Meeres Land gab, bis Nicholas und seine Mannschaft vor zwanzig Jahren zum ersten Mal aufgetaucht waren.

Und sicherlich hätte Nicholas die eine oder andere Überraschung für sie in der Hinterhand, wenn sie versuchten, die Straße der Finsternis zu passieren. Schließlich war dies der Zweck von Roos Reise nach Queg gewesen. Denn nur aus einem Grunde würde Herzog James queganische Schiffe als Eskorte für Händler des Königreichs anfordern: wenn die königliche Marine an anderer Stelle beschäftigt war. Nein, Nicholas würde schon auf die Invasoren warten, wenn sie die Straße der Finsternis erreichten.

Roo war am Haus der Jacobys angekommen und verdrängte die Gedanken an die Invasoren für eine Weile.

Auf sein Klopfen hin öffnete Helen Jacoby ihm die Tür. Roo sagte: »Ich hoffe, du verzeihst mir meinen unangekündigten Besuch?«

Sie lachte, und Roo war von diesem fröhlichen Klang ganz angetan. »Rupert, natürlich. Du bist immer willkommen.«

Hinter ihr hörte er die Kinder seinen Namen rufen, und Roo fühlte sich plötzlich so erholt wie selten. »Onkel Rupert!« rief Willem, der Fünfjährige. »Hast du mir etwas mitgebracht?«

»Willem!« fuhr ihn seine Mutter an. »So behandelt man doch die Gäste nicht.«

»Er ist doch kein Gast«, wandte Willem entrüstet ein. »Er ist Onkel Rupert!« Die siebenjährige Nataly kam angerannt und schlang Roo zur Begrüßung die Arme um die Hüfte.

Rupert lächelte über die Dreistigkeit des Jungen und die Zuneigung des Mädchens, während Helen die Tür hinter ihm schloß. Als der Riegel zuschnappte, schoß ihm ein Gedanke durch den Kopf: Wenn seine Berechnungen richtig waren, würden die Invasoren schon in sieben Monaten ihren Fuß auf den Boden des Königreichs setzen.

Korporal Garret hatte der Zweifel im Gesicht gestanden, dennoch hatte er Eriks Befehl ohne Widerspruch befolgt. Nachdem Duga und seine Männer am Tag zuvor verhört worden waren, hatte sich Erik zum Handeln entschlossen. Er hatte Garret befohlen, die Hälfte der Männer, die er bei den Grenzbaronen eingezogen hatte, in langsamem Marsch nach Krondor zu führen, während Erik die andere Hälfte bei sich behielt. Wenngleich sie ihre Wappenröcke abgelegt hatten, als sie von ihren vormaligen Posten aufgebrochen waren, sahen sie immer noch wie Soldaten aus.

Danach hatte Erik sie veranlaßt, mit den gefangenen Söldnern die Kleider zu tauschen, und nun befand Erik, daß sie durchaus als eine sehr große Söldnerkompanie durchgehen könnten.

Duga bestätigte das. »Sie sehen aus wie meine Jungs.«

Erik hatte sich gestern abend mit Duga unterhalten. Er hatte angefangen, den Mann zu mögen. Zwar hatte es ihn fast die ganze Nacht gekostet, den einfachen, nüchternen Hauptmann von achtzig Männern davon zu überzeugen, daß es in seinem ureigensten Interesse lag, die Seite zu wechseln. Einige seiner Männer schienen an dieser Entscheidung zu zweifeln, und diese hatte sich Erik herausgesucht und mit Garrets Schwadron weitergeschickt, derweil der Rest bei Erik und Duga blieb.

Später am gleichen Tag war das zweite Kontingent an Soldaten des Königreichs vorbeigeritten, und Erik hatte sie instruiert, Garrets Kompanie zu folgen. Als Duga schließlich die dritte Kompanie von zweihundert Männern sah, berichtete er, daß man ihn und seine Männer in dem Glauben gewiegt hätte, sie würden ein Land mit schwachen, schlechtbewehrten Städten überfallen.

Erik hatte daraufhin weit ausgeholt und dem Söldnerhauptmann geduldig erklärt, wie sich die Dinge im Königreich verhielten, wobei er die Größe der beiden Armeen herunterspielte, dafür jedoch die Ausbildung und die Ausrüstung der königlichen Soldaten in den Vordergrund rückte. Bei diesem Überzeugungsversuch half ihm natürlich der Anblick der sechshundert erfahrenen Soldaten des Königs.

Duga nahm mit Freuden die Rationen an, die Eriks Männer mit sich führten, und so saßen sie jetzt gemeinsam beim Frühstück. »Wißt Ihr«, merkte er kauend an, »was die Armee der Königin zusammenhält, ist nicht viel – nur Angst.«

Erik nickte. »Ich habe das in Maharta gesehen.«

»Es ist noch viel schlimmer geworden.« Er blickte sich um. »Manche Hauptmänner wollten desertieren, als sich die Nachricht herumsprach, daß wir uns nach Osten gegen die Stadt am Schlangenfluß wenden.«

»Ich habe gehört, was passiert ist«, sagte Erik. Prinz Patricks Spione hatten von den Hauptmännern berichtet, die zusammen mit einigen zufällig ausgewählten Söldnern gepfählt worden waren.

»Es ist, als würde einer den anderen überwachen. Keiner will dabeisein, nur wagt es niemand, den Mund aufzumachen.« Er schüttelte den Kopf. »Nein, wenn du dem falschen Mann gegenüber das falsche Wort fallenläßt, findest du dich ganz schnell von einem Pfahl durchbohrt wieder.«

Erik überlegte sich seine nächste Frage sehr gut. »Hat jemand gefragt, warum man euch um die halbe Welt schickt?«

»Zuhause ist nichts mehr geblieben«, antwortete Duga. »Was

gibt es schon großartig zu plündern, wenn eine Stadt bis auf die Grundmauern niedergebrannt wird.« Er senkte die Stimme. »Ich glaube es zwar nicht, aber diese Schlangen, die dauernd um die Königin herum sind, haben allen, die es hören wollten, erzählt, daß dies der reichste Ort der Welt sei, vor allem diese Stadt mit Namen Sethanon« – er sprach das Wort aus wie Sie-the-non – »wo die Straßen mit Marmor gepflastert sind, die Türgriffe aus Gold und die Gardinen aus reiner Seide.« Er seufzte. »Nach all dem, was ich in den letzten zehn Jahren mitangesehen habe, kann ich mir schon vorstellen, warum manche Männer daran glauben wollen, aber eigentlich muß man schon ausgesprochen dumm sein, wenn man das tut.« Er sprach noch leiser. »Manche Hauptmänner … wir haben darüber geredet, was man versuchen könnte, aber …«

»Aber was?«

»Sie hat einfach alles unter Kontrolle.«

»Erzählt mir davon«, drängte Erik.

Duga deutete mit einem Zucken des Kinns an, daß sie einen kleinen Spaziergang machen sollten. Als sie außer Hörweite der Männer waren, begann er: »Vermutlich habe ich einen oder zwei ihrer Agenten in der Truppe. Man weiß nie. Dieser General Fadawah, er ist ein verdammtes Genie, was Strategie angeht, der weiß ganz genau, wohin er die Männer schicken muß und so, aber er ist gleichzeitig ein mörderischer Hund. Habt Ihr gehört, was mit General Gapi passiert ist?«

Erik nickte. »Sie haben ihn über einem Ameisenhaufen gepfählt, weil er versagt hat.«

»Und die meisten Generäle und Hauptmänner mußten danebenstehen und es sich ansehen.« Er tippte sich mit dem Daumen auf die Brust. »Ich war auch dabei. War kein schöner Anblick, das kann ich Euch sagen.«

Duga wirkte niedergeschlagen, als er versuchte, die Verhältnisse zu erklären. »Es ist die Art, wie sie uns alle in der Tasche haben«, sagte er und schloß langsam die offene Hand, um es zu demonstrieren. »Zuerst war es nur ein ganz normaler Krieg. Man verpflichtete sich am Treffpunkt der Söldner und zog dann in den Kampf, plünderte und verpraßte sein Geld. Als nächstes kamen die ersten Belagerungen. Ich weiß noch, Calis' Blutrote Adler standen auf der anderen Seite bei … wo war das noch?«

»Hamsa«, half ihm Erik. »Das war, ehe ich bei ihnen eingetreten bin, aber ich kenne die Geschichte der Belagerung.«

»Danach fing es an, mächtig häßlich zu werden. Zweihundertsechzig Tage lang hat die Königin diese armen Hunde ausgehungert; und schließlich hat sie diese Saaurkrieger auf die Flüchtlinge gehetzt.«

Erik hatte ebenfalls gehört, wie den Überlebenden von Calis' Kompanie mit Hilfe der Jeshandi, einem Nomadenstamm in Novindus, die Flucht gelungen war.

»Das alles kam uns sehr eigentümlich vor. Wir hielten eine Versammlung der Hauptmänner ab, wo einige erklärten, sie hätten die Nase voll und wollten zu General Gapi gehen. Der brachte drei unserer Hauptmänner zur Königin, und die haben wir nie wiedergesehen.

Von da an wußten wir Bescheid. Wir würden in diesem Krieg kämpfen, solange er dauern sollte, und jeder, der abspringen wollte, galt von da an als Feind.

Eine Weile lang war alles trotzdem nicht so schlimm. Es gab genug zu plündern. Und auch Frauen, ob sie wollten oder nicht. Doch am Ende wird man das alles leid, versteht Ihr?«

Erik nickte. »Ja, ich verstehe.«

»Einige meiner Jungs –« Er unterbrach sich. »Keiner von uns ist eigentlich noch ein Junge. Ihr werdet keinen Mann in meiner Kompanie finden, der noch nicht dreißig Jahre alt ist, Erik.«

Erik erwiderte: »Ich weiß nicht, was ich Euch versprechen kann. So etwas wie das hier habt Ihr noch nie gesehen. Hier befindet sich eine Nation im Krieg, aber ich denke, wenn Ihr entweder die Seiten wechselt oder Euch nicht weiter einmischt, werden wir Euch schon irgendwie wieder nach Hause schaffen können, falls wir das alles überstehen sollten.«

»Nach Hause?« fragte Duga, als würde er das Wort nicht kennen. »Habt Ihr eine Ahnung, wie es jetzt bei uns zu Hause aussieht?«

Erik schüttelte den Kopf.

»Die Bauernhöfe sind niedergebrannt, das Vieh ist geschlachtet, das Obst verfault auf den Bäumen, weil niemand da ist, der es ernten könnte. Die Felder ersticken im Unkraut, weil die Bauern entweder tot oder in der Armee sind.

Wir haben alles aufgegessen.«

»Ich kann nicht ganz folgen«, meinte Erik.

»Seit zehn Jahren führen wir diesen Krieg. Wir haben uns von den Westlanden durch die Flußlande in die Ostlande gekämpft und nichts hinter uns zurückgelassen.

Wer immer dort unten noch lebt, er kann sich kaum über Wasser halten. Vielleicht gibt es in den ausgebrannten Städten noch Menschen. Und ich habe gehört, im Ratn'gari-Gebirge soll noch eine Zwergenstadt existieren, die die Königin schlauerweise links liegenlassen hat. Wären es Menschen gewesen, wäre die Stadt ebenfalls bis auf die Grundmauern niedergebrannt worden.«

Erik konnte das Gehörte kaum glauben. »Ist denn wirklich nichts mehr übrig?«

»Ein paar Leute haben sich versteckt, und andere leben einfach zu weit abgelegen, um Opfer der Zerstörung zu werden. Doch die meisten, die wir hinter uns zurückgelassen haben, waren tot, Erik. Es gibt keine Städte mehr und nur noch wenige Dörfer, in denen noch Häuser stehen. Wenn ein Bauer abgelegen genug wohnt, dann hat er vielleicht noch seine Ernte einbringen können – es sei denn, die Flüchtlinge aus den Städten haben sie ihm weggegessen. Und die Krankheiten …« Er seufzte. »Bei so vielen Toten konnten die nicht ausbleiben. Manche unserer Männer hatten solchen Durchfall, daß sie daran gestorben sind; sie konnten kaum Wasser bei sich behalten. Andere haben die Blattern bekommen. Oder einfach nur Fieber, und das ohne Heilkräuter oder Priester. Zu Hause herrscht das reine Elend, so sieht das aus.«

Erik betrachtete das Gesicht des Mannes und entdeckte etwas in seinen Augen, das er noch nie zuvor bei einem Soldaten gesehen hatte. Tiefer Schrecken offenbarte sich dort, ein Schrecken, der solange unterdrückt worden war, bis er kaum mehr wahrgenommen wurde, und wenn er schließlich wieder an die Oberfläche durchbräche, wer wußte schon, welche Folgen das nach sich ziehen würde.

Erik legte Duga die Hand auf die Schulter. »Hier gibt es noch viele Menschen, die leben.« Er hob die Stimme leicht. »Und ich werde alles daran setzen, daß es so bleibt.« Lächelnd fügte er hinzu: »Selbst wenn es sich nur um einen Haufen verlotterter Söldner handelt, die es in die Fremde verschlagen hat.«

Duga studierte eingehend Eriks Gesicht, dann nickte er knapp und wandte sich ab, damit der Jüngere nicht sah, wie sich die Tränen in seinen Augen sammelten. Seinen Männern rief er zu: »Bewegt euch ein bißchen. Zeigt diesen Kerlen aus dem Königreich doch mal, wie richtig verlotterte Söldner aussehen.«

Auf diese Bemerkung hin antworteten einige seiner Männer mit Lachen, während die meisten königlichen Soldaten seinen Dialekt nicht verstanden hatten.

Mittlerweile wirkte das Lager wieder so, wie Erik es vorgefunden hatte, wenn man davon absah, daß mehr als die Hälfte der Männer Soldaten des Königreichs waren und eine Truppe von dreißig Bogenschützen verborgen in den Bäumen lauerte.

Am dritten Tag nach der Kapitulation berichtete ein Wachposten, daß sich Reiter von Süden her näherten.

»Macht euch bereit«, wies Erik seine Leute an.

Dugas Söldner bewegten sich träge wie gelangweilte Soldaten, während Eriks Männer Schwert und Schild griffbereit hielten. Die Bogenschützen in den Bäumen machten sich ebenfalls bereit.

Einige Minuten später erreichten drei Reiter die Lichtung. Jeder war in einen Reisemantel gekleidet. Der Anführer warf seine Kapuze zurück. Er war ein Mann in den mittleren Jahren mit graumeliertem Haar. »Wer hat das Kommando?«

»Ich«, meldete sich Erik.

»Welche Kompanie?« fragte der zweite Mann.

»Dugas Schwarze Schwerter«, antwortete Erik.

»Du bist nicht Duga!« sagte der erste.

»Nein, Kimo, das bin ich.« Duga trat vor.

Der Mann namens Kimo fragte: »Und warum behauptet er, das Kommando zu haben?«

Duga zuckte mit den Schultern. »Wir haben uns gelangweilt, während wir auf euch gewartet haben. Da hat er mich herausgefordert und gewonnen.« Er machte viel Aufhebens darum, sich das Kinn zu reiben. »Sieh dir bloß an, wie groß er ist. Verdammt, er hat mir fast den Schädel eingeschlagen. Aber so ist er an das Kommando herangekommen.«

»Wie heißt du, ›Hauptmann‹?« erkundigte sich Kimo.

Ohne den Grund zu wissen, antwortete Erik: »Bobby.«

»Nun gut, Bobby. Dein Befehl lautet: Zieh mit deinen Männern in Richtung Westen. Nach drei Tagesmärschen erreichst du ein kleines Tal, in dem ein Dorf liegt. Kümmert euch nicht um das Dorf. Die Bewohner dürfen euch nicht einmal bemerken. Ihr schleicht euch nachts dran vorbei und macht euch in die Berge auf. Dort sucht ihr den Fluß, der durch das Dorf fließt. Dem folgt ihr aufwärts, bis er sich verzweigt. Ihr haltet euch an den nördlichen Zufluß. Dann kommt ihr in ein hübsches kleines Tal, wo es genug Wild gibt. Wir haben zudem Proviant für euch dagelassen. Wartet, bis euch jemand Bescheid gibt. Wenn es soweit ist, müßt ihr das Dorf einnehmen.«

Erik täuschte Verwirrung vor. »Warum sollen wir warten? Warum nehmen wir das Dorf nicht sofort ein?«

Der Mann, der bisher geschwiegen hatte, antwortete, und sofort sträubten sich Erik die Haare auf den Armen und im Nacken, denn er sprach nicht mit der Stimme eines Menschen. »Du wirst nicht bezahlt, um Fragen zu stellen, Junge.« Er wandte sich an Kimo. »Sollen wir den hier töten und dem anderen wieder das Kommando geben?« Er zeigte auf Duga, und Erik sah eine schuppige grüne Hand mit schwarzen Krallen. Es war nicht der erste Pantathianer, den Erik zu Gesicht bekam, er hatte sogar schon welche getötet. Und tot waren sie ihm weitaus angenehmer.

»Nein, dazu haben wir keine Zeit. Wir müssen die anderen Kompanien suchen.« Der zweite Mann holte eine Karte hervor und begann sie zu lesen.

Erik zögerte nicht länger. »Tötet sie!«

Plötzlich war die Luft von Pfeilen erfüllt, und ehe Kimo und seine Gefährten reagieren konnten, wurden sie buchstäblich von Pfeilen aus dem Sattel geworfen. Duga riß die Augen auf. »Warum habt Ihr das getan?«

Erik ging zuerst zu dem Pantathianer und prüfte mit einem Fußtritt, ob er wirklich tot war. Dann trat er zu dem zweiten Mann und kniete sich neben ihm hin. »Weil ich diese Karte brauche.«

Er betrachtete sie kurz, und seine Augen wurden immer größer. »Nelson!« rief er, und einer seiner Männer kam angerannt.

»Ja, Hauptfeldwebel!«

»Reite sofort los. Nimm dir zwei Reservepferde und such unsere Männer. Ich brauche sie so schnell wie möglich wieder hier. wir treffen uns ...« Er sah noch einmal auf die Karte. »... am Nordufer des Tamyth, beim Wasserfall. Drei Tage östlich von der Straße nach Falkenhöhle.«

»Jawohl, Hauptfeldwebel!« Nelson salutierte und wollte gehen.

»Und noch etwas, Nelson«, hielt Erik den Mann zurück.

»Ja, Hauptfeldwebel?«

»Zieh die Uniform an. Sonst hält Garret dich für einen Banditen und läßt dich erschießen, bevor er dich erkannt hat.«

Nelson nickte und lief davon.

»Was ist denn eigentlich los?« wollte Duga wissen.

Erik deutete auf die Karte. »In den Bergen hier befinden sich insgesamt zwanzig Kompanien wie Eure. Und wenn ich es richtig verstanden habe, sollen sie die Schlüsselpositionen besetzen und so der Armee der Königin den Weg durch die Berge freimachen.«

»Ich kann nicht ganz folgen«, meinte Duga.

»Aber ich«, erwiderte Erik. »Jack!«

Der genannte Soldat kam angelaufen. »Ich werde eine Nachricht für Marschall William schreiben. Du nimmst sechs Mann und reitest wie der Teufel nach Krondor.«

Der Soldat eilte davon und begann mit seinen Vorbereitungen. Erik ging, von Duga gefolgt, zu seinem Pferd. Er holte Pergament, Feder und Tinte aus seiner Satteltasche. Duga fragte: »Was ist nun mit diesen Schlüsselpositionen in den Bergen?«

Erik drehte sich zu ihm um. »Wenn Ihr die Lichtung nur einmal verlassen hättet, wären Euch die Berge im Westen von hier aufgefallen. Sethanon, die Stadt, von der Ihr gesprochen habt, liegt dort.« Mit dem Kinn deutete er vage in südöstliche Richtung. »Da gibt es zwar weder Marmor, Gold und Seide, aber die Stadt ist trotzdem von äußerster Wichtigkeit. Ich kann Euch nur eins verraten: Wenn wir Eure früheren Kameraden dorthin durchkommen lassen, sind wir alle tot, selbst die Soldaten der Königin.«

»Das würde mich nicht wundern«, meinte Duga. »Sie bringt jede Nacht Männer um.«

»Das könnt Ihr mir später erzählen«, unterbrach ihn Erik. Duga schwieg, während Erik schrieb. Als der Brief fertig war, übergab ihn Erik dem Soldaten namens Jack. »Es geht um Leben und Tod!«

Der Soldat salutierte. »Habe verstanden, Hauptfeldwebel!« Dann lief er zu den sechs anderen Reitern.

Erik wandte sich Duga zu. »Es sieht fast so aus, als würdet Ihr in die Armee des Königs eintreten müssen. Endlich könnt Ihr für Gold kämpfen – diesmal auf der anderen Seite.«

Duga zuckte mit den Schultern. »Für Gold zu kämpfen ist schließlich unser Handwerk.«

»Wie ich gesagt habe, Sethanon liegt dort unten, und die Berge sind da. Und die Armee der Königin kommt über diese Berge.«

»Aha«, machte Duga. »Jetzt verstehe ich, warum sie das alles in

Kauf genommen haben, um uns hierherzubringen.« Er schüttelte den Kopf. »Manche der Pantathianer sind zusammengebrochen, als sie die Jungs vor uns hinübergeschickt haben. So wie es aussah, mußten sie eine sehr mächtige Magie anwenden. Einige sind dabei gestorben.«

»Das bricht mir nicht gerade das Herz«, gab Erik lapidar zurück, bevor er den Befehl erteilte, das Lager abzubrechen.

»Was ich damit sagen wollte«, fuhr Duga fort, »sie können mit ihrer Magie nicht noch mehr Soldaten schicken. Denn wenn sie es könnten, hätten sie es längst getan, versteht Ihr nicht?«

Erik blieb unvermittelt stehen. »Ihr müßt recht haben. Warum sollten sie Euch sonst verstecken?«

Er kratzte sich den Bart. »Das sind sehr seltsame Vorgänge, wenn Ihr mich fragt. Warum haben sie uns nicht einfach gleich in diesem Sethanon abgesetzt?«

»Weil ihr alle schon tot gewesen wärt, ehe ihr euch hättet umsehen können«, antwortete Erik. Er hielt es für das beste, nicht weiter auf dieses Thema einzugehen. Allerdings wußte er auch gar nicht viel mehr darüber, denn Herzog James und Marschall William hatten ihm lediglich mitgeteilt, daß es den Pantathianern nicht möglich war, Soldaten direkt nach Sethanon zu schicken. Erik vermutete dahinter einen der Magier, von denen James immerzu redete, Pug oder diese Miranda.

Erik gab es auf, weiter über diese Frage zu grübeln. Zu viele andere Dinge wollten erledigt werden. »Duga?«

»Ja?«

»Kennt Ihr die anderen Kompanien?«

»Einige. Taligars Löwen gingen als erste hindurch. Die lassen sich nicht so leicht unterkriegen – Taligar hat ein Temperament wie eine Hündin, und er verliert nicht gern. Nanfrees Brüder aus Stahl würden vielleicht auf gutes Zureden hören, bevor es zum Blutvergießen kommt.« Er grinste.

»Nanfree ist ein listiger alter Fuchs, der am liebsten mit so wenig Arbeit wie nötig so viel Gold wie nur möglich verdient.«

»Gut. Wir werden also erst einmal mit ihnen reden, falls sich das machen läßt. Sollte es jedoch zum Kampf kommen, wißt Ihr hoffentlich, auf welcher Seite Ihr steht.«

Duga zuckte mit den Schultern. »Ich habe schon vor Jahren vergessen, auf welcher Seite ich stehe.« Er sah sich im Wald um. »Hier ist es richtig schön. Ich habe genug vom Töten und Brandschatzen. Da kann ich genausogut dieses Land meine Heimat nennen und dafür sterben. Wo ich herkomme, gibt es nicht mehr viel, für das es sich lohnen würde.«

Erik nickte. »Eine bessere Antwort konnte ich kaum erwarten.«

Duga drehte sich um und rief seinen Männern zu: »Auf geht's, Jungs. Es ist an der Zeit, etwas für unseren Lohn zu tun.« Er blickte Erik an, dann grinste er und fügte hinzu: »Von jetzt ab seid ihr alle Soldaten des Königs, also benehmt euch!«

»Wartet!« befahl Erik leise.

Die Verteidiger hatten sich hinter Felsen verkrochen, und Erik hatte die Bogenschützen über den Kamm geschickt, damit sie Deckung geben konnten. Seit einem Monat war er durch den Hogewald gestreift und hatte mit Hilfe der Karte die verschiedenen Kompanien der Smaragdkönigin gesucht.

Vom ersten Dutzend Kompanien, die Erik und seine Männer angegriffen hatten, waren acht zur Aufgabe bereit gewesen. Nur vier hatten gekämpft. Erik hatte jeweils einen Teil seiner Leute abstellen müssen, um die Gefangenen, die sich ihm nicht anschließen wollten, zur Verwahrung an einen sicheren Ort zu bringen.

Seine Truppe zählte nun elfhundert Mann, die er in fünf Gruppen geteilt hatte. Die Koordination erwies sich als schwierig, und er bedauerte die vielen Pferde, die von den Kurieren zuschanden geritten worden waren. Doch allen Berichten zufolge ging die Säuberung des Hogewalds gut voran.

Mehr als einmal fragte er sich, inwieweit Calis diese Situation vorausgesehen hatte. Es erschien ihm als ein allzu großer Glücksfall, daß er nur durch Zufall mit sechshundert der besten Soldaten hier entlanggezogen war, während die Smaragdkönigin ihre Vorhut in Stellung brachte. Irgendwann mußte er Calis fragen, woher er die geheimen Nachrichten bekommen hatte.

Ein Kundschafter kam auf Erik zugelaufen, und einer der feindlichen Soldaten hinter einem Felsen schoß einen Pfeil auf ihn ab, der allerdings knapp sein Ziel verfehlte. Erik packte seinen Kundschafter an der Jacke und fauchte ihn an: »Was ist los?«

Der Soldat war einer von Dugas Söldnern. Völlig außer Atem konnte er nur ein Wort hervorbringen: »Saaur!«

»Wo?« wollte Erik wissen.

»In der Richtung«, antwortete der Soldat und blickte über die Schulter zurück zum Wald.

»Wie viele?« fragte Erik, der schon den Hufdonner ihrer riesigen Reittiere zwischen den Bäumen hindurchhallen hörte.

»Fünfzig!«

Erik sprang auf, riskierte dabei, von einem Pfeil getroffen zu werden, und brüllte: »Rückzug!«

Die Bogenschützen, die gerade den Berg erklommen, drehten sich um und sahen, wie Erik sie zurückwinkte. Sie antworteten mit einem Winken und begannen den Abstieg.

Erik duckte sich, als aus Richtung der Verteidiger zwei Pfeile geflogen kamen, und schrie: »Bogenschützen! Tötet alles, was aus dem Wald kommt.«

Erik hatte schon einmal gegen die Saaur gekämpft, und er machte sich keine Illusionen. Dies würde kein Zuckerschlecken werden. Er hatte ungefähr zweihundert Mann bei sich, aber fünfzig Saaur waren in etwa vergleichbar stark. Und zudem gehörten über hundert seiner Leute zu den umgekrempelten Söldnern, die ihn womöglich im ungünstigsten Augenblick verraten würden. Und dann säße Erik zwischen zwei feindlichen Truppen fest.

Er lief zu den Pferden und stieg in den Sattel. Einem der nahebei stehenden Soldaten rief er zu: »Reite nach Norden. Dort findest du James von Hohe Burg mit seinen Männern. Sag ihm, er soll so schnell wie möglich hierherkommen.«

Gesetzt den Fall, der Soldat würde den Korporal aus Hohe Burg finden, und der und seine Männer würden mit einem Gewaltritt hierhereilen, selbst dann könnte es längst zu spät sein.

Das Donnern der heranstürmenden Saaur dröhnte zu ihnen herüber, als würde im nächsten Moment ein Sturm über sie hereinbrechen. Erik blickte sich um und suchte verzweifelt nach etwas, das ihm einen Vorteil verschaffen könnte. Die Saaur waren im Durchschnitt fast drei Meter groß, der Widerrist ihrer Pferde fünfundzwanzig Hände hoch. »In den Wald!« brüllte Erik.

Und dann kamen die Saaur in Sicht. Gerüstet mit Helmen, Brustharnischen, Beinschienen und Armschützern war es, als würde der schlimmste Alptraum eines Soldaten auf sie zupreschen. Ihre Reptiliengesichter zeigten mehr Emotionen, als Erik sich vorgestellt hatte – und doch war es nur ein einziges Gefühl, das sich dort ausdrückte: Zorn. Einer der Saaur, dessen Helm mit dem wehenden Schweif eines Pferdes geschmückt war und der somit ein Offizier sein mußte, führte den Angriff. »Sterbt, Verräter!« schrie er, als er sah, wie sich Eriks Männer zurückzogen.

Es wurde ein wilder Kampf. Erik schoß zwischen den Bäumen hindurch, zielte auf die Sprunggelenke der großen Tiere und wich den Hieben der Saaur aus. Schon einmal war Erik einem Saaurreiter entgegengetreten, und er wußte um ihre Kraft. Den Schreien und Flüchen nach, die er rings um sich herum hörte, machten seine Männer gerade die gleiche Erfahrung, auf ebenso schmerzliche Weise wie seinerzeit er selbst.

Erik verlor jedes Zeitgefühl und gab sich ganz dem Kampf hin. Nachdem er seinen Männern mit dem Befehl zum Rückzug zwischen die Bäume die Chance gegeben hatte, ihr Leben zu retten, konnte er nicht mehr darauf hoffen, die Truppe in eine geordnete Angriffsformation zu bringen. Ferne Schreie verkündeten ihm, daß sich auch die Soldaten, die sie gerade noch belagert hatten, ins Kampfgetümmel stürzten.

Ein Saaur griff ihn von hinten an. Erik spürte die Attacke mehr, als daß er sie hörte. Er riß sein Pferd herum, gerade noch rechtzeitig, um nicht niedergetrampelt zu werden. Während der fremdartige Reiter vorbeischoß, gab Erik seinem Tier die Sporen und verfolgte einen anderen Saaur. Es war das klügste, diese hünenhaften Kreaturen von hinten anzugehen.

Pfeile zischten durch die Luft, und Erik betete nur, daß sie von seinen eigenen Schützen stammten und nicht auf ihn gezielt waren. Er holte den Saaur ein, hinter dem er hergejagt war, als dieser sein Tier zügelte und sich orientierte. Die Kreatur hatte sich halb im Sattel umgedreht, da traf ihn Eriks Schwertspitze tief zwischen die Rippen. Der geschockte Saaur sah auf den kleineren Menschen hinab. Der Ausdruck, der sich auf dem fremdartigen Gesicht abzeichnete, war am ehesten mit Verblüffung zu beschreiben. Dann fiel der Saaur rückwärts aus dem Sattel und hätte Erik fast das Schwert aus der Hand gerissen.

Den ganzen Nachmittag ging es zwischen den Bäumen hin und her. Es war ein verrückter Totentanz. Die Opfer auf beiden Seiten rührten eher von eigenen Fehlern her als von der Taktik der anderen. Dann erklang ein Horn, und weitere Reiter stürmten in den Wald hinein. Erik hatte Männer aus dem Norden erwartet, doch diese kamen von Süden her, soweit er das beurteilen konnte.

»Was soll nun das?« murmelte er in seinen Bart.

Doch plötzlich tauchte Calis vor ihm auf, und die berittenen Bogenschützen nahmen diejenigen Saaur ins Visier, die in Kämpfe mit Eriks Männern verwickelt waren. Erik sah, wie sein Hauptmann auf etwas hinter ihm zeigte, durch den Lärm des Kampfes hinweg konnte er jedoch nicht verstehen, was Calis rief.

Dann ging die Welt in einem Feuerball aus Schmerz auf. Erik sah, wie ihm der Boden entgegenkam. Der Atem wurde ihm aus den Lungen getrieben. Das wiehernde Pferd fiel um, landete auf Eriks Bein, und nur mit Mühe behielt Erik das Bewußtsein. Instinktiv kroch er unter dem ausschlagenden Pferd hervor. Aus einer Wunde in der Flanke des Tiers spritzte Blut.

Ein Saaurreiter riß sein Pferd herum, als Calis ihn angriff. Erik erhob sich taumelnd wieder. Er legte die Hand an den Kopf und stellte fest, daß er seinen Helm verloren hatte. Als er seine Hand wieder herunternahm, befand sich Blut daran, doch er hätte nicht sagen können, ob es von ihm stammte oder von seinem Pferd.

Der Saaurreiter ging auf Calis los. Erik stützte sich an einem Baum ab und beugte sich vor, um sein Schwert aufzuheben. Übelkeit durchflutete ihn, und ihm wurde schwindelig bei der Anstrengung, doch wenigstens wurde er nicht ohnmächtig. Rasch tötete er sein sterbendes Pferd und sah dann zu, wie Calis mit dem Saaur kämpfte.

Wenn der Saaur, den Erik getötet hatte, Verblüffung gezeigt hatte, dann war das nichts im Vergleich zu dem, was sich auf dem Gesicht dieses Saaur abspielte, als Calis den ersten Hieb auf dessen Schild niedergehen ließ. Wie hatte dieser Reiter auch mit der Wucht eines Angriffs von jemandem rechnen können, der so stark wie Calis war. Der Hieb warf das fremdartige Wesen aus dem Sattel.

Und dann herrschte mit einem Mal Ruhe. Erik öffnete die Augen und erkannte, daß er auf dem Boden saß, an einen Baum gelehnt. Jemand hatte ihm eine Jacke über die Beine gelegt und ein zusammengerolltes Hemd hinter den Kopf gesteckt.

Eine vertraute Stimme sagte: »Du hast einen ganz hübschen Schlag auf den Kopf bekommen.«

Erik drehte sich um. Calis stand neben ihm. »Ich glaube, ich hab schon Schlimmeres mitgemacht.«

»Bestimmt. Die Klinge ist vom Helm und deinem steinharten Holzkopf abgerutscht und hat dein Pferd hinter dem Sattel getroffen. Es hat ihm glatt die Wirbelsäule durchtrennt. Du hast Glück gehabt, von Finstermoor. Einige Zoll weiter vorn, und er hätte dich in zwei Teile zerlegt.«

In Eriks Ohren klingelte es, das Blut pochte ihm in den Schläfen. »Besonders glücklich fühle ich mich im Augenblick nicht«, brachte er hervor. Er nahm einen Schluck Wasser aus einem

Schlauch, den Calis ihm hinhielt, und fragte: »Was bringt Euch an diesen kalten und einsamen Ort?«

Calis erwiderte: »Ich habe deine Nachricht erhalten, aber vor allem bin ich gekommen, weil ich dir den Befehl erteilt habe, in zwei Monaten wieder in Krondor zu sein.«

Erik lächelte, und das verschlimmerte nur den Schmerz in seinem Kopf. »Ich habe Euch doch gesagt, ich würde drei Monate benötigen.«

»Befehl ist Befehl.«

»Würde es vielleicht einen Unterschied machen, wenn ich Euch zweitausend statt sechshundert Männer bringe und außerdem tausend Mann aus der Armee der Smaragdkönigin entweder getötet oder gefangengenommen habe?«

Calis dachte einen Augenblick darüber nach. »Nun ja, es würde schon einen Unterschied machen. Aber nur einen kleinen.« Dann lächelte er.

Acht

Evolution

Miranda sprach.

»Wo sind wir?«

Pug konnte die Worte hören, obwohl er wußte, daß es sich dabei nur um Projektionen ihres Geistes handelte. Er wunderte sich über diese seltsame Eigenschaft des menschlichen Verstandes, der alles in die bekannten Wahrnehmungsgewohnheiten zwingen wollte, ohne dabei die wahre Natur der Dinge zu berücksichtigen.

»Auf dem Weg zum Himmel«, antwortete er.

»Wie lange sind wir schon unterwegs?« fragte sie. »Jahre, so will es mir scheinen.«

»Komisch«, gab Pug zurück. »Mir kommt es vor, als seien nur Augenblicke vergangen. Die Zeit ist aus dem Gleichgewicht.«

»Acaila hatte recht«, merkte sie an.

»Acaila hat fast immer recht«, erwiderte Pug.

Die Gegend, durch die sie reisten, war eine vielfarbige Verzerrung des Raums, oder zumindest betrachtete Pug sie als solche. Sterne trieben durch Wirbel greller Farben. Keinesfalls herrschte die Leere der Nacht vor, die er erwartet hatte.

»So etwas habe ich noch nie zuvor gesehen«, staunte Miranda, und in Pugs Kopf hörte es so sich an, als würde sie vor Ehrfurcht flüstern. »Woher kennst du unseren Weg?«

»Ich folge weiter der Linie«, antwortete er und deutete in Gedanken auf eine zarte Energielinie, der sie bereits seit Midkemia folgten.

»Sie wird ewig so weitergehen«, meinte sie.

»Das bezweifle ich, aber ich glaube, daß Macros der Schwarze sich auf eine sehr lange Reise begeben hat, nachdem er Midkemia beim letzten Mal verlassen hat.«

»Folgen wir seinem Weg?«

»Offensichtlich«, sagte Pug.

Sie reisten durch den Kosmos, und schließlich erreichten sie eine Welt, eine grüne und blaue Kugel, die um einen Stern kreiste. Und um die Welt drehten sich drei Monde.

»Wir sind wieder dort, von wo wir aufgebrochen sind«, stellte Miranda fest.

Pug wandte seine Aufmerksamkeit der Welt unter ihnen zu, und tatsächlich war es Midkemia. »Nein«, widersprach er, »ich glaube, wir sind zu einer viel früheren Zeit angekommen.«

»Eine Zeitreise?«

»Das wäre nicht meine erste«, gab er zurück.

»Davon mußt du mir bei Gelegenheit erzählen.«

Pug übermittelte ihr in Gedanken Belustigung. »Diese Geschehnisse habe ich nie vollständig unter Kontrolle gehabt. Und stets meinte ich, daß die Risiken weitaus schwerer wiegen als die Vorteile.«

»Glaubst du nicht, es wäre eine gute Idee, wenn wir in der Zeit zurückreisen und die Smaragdkönigin noch in der Wiege umbringen?« schlug sie vor, und Pug entdeckte in dieser Frage ihren vertrauten Humor wieder.

»Leider geht das nicht, sonst hätten wir es schon getan.«

»Das würde ein Paradoxon zur Folge haben, nicht wahr?«

»Nicht nur das. Es gibt Naturgesetze, die wir niemals verstehen werden.« Er verfiel in Schweigen, und Miranda hätte nicht einschätzen können, ob ein Jahr oder nur ein Augenblick verging, bis er wieder zu sprechen begann. »Alles, was wir über die Realität wissen, ist nur eine Illusion, ein Traum, den wir kaum begreifen können.«

»So ausgedrückt hört es sich beinahe trivial an.«

»Ist es jedoch keineswegs. Vielleicht ist es sogar das Grundlegendste, was die Menschheit überhaupt erfassen kann.«

Sie setzten ihren Weg nach unten fort und sahen eine Szene, die Pug vertraut war. Neben den Ruinen von Sethanon stand eine Armee, angeführt von König Lyam. Pug beschlichen eigentümliche Gefühle, als er sich selbst dabei zusah, wie er sich vor fünfzig Jahren von Macros verabschiedete.

»Was sagt er?« fragte Miranda.

»Hör zu«, forderte Pug sie auf.

Der jüngere Pug sagte: »Ja, aber es ist trotzdem schwierig.«

Ein großer, dünner Mann, der eine braune Robe mit einer Kordel als Gürtel und Sandalen trug, erwiderte: »Alle Dinge enden irgendwann, Pug. Und nun endet meine Zeit auf dieser Welt. Nachdem wir die Valheru besiegt haben, habe ich all meine Kräfte zurückgewonnen. Gathis wird mich begleiten, und für die anderen auf meiner Insel werde ich sorgen, damit ich hier keinerlei Verpflichtungen mehr habe.«

Miranda warf ein: »Aber Gathis ist nicht fortgegangen.«

Pug nickte. »Ich weiß.«

Sie wandte sich ihrem Geliebten zu und spürte etwas Vertrautes. »Du findest das lustig?«

»Eher ironisch«, bekam sie als Antwort.

Macros der Schwarze, der legendäre große Zauberer, verabschiedete sich von dem jüngeren Tomas, der in der ganzen Pracht seiner goldenen und weißen Rüstung dastand.

»Er macht es schon wieder, nicht?« wollte Miranda wissen.

»Was?«

»Er belügt dich.«

»Nein, diesmal nicht«, antwortete Pug. »Er glaubt wirklich an das, was er über die Pantathianer und Murmandamus sagt.«

Macros sagte: »… Und die Mächte, die jener innehatte, der sich als Murmandamus ausgab, waren nicht die Illusionen eines Geisterbeschwörers. Er hatte wirklich Macht. Man braucht viel davon, will man ein so dunkles Volk wie die Moredhel für sich einnehmen. Vielleicht werden die Schlangenmenschen ohne den Einfluß der Valheru durch Zeit und Raum lediglich eine intelligente Art unter vielen bleiben.« Er sah in die Ferne. »Vielleicht auch nicht. Hütet Euch vor ihnen.«

»Was das betrifft, hat er recht behalten«, meinte Miranda. »Die Pantathianer können niemals umerzogen werden. Das Erbe der Valheru hat sie zu sehr verbogen.«

»Nein«, widersprach Pug. »Es ist etwas anderes. Etwas viel Größeres.«

Pug und Miranda sahen zu, wie Macros seine letzten Abschiedsworte sprach, und in Pug stiegen alte Gefühle hoch. »Es war eine schwierige Zeit«, erklärte er Miranda.

Er spürte ihr Verständnis mehr, als daß er es hörte.

Macros hatte Pugs Leben und seine Entwicklung mehr beeinflußt als jeder andere Mann. Manchmal träumte Pug noch von der Versammlung der Zauberer auf Kelewan, und in diesen Träumen befand sich Macros unter seinen Lehrern. Pug wußte, daß sich in seinem Kopf noch Dinge verborgen hielten, die nur Macros oder die Zeit ans Tageslicht befördern konnten.

Pug und Miranda sahen, wie Macros sich umdrehte und von der Armee, von Pug und von Tomas fortging. Und während er sich entfernte, begann er zu verblassen.

»Billiger Trick«, meinte Miranda.

»Nein, da steckt mehr dahinter«, widersprach Pug. »Sieh genau hin.«

Er wechselte die Wahrnehmungsebene und erkannte nun, daß Macros nicht verschwand, sondern sich veränderte. Sein Körper ging weiter, doch er wurde ungreifbar, ein Ding aus Nebel und Rauch. Energie wallte auf, als Macros zu einer unsichtbaren Wesenheit zu sprechen begann.

»Was ist das?« fragte Miranda.

»Ich bin mir nicht sicher«, gab Pug zurück. »Aber ich habe so meinen Verdacht.«

»Meister«, sprach Macros die unsichtbare Wesenheit an. »Welches ist Euer Begehr?«

»Komm, es ist an der Zeit«, erwiderte die Stimme.

Miranda und Pug konnten die Freude des Zauberers spüren, der nun auf geheimnisvolle Weise, wie Miranda und Pug in Elvandar, aufzusteigen begann.

»Sieh dir das an!« fuhr Miranda auf. Sie konnten sehen, daß Macros' Körper immer noch am Boden lag. »Ist er gestorben?«

»Nicht wirklich«, antwortete Pug, »doch seine Seele ist zu einem anderen Ort unterwegs. Und dorthin müssen wir ihr folgen.«

Durch Jahre und über weite Entfernungen hinweg flogen sie dicht hinter ihm her, folgten dem Innersten von Macros dem Schwarzen. Und wieder hatte die Zeit keine Bedeutung, während sie zwischen Sternen hindurchschwebten, nur um schließlich abermals nach Midkemia zurückzukehren, wo sie aus dem Himmel zu den hohen Gipfeln des Ratn'gari-Gebirge hinunterstiegen.

»Hier sind wir schon einmal gewesen!«, bemerkte Miranda.

»Nein«, widersprach Pug, »ich meine, ja, wir werden einst hierherkommen.«

»Dort, die Himmlische Stadt, die du geschaffen hast.«

»Nein«, antwortete Pug. »Diesmal ist es die echte.«

Über den Gipfeln der schneebedeckten Berge breitete sich eine Stadt von unglaublicher Schönheit aus. Kristallene Säulen trugen Dächer wie riesige Diamanten, deren glitzernde Facetten wie durch inneres Feuer funkelten. Pug erklärte: »Unter uns, Tausende von Fuß unter uns, liegt die Nekropolis. Dorthin habe ich dich geführt. Die Illusion, die ich dir vorgespielt habe, mag dieser Stadt ähneln, und doch war sie nur ein schwaches Abbild dieser Pracht.«

Miranda konnte dem nur zustimmen. »Diese hier scheint auf festen Fundamenten zu ruhen, wo deine Illusion nur Schall und Rauch war, und dennoch, sie fühlt sich weniger real an.«

»Was ich erschaffen habe, war dazu gedacht, deine körperlichen Sinne zu täuschen. Diese Stadt hingegen besteht aus reinem Geist. Wir erfahren sie unmittelbar, ohne daß unsere Wahrnehmungsorgane dazwischen stünden.«

»Ich verstehe«, sagte sie, »und trotzdem bin ich verwirrt.«

Pug verwandelte sich plötzlich vor ihren Augen und war wieder der Mann, den sie kannte und dessen Körper ihr so vertraut war wie der eigene. »Ist es so besser?« fragte er sie, und jetzt schienen die Worte wieder aus seinem Mund zu kommen.

»Ja«, antwortete sie.

»Du kannst das gleiche tun. Du mußt es nur wollen.«

Sie konzentrierte sich, und plötzlich spürte sie, wie sich ihr Körper materialisierte, und indem sie sich die Hand vor Augen hielt, konnte sie ihr eigenes Fleisch sehen.

»Es handelt sich erneut nur um eine Illusion«, erläuterte Pug, »jedoch um eine, die dir ein wenig festen Boden unter den Füßen gibt.«

Die Halle, in welcher sie standen, ähnelte jener, die Pug geschaffen hatte, um Miranda zu täuschen – damals, als sie sich kennengelernt hatten. Sie hatte nach Pug gesucht, und er hatte sie hinter sich hergelockt bis hierhin, in das Ratn'gari-Gebirge, nur wenig von diesem Ort entfernt. Um sich vor ihr zu verstecken, hatte er diese Halle als Illusion nachgebildet.

Miranda nickte. »Ja, dieser Ort ist deiner Illusion sehr ähnlich, und doch, er ist soviel prachtvoller.« Die Decke über ihnen war das Himmelsgewölbe; erhellt wurde die Halle von den Sternen. Miranda sah die kleinen Bereiche, die in Pugs Illusion zur Verehrung jedes einzelnen Gottes abgeteilt gewesen waren; hier hatten diese Bereiche die Größe von Städten.

In der Ferne neigte sich die Energielinie, der sie nach Macros' Aufbruch gefolgt waren, und verschwand aus ihrem Wahrnehmungsvermögen.

Während sie vorangingen, passierten sie die Kreuzung zweier Wege, an der die Bereiche von vier Göttern aneinanderstießen. Miranda spürte eigentümliche Spannungen in der Luft. »Hast du das auch bemerkt?«

»Du mußt die Wahrnehmungsebene wechseln«, wies Pug sie an.

Miranda versuchte es, und plötzlich war die Halle mit schattenhaften Gestalten erfüllt. Wie die Energiewesen, zu denen Miranda und Pug auf der Lichtung in Elvandar geworden waren, fehlte diesen Wesen jeglicher Gesichtszug und jegliches persönliches Merkmal. Hatten Pug und Miranda helle Lichtwesen dargestellt, so leuchteten diese kaum wahrnehmbar.

»Was sind das für Wesen?«

»Gebete«, antwortete Pug. »Jede Person, die zu den Göttern betet, wird erhört. Wir nehmen diese Gebete jetzt als schwaches Abbild des Betenden wahr.«

Miranda warf einen Blick nach oben. Eine riesige Statue, um ein Mehrfaches größer als ein Mensch, erhob sich auf einem Thron aus Azur. Die Figur stellte einen Mann dar, starr und weiß mit einem Hauch Blau. Die Augen hatte er geschlossen. Nur wenige der Schatten hatten diese Statue zum Ziel.

»Wer ist das?« fragte Miranda.

»Eortis, der Gott des Meeres. Killian kümmert sich um sein Reich, bis er zurückkehrt.«

»Er ist tot, aber er kommt zurück?«

»Das wirst du bald besser verstehen, doch für den Augenblick sei nur gesagt, daß, falls meine Vermutungen nicht falsch sind, mit diesem Krieg mehr zusammenhängt als nur der Kampf gegen wahnsinnige Kreaturen, die es auf sinnlose Zerstörung abgesehen haben.« Er führte sie zur nächsten Kreuzung, von wo er auf eine Wand in der Ferne zeigte. »Richte deinen Geist auf das dort hinten und sage mir, was du siehst.«

Sie tat wie geheißen, und schließlich erschien auf der Wand ein riesiges Symbol. Lange Zeit konnte sie es überhaupt nicht richtig erkennen, dann endlich formte es sich zu einem Muster. »Ich kann den siebenzackigen Stern von Ishap sehen, und darüber ein Feld mit zwölf Punkten in einem Kreis.«

»Sieh noch genauer hin«, wies er sie an.

Nach einer Minute enthüllte sich ihr ein weiteres Muster. »Ich kann vier helle Lichter auf jeder der vier oberen Spitzen des Sternes erkennen, und zwischen den zwölf hellen Punkten sind viele dunklere.«

»Und was kannst du an den drei unteren Spitzen des Sterns erkennen?«

Miranda konzentrierte sich darauf, und einen Augenblick später sah sie, was Pug meinte. »Wieder drei Punkte. Einer von ihnen leuchtet schwach! Der in der Mitte. Der rechte ist …« Sie stockte.

»Was?« fragte er.

»Er leuchtet nicht schwach! Er ist … blockiert. Etwas verhindert, daß man ihn sehen kann!«

Pug sagte. »Genau das habe ich auch gesehen. Was ist mit dem letzten Licht?«

»Es ist tot.«

»Dann, denke ich, sind wir nahe an der Wahrheit.« Der Tonfall, in dem er ihr diesen Satz übermittelte, klang so, als würde ihm diese Wahrheit ganz und gar nicht gefallen.

Sie setzten ihren Weg fort. Am äußersten Ende der Halle der Götter blieben sie zwischen zwei Statuen stehen. Eine war vollkommen leblos. »Wodar-Hospur, der tote Gott des Wissens. Wie groß könnte unser Wissen sein, wenn er nur zurückkehrte.«

»Verehrt denn niemand mehr das Wissen?« fragte Miranda.

»Nur noch wenige«, erklärte Pug, »denn die Menschen verbringen die meiste Zeit damit, Macht und Reichtum zu horten. Von allen, die ich kennengelernt habe, scheint nur noch Nakor nach wahrem Wissen zu streben.«

»Nach was für Wissen?«

»Wissen über alles«, antwortete er amüsiert.

Sie betrachteten die andere Statue. Die schwache Linie, die die Spur von Macros' Geist darstellte, endete im Kopf der Statue. Miranda warf einen Blick auf ihr Gesicht und hielt den Atem an. »Macros!«

»Nein«, entgegnete Pug. »Sieh dir den Namen am Fuß der Statue an.«

»Sarig«, las sie. »Wer ist das?«

»Der noch nicht ganz tote Gott der Magie.«

»Das ist Macros der Schwarze!« platzte sie heraus, und zum erstenmal, seit er sie kannte, entdeckte Pug in Mirandas Gesicht tiefe Verwirrung und sogar ein wenig Furcht. »Ist Macros ein Gott?« fragte Miranda, und abermals zum erstenmal, seit er sie kannte, spürte Pug ernsthafte Sorge in ihrer Stimme. Jeglicher Spott und der trockene Humor waren verschwunden.

»Ja«, antwortete er, »und nein.«

»Was denn nun?«

»Das werden wir wissen, wenn wir mit ihm gesprochen haben. Ich denke, ich weiß die Antwort, doch ich möchte sie aus seinem Munde hören.« Pug stieg mit reiner Willenskraft in die Luft und schwebte so weit hinauf, bis er sich genau vor dem riesigen, unbeweglichen Gesicht der Statue befand. Laut rief er: »Macros.«

Schweigen war die Antwort.

Miranda bewegte sich zu Pug hoch und blieb neben ihm *stehen*. »Was jetzt?«

»Er schläft. Er träumt.«

»Ich verstehe das Ganze noch immer nicht.«

»Macros der Schwarze versucht, sich zur Gottheit zu erheben«, erläuterte Pug. »Er will die Lücke schließen, die beim Verschwinden von Sarig gerissen wurde. Vielleicht hat auch Sarig Macros geschaffen, damit er sich eines Tages erhebt, um seinen Platz einzunehmen. Etwas in der Art.« Er zeigte auf die Energielinie. »Diese Linie pulst noch, und an ihrem anderen Ende werden wir den sterblichen Körper jenes Mannes finden, den wir als Macros kennen; sein Geist jedoch, sein Wesen, seine Seele – die sind hier, in diesem Ding, das sich gerade bildet. Sie sind eins und doch verschieden, verbunden und doch getrennt.«

»Wie lange wird es dauern, bis er sich zur Gottheit erhoben hat?« wollte Miranda wissen, wobei sie sich keine Mühe gab, ihre Ehrfurcht zu verbergen.

»Äonen«, erwiderte Pug leise.

»Was sollen wir tun?«

»Wir werden ihn aufwecken.«

Die Illusion, als die Pug erschien, schloß die Augen, und der Magier richtete seine Aufmerksamkeit nach innen. Miranda spürte, welche Energie sich in dem Zauberer auflud. Eine mächtige Magie baute sich auf. Sie wartete, doch während sie jeden Moment mit einer wie immer gearteten Entladung der Energie rechnete, blieb diese aus. Unaufhaltsam wuchs die Energie an. Bald erstarrte Miranda vor Ehrfurcht. Sie hatte geglaubt, einiges von den magischen Künsten zu verstehen und Pugs Grenzen zu kennen, doch in beiden Fällen hatte sie sich verschätzt. Ihr Erstaunen steigerte sich noch, denn obgleich ihre eigenen magischen Fähigkeiten nicht unerheblich waren, übertraf diese Leistung all ihre Vorstellungen.

Plötzlich erschütterte eine Explosion in der Luft das Götterbild vor ihnen. Ein Lärm wie von tausend Becken erhob sich und betäubte die Sinne. Licht strahlte hervor, und nur für einen Augenblick konnte Miranda sehen, wie Macros die Augen aufschlug.

Dann hüllte Dunkelheit sie ein, und das letzte, was sie hörte, war ein schwaches, trauriges »Nein!«

Pug berührte sie mit seinem Geist. »Es wird schwierig werden. Dennoch will ich versuchen, ihm an den Ort zu folgen, zu dem er flieht. Unsere Körper werden dort erscheinen, wo wir sie erscheinen lassen wollen, also bleibe einfach hinter mir, während ich Macros folge.«

»Ich weiß, wie es geht«, antwortete sie und spürte, wie er sie verließ.

Einen Augenblick lang war Miranda von Furcht erfüllt, denn in der sie umgebenden Dunkelheit konnte sie sich nirgendwo orientieren.

Dann schlug sie die Augen auf.

Ihr war kalt. Es fühlte sich an, als würde ihr der Steinboden alle Wärme aus dem Körper ziehen. Zitternd richtete sie sich auf. Sie war in Pugs Arbeitszimmer, in Stardock! Natürlich wußte sie noch, was die Zauberwirker der Elben ihnen gesagt hatten. Ihre Körper würden dort erscheinen, wo immer sie ihrer bedurften, wenn sie diese spirituelle Reise beendeten, und dennoch hatte sie erwartet, sich in Elvandar wiederzufinden. Jetzt war sie Hunderte Meilen von dort entfernt. Pug lag bewußtlos neben ihr. Sein Atem ging schwach. Sie hatte keine Ahnung, wie lange sie die Obhut von Acaila und Tathar schon verlassen hatten, doch eins war nur zu deutlich: Wenn Pug nicht innerhalb der nächsten Momente wieder zu sich kam, würde er sterben. Miranda versuchte, einen Zauber auf ihn zu legen, mit dem sie ihn wiederfinden könnte; denn Pug mochte jeden Augenblick erneut verschwinden, und wenn der Zauber dann nicht wirkte, würde es schwierig werden, den Aufenthaltsort des Magiers zu bestimmen.

Mit aller Macht zwang sie sich, einen klaren Kopf zu bekommen, und sie wollte gerade den Zauber aussprechen, als Pug sich aufsetzte. Keuchend und offensichtlich voller Schmerz holte er Luft.

Sie brach den Zauberspruch ab. »Was ist geschehen?«

Pug blinzelte und atmete tief durch. »Ich weiß es nicht. Die Kraftlinie, welche Macros und Sarig verband, wurde getrennt. Ich bin Macros gefolgt, und plötzlich fand ich mich hier wieder.«

Miranda erhob sich, und Pug folgte ihrem Beispiel. Beide waren durchgefroren und steif, und zuerst fiel es ihnen schwer, sich zu bewegen. Pug ging hin und her, um seinen Kreislauf in Schwung zu bringen. »Das war das zweite Mal, daß ich so etwas gemacht habe, und es war bestimmt nicht angenehmer als beim ersten Mal.«

»Wo ist Macros?« wollte Miranda wissen.

»Er muß hier in der Nähe sein. Das ist die einzige mögliche Antwort.«

Er begab sich zur Tür, öffnete sie und eilte die Stufen des Turms hinunter. Unten schob er eine weitere Tür auf und hätte beinahe einen jungen Studenten umgeworfen, der bei Pugs Anblick die Augen aufriß. »Meister Pug!« rief er.

Pug und Miranda beachteten den überraschten Studenten nicht und setzten ihren Weg zum Haupteingang der Akademie fort. Im Vorbeigehen drehten sich Schüler wie Lehrer gleichermaßen nach ihnen um und starrten ihnen hinterher, und als sie den Haupteingang von Stardock erreicht hatten, tönte es fast wie ein Singsang von allen Seiten: »Pug! Pug!«

Vor Aufregung war Pug außer Atem. »Ich kann ihn fühlen! Er ist ganz in der Nähe.«

Miranda sagte: »Ich kann ihn ebenfalls fühlen.«

Sie traten nach draußen und sahen sich um. Pug zeigte den Weg. »Dort!«

Am Ufer des Sees hatte sich eine Gruppe aufgeregter Studenten versammelt, und Pug konnte Nakor rufen hören: »Bleibt zurück!«

In der Luft schwebte ein Mann, und Pug konnte die Energien spüren, die ihn umschwirrten. Dem Anschein nach handelte es sich um einen Bettler, so schmutzig wie er war, mit dem dreckigen Lendenschurz und dem verfilzten Bart, und dennoch strahlte er große Kraft aus. Die Luft um ihn herum schimmerte. Es machte den Eindruck, als würde der Mann an der Energielinie, der Pug aus der Himmlischen Stadt gefolgt war, in die Luft gehoben.

Pug und Miranda liefen zu den Studenten, und Pug befahl: »Tretet zurück!«

Einer der Studenten blickte über die Schulter. »Meister Pug!« Beim Klang seines Namens wichen die anderen zurück.

Am Wasser standen Nakor und Sho Pi, die gespannt beobachteten, wie der Mann in der Luft schwebte.

»Kannst du es sehen?« fragte Nakor, als Pug zu ihm trat. »Er versucht aufzusteigen, aber die andere Kraft, dieses Ding in der Luft, sie drängt ihn hierher zurück, auf das Wasser zu.«

Falls Nakor von Pugs plötzlichem Auftauchen in irgendeiner Weise überrascht war, ließ er sich dies nicht anmerken. »Es ist etwas ganz Wunderbares geschehen«, sagte er, »und bald werden wir die Wahrheit wissen.« Er sah Pug an. »Oder vielleicht kennst du sie bereits.«

Der Bettler schwebte herab, bis er im hüfttiefen Wasser saß. Pug beobachtete, wie sich der Energiefaden vom Himmel herunterringelte und schließlich im Wasser um den Mann herum verschwand. Der Bettler weinte.

Pug watete in den See und kniete sich neben den Mann. »Macros?«

Es dauerte einen Augenblick lang, dann wandte sich der Mann Pug zu und betrachtete ihn. Mit heiserer Stimme flüsterte er: »Weißt du eigentlich, was du getan hast? Ich stand kurz davor, ein Gott zu werden.« Er schloß die Augen, und ein Schluchzer ließ seine Schultern beben. Er holte tief Luft. »Das Wissen, das Begreifen – es schwindet, wie Wasser, das über den Rand eines Gefäßes läuft, welches zu klein ist.« Bei diesen Worten zeigte er auf seinen Kopf und schloß erneut die Augen, als versuche er, ein Bild vor seinem inneren Auge festzuhalten. Schließlich fuhr er fort: »Mir ist, als hätte ich das Universum in seiner Gesamtheit gesehen, aber ich habe nur durch ein Loch im Zaun geguckt, und dann hast du mich von dem Zaun fortgezerrt, und Sekunde um Sekunde konnte ich weniger erkennen ... Vor Augenblicken noch hätte ich dir die Geheimnisse des Universums erklären können! Und jetzt, wo ich mich erinnern will, zerbröckeln die Vorstellungen, und alles, was mir bleibt, ist das Wissen darüber, was ich alles verloren habe! Jahre der Arbeit umsonst.«

»Wir sind in Not«, sagte Pug leise.

»Meine Zeit hier war vorüber!« beharrte Macros, erhob sich und blickte seinen Nachfolger an. Er stand auf wackligen Beinen. »Es war nicht an dir, mich zurückzurufen. Mein Auftrag überstieg dein Begriffsvermögen.«

»Offensichtlich nicht«, konterte Miranda.

Macros sah die Frau an und erkannte sie nicht. Dann kniff er die Augen zusammen. »Miranda?«

»Hallo Vater«, erwiderte die junge Frau. »Lange nicht gesehen.«

Auf Pugs Gesicht zeichnete sich Überraschung ab.

Nakor lachte, als er wiederholte: »Vater?«

Macros der Schwarze, der legendäre Zauberer, blickte von Pug zu Miranda. »Wir müssen uns unterhalten.« Er holte tief Luft und fügte hinzu: »Ich glaube, langsam komme ich wieder zu Sinnen.«

»Das ist gut«, meinte Miranda, »denn wir haben gleich den nächsten Schock für dich parat.«

Macros zögerte und machte sich auf das Schlimmste gefaßt. »Und der wäre?«

»Es geht um Mutter«, antwortete Miranda. »Sie versucht, die Welt zu zerstören.«

Bei diesen Worten konnte selbst Nakor seine Überraschung nicht verhehlen. Und Macros stöhnte nur: »Ich glaube, ich brauche etwas zu trinken.«

Miranda rümpfte die Nase. »Als erstes brauchst du ein Bad, würde ich sagen.«

Während Macros ein Bad nahm, saßen Miranda, Pug und Nakor in Pugs Arbeitszimmer. Sho Pi kümmerte sich um die Bedürfnisse des Zauberers, und Pug entkorkte eine Flasche erlesenen Weins aus Finstermoor.

»Mir scheint, als gäbe es da noch etwas, das du mir mitteilen solltest«, sagte Miranda.

Pug sah seine Geliebte an. »Mir scheint, das beruht auf Gegenseitigkeit. ›Vater‹?«

Nakor grinste. »Damit wäre ich ja so etwas wie dein Stiefvater, nur daß ich Jornas erster Ehemann war und Macros ihr zweiter.«

»Als ich geboren wurde, hat sie sich Jania genannt«, erklärte Miranda. Die Freude des kleinen Mannes entging ihr offensichtlich, ihr Gesichtsausdruck zeigte etwas, das man nur als kaum beherrschte Wut bezeichnen konnte. Sie wandte sich an Pug. »Dieses halsbrecherische Kunststück, als du in der Himmlischen Stadt Macros dem Bewußtsein von Sarig entrissen hast –«

»Wie bitte?« entfuhr es Nakor. Der kleine Mann machte große Augen. »Das müßt ihr mir erzählen.«

»Was ist damit?« fragte Pug.

»Ich konnte spüren, was du getan hast.«

»Und?«

»Die Kraft, die schiere Größe der Energien, die du eingesetzt hast ... du hättest die Smaragdkönigin und ihre armselige Bande von Pantathianern längst vernichten können wie Ameisen. Warum dauert dieser Krieg schon so lange an? Warum hast du nichts getan, um ihn zu beenden?«

Pug seufzte. »Weil sich die Überlebenden, wie Ameisen, in ihre dunklen Löcher verkriechen und wieder von vorn anfangen würden. Und dann ist da noch etwas.«

»Was?« wollte Miranda wissen.

Von der Tür aus mischte sich Macros ein. »Nichts, über das wir an diesem Ort sprechen können. Es ist zu gefährlich.«

Pug wies auf einen leeren Stuhl, und der frisch gebadete Zauberer setzte sich und griff nach dem Becher, der für ihn bereitstand. Macros trug eine Robe, die er sich geliehen hatte, eine schwarze statt der braunen, die er gewöhnlich bevorzugte. Er nahm einen tiefen Schluck Wein. »Ausgezeichnet. Es gibt doch Vorteile, wenn man unter den Lebenden weilt.«

Nakor stellte sich vor. »Ich bin Nakor.«

Macros runzelte die Stirn. Er betrachtete Nakor einen Augenblick lang, ehe es ihm dämmerte. »Der Isalani! Ich kann mich an dich erinnern. Du hast mich mal beim Kartenspiel betrogen.«

»Genau der bin ich.« Fast mit Tränen in den Augen gestand Nakor: »Du warst meine größte Herausforderung.« An Pug gewandt erklärte er: »Ich habe mich wohl vertan, als ich sagte, daß Macros mich bestimmt vergessen hätte.«

Macros zeigte auf Nakor. »Dieser Schurke hat das getan, was er am besten beherrscht. Er machte mich glauben, er würde Magie benutzen, und als ich mich mit Magie dagegen verteidigen wollte, hatte er die Karten mit großer Fingerfertigkeit ausgetauscht.«

»Mit großer Fingerfertigkeit?« fragte Pug.

»Er hat beim Mischen geschummelt!« erklärte Macros lachend.

»Eigentlich nicht«, widersprach Nakor bescheiden. »Ich habe die Karten gegen gezinkte ausgetauscht.«

»Würdet ihr jetzt bitte damit aufhören!« fuhr Miranda die beiden an und schlug mit der Faust auf den Tisch. »Das hier ist schließlich kein Wiedersehen alter Freunde. Das ist …«

»Was?« wollte Pug wissen.

»Ich weiß es nicht. Wir versuchen, die Welt zu retten, und ihr ergeht euch in Erinnerungen an Kartenspiele.«

Pug sah Sho Pi in der Tür stehen und winkte den jungen Mann hinaus, damit die vier unter sich wären. Sho Pi nickte und ging vor die Tür.

»Erstens«, begann Pug, »würde ich gern mehr über euer Verhältnis untereinander erfahren. Anscheinend verbindet euch etwas, von dem ich bislang nichts wußte.«

Macros sagte: »Mich verbindet mich euch allen etwas.«

Pug wirkte plötzlich alarmiert. »Jetzt sag nicht, ich wäre dein unehelicher Sohn.« Er blickte Miranda an, und ihr Gesicht spiegelte seine Besorgnis.

»Du kannst ganz ruhig bleiben«, antwortete Macros. »Du bist nicht ihr Bruder.« Er seufzte. »Als ich dir gesagt habe, du würdest mir so viel bedeuten wie ein eigener Sohn, habe ich das auch so gemeint.« Er nippte an seinem Wein. »Als du geboren wurdest, habe ich Größe in dir gespürt, Junge. Du warst der Sohn eines Soldaten und eines Dienstmädchens in Crydee. Und wie die Tsurani in Kindern Macht spüren und sie für die Versammlung ausbilden, so habe ich die Größe in dir erkannt, eine Größe, die vielleicht die aller lebenden Magier auf dieser Welt übertrifft.«

»Und was hast du getan?« fragte Nakor.

»Ich habe diese Magie freigesetzt. Wie sonst sollte Pug zu großer Magie fähig sein.«

»Sarig?« fragte Pug.

Macros nickte. »Ich bin sein Geschöpf.«

»Sarig?« fragte jetzt Nakor. »Ich dachte, der wäre nur eine Legende.«

»Ist er auch«, antwortete Miranda, »und ein toter Gott obendrein. Aber offensichtlich ist er nicht so tot, wie manche denken.«

»Warum beginnst du nicht ganz am Anfang«, schlug Pug vor.

»Und dieses Mal bitte die Wahrheit«, fügte Miranda hinzu.

Macros zuckte mit den Schultern. »Die Geschichte, die ich dir und Tomas erzählt habe, als wir uns die Zeit in der Ewigen Stadt vertreiben mußten, war wesentlich unterhaltsamer als die Wahrheit, Pug.«

»Damals war ich noch ein Kind. Ein Junge aus einem fernen Land –«

»Jetzt reicht's aber!« ging Miranda dazwischen. »Vater, du fängst schon wieder damit an!«

Macros seufzte. »Also gut, ich wurde in der Stadt Kesh geboren. Mein Vater war Schneider, und meine Mutter war eine wundervolle Frau, die meinem Vater die Bücher führte, das Haus sauberhielt und einen starrsinnigen und ungehorsamen Jungen großzog. Zu den Kunden meines Vaters gehörten viele reiche Kaufleute, und wir hatten ein gutes Auskommen. Zufrieden?« fragte er seine Tochter.

Sie nickte.

»Ich hingegen war mehr auf Abenteuer aus, zumindest liebte ich illustre Gesellschaft. Als ich kaum erwachsen war, machte ich mich mit einigen meiner Freunde auf eine Reise, ohne daß meine Eltern davon gewußt oder mir ihren Segen gegeben hätten. Wir kauften uns eine Karte, auf der angeblich die Lage eines Schatzes verzeichnet war.«

Nakor nickte. »Sklavenhändler.«

Macros stimmte zu. »Ja. Es war eine Falle, mit der sie dumme Jungen anlocken wollten, um sie hernach auf dem Sklavenmarkt in Durbin zu verschachern.«

»Und wie lange ist das her?« erkundigte sich Pug.

»Fast fünfhundert Jahre«, antwortete Macros. »Als das Kaiserreich auf dem Höhepunkt seiner Macht stand.

Ich bin den Sklavenjägern entkommen und versteckte mich in

den Bergen, doch dort verirrte ich mich. Halb verhungert fand ich einen alten, verlassenen Tempel. Dem Delirium nahe, brach ich vor dem Altar zusammen und flehte den Gott, der in diesem Schrein verehrt wurde, um Rettung an, welcher auch immer er sein mochte. Im Austausch dagegen wollte ich in seine Dienste treten.«

Macros blinzelte, versuchte, die Erinnerung aus den Tiefen seines Bewußtseins zu holen. »Ich weiß nicht mehr genau, was dann geschah. Aber ich glaube, ich habe zu Sarig gesprochen, und entweder starb ich und er holte mich zurück, ehe ich in die Halle von Lims-Kragma kam, oder er holte mich kurz vor meinem Tod; doch von jenem Augenblick an war ich sein Geschöpf.

Mag sein, daß mein Gebet an ihn das erste seit den Chaoskriegen war, obwohl es da auch noch jemanden gegeben haben muß, der diesen Schrein für ihn gebaut hat. Vielleicht werde ich das eines Tages erfahren. Wie dem auch sei, das Gebet des Sterbenden machte einen Weg frei, eine Leitung, wenn ihr wollt, und aus diesem alten Tempel trat nicht der Junge, sondern ein Mann der Magie heraus. Ich wußte Dinge, die mir wie Erinnerungen erschienen, und dennoch, meine eigenen Erinnerungen waren das ganz bestimmt nicht. Sarig war in mir, und ein Teil von mir war in Sarig.«

»Kein Wunder, daß du solche Kräfte besitzt«, warf Pug ein.

Macros blickte von einem zum anderen. »Um zu begreifen, was ich euch jetzt erzählen werde, müßt ihr euch aller Vorurteile und aller vorgefaßten Meinungen entledigen.

Die Götter sind sowohl real als auch eine Illusion. Sie sind real, weil sie existieren und weil sie ihre Macht über diese Welt und unsere Leben ausüben. Illusion sind sie insoweit, als sie unserer Wahrnehmung ihrer selbst in nichts ähneln.«

Nakor lachte keckernd. »Das ist wunderbar!«

Pug nickte.

Macros fuhr fort: »Die Kräfte existieren in der Natur, und sie haben eine Wirkung auf uns, wie auch wir eine Wirkung auf sie haben. Und wenn wir an sie denken, werden einige von ihnen zu dem, was wir uns vorstellen.«

»Einen Augenblick mal«, unterbrach ihn Miranda. »Ich kann dir nicht ganz folgen.«

»Denk an die ersten Menschen, die in einer Höhle Zuflucht suchten und über das Wunder des Feuers nachsannen. In einer kalten, feuchten Nacht ist es ihr Freund und die Quelle des Lebens. Sie geben diesem Feuer eine Persönlichkeit, und nach einer Weile verehren sie es. Später verehren sie den Geist des Feuers, aus welchem schließlich der Gott des Feuers wird.«

»Prandur«, meinte Pug.

»Genau. Und wenn genug Menschen das Feuer verehren, manifestieren sich bestimmte Aspekte der Energie, die wir Prandur nennen, bestimmte Eigenheiten, die den Erwartungen der Gläubigen entsprechen.«

Nakor war vor Freude fast außer sich. »Die Menschen erschaffen die Götter!« rief er.

»In gewisser Art und Weise schon«, stimmte Macros zu. In seinen Augen spiegelte sich großer Schmerz. »Den größten Teil meines Lebens über war ich ein Teil von Sarig, sein Vertreter auf Midkemia und woanders, sein Auge und Ohr, und ich hielt es für mein Schicksal, irgendwann mit ihm zu verschmelzen. Ich dachte, ich würde an seiner Stelle die Magie in all ihrer Herrlichkeit nach Midkemia zurückbringen.« Er warf Pug einen Blick zu. »Du warst eins meiner gelungenen Experimente. Du hast die Erhabene Magie nach Midkemia zurückgeholt.«

»Das ist alles wirklich sehr interessant«, mischte sich Miranda ein, »doch was ist nun mit Mutter?«

Nakors Grinsen erstarb. »Ich glaube, Jorna ist tot.«

»Wie? Woher willst du das wissen?« fuhr ihn Miranda an.

»Als ich sie zum letzten Mal gesehen habe, spürte ich, daß sich jemand anderes in ihrem Körper befand, und die Frau, die deine Mutter war, wohnte nicht mehr darin. Entweder ist sie tot, oder sie wird irgendwo versteckt gehalten.«

Pug fragte: »Aber wie paßt dies mit dem Rest der Geschichte zusammen?«

Nakor begann zu erzählen: »Ich war noch jung, da traf ich ein Mädchen namens Jorna. Sie war schön und klug und schien sich für mich zu interessieren.« Er grinste. »Ich bin nicht gerade das, was man einen stattlichen Mann nennt, und auch in meiner Jugend war ich das nicht. Doch wie alle jungen Männer wünschte ich mir sehr, von einer wunderschönen Frau geliebt zu werden.

Allerdings liebte sie mich nicht. Sie liebte Macht, und sie dürstete nach dem, was ihr Magie nennt. Sie wollte auf ewig jung und schön bleiben. Den Tod fürchtete sie, und das Altwerden sogar noch mehr.

Also zeigte ich ihr Tricks. Ich zeigte ihr, wie man das beeinflußt, was ich den ›Stoff‹ nenne, und nachdem ich ihr alles beigebracht hatte, was ich konnte, verließ sie mich.«

»Und fand mich«, sagte Macros. Er sah Miranda an. »Ich lernte deine Mutter in Kesh kennen, und sie war, wie Nakor sie beschrieben hat, eine atemberaubend schöne junge Frau, die mir mit Leidenschaft nachstellte. Ich beachtete ihren Machthunger nicht. Jugendhafte Romantik blendete mich. Trotz meines Alters und meiner Fähigkeiten benahm ich mich wie ein junger Narr. Erst später durchschaute ich ihre Arglist, aber erst, nachdem du geboren warst, Miranda, doch schon zuvor ließ ich sie nicht alles lernen, was ich ihr hätte beibringen können – davon war sie sowieso noch Jahrhunderte entfernt, was sie allerdings nicht wußte. Ich zeigte ihr einfach nichts mehr.«

Miranda sagte: »Du hast mich ihr also einfach weggenommen und mich Fremden überlassen? Ich war damals zehn Jahre alt!«

»Nein«, widersprach Macros. »Ich habe dich behalten, nachdem sie uns beide verlassen hat. Und dann habe ich gute Leute gefunden, die dich aufziehen sollten. Ich weiß, ich habe dich selten und stets nur kurz besucht, aber … es war schwierig.«

Pug fragte: »Das war zu der Zeit, als du der ›Schwarze Zauberer‹ wurdest?«

»Ja. Es war schmerzhaft, auf dieser Ebene mit den Menschen umzugehen. Obwohl ich es zu der Zeit noch nicht wußte, hatte Sarig große Dinge mit mir vor. Die Wege der Götter sind uns unbegreiflich, und meist trieb mich irgendein Zwang oder ein Verlangen voran, nur selten klare Ziele. Ich entdeckte diese Insel, die von ihren einstigen Bewohnern verlassen worden war. Ich denke, es muß sich um eine Familie aus Kesh gehandelt haben, vielleicht auch Adlige aus Queg, die vor dem Bürgerkrieg geflohen waren. Und ich baute die Schwarze Burg, um Reisende abzuschrecken. Mein Leben verlief in festen Bahnen, es war so wie zu dem Zeitpunkt, als du zum ersten Mal auf die Insel gekommen bist, Pug. Wann war das, vor fünfzig, sechzig Jahren?«

Pug nickte. »Manchmal erscheint es mir wie gestern, wenn ich daran zurückdenke, wie Kulgan und ich auf dem Strand standen und deine Botschaft lasen.« Pug studierte das Gesicht des Zauberers. »Aber so vieles von dem, was du getan hast, waren Täuschungen, so vieles von dem, was du mir erzählt hast, waren Lügen.«

»Ja, aber vieles davon war auch die Wahrheit. Ich konnte meine Zukunft erspüren, manchmal konnte ich sie sogar deutlich vor mir sehen. In dieser Hinsicht gab es nie eine Lüge. Mein weiteres Leben enthüllte sich mir beim müßigen Nachdenken, gelegentlich in Träumen und Visionen. Hätte Sarig wirklich noch gelebt, hätte er mir mehr geben können, aber wenn er noch leben würde, so wie wir es uns vorstellen, dann würde er mich nicht brauchen.«

»Als du damals gesagt hast, ich solle deinen Platz einnehmen«, warf Pug ein, »hast du also fest geglaubt, deine Zeit auf Midkemia wäre um.«

»Ja«, antwortete Macros. »Diese Geschichten, die ich dir erzählt habe, von Königen, die du beraten, und Kriegen, die du beenden solltest, das alles diente nur einem Zweck. Ich wollte dein Interesse von mir ablenken, damit ich meinen Weg gehen konnte, ohne daß du dich auf die Suche nach mir begibst, wenn du einen Rat brauchst.«

Pug sah, wie der Zorn in Macros abermals anschwoll. »Aber Macros, wenn du wirklich mit Sarig hättest eins werden sollen, dann hätte er mir nicht erlaubt, dich zurückzuholen.«

Macros' Wut ließ nach, erlosch aber nicht gänzlich. Pug konnte förmlich sehen, wie sie unter der Oberfläche weiterschwelte wie abgedeckte Glut.

»Das mag sein«, gestand Macros ihm zu. »Das Problem ist nur, daß ich weiß, wieviel ich vergessen habe.« Tränen sammelten sich in seinen Augen. »Ich ... ich kann es nicht erklären.«

Nakor kniff die Augen zusammen. »Aber warst du es tatsächlich?«

»Was willst du damit sagen?« fragte Macros.

»Warst du derjenige, der all dies Wissen besaß, oder war es der Gott der Magie?«

Macros antwortete leise: »Ich weiß es nicht.«

»Worauf willst du hinaus?« fragte Pug.

»Berichtige mich, wenn ich falsch liege«, fuhr Nakor an Macros gewandt fort, »aber als du immer gottähnlicher wurdest, spürtest du da nicht, wie dein eigenes ›Ich‹ in den Hintergrund trat? Fühltest du dich nicht von dem, der du einst warst, entrückt?«

Macros nickte. »Das ist allerdings wahr. Mein Leben verwandelte sich in einen Traum, in eine schwache Erinnerung.«

»Meiner Vermutung nach hättest du es nie erfahren, wenn du wirklich zu einer Gottheit aufgestiegen wärest, denn der Geist, den wir Macros nennen, hätte aufgehört zu existieren«, erklärte Nakor.

Macros dachte eine Weile lang darüber nach. »Dieser Einwand wird mir wohl noch manche Grübelei bescheren.«

»Was ist mit der Königin?« mischte sich Miranda ein. »Wie kommst du darauf, daß sie nur noch die Gestalt meiner Mutter hat?«

Nakor zuckte mit den Schultern. »Ich weiß es nicht. Vielleicht hat sie sich auf einen schlechten Handel mit den Pantathianern eingelassen. Als sie noch Lady Clovis war, dürstete sie nach ewiger Jugend, und sie hatte sich einem bösartigen Totenkult verschrieben. Das war vor zwanzig Jahren, und wer weiß, was seitdem geschehen ist. Womöglich hat man sie für ihr Versagen bei dem Komplott mit dem Oberherrn der Stadt am Schlangenfluß und seinen Magiern bestraft, aber es kann auch sein, daß sie für denjenigen, der von ihrem Körper Besitz ergriffen hat, auf diese Weise am nützlichsten war. Ich weiß es nicht. Ich weiß nur eins – die Frau, die mit uns beiden verheiratet war, ist vermutlich tot.«

Pug wandte sich an Miranda. »Wo wir nun einmal reinen Tisch machen, wie wäre es, wenn du uns erzählst, welche Rolle du in dieser Geschichte spielst.«

»Als sich meine Kräfte entwickelten«, begann Miranda, »habe ich das vor meinen Stiefeltern verborgen. Sie wollten mich mit einem Händler verheiraten, da bin ich einfach davongelaufen.« Sie warf Macros einen verbitterten Blick zu. »Das war vor zweihundertfünfzig Jahren, falls es dich interessiert!«

»Es tut mir leid«, seufzte Macros.

»Ich kam zu einer Magierin, einer alten Frau namens Gert.« Sie lächelte, als sie fortfuhr: »Wenn ich möchte, kann ich ihr Aussehen annehmen, und so, wie manche Männer auf ein hübsches Gesicht und einen stattlichen Busen reagieren, ist das gelegentlich durchaus von Nutzen.«

»Das ist kein schlechter Trick«, stimmte Nakor zu.

»Sie war scheußlich anzusehen, aber ihre Seele hätte einer Heiligen der Sung gut angestanden, und sie nahm mich bei sich auf. Bald wurde sie meiner Fähigkeiten gewahr und lehrte mich alles, was sie wußte. Nach ihrem Tod suchte ich andere auf, die mich unterrichten konnten.

Vor etwa fünfzig Jahren wurde ich von der keshianischen Geheimpolizei in Haft genommen. Ein Fuchs namens Raouf Manif Hazara-Khan sah in mir eine großartige Waffe, also rekrutierte er mich.«

»Der Name Hazara-Khan ist in Krondor wohlbekannt«, unterbrach Pug sie. »War das nicht ein Bruder des Gesandten von Kesh in Krondor?«

»Genau. Sein Bruder hatte einige überaus seltsame Berichte über die Schlacht bei Sethanon geschickt, über das Auftauchen von Drachenreitern am Himmel, über die riesige Explosion grünen Feuers und über die vollständige Zerstörung einer der bescheideneren Städte des Königreichs.

Und so gab er mir die Aufgabe zu ermitteln, was da vor sich gegangen war.«

»Und?« wollte Pug wissen.

»Und ich desertierte.«

Nakor kicherte. Seine Augen strahlten. »Das ist wunderbar!«

»Als ich nach und nach die Wahrheit entdeckte, wurde mir bewußt, daß es um mehr als nur den Dienst an der einen oder der anderen Nation ging.«

»Das sicherlich«, stimmte Pug zu. »Wir stehen vor großen Problemen und müssen einige schwerwiegende Entscheidungen treffen.«

»Das wichtigste ist jedoch: wir müssen herausfinden, wer eigentlich hinter all diesen Ereignissen steht«, sagte Nakor.

»Der dritte Mann im Spiel«, nickte Miranda.

Macros meinte: »Ich weiß, wer er ist.«

»Der Dämonenkönig«, sagte Miranda.

»Nein«, widersprach Pug. Er blickte Macros an. »Wenn es sich so verhält, wie ich annehme, können wir nicht in Sicherheit darüber reden.«

»Jedenfalls nicht hier«, befand Macros. »Und wir könnten einen Experten vom Orden des Ishap gebrauchen, der über bestimmte Dinge Bescheid weiß.«

»Also müssen wir nach Sarth«, sagte Pug.

Macros gähnte. »Sehr wohl, aber vorher würde ich gern ein Nickerchen machen.«

Nakor stand auf. »Ich bringe dich in meine Gemächer. Ich habe ein zweites Schlafzimmer.«

Pug erhob sich ebenfalls. »Er soll dich aber nicht die ganze Nacht wachhalten«, warnte er Macros, und dieser verließ mit Nakor zusammen das Zimmer.

Pug wandte sich an Miranda. »Es scheint, als würden wir langsam zum Kern der Sache vorstoßen.«

»Vielleicht«, entgegnete Miranda. »Aber mein Vater ist ein sehr überzeugender Lügner, schon vergessen?«

»Und du?«

»Ich habe dich noch nie angelogen«, verteidigte sie sich.

»Aber du hast mir manches vorenthalten.«

»Und du?« erwiderte sie vorwurfsvoll. »Du hast mir immer noch nicht gesagt, weshalb du nicht einfach übers Meer fliegst und die Flotte der Smaragdkönigin versenkst. Ich habe mitangesehen, was du vollbracht hast. Deine Kräfte sind unfaßbar.«

»Ich werde es dir erklären«, versprach Pug. »Doch erst, wenn wir uns an einem sicheren Ort befinden.«

»Sicher vor was?«

»Auch das kann ich dir erst dann erklären.«

Miranda schüttelte den Kopf. »Manchmal kannst du einen zur Weißglut bringen.«

Pug lachte. »Du bist allerdings auch nicht ohne Ecken und Kanten.«

Sie erhob sich und kam zu ihm. Indem sie die Arme um ihn legte, sagte sie: »Eins steht jedenfalls fest: Ich liebe dich.«

»Ich liebe dich auch. Und ich habe nicht geglaubt, daß ich das je wieder zu einer Frau sagen würde, nachdem Katala gestorben ist.«

»Aber es ist an der Zeit«, erwiderte sie.

Pug zögerte. »Was ist mit Calis?«

»Ihn liebe ich auch.« Als sie spürte, wie Pug sich versteifte, fuhr sie fort: »Aber auf andere Weise. Er ist mein Freund, ein sehr besonderer Freund. Und er braucht so viel und bittet nie darum. Wenn wir dies alles überstanden haben, werde ich ihm, glaube ich, ein wenig Glück schenken können.«

»Meinst du damit, du wirst dich für ihn entscheiden?« fragte Pug.

Miranda beugte sich ein wenig zurück, damit sie Pug in die Augen sehen konnte. »Nein, du Dummerchen. Ich glaube nur, daß ich einiges über das weiß, was er wirklich braucht.«

»Und zwar?«

»Wenn wir es überstanden haben, werde ich es dir schon erzählen.«

Er lächelte und küßte sie. Sie verharrten in ihrer Umarmung, dann drückte sie ihn fest und flüsterte ihm ins Ohr: »Vielleicht.«

Er gab ihr einen Klaps aufs Hinterteil, und sie lachte. Dann küßte er sie abermals.

Neun

Pläne

Erik verlagerte sein Gewicht.

Seine Paradeuniform war unbequem, und sein Kopf schmerzte noch immer noch von dem Hieb, den er letzte Woche hatte einstecken müssen. Es war zwar nur mehr ein dumpfes Pochen, wenn er sich zu schnell bewegte oder zu sehr anstrengte, aber das kam häufiger vor.

Die Söldner aus Novindus, die in die Dienste des Königs eingetreten waren, stellten für Jadow und die anderen Feldwebel ein echtes Problem dar, was ihre Ausbildung betraf. Alfred war ebenfalls zum Feldwebel befördert worden, aus diesem Grunde war Erik nun auf einen neuen Schleifer in seiner Kompanie angewiesen, einen gewissen Korporal Harper.

Während sich Erik abwesend den Nacken rieb, fragte Calis: »Tut's noch immer weh?«

Erik erwiderte: »Wird jeden Tag besser. Aber Ihr hattet recht. Zwei Zoll weiter, und der Hieb hätte mich in zwei Hälften gespalten.«

Calis nickte, während der Prinz und sein Gefolge den Raum betraten. Patrick verkündete: »Dann wollen wir mal mit der Versammlung beginnen.«

Nicholas, Onkel des Prinzen von Krondor und Admiral der Westlichen Flotte des Königreichs, begann: »Nach unseren letzten Informationen werden sie auf jeden Fall folgenden Weg einschlagen: zuerst Krondor mit einem Handstreich nehmen und dann über die Berge nach Sethanon.«

Patrick nickte. »Dem möchte ich zustimmen, obwohl mein Vater weiterhin zu bedenken gibt, daß wir vielleicht absichtlich mit falschen Berichten versorgt werden und die Flotte ihre Reise um die Welt gegebenenfalls in Salador beendet und versucht, Sethanon von Osten her zu erreichen.«

»Diese Möglichkeit haben wir stets in Betracht gezogen, jedoch als eher unwahrscheinlich beurteilt«, meinte Calis. »Jetzt wissen wir, daß sie so gut wie auszuschließen ist.«

Erik betrachtete die anderen Teilnehmer der Konferenz und fühlte sich angesichts ihres Ranges ausgesprochen unbehaglich. Neben dem Prinzen saß James, der Herzog von Krondor, auf der anderen Seite des Prinzen hatte William, der Marschall von Krondor, Platz genommen. Owen Greylock, der frühere Schwertmeister von Finstermoor, heute Hauptmann der Armee des Königs, saß neben William. Nicholas saß neben James, und Calis zwischen Erik und Nicholas. Auf Owens anderer Seite saß ein Mann, der Erik unbekannt war; ein Schreiber, der alles, was gesagt wurde, in einer eigentümlichen Mappe notierte, wie Erik sie noch nie gesehen hatte.

»Unserem Feind«, bemerkte Calis, »kann man viele Eigenschaften nachsagen, doch Raffinesse gehört bestimmt nicht dazu. Ein einziges Mal haben sie es mit Verschlagenheit versucht, als sie Eure Cousine Margaret und die anderen aus Crydee verschleppt haben.«

Patrick schnaubte. »Die gesamte Ferne Küste zu plündern ist kaum das, was ich unter Raffinesse verstehe.«

»Darauf wollte ich hinaus«, fuhr Calis fort. »Wenn sie hier und dort ein paar einfache Leute entführt hätten, um ihre infizierten Doppelgänger durch Krondor ziehen zu lassen ...«

»Warum sollten sie sich überhaupt mit Entführungen abgeben?« fragte James.

»Eben«, meinte Calis. »Ihre Denkweise entspricht ganz und gar nicht der unseren. Ich möchte bezweifeln, ob wir sie je verstehen werden.« Er zeigte auf die Karte an der gegenüberliegenden Wand, die das Königreich von Endland bis zur Grenze im Osten jenseits der Stadt Ran zeigte. »Salador und Krondor bereiten den Invasoren gleichermaßen etliche Probleme. Zwar ist der Weg von Salador nach Sethanon leichter, doch Salador einzunehmen bringt zusätzliche Schwierigkeiten mit sich.

Die Reise dorthin ist länger, was ein größeres Risiko für die Ausrüstung und die Schiffe bedeutet. Und auf dieser Route würden sie zudem viel eher die Aufmerksamkeit des Kaiserreichs auf sich ziehen.«

Er stand auf und ging hinüber zur Karte. Auf einen Wink hin ersetzte ein Diener die Karte durch eine mit kleinerem Maßstab, die die gesamte bekannte Welt zeigte. Calis deutete auf die untere Hälfte der Karte, wo Novindus verzeichnet war. »Die Meeresströmungen hier unten zwingen jeden, der von der Ostküste von Novindus aufbricht, zu einem Punkt südöstlich der Spitze von Triagia, und von dort aus muß man sich fast genau Richtung Norden halten, um die Südspitze von Kesh zu erreichen. Die Fahrt hintenherum würde Monate länger dauern. Wir haben das herausgefunden, als wir bei unserer letzten Reise das Brijanerschiff benutzt haben, um nach Novindus zu gelangen. Der Weg über die Endlose See ins Bittere Meer entspricht dagegen beinahe der direkten Linie.« Er deutete auf die lange, gewundene Küste von Kesh auf der Ostseite des Kontinents. »Südlich der See des Königreichs kreuzen viele Brijaner und andere Piraten. Zudem halten sich hier« – er zeigte auf einen Teil des Ozeans nordöstlich der Gebirgskette, die man den Gürtel von Kesh nannte – »die meisten Schiffe der Östlichen Flotte des Kaiserreichs auf. Und die werden nicht tatenlos zusehen, wie sechshundert feindliche Schiffe vorbeiziehen, selbst wenn sie wissen, daß das Königreich ihr eigentliches Ziel ist.« Er schüttelte den Kopf. »Zudem müßte die Invasionsflotte an Roldem und den anderen Königreichen im Osten vorbei. Und die würden sie auch nicht ungeschoren passieren lassen.

Nein, sie werden auf diesem Weg kommen. Die Söldner, die wir gefangengenommen haben, bestätigen diese Vermutung: Sie sollten strategisch wichtige Punkte entlang der Berge besetzen, damit die nachrückenden Truppen ohne Widerstand durchs Gebirge marschieren können.«

William wandte sich an Admiral Nicholas. »Nicky, wir haben uns doch schon einmal darüber unterhalten, wie gefährlich es ist, die Straße der Finsternis zu passieren ...«

»Es ist lange nicht so riskant«, erläuterte Nicholas, »wenn man weiß, was man zu tun hat, selbst im Spätherbst nicht. Amos Trask und mein Vater sind sogar einmal gegen Winterende hindurchgesegelt.« Er überlegte kurz. »Doch der richtige Zeitpunkt für die Passage dieser Flotte wäre im Spätfrühling oder im Frühsommer. Besser noch im Hochsommer. Dann ist das Wetter am besten und die See am ruhigsten.« Er hielt inne und richtete den Blick ins Leere.

»Und?« drängte Prinz Patrick schließlich.

»Ich möchte dich abermals beschwören, mir die Erlaubnis zu geben, sie anzugreifen, bevor sie das Bittere Meer erreicht haben.«

Patrick seufzte und blickte James an. Der Herzog von Krondor sagte: »Nicky, über dieses Thema haben wir doch bereits gesprochen.«

»Ich weiß«, gab Nicholas zu. »Und ich weiß auch, wie riskant dieser Plan ist, aber denk nur einmal an die Vorteile!« Er erhob sich, trat zu Calis und gab dem Diener ein Zeichen. »Die größere Karte, bitte.«

Sofort stand der Schreiber auf, nahm die Weltkarte von der Wand und hängte rasch eine andere auf, die in größerem Maßstab das Westliche Königreich und Teile von Kesh von der Fernen Küste bis zu Malacs Kreuz zeigte. Nicholas deutete auf die Straße der Finsternis. »Sie kommen mit sechshundert oder mehr Schiffen. Aber sie werden kaum sechshundert Kapitäne haben, die diesen Namen verdienen.« Er klopfte nachdrücklich auf die Karte. »Wenn wir die Flotte unterhalb der Sonnenuntergangsinseln oder besser noch, hier, bei Tulan, stationieren« – er tippte mit dem Finger auf die südlichste Stadt der Fernen Küste – »dann können wir sie erwischen, wenn sie in die Straße der Finternis einfahren. Ich werde dreißig größere Kriegsschiffe und noch einmal zwei oder drei Dutzend Küstensegler nehmen und sie von hinten angreifen. Wir segeln in sie hinein, schlagen zu und versenken so viele ihrer schlingernden Kähne, auf denen sie ihre Truppen befördern, wie wir nur können. Wenn die Geleitschiffe wenden und sie verteidigen wollen, segeln wir davon. Egal, wie gut die Geleitschiffe oder deren Kapitäne sind, wir kennen die Winde und Strömungen besser als sie. Wir werden ihnen entkommen!« Er sprach mit solcher Leidenschaft, wie Erik sie noch nie bei ihm erlebt hatte. »Wenn wir Glück haben, segeln die Geleitschiffe als erste durch die Straße und können dann wegen ihrer eigenen Schiffe nicht mehr wenden und zurückkommen! Wir könnten ein Drittel, womöglich die Hälfte der Flotte versenken!«

»Oder sie teilen die Geleitschiffe und setzen die Hälfte ans Ende, und dann verlierst du all unsere Schiffe, ohne nennenswerten Schaden angerichtet zu haben«, entgegnete Patrick. Er schüttelte den Kopf. »Nicky, wenn wir die Kaiserliche Flotte des Westens auf unserer Seite hätten, oder wenn wenigstens die queganischen Kriegsgaleeren von Osten her in die Straße segeln würden, vielleicht würde ich es dann riskieren.« Der Prinz seufzte. »Wir sind die kleinste Seemacht der Welt.«

»Aber wir haben die besten Schiffe und die besten Männer!« hielt Nicholas dagegen.

»Ich weiß«, räumte William ein. »Doch es ergibt keinen Sinn, dieses Gespräch fortzuführen.«

»Vielleicht doch«, meldete sich James zu Wort.

»Wie bitte?« fragte Patrick.

Der alte Herzog lächelte. »Du hast es selbst gerade gesagt. Wenn die Queganer von Osten her angreifen. Das könnte man unter Umständen arrangieren.«

»Wie?« fragte der Prinz weiter.

»Darum werde ich mich kümmern«, sagte James.

»Nun gut«, befand Patrick, »aber weihe mich in deine Träumereien ein, bevor wir zusätzlich noch einen Krieg mit Queg am Halse haben.«

James lächelte erneut. »Ich erwarte einen Bericht aus Queg, und wenn ich den erhalten habe« – er wandte sich an Nicky – »kannst du mit der Flotte nach Tulan segeln. Und Herzog Harry soll seine Flotte von den Sonnenuntergangsinseln herbringen und sie unter dein Kommando stellen. Mit dieser Schwadron Strolche wird deine Flottille dann wie viele Schiffe haben, fünfzig?«

Nicholas war außer sich vor Freude. »Fünfundsechzig!«

James hob die Hand, damit der Admiral vor Begeisterung nicht überschäumte. »Wir wollen es nicht übertreiben. Mein Plan könnte fehlschlagen. Jedenfalls kann ich dir in einem Monat Bescheid geben, egal, wie die Sache ausgegangen ist.«

Der Prinz warf einen Blick in die Runde und fragte: »Sonst noch etwas?«

»Warum Krondor?« fragte Greylock.

»Hauptmann?« fragte Patrick zurück.

»Ich meine, ich stimme dem zu, daß sie höchstwahrscheinlich durch das Bittere Meer kommen, aber warum sollten sie Krondor angreifen?«

»Seht Ihr eine andere Möglichkeit?« wollte der Prinz wissen.

»Mehrere«, antwortete Greylock. »Keine wirklich überzeugende. Doch wenn ich der Kommandant der Smaragdkönigin wäre, würde ich entweder nördlich von Krondor landen und die Verteidiger mit einem kleinen Heer in der Stadt festsetzen, während ich den Hauptteil der Armee um die Stadt herum nach Osten führen würde, entweder über die Straße des Königs oder an der Küste entlang in Richtung Endland bis zur Grenze von Kesh und dann wieder Richtung Norden. Dabei würde ich einen Teil meiner Kräfte abtreten müssen, um die Armee des Königreichs in der Stadt zu binden, doch nicht so viele, als ob ich die Stadt tatsächlich angreifen würde.«

Patrick fragte: »William?«

»Darüber haben wir uns auch schon Gedanken gemacht, doch

nichts in den Berichten deutet darauf hin, daß General Fadawah, der Kommandant der Königin, hinter seinen Linien Überlebende zurücklassen wird.«

»Proviant?« warf Erik ein.

»Pardon?« fragte der Prinz von Krondor.

»Entschuldigt, Hoheit, aber mir scheint, bei dieser großen Anzahl Schiffe und Männer … also, sollten sie wirklich mit sechshundert Schiffen kommen, dann werden sie keinen Proviant mehr haben, wenn sie hier eintreffen.«

Nicholas rief: »Ja, genau das ist es!« Er zeigte auf das Inselreich Queg. »Queg können sie nicht überfallen, um sich Vorräte zu verschaffen. Und hier unten liegt die Jal-Pur-Wüste. Nein, sie müssen Krondor einnehmen, damit sie Proviant fassen können, bevor sie sich auf den Marsch nach Osten machen.«

»Dem stimme ich zu«, sagte Patrick. »Und aus genau diesem Grunde möchte ich die Flotte, sollte James' Plan nicht durchführbar sein, in der Nähe von Sarth wissen. Wenn sie dort anlanden, sollst du sie angreifen.«

Nicholas fluchte. »Verdammt, Patrick, das ist der ungünstigste Moment! Du weißt so gut wie ich, daß sie ihre schnellsten Schiffe als Eskorte einsetzen werden. Dann brauchen sie nur ein oder zwei große Kriegsschiffe, um durch die Hafenmündung zu gelangen, wenn wir all unsere großen Schiffe oben an der Küste haben. Dahinter segeln die Truppenschiffe in den Hafen, und schon haben sie die Stadt erobert! Du kannst nicht beides haben, Patrick. Wenn ich die Stadt verteidigen soll, muß ich meine Flotte in zwei gleichgroße Teile aufsplitten, im Hafen und draußen auf See.«

Erik meldete sich abermals zu Wort: »Entschuldigt, bitte.«

»Ja?« ermutigte ihn Patrick.

»Falls es noch nicht zu spät ist, könnte man die Hafeneinfahrt umbauen.«

James grinste. »Daran arbeiten wir bereits, Hauptfeldwebel. Wir werden sie mit Hilfe neuer Wellenbrecher zwingen, einen Haken zu schlagen –«

»Nein, mein Lord«, unterbrach Erik ihn. »Ich meine, man sollte eine weitere Mauer entlang der nördlichen Mole bauen, dann müssen sie gegen den Wind segeln und werden so langsam, wie es nur geht, wenn sie in den eigentlichen Hafen kommen. Vielleicht kann man es sogar so einrichten, daß sie geschleppt werden müssen.«

»Wozu die neue Mauer?« fragte Calis.

»Katapulte«, antwortete Greylock. »Wir werden jedes Schiff niederbrennen, das um diese Ecke kommt und nicht die Farben des Königreichs führt.«

»Wenn Ihr die ersten zwei oder drei Schiffe versenkt ...«, meinte Nicholas.

»... dann können sie den Hafen vergessen und müssen am Strand nördlich der Stadt landen!« beendete Patrick den Satz.

»Oder versuchen, auf den Mauern selbst zu landen!«, ergänzte William. »Hauptfeldwebel, ich bin beeindruckt.«

Patrick sah Herzog James an. »Werden wir das schaffen?«

»Möglich wäre es, aber es wird viel Geld kosten, den Bau rechtzeitig fertigzustellen. Und die Händler werden wegen der Behinderungen ein großes Geheul anstimmen.«

»Sollen sie doch«, meinte Patrick nur.

Die Tür ging auf, ein Junker in der Livrée des Palastes trat ein und übergab Herzog James einen Brief. Dieser öffnete und las ihn. »Sie sind in See gestochen!«

»Sicher?« fragte Patrick.

Herzog James nickte Calis zu. Der sagte: »Wir hatten nach dem Fall der Stadt am Schlangenfluß noch einige Spione da unten. Es ist immer schwieriger geworden, Informationen aus der Gegend einzuholen, doch wir haben an sicherer Stelle ein schnelles Schiff mit unserer besten Mannschaft zurückgelassen. Der Kurier ist zwei Tage scharf geritten, um unser Schiff zu erreichen, und das Schiff ist sofort in See gestochen. Es ist schneller als jedes Schiff der Königin, und deren Flotte muß sich der Geschwindigkeit des langsamsten Schiffes anpassen.« Er rechnete kurz, dann warf er einen Blick in die Runde. »Sie werden die Straße der Finsternis kurz vorm Mittsommertag erreichen.«

»Damit bleiben uns noch drei Monate für die Vorbereitungen«, stellte James fest.

»Tue das Notwendige und halte mich über alle Fortschritte deines Plans mit Queg auf dem laufenden.« Patrick stand auf, und alle anderen im Raum erhoben sich. »Die Versammlung vertagt sich.«

Herzog James winkte Erik zu sich. »Sir?« fragte Erik.

»Schickt diesem Freund von Euch eine Nachricht. Er soll so schnell wie möglich zu mir kommen. Ich glaube, Mr. Avery muß einen Botengang für mich erledigen.«

Erik nickte. »Jawohl, Sir.«

Nachdem Erik aufgebrochen war, wandte sich James an William. »Ich glaube, wir sollten dem Jungen von Finstermoor langsam die Wahrheit enthüllen.«

Owen Greylock erwiderte: »Sie wird ihm nicht gefallen.«

»Aber er wird seine Befehle befolgen«, meinte William. »Er ist unser bester Mann.«

James lächelte. »Das ist er ganz bestimmt. Es ist ein Glück, daß wir ihn haben.« James' Lächeln erstarb. »Ich wünschte nur, andere hätten genauso viel Glück.«

William meinte: »Wenn es einen anderen Weg gäbe ...«

James hob die Hand. »Nach meinem Dafürhalten werden wir im nächsten halben Jahr mehr Schmerz und Zerstörung sehen, als es das Königreich während seiner ganzen Geschichte erlebt hat. Doch wenn sich der Rauch verzogen hat, wird das Königreich noch immer existieren. Und die Welt auch. Und die Überlebenden werden die Glücklichen sein.«

»Hoffentlich werden wir uns unter ihnen befinden«, wünschte Greylock.

Mit einem bitteren Beiklang in der Stimme gab James zurück: »Darauf können wir nicht zählen, mein Freund. Darauf können wir nicht zählen.« Und ohne ein weiteres Wort verließ der Herzog den Raum.

»Noch einmal?« fragte Roo. »Aus welchem Grund?«

»Weil Ihr für mich noch mehr queganisches Feueröl kaufen müßt.«

»Aber, Euer Hoheit«, wandte Roo ein, der unbehaglich vor dem Herzog von Krondor saß. »Ich kann Lord Vasarius benachrichtigen –«

»Nein, ich denke, Ihr werdet persönlich hinfahren müssen.«

Roo blickte ihn mißtrauisch an. »Ihr werdet mir nicht erzählen, was es mit dieser Angelegenheit auf sich hat, nicht wahr?«

»Was Ihr nicht wißt, kann man auch unter Folter nicht aus Euch herausbringen, nicht wahr?«

Roo ließ die Antwort gleichgültig. »Wann soll ich aufbrechen?«

»Nächste Woche. Ich habe zuvor einige Dinge zu erledigen, und dann geht's los. Es wird eine kurze Reise, keine Bange.«

Roo erhob sich. »Wenn Ihr das sagt.«

»Ja, das sage ich. Und jetzt wünsche ich einen guten Tag.«

»Guten Tag, mein Lord«, erwiderte Roo den Gruß, und der Unterton in seinen Worten verriet, daß er über die Aussicht auf einen weiteren Besuch bei seinem alten Partner in Queg wenig erfreut war. Nicht, daß Lord Vasarius kein gastfreundlicher Mann wäre, doch seine Vorstellung von Gastfreundlichkeit gipfelte darin, seine Gäste bei schlechtem Essen und schlechtem Wein mit endlosen Geschichten zu langweilen. Und seine Tochter erst! Die konnte einem den ganzen Spaß an den Frauen verderben. Dann dachte er an Sylvia und änderte seine Meinung dahingehend, daß sie einem *fast* den Spaß an den Frauen verderben konnte.

Nachdem Roo die Privatgemächer des Herzogs verlassen hatte, öffnete sich dort eine andere Tür, und ein Junker trat ein. »Lord Arutha, Euer Hoheit.«

»Ich lasse bitten.«

Einen Augenblick später betrat Arutha den Raum. Er war von Straßenstaub bedeckt. »Vater«, sagte er zum Gruß. James küßte seinen Sohn auf die Wange. »Ist die Sache erledigt?«

Arutha grinste, und kurz konnte James sich selbst im Gesicht seines Sohnes entdecken. »Sie ist erledigt.«

James schlug sich die Faust in die linke Hand. »Endlich! Jetzt läuft die Sache. Ist Nakor einverstanden?«

»Mehr als einverstanden«, antwortete Arutha. »Dieser Verrückte hätte es schon allein deshalb getan, um sich das Vergnügen an den langen Gesichtern der anderen Magier nicht entgehen zu lassen, wenn es soweit ist, dessen bin ich mir sicher. Aber er sieht außerdem ein, daß wir unsere Südflanke sichern müssen.«

James sah zur Karte hinüber. »Damit wäre ein Problem gelöst.«

»Es gibt noch ein anderes.«

»Und das wäre?«

»Ich will, daß Jimmy und Dash nicht in der Stadt bleiben.«

James tat die Bitte mit einer Handbewegung ab. »Ich brauche sie hier.«

»Ich meine es ernst, Vater. Sie halten sich für unsterblich, und wenn du sie sich selbst überläßt, sitzen sie in der Stadt fest, wenn sie fällt. Du weißt, wie recht ich habe.«

James betrachtete das Gesicht seines Sohnes und seufzte. Er setzte sich hinter den Schreibtisch. »Gut. Wenn die Flotte der Königin bei Endland gesichtet wird, schickst du sie fort. Wohin sollen sie gehen?«

»Ihre Mutter besucht die Familie in Roldem.«

»Das wäre mir recht«, stimmte James trocken zu.

»Sieh mal, du und ich, wir wissen, wie gering die Chancen sind, all dies zu überleben. Du kannst mir etwas vormachen, du kannst dir selbst etwas vormachen, aber einer Mutter kannst du nichts vormachen.«

James nickte.

»Sie hatte einen Blick in den Augen, wie ich ihn noch nie bei ihr gesehen habe, und ich habe mit angeschaut, wie sie die schlimmsten Sachen durchgemacht hat, die ich mir vorstellen kann.« Er hielt dem Blick seines Vaters stand. »Wenn man zu deiner Familie gehört, gibt es dazu reichlich Gelegenheiten.«

James grinste, und einen Moment lang sah er wieder wie der junge Vater aus, der dem kleinen Arutha Geschichten von Jimmy der Hand erzählte. »Aber dafür wird es nicht langweilig.«

Arutha schüttelte den Kopf. »Ganz bestimmt nicht.« Er sah seinen Vater an. »Du bleibst bis zum Ende hier, oder?«

James erwiderte: »Dies ist meine Heimat. Ich bin hier geboren.« Falls in dieser Äußerung Bedauern lag, verbarg der Herzog es gut.

»Und du planst, hier auch zu sterben?«

»Ich plane überhaupt nichts, aber wenn es sein muß, dann sollte es hier passieren.« Er schlug mit der Hand auf den Schreibtisch. »Sieh mal, es gibt so viele Dinge im Leben, die man nicht planen kann, und den morgigen Tag zu erleben ist eins davon. Das Leben hat sich mir oft als allzu zerbrechliches Geschenk gezeigt. Und denk dran, niemand kommt lebendig aus seinem Leben heraus.« Er stand auf. »Geh und erfrisch dich, und dann wollen wir zusammen zu Abend essen. Deine Mutter wird sich freuen, dich zu sehen. Wenn ich deine Söhne erreichen kann, veranstalten wir ein Familienessen.«

»Das wäre schön.«

Arutha verließ ihn, und nachdem die Tür ins Schloß gefallen war, durchquerte James den Raum und schlüpfte durch eine weitere Tür hinaus. Er ging einen Korridor entlang, der ihn zu einer kleinen Tür führte, unter der er sich hindurchducken mußte. Eine Wendeltreppe hinunter und einen weiteren Korridor entlang kam er zur nächsten Tür. Er probierte den Türknauf, doch die Tür war verschlossen. Er klopfte zweimal, und als auf der anderen Seite einmal geklopft wurde, klopfte er erneut. Der Riegel klickte und die Tür öffnete sich.

Dahinter fand er Dash und Jimmy und zwei Männer in Uniformen ohne Abzeichen. Sie trugen schwarze Hauben mit Schlitzen für die Augen. Im Raum lagen überall Folterinstrumente herum, und an den Wänden hingen leere Eisenfesseln. Auf einem schweren Holzstuhl saß ein gefesselter Mann, dem der Kopf auf die Brust hing.

»Und?« fragte James.

»Nichts«, antwortete Dash.

»Geh zurück zu deinem Arbeitgeber. Ich habe ihm gerade mitgeteilt, daß ihr noch einmal nach Queg fahrt. Er ist nicht besonders glücklich darüber und wird kaum glücklicher sein, wenn du bei seiner Rückkehr nicht im Geschäft bist und tust, wofür er dich bezahlt.«

Dash fragte: »Wieder nach Queg?«

James nickte. »Ich erklär es dir später.«

Als Dash die Tür erreichte, rief James ihm hinterher: »Ach, übrigens, dein Vater ist zurück, also komm doch zum Abendessen vorbei.«

Dash nickte und ging hinaus. Der Herzog wies Jimmy, seinen anderen Enkel, an: »Weck ihn!«

Jimmy goß dem Mann einen Eimer Wasser ins Gesicht. Der Kerl hob den Kopf. James packte den Mann im Haar und sah ihm tief in die Augen. »Deine Meister hätten dir einen größeren Gefallen getan, wenn sie dein Gedächtnis nicht blockiert hätten. Meine Frau liegt mit fürchterlichen Kopfschmerzen im Bett, und du kannst dir vorstellen, wie schlecht meine Laune deswegen ist. Also werden wir es auf althergebrachte Weise machen müssen.«

Er nickte den beiden Foltermeistern zu. Die verstanden ihr Handwerk und machten rasch und zweckmäßig von ihren Instrumenten Gebrauch. Der Gefangene, ein Spion der Smaragdkönigin, den man am Tag zuvor aufgegriffen hatte, begann zu schreien.

Roo gab sich alle Mühe, aufmerksam zu wirken. Vasarius erzählte ihm eine bemerkenswert langweilige Geschichte über ein Geschäft, das er mit einer Handelsgesellschaft von der Fernen Küste abgeschlossen hatte. Die Geschichte an sich barg nichts, was Roos Aufmerksamkeit auf sich hätte ziehen können. Sicherlich war er an allem, was Geschäfte betraf, stärker interessiert als jeder andere, den er kannte, und die Einzelheiten dieses Handels waren ungewöhnlich, doch Vasarius gelang es, die Geschichte so langwierig und weitschweifig zu erzählen, daß sie jederlei Humor und Farbe verlor. Was Roos Interesse vielmehr wachhielt, war die ausgesprochene Unbeholfenheit seines Gastgebers beim Erzählen. Bis jetzt konnte Roo noch immer nicht klar erkennen, worum es eigentlich genau ging, wer sich in wessen Vertragsgewirr verstrickt hatte oder was an dieser Geschichte lustig sein sollte. Dafür war er sich aber sicher, daß Vasarius, wenn er ihn jetzt nur ein wenig drängte, noch weiter ausschweifen und sein Thema ganz aus den Augen verlieren würde.

»Und dann?« fragte Roo, womit er Vasarius zu einer weiteren ausufernden Schilderung der Geschichte anstachelte, welche nur dem Mann aus Queg und ihm ganz allein von Bedeutung zu sein schien. Roo ließ den Blick zu Livia schweifen. Jimmy und sie schwiegen sich an. Es kam ihm so vor, als wäre das Mädchen auf seinen persönlichen Sekretär nicht gut zu sprechen, und Roo fragte sich, was wohl während des letzten Aufenthalts hier zwischen den beiden vorgefallen war. Nach Jimmys eigener Darstellung hatte sich dieser wie ein vollendeter Gentleman benommen, bis hin zu dem Punkt, daß er ihre Winke mit dem Zaunpfahl, die ihn in ihr Bett bringen sollten, geflissentlich übersehen hatte.

Plötzlich hatte Vasarius zu reden aufgehört, und Roo meinte: »Ach, nein, wie aufregend.«

»Sehr«, bestätigte der queganische Adlige. »Man spekuliert nicht mit Lord Venchenzos Fracht, verliert sie und prahlt anschließend auch noch damit.«

Roo hielt es für besser, sich in aller Diskretion umzuhören, wer dieser Lord Venchenzo sein mochte, damit er, wenn das Gespräch noch einmal auf dieses Thema käme, wenigstens ungefähr wußte, worum es ging.

Endlich war das Essen zu Ende, und Vasarius schickte Jimmy mit seiner Tochter hinaus und bot Roo einen eher mäßig guten Brandy an. »Es ist einer von denen, die Ihr mir freundlicherweise habt zukommen lassen«, erklärte der queganische Adlige.

Roo meinte allerdings, er hätte ihm seinerzeit einen besseren

Brandy geschickt, nur für den Fall, daß er noch einmal nach Queg beordert würde. Nachdem sie an dem Brandy genippt hatten, erlaubte sich Vasarius die Frage: »Was ist der eigentliche Grund für Euren Besuch?«

Roo antwortete frei heraus: »Wir brauchen noch mehr Öl.«

»Das hättet Ihr mir auch per Boten überbringen lassen können, Rupert. Ihr brauchtet nicht persönlich zu kommen.«

Roo blickte in sein Glas. Als würde er seine Worte abwägen, zögerte er; in Wahrheit hatte ihm James genauestens eingebleut, wie er sich verhalten sollte. »Nun ja, in Wirklichkeit wollte ich Euch um einen Gefallen bitten.«

»Und der wäre?«

»Sicherlich hat das Kaiserreich Spione, oder zumindest ›Freunde‹, die Euch wichtige Informationen beschaffen.«

»Ich wäre beleidigt, wenn Ihr das Gegenteil annehmen würdet. Kein Staat auf Midkemia kommt ohne solche Hilfen aus.«

»Dann werdet Ihr auch vermutlich über den Aufbau einer neuen Armee im Königreich informiert sein.«

»Es ist uns zu Ohren gekommen, daß im Königreich große militärische Vorhaben vorangetrieben werden.«

Roo seufzte. »Es gibt Berichte von Agenten des Königreichs, denen zufolge der Kaiser von Kesh Ansprüche auf das Tal der Träume erheben will.«

Vasarius zuckte mit den Schultern. »Was ist daran neu? Das Königreich und Kesh streiten sich um das Tal der Träume wie zwei Schwestern um ihr Lieblingskleid.«

»Diesmal geht es um mehr. Es scheint, als wolle Kesh seine Truppen gegen Krondor werfen, um so die Straßen zwischen Krondor und Endland abzuriegeln.«

»Damit wäre Endland isoliert, falls das stimmt«, stellte Vasarius fest.

»Wenn jedoch auch Shamata und Landreth abgeschlossen sind, würde das Kaiserreich auch die Kontrolle über Stardock gewinnen.«

»Aha«, machte Vasarius. »Die Magier.«

Roo nickte. »Das Königreich weiß nicht sicher, auf welche Seite sie sich schlagen werden.«

»Das solltet Ihr aber«, meinte Vasarius. »Wir haben unsere eigenen Magier, und alle sind dem Kaiserlichen Hofe treu ergeben.«

Roo ergänzte in Gedanken: Oder sonst sind sie tot.

Vasarius fuhr fort: »So viele unbeaufsichtigte Magier können wahrlich zu einem Problem werden.«

»Nun, das mag sein, wie es will, jedenfalls bringen wir Truppen und Ausrüstung im Übermaß nach Krondor. Wir werden sogar Truppen von Ylith und anderen Teilen von Yabon herholen, desgleichen von der Fernen Küste.«

»Ihr habt mir noch immer nicht den leisesten Hinweis gegeben, was das alles mit mir zu tun hat.«

»Dazu komme ich sofort.« Roo räusperte sich theatralisch. »Wir müssen einige äußerst wichtige Frachten befördern, und, nun, es wäre für uns von großem Nutzen, wenn diese von queganischen Schiffen bewacht würden. Das Kaiserreich Groß-Kesh wird solcherlei Frachten kaum auf queganischen Galeeren vermuten.«

»Aha«, machte Vasarius und verstummte.

»Ich bräuchte also ein Dutzend schwerbewaffnete Galeeren, und zwar in der dritten Woche nach Banapis, in Carse.«

»Ein Dutzend!« Vasarius riß die Augen auf. »Was wollt Ihr denn befördern?«

»Waffen und andere Ausrüstung.«

Roo konnte die Gier in den Augen seines Gegenübers aufblitzen sehen. Er wußte, Vasarius vermutete große Lieferungen Gold von den Grauen Türmen, wo es die Zwerge abgebaut und gegen Waren aus dem Königreich getauscht hatten. Natürlich brauchte man in Krondor Gold, um die Soldaten zu bezahlen. Das sollte jedenfalls Vasarius glauben. Und wie Roo wußte, würde Vasarius zwölf Kriegsgaleeren für übertrieben halten, wenn es nur um die Sicherheit von Waffen ging.

Der queganische Adlige hakte nach: »Sie müßten also drei Wochen vor dem Mittsommerfest in See stechen.« Er überlegte. »Dann würden sie die Straße der Finsternis genau am Mittsommertag erreichen. Und das Gold wäre zwei Monate später in Krondor.«

»So in etwa«, stimmte Roo zu und gab vor, Vasarius' Anspielung auf das Gold überhört zu haben.

»Ein Dutzend kaiserliche Galeeren werden einen stolzen Preis kosten.«

»Wie stolz?«

Vasarius nannte ihm eine Zahl, und Roo feilschte halbherzig, damit es wenigstens so aussah, als wolle er den Preis drücken. Roo wußte, daß das Gold niemals an Queg ausgezahlt werden würde, denn Vasarius beabsichtigte, die Fracht zu stehlen. Aber in jedem Fall würde überhaupt kein Gold vorhanden sein. Statt dessen würden sechshundert feindliche Schiffe auf sie warten. Und Roo wußte zudem, daß Vasarius nicht zwölf Galeeren schicken würde, sondern so viele, wie er aufbringen konnte. Das mochten zwei Dutzend oder mehr sein, so viele eben, wie Vasarius rechtzeitig nach Queg zurückrufen konnte.

Ihr Gespräch dauerte bis in die tiefe Nacht an, und Roo wünschte nur, der Brandy wäre besser gewesen. Ganz nebenbei fragte er sich, was Jimmy wohl mit Livia anstellte.

Jimmy leckte sich das Blut von der Lippe. »Was denn?«

Livia schlug erneut zu und biß ihm zudem heftig in den Hals. »Oh, ich wünschte, ihr Barbaren würdet eine zivilisierte Sprache beherrschen.«

Das Mädchen saß mit gespreizten Beinen auf Jimmys Schoß, die Toga bis zur Hüfte heruntergezogen. Jimmy war betrunken. Trotz des mit Rauschmitteln versetzten Weines versuchte er, einen klaren Kopf zu behalten, doch angesichts dieser Mischung aus Alkohol, Narkotika und einem jungen, gutgebauten halbnackten Mädchen fiel ihm das schwer. So gab er einfach vor, sie nicht zu verstehen.

Schließlich bekam Jimmy den Eindruck, daß Livia wütend auf ihn war, weil er bei ihrem letzten Besuch keine Anstalten gemacht hatte, sie zu verführen. Ganz bestimmt eher der Gelegenheit wegen, ihn abzuweisen als aus wirklicher Lust auf ihn. Doch dem Temperament nach, welches die queganische Dame nun an den Tag legte, konnte sich Jimmy da nicht so sicher sein. Jedenfalls war sie jetzt auf etwas anderes aus, etwas, das mit Schlagen und Beißen und jeder Menge Versprechungen zu tun hatte, wie zum Beispiel der, daß er nach ihr nie wieder mit einer anderen Frau Liebe würde machen können. In seinem halbbetäubten Zustand hoffte Jimmy nur inbrünstig, dies träfe nicht zu. Obwohl, so wie sie auf ihm auf- und abwippte, konnte sie durchaus bleibenden Schaden anrichten und ihn so einige Zeit davon abhalten, ihre Behauptung zu überprüfen.

Schließlich meinte er nur: »Genug!« und versuchte sich aufzurichten, was ihm jedoch nur eine weitere schallende Ohrfeige einbrachte. Während ihm die Tränen in die Augen stiegen, machte sich Livia daran, ihm die Kleider vom Leib zu reißen.

Irgendwann kamen ihm die tiefen Kratzer auf Rücken und Po wieder in Erinnerung, und an einem anderen Punkt der Nacht übergoß ihn jemand – ein Diener, glaubte er – mit einem Eimer sehr warmen Wassers, worauf ein sehr kalter folgte. Dann begann Livia hochinteressante Dinge mit einer Feder zu tun, und schließlich demonstrierte sie ihm eine außergewöhnliche Art, Stachelbeergelee zu genießen.

Am Ende, als sie sich erschöpft in den Armen lagen, murmelte sie etwas davon, daß sie noch keinen wie ihn gehabt habe. Jimmy hielt sich nicht gerade für einen Frauenheld, obwohl er auch nicht gern nein sagte. Eine Großmutter, die Gedanken lesen konnte, brachte einem jungen Mann einen Umgang mit Frauen bei, den sich nur wenige Männer überhaupt vorstellen mochten. Seit Jahren ging das nun schon so. Immer, wenn er einem hübschen Mädchen Blicke zuwarf, nahm ihn Großmutter zur Seite und rückte ihm den Kopf zurecht, was sein Benehmen Frauen gegenüber betraf. Es hatte eine Weile gedauert, doch heute betrachtete er Frauen genauso wie Männer als Freund oder Feind, außer wenn er mit ihnen das Bett teilte, denn dann hatten sie entschieden überhaupt nichts mit Männern gemeinsam – und dafür war er unendlich dankbar.

Jedenfalls hatte er so etwas wie diese Nacht noch nie erlebt, und er war sich auch nicht sicher, ob er dieses einmalige Erlebnis je wiederholen wollte. Da er um seinen Rausch wußte, hatte er ein paar mentale Übungen angewandt, die ihm ebenfalls seine Großmutter beigebracht hatte, und als das Mädchen begann, ihn auszufragen, hatte er ihr Lügen erzählt.

Inzwischen glaubte Jimmy, daß sie und ihr Vater ihre Ausbeute an Informationen anschließend vergleichen würden. Und die Dinge würden laufen, wie Jimmys Großvater sie sich vorgestellt hatte. Bloß nicht lachen, dachte Jimmy, denn jeder Teil seines Körpers tat ihm weh, wenn er sich bewegte. Während ihn der Schlaf übermannte, fragte er sich, was Dash wohl im Augenblick machte.

»Du verlogener Misthaufen, du räudiger Hund aus dem Königreich.« Der Seemann blickte Dash herausfordernd an.

Dash erhob sich, wobei er mehr schwankte als man der Menge nach, die er getrunken hatte, erwartet hätte. Schon seit Jahren beherrschte er die Kunst, so zu wirken, als wäre er stockbetrunken. Der Trick lag darin, sich ein wenig Pfeffer oder Bier in die Augen zu reiben, die dadurch gerötet wurden. Das hatte er von seinem Großvater gelernt. »Niemand nennt mich einen Lügner!« Er starrte den queganischen Seemann finster an. »Ich sag dir, ich habe es gesehen. Mit eigenen Augen!« Er senkte die Stimme und flüsterte verschwörerisch: »Und ich könnte dir auch sagen, wann und wo.«

»Was hast du wann und wo gesehen?« fragte einer der anderen Kartenspieler.

Dash hatte dieser Hafentaverne bereits beim letzten Aufenthalt in Queg einen Besuch abgestattet – wo er sich als Seemann aus dem Königreich auf Landgang eingeführt hatte – und sich zu einer friedlichen Runde Pashawa gesellt. Nach ein wenig Gewinn und Verlust hatte er angefangen, nur noch zu gewinnen, wodurch er die Aufmerksamkeit auf sich gezogen hatte.

Schließlich waren zwei der hiesigen Kartenspieler an den Tisch gekommen und hatten gefragt, ob sie in die Runde einsteigen dürften. Wie erwartet, hatte man Dash ein Bier nach dem anderen ausgegeben, in der Hoffnung, mit umnebeltem Verstand würde er nicht mehr richtig spielen können.

Er war ihnen entgegengekommen, hatte genug Geld verloren, um sie am Tisch zu halten, und dann einiges zurückgewonnen, damit ihr Interesse nicht einschlief. Und die ganze Zeit über hatte er geredet.

»Wie ich's euch gesagt habe: mein Vater ist mit Prinz Nicholas und Amos Trask persönlich zur See gefahren! Er war der erste, der das Land jenseits der Endlosen See erreicht hat.«

»Dort gibt es kein Land!« widersprach einer der queganischen Seeleute energisch.

»Woher willst du das wissen?« fauchte Dash zurück. »Ihr seid doch nur ein Haufen Küstenschipper. In eurem ganzen Volk gibt es nicht einen richtigen Seemann.«

Damit besaß er die ungeteilte Aufmerksamkeit aller Anwesenden im Wirtshaus. Einige von ihnen waren durchaus bereit, ihm Manieren beizubringen, falls er anfangen sollte, ihr Heimatland zu beleidigen. »Aber es ist wahr! Seit fast zwanzig Jahren treibt der Prinz von Krondor mit den Einheimischen dort unten Handel! Das sind Primitive, die die Sonne anbeten, und sogar ihre Kinder tragen Goldschmuck, und ihr Spielzeug ist auch aus Gold. Der Prinz gibt ihnen Glasperlen für ihr Gold. Ich habe es mit eigenen Augen gesehen, das Gold! Der größte Schatz der Welt, damit könnte man diesen ganzen Raum füllen! Mehr noch! Der Haufen war so hoch wie zwei Männer. Und er bedeckte eine Fläche, in die dieser Raum zweimal reingeht.«

»Soviel Gold gibt es auf der ganzen Welt nicht«, widersprach der Kerl, der sich als Gracus vorgestellt hatte. Er war ein tüchtiger Spieler, und Dash vermutete, er wäre zudem ein Betrüger, ein Dieb oder gar ein Meuchelmörder. Doch die Gier des Mannes kannte keine Grenzen, und das konnte Dash nur lieb sein.

»Seht mal, ich sag euch nur eins: wenn Mr. Averys Schiff hier ablegt und wir ihn zurück nach Krondor gebracht haben, stechen wir mit allen Schiffen der Flotte zur Straße der Finsternis in See. Aus was für einem Grund wohl?«

Murmelnd fragten einige der Männer: »Warum denn?«

»Weil sich eine Flotte von Schiffen auf dem Weg hierher befindet, die den größten Schatz in der Geschichte der Welt an Bord hat, während wir hier sitzen und quatschen. Und zu Banapis werden sie die Straße der Finsternis durchqueren.«

»Am Mittsommertag?« fragte Gracus.

»Denk doch mal ein bißchen nach«, forderte ihn Dash auf. »Wo werdet ihr mit euren Galeeren dann sein? Wo werden die Piraten aus Durbin sein, he?«

Einer der Seeleute meinte: »Da ist was dran, Gracus. Alle unsere Schiffe werden friedlich im Hafen liegen, damit die Mannschaften feiern können. Selbst die Galeerensklaven kriegen an dem Tag Wein zu trinken.«

»Und in Durbin ist es genauso, das stimmt«, stellte ein anderer fest. »Ich bin mal zum Mittsommertag in den Hafen eingelaufen, und wenn bei Sonnenuntergang noch ein Seemann nüchtern ist, dann stimmt mit dem was nicht.«

Gracus sagte: »Ist ja alles schön und gut, aber trotzdem ein bißchen schwer zu glauben.«

Dash sah sich im Raum um, als wollte er sich vergewissern, ob er beobachtet wurde, was nicht leicht mit ernsthaftem Gesicht zu bewerkstelligen war – keiner der Männer ließ ihn aus den Augen. Er griff in seine Hemdtasche und zog eine kleine Geldbörse hervor. Die öffnete er und ließ den Inhalt auf den Tisch fallen.

Eine winzige Pfeife und ein kleiner Kreisel landeten klingend darauf, und Gracus langte nach der Pfeife. »Gold«, flüsterte er.

»Ich habe einem kleinen Jungen ein Kupferstück für die Pfeife gegeben«, erzählte Dash. »Und er war glücklich. Kupfer hatte er noch nie gesehen, aber Gold gab es überall.«

Der Kreisel und die Pfeife waren aus Goldmünzen des Königs gefertigt worden. James hatte sie zweimal zurückgehen lassen, weil der Goldschmied nicht einsehen wollte, daß sie aussehen sollten, als wären sie mit primitivsten Mitteln hergestellt worden. Dash nahm Gracus die Pfeife wieder ab. »Der Junge hat mir die Heuer einer ganzen Reise für ein Kupferstück gegeben.

Und ich habe andere Männer gesehen, die mit soviel Gold in ihrem Seesack zurückkamen, daß sie sich ein Gut auf dem Land kaufen konnten und nie mehr zur See fahren mußten.« Er blickte in die Runde. »Wenn einer von euch je im Gasthaus Zum Anker und Delphin in Krondor war, dann fragt euch nur einmal, woher Dawson, der Besitzer, sein ganzes Gold hat. Ich kann's euch sagen: Er hat den Eingeborenen seine Kleider verkauft. Er kam zurück und hat gestunken wie ein Biber, weil er drei Monate lang die Sachen nicht gewechselt hat, aber er kam als reicher Mann zurück.«

Jetzt hatte Dash sie an der Angel. Wenn sie auch noch zweifeln mochten, der Wunsch zu glauben war stärker. Zu Banapis würde sich jedes Piratenschiff aus Queg an der Straße der Finsternis herumtreiben.

Er steckte die goldenen Spielzeuge wieder ein und entschied, auch sie zu verspielen, denn die Geschichte wäre, wenn sie weitererzählt würde, mit einem handfesten Beweis noch überzeugender. Und außerdem, dachte er, während er die Gier auf den Gesichtern ringsum sah, hätte er eine wesentlich höhere Chance, lebend zurück zum Schiff zu gelangen, wenn er pleite war.

Pug fragte: »Seid ihr bereit?«

Macros und Miranda nickten und hielten sich an den Händen.

Nakor verabschiedete sich von Sho Pi und ergriff Macros' und Pugs Hand. Pug und Miranda reichten sich ebenfalls die Hände, und der Kreis war geschlossen.

Pug sang eine Zauberformel, und unvermittelt standen sie in einem Hof irgendwo hoch in den Bergen. Ein erschrockener Mönch ließ einen Wassereimer fallen und stand mit offenem Mund und aufgerissenen Augen da. Pug blickte ihn an und sagte: »Wir müssen zum Abt.«

Der Mönch brachte kein Wort heraus, nickte nur und lief davon. Sie warteten, während andere Mönche die Köpfe aus den Fenstern steckten und die Eindringlinge in Augenschein nahmen.

»Ich vermute, du weißt, was du tust?« fragte Macros.

»Magier und Geistliche arbeiten selten zusammen, aber es hat auch in der Vergangenheit schon solche Fälle gegeben«, erwiderte Pug.

Sie standen im Hof der Abtei von Ishap in Sarth, die nördlich von Krondor in den Bergen lag. Pug hatte ihr gelegentlich einen Besuch abgestattet, nachdem er die Bekanntschaft des gegenwärtigen Abtes gemacht hatte, der damals jedoch noch ein einfacher Mönch gewesen war.

Einen Augenblick später eilte ein grauhaariger Mann von Pugs Größe auf sie zu. Er schien in den späten Siebzigern zu sein. An seiner Seite war ein jüngerer Geistlicher, der eine Streitaxt und einen Schild trug. Als der Abt nahe genug war, erkannte er Pug und rief seinen Namen.

»Hallo, Dominic. Welch lange Zeit ist wieder verstrichen.«

Der Abt von Sarth nickte. »Bald dreißig Jahre, glaube ich.« Er warf Pugs drei Gefährten einen Blick zu. »Ich nehme an, es handelt sich kaum um einen Höflichkeitsbesuch.« An seinen Begleiter gewandt sagte er: »Steck die Waffen ein, Bruder Michael. Keine Gefahr.«

Während der kriegerische Mönch davonging, fuhr Dominic fort: »Du hast seinen Stolz verletzt, Pug. Ihr seid durch seine Schutzzauber gegangen, als wären sie nicht vorhanden.«

Pug lächelte. »Sind sie auch nicht. Sag ihm, er soll auch unter der Bibliothek welche einrichten. Wir sind durch den Boden gekommen.«

Dominic erwiderte das Lächeln. »Ich werde es ihm ausrichten. Nun, willst du mir nicht bei ein paar Erfrischungen erzählen, was es mit deinem Besuch auf sich hat?«

»Wir brauchen Euer Wissen, Abt«, kam Macros gleich zur Sache. »Und wir können hier draußen nicht offen reden.«

Der Abt fragte: »Und Ihr seid ...?«

»Dominic, dies ist Macros der Schwarze«, stellte Pug den Zauberer vor.

Wenn dieser Name Dominic beeindruckte, zeigte er es jedenfalls nicht. »Euer Ruf eilt Euch voraus.«

»Ich bin Nakor, und das hier ist Miranda.«

Dominic verneigte sich vor den beiden. »Diese Abtei könnte der sicherste Ort auf Midkemia sein – wenn wir diese Schutzzauber unter der Bibliothek einrichten«, sagte er und lächelte milde.

»Für das«, widersprach Pug, »was wir zu bereden haben, gibt es keinen sicheren Platz auf Midkemia.«

»Willst du mich auf eine andere Welt bringen, wie du es vor so vielen Jahren schon einmal getan hast?«

»Exakt«, bejahte Pug. »Nur wirst du diesmal nicht gefoltert.«

»Immerhin etwas.« Er betrachtete Pug eingehend. »Du hast dich nicht verändert, im Gegensatz zu mir. Ich bin ein alter Mann, und um diese Welt in meinem Alter noch zu verlassen, bedarf es schon eines einleuchtenden Grundes.«

Pug überlegte sich seine Antwort genau. »Wir müssen über dein meistgehütetes Geheimnis reden.«

Unwillkürlich kniff Dominic die Augen zusammen. »Wenn du mir etwas aus der Nase ziehen willst – ich werde meinen Eid nicht brechen, also sag mir, was du weißt.«

Macros antwortete: »Wir kennen die Wahrheit über den siebenzackigen Stern und das Kreuz darin. Wir wissen, daß der fünfte Stern tot ist, ebenso wie der sechste.« Mit gesenkter Stimme fügte er noch hinzu: »Doch der siebte Stern ist nicht tot.«

Dominic verharrte einen Moment lang reglos, bevor er sich an einen der Mönche in der Nähe wandte. »Ich werde mit diesen

Leuten gehen. Sag Bruder Gregory, er soll die Leitung übernehmen, solange ich fort bin. Sag ihm außerdem, er soll die versiegelte Truhe in meinem Arbeitszimmer zum Obersten Vater im Tempel von Rillanon schicken.« Der Mönch neigte den Kopf und eilte davon, um die Aufträge des Abtes auszuführen.

»Dann wollen wir aufbrechen«, sagte Dominic, und sie formten einen Kreis.

Pug wandte sich an Macros: »Ich habe zwar die Kraft, doch mir fehlt das Wissen.«

Macros erwiderte: »Ich besitze beides. Folgt mir.«

Plötzlich waren sie verschwunden, und um sie herum war das Nichts mehr zu ahnen als zu fühlen oder sehen.

Miranda sprach in Gedanken zu Pug: »Als ich den Gang zwischen den Welten zum erstenmal betreten habe, fragte ich Boldar Blut, was geschieht, wenn man ins Nichts gerät.«

Pugs Gedanken drangen aus dem gesichtslosen Nichts zu ihr vor. »Dies ist das Nichts zwischen den Wirklichkeiten. Hier existiert nichts.«

»Doch, es existiert etwas«, kamen Macros' Gedanken. »Es gibt keinen Ort im Universum, an dem nichts existieren würde. Vielleicht ist es für den Reisenden nicht offensichtlich, doch gibt es sogar Geschöpfe, die im Nichts leben.«

»Faszinierend«, mischte sich Nakor in Gedanken ein, und in seiner Äußerung schwang Aufregung mit.

Plötzlich umgab sie eine sternenerfüllte tiefschwarze Nacht. Sie waren in eine Luftblase gehüllt, in der es Schwerkraft gab und warm war. Unter ihnen trieb ein Ort durch das Nichts, den Pug niemals wiederzusehen geglaubt hatte. »Die Ewige Stadt«, sagte er.

»Welch fremdartige Schönheit«, staunte Nakor. Pug sah den Isalani an und entdeckte Verzauberung in seinen Augen.

»Ja, wahrlich«, erwiderte Pug.

Die Stadt breitete sich in einer symmetrischen Anordnung aus, einer, die den Blick gleichzeitig gefangenhielt und sich ihm entzog. Türme und Minarette, die zu schlank wirkten, um ihr eigenes Gewicht zu tragen, erhoben sich in das Himmelsgewölbe über der Stadt. Gewölbte Brücken, die Meilen höher waren als Krondors höchstes Dach, überspannten die riesigen Entfernungen zwischen den Gebäuden dieser niegesehenen Architektur.

Sie sausten abwärts, wobei sie die Bewegung nicht spürten, sondern nur mit den Augen verfolgen konnten. »Wer hat diesen Ort gebaut?« fragte Miranda.

»Niemand«, erklärte Macros. »Zumindest niemand innerhalb dieser Realität.«

»Was meinst du damit, Vater?«

Macros zuckte mit den Schultern. »Dieser Ort war schon da, als unser Universum entstand. Pug, Tomas und ich haben die Geburt der Realität mitangesehen. Dieser Ort war bereits vorhanden.«

»Vielleicht ein Überbleibsel einer anderen Realität?« schlug Nakor vor.

»Das könnte wohl sein«, stimmte Macros zu. »Oder die Stadt ist einfach da, weil sie da sein muß.«

Dominic hatte bislang geschwiegen, jetzt fragte er: »Warum gehen wir an diesen seltsamen und unbegreiflichen Ort?«

»Weil es vermutlich der einzige Ort ist, an dem wir frei sprechen können und dabei nicht jenem preisgegeben sind, der hinter all dem Leid und der Zerstörung auf unserer Welt steht.«

Sie erreichten einen riesigen Platz, viele Male größer als ganz Krondor. Ziegelflächen, so groß wie Städte, wechselten nach hypnotisierenden Mustern die Farben. Als sie sich der Oberfläche näherten, sahen sie, wie sich die Muster in den Straßen, die von dem Platz fortführten, wiederholten.

»Es ist tatsächlich eine Stadt«, stellte Miranda fest. »Es gibt Gebäude, die wie Häuser aussehen, und dennoch fehlt jede Spur von Leben.«

»Darauf würde ich mich nicht versteifen, meine Tochter«, widersprach Macros. »Dieser Springbrunnen dort mag allein der Verzierung dienen, vielleicht ist es jedoch auch eine fremdartige

Lebensform, die sich unserem Verständnis entzieht und mit der wir niemals werden kommunizieren können.«

»Was wäre, wenn die Stadt selbst diese Lebensform wäre?« fragte Nakor.

»Möglich ist alles.«

Dominic wollte wissen: »Aber weshalb sollten die Götter einen solchen Ort schaffen?«

»Hängt davon ab, von welchen Göttern wir sprechen«, meinte Macros. Die Luftblase landete auf einem saftiggrünen Rasen, welcher von Bäumen und anderen Pflanzen umgeben war, die alle aufs beste gepflegt waren. Dann verschwand sie.

»Dies ist vielleicht die entlegenste Ecke der Realität«, sagte Macros. »Der Garten.«

»Jetzt können wir sprechen, doch zuvor gibt es noch etwas zu tun«, verkündete Pug.

»Und das wäre?« fragte Miranda.

Doch Pug hatte bereits die Augen geschlossen und murmelte einen Zauberspruch. Alle spürten, wie sich um Pug eine entrückte Energie aufbaute, dann plötzlich war sie verschwunden, und Pug schlug die Augen auf.

Miranda blickte ihn forschend an. »Das ist ein sehr mächtiger Abwehrzauber. Warum brauchen wir in dieser entlegenen Ecke der Wirklichkeit noch Schutz vor Lauschern?«

»Du wirst es schon noch verstehen«, antwortete Pug. Er sah zum Abt. »Es ist an der Zeit«, wandte er sich an Dominic.

»Was wollt ihr wissen?« fragte der Abt von Sarth.

»Die Wahrheit«, gab Pug zurück. »Ishap ist tot.«

Dominic nickte. »Seit den Chaoskriegen.«

Miranda mischte sich ein. »Ishap, der Eine Über Allen? Der größte aller Götter ist tot?«

»Ich werde es dir erklären«, wandte sich Pug an sie. »Vor etwa vierzig Jahren versuchte jemand, dessen Herkunft wir nicht kennen, ein Artefakt der Ishapianer zu zerstören, ein magisches Juwel, die Träne der Götter.«

Dominic nickte. »Davon wissen nicht viele. Nur Prinz Arutha, einige seiner engsten Vertrauten und natürlich Pug erfuhren von dem Diebstahl.

Um zu verstehen, von welcher Wichtigkeit dies ist, muß man die Natur der Götter und ihre Rolle im Leben auf Midkemia kennen.«

»Dominic, erklärt es doch Miranda und Nakor«, forderte Macros ihn auf.

Dominic entdeckte in der Nähe eine Bank. »Ich würde mich gern setzen, wenn ihr nichts dagegen habt.«

Die anderen folgten ihm. Der alte Abt setzte sich, und Nakor und Miranda ließen sich zu seinen Füßen nieder, während Pug und Macros stehen blieben. Dominic fuhr fort: »Zur Zeit der Chaoskriege entstand eine neue Ordnung auf Midkemia. Davor herrschten die Urkräfte der Schöpfung und der Zerstörung; diese Kräfte wurden von den Valheru als Rathar und Mythar verehrt, *Sie, Die Man Die Ordnung Nennt*, und *Er, Den Man Das Chaos Nennt*. Die beiden *Blinden Götter Des Ursprungs*.

Doch mit ihren gnadenlosen Streifzügen durch den Himmel wurden die Valheru unabsichtlich zu Auslösern eines Wandels. Denn mit jedem Reich, welches sie besuchten, jedem Reich, welches sie mit dem ihrer Geburt verbanden, hinterließen sie kleine Unebenheiten im Strom der Zeit und des Wandels, nach dem das Universum geordnet war.

Die Chaoskriege waren eine Erhebung auf kosmischer Ebene, da die Universen versuchten, sich selbst eine ausgewogenere Ordnung zu geben, die feiner strukturiert war als die alte. Dies führte zur Geburt der Götter.«

Dominic blickte von einem zum anderen. »Jede Welt im Kosmos, jeder Planet und jeder Stern in der Vielheit der Universen hat Anteil an einem allgemeinen Besitz, den Energien, welche auf einer Vielzahl von Ebenen existieren. Viele dieser Welten gaben Energien wie dem Bewußtsein Form, während andere das erschufen, was wir Magie nennen. Manche besitzen kein Leben, so wie wir es kennen, während andere wieder nur so davon wimmeln. Am Ende jedenfalls hatte sich jede Welt auf sich selbst eingespielt.«

Nakor hatte die Erklärung gebannt verfolgt. »Aber sie sind miteinander verbunden, nicht wahr?«

»Im Grunde genommen schon«, antwortete Dominic, »und damit kommen wir zum springenden Punkt dieser ganzen Angelegenheit.

Als die Götter entstanden, fand sich eine Ordnung für sie, über die wir nur Vermutungen anstellen können; doch während die Zeit verstrich, nahmen sie Eigenschaften an, aus denen man ihre Natur deutlich ersehen kann. Größtenteils waren sie organische Dinge, wenn man Energie oder Verstand als organisch bezeichnen darf, solange sie, wie man hinzufügen muß, über keinerlei Bewußtsein verfügen.«

Macros nickte. »Das kann ich mit Sicherheit bestätigen.«

Dominic fuhr fort. »Sieben Wesen existierten, die grundlegend für die Ordnung auf Midkemia verantwortlich waren. Die Menschen gaben ihnen Namen, doch wie sie sich selbst betrachten, entzieht sich unseren Möglichkeiten. Es waren Abrem-Sev, der Schmied der Taten; Ev-Dem, der Arbeiter aus dem Innern; Graff, der Weber der Wünsche und Helbinor, der Enthaltsame.

Dies waren die vier Großen Götter, die es immer noch gibt – die, welche die Chaoskriege überlebten, als sich die Niederen Götter erhoben und die Valheru zum letzten Mal durch den Himmel von Midkemia flogen.«

»Aus welchen Gründen brachen die Chaoskriege aus?« hakte Nakor nach. »Warum haben die Niederen Götter gegen die Großen Götter rebelliert?«

»Das weiß keiner«, antwortete Dominic. »Das Menschengeschlecht war noch nicht sehr lange auf dieser Welt, es war von anderen Welten geflohen, auf denen die Valheru wüteten.«

»Der Wahnsinnige Gott«, warf Macros ein.

Nakor fragte: »Wer ist das?«

»Der Namenlose«, ergänzte Pug. »Der Grund, weshalb wir hier sind.«

»Ihr habt gesagt«, wandte sich Miranda an Dominic, »es hätten sieben große Wesen existiert, doch Ihr habt nur vier aufgezählt.«

Dominic nickte. »Ursprünglich waren es sieben. Neben den vier, die wir die Erbauer nennen, gab es noch drei andere. Arch-Indar, die Selbstlose, die Göttin des Guten, die alle schöpferischen und positiven Anstöße in diese Welt brachte. Wir glauben, daß sie sich geopfert hat, um den Namenlosen für immer von Midkemia zu vertreiben.«

»Und wer ist dann Ishap?« fragte Miranda.

»Er war der mächtigste der Großen Götter, der Ausgleichende, die Substanz, derjenige, dessen eigentliche Aufgabe es war, die anderen Götter auf ihre Plätze zu verweisen«, erklärte Dominic.

»Und dieser siebte Gott«, wollte Miranda weiter wissen, »dieser Namenlose?«

Pug sagte: »Nalar.«

Einen Augenblick lang herrschte Schweigen, dann fügte Pug hinzu: »Das ist eine Umschreibung.«

»Wieso eine Umschreibung?«

Dominic erklärte es Miranda. »Nalar hat keinen Namen, denn wer seinen Namen ausspricht, riskiert es, zu seinem Werkzeug zu werden. Er wurde von den anderen vier Großen Göttern verbannt, damit das Gleichgewicht erhalten bleibt, solange wir daran arbeiten, Ishap zurück ins Leben zu rufen.«

»Also betet Ihr jeden Tag und versucht, den größten aller Götter wieder zum Leben zu erwecken?« fragte Miranda.

»Ja.«

»Und wißt Ihr in etwa, wie lange das noch dauern wird?«

»Jahrhunderte.« Es war Macros, der antwortete. »Vielleicht sogar Jahrtausende. In den Maßstäben des Universums sind unsere Leben nicht mehr als ein Wimpernschlag.«

Dominic nickte. »Genauso ist es. Dies ist der Grund, aus dem alle, die Ishap verehren, die selbsternannten Hüter des Wissens sind. Wodar-Hospur, der Gott des Wissens, starb ebenfalls in den Chaoskriegen, und das Wissen dient uns, wenn wir die Ordnung des Universums wieder so herstellen wollen, wie sie sein muß.«

»Das ist unglaublich«, staunte Miranda.

»Ich weiß«, bejahte Pug. »Und es bedeutet, daß alles, was ich durchgemacht habe – vom Spaltkrieg über die Große Erhebung bis hin zu den andauernden Angriffen der Pantathianer –, daß all das, was wie ein Komplott der gefangenen Valheru erscheint, nur eine simple List ist.«

»Von Nalar?« fragte Miranda.

»Doch was würde er durch die Zerstörung dieser Welt gewinnen?« warf Nakor ein.

Dominic antwortete: »Ihr habt die Natur der Götter noch nicht verstanden. Und das hat noch kein Mensch. Nalar ist schlicht das, was die Menschen das ›Böse‹ nennen. Er ist ein Wesen der Zerstörung, so wie Arch-Indar ein Wesen der Schöpfung war. Zerstören, vernichten, alles Leben auf eine niedrige Ebene zurückzuführen, das gehört zu seiner Natur, ebenso wie es zu Mythar, dem uralten Gott des Chaos gehörte. Doch es geht noch darüber hinaus. Denn im Gegensatz zu Mythar besitzt Nalar ein Bewußtsein. Oder besser gesagt, eine Selbstbewußtheit.

Solange die anderen herrschenden Götter noch lebten, befand sich alles im Gleichgewicht. Und seine Neigung, alles zu zerstören und Böses zu tun, wurde von Ishap und Arch-Indar sowie den anderen vier, den Erbauern, in Grenzen gehalten.

Doch während der Chaoskriege wurde Nalar wahnsinnig.«

»Deshalb nennt man die Chaoskriege auch die Zeit des Wahnsinnigen Gottes«, meinte Pug.

»Oder vielleicht«, wandte Nakor ein, »war es gerade sein Wahnsinn, der zu den Chaoskriegen führte.«

»Wir werden es nie erfahren«, sagte Dominic. Er blickte von einem zum anderen. »Selbst eine Truppe, die solche Macht in sich vereint wie unsere, ist nichts im Vergleich mit dem, worüber wir gerade gesprochen haben.«

»Unser Licht brennt wie Kerzen, ihres wie Sterne«, bemerkte Macros.

»Doch eine Welt ohne Leben ist für einen Gott, der Äonen existiert, kein Problem«, fuhr Dominic fort. »Das Leben ist hartnäckig, und es würde schließlich nach Midkemia zurückkehren, entweder durch eigene Kraft, aus der leblosen Erde und dem Wasser, oder von anderen Welten. Doch die tote Welt Midkemia würde Nalar die Möglichkeit geben, seinem Gefängnis zu entfliehen, da die anderen Götter geschwächt wären. Die Niederen Götter würden vielleicht sogar mit dem Planeten sterben – sind sie doch nur Vermittler zwischen den Großen Göttern und den Menschen – und die Großen Götter schließlich würden viel von ihrer Macht einbüßen.«

»Wieso haben die anderen Götter Nalar nicht einfach vernichtet?« wollte Miranda wissen.

»Das konnten sie nicht«, erklärte ihr Dominic. »Er war zu mächtig.«

Miranda kauerte sich hin. »Zu mächtig?«

»Ja. Die Entropie der Zerstörung, die Mächte, die Nalar ausübt, sind stärker als andere im Universum. Ohne Arch-Indar und Ishap konnten die Erbauer ihn nicht vernichten. Sie konnten ihn lediglich einsperren. Und so ist er unter einem Berg so groß wie ganz Midkemia eingekerkert, auf einem Planeten, der so groß ist wie unsere Sonne, in einem Universum, das von unserem so weit entfernt ist, wie man es sich nur vorzustellen vermag. Und dennoch ist er mächtig genug, um die Seelen seiner Diener zu erreichen und zu beeinflussen.«

»Jene, die ihm dienen, haben oft keine Ahnung, für wen sie arbeiten. Sie verspüren den Zwang, es zu tun, doch sie kennen den Zweck nicht«, ergänzte Pug.

»Die Götter haben meinem Orden die Träne der Götter übergeben. Nur deshalb besitzen wir überhaupt irgendwelche Macht.

Denn jegliche geistliche Magie beruht darauf, daß die Gebete erhört werden; wenn Ishap hingegen tot ist, gibt es niemanden mehr, der unsere Gebete erhören könnte.«

»Dieses magische Juwel wird alle hundert Jahre neu geboren, in einer Höhle tief in den Bergen. Von dort wird es nach Rillanon gebracht, wo es im innersten Heiligtum des Tempels von Ishap aufbewahrt wird«, erläuterte Pug den anderen.

Und Dominic erklärte weiter: »Dort befindet es sich, damit wir mit den anderen Göttern sprechen, unsere Magie ausüben und gute Taten vollbringen können. Eines Tages wird Ishap zurückkehren und das Gleichgewicht wiederherstellen, so hoffen wir jedenfalls.«

»Doch bis dahin«, brachte es Macros auf den Punkt, »haben wir ein Problem.«

»Ein Problem?« fragte Miranda. »Ich würde das etwas anders ausdrücken: Die Valheru, die Dämonen, die Kriege und die Zerstörung sind nichts anderes als Ablenkungsmanöver eines wahnsinnigen Gottes, der zu mächtig ist, als daß die Großen und die Niederen Götter ihn mit vereinten Kräften vernichten könnten. Und dem sollen wir uns jetzt entgegenstellen?«

Macros erwiderte gelassen: »Ja, so könnte man es auch sagen.«

Fassungslos verfiel Miranda in Schweigen.

Zehn

Weihe

Miranda gähnte.

Nachdem sie den ersten Schock über das Ausmaß der vor ihnen liegenden Aufgabe verwunden hatte, stellte sich bald Langeweile ein. Macros, Pug und Dominic hatten beschlossen, den Garten der Ewigen Stadt nicht eher zu verlassen, als bis man einen wie auch immer gearteten Plan entwickelt hatte.

Stundenlang hatten ihre Gespräche gedauert, und zwischendurch war Miranda hungrig geworden und hatte zweimal ein Nickerchen gehalten. Der einzige, der an all dem auch noch Spaß zu haben schien, war Nakor.

Der kleine Mann saß auf einer Bank und war in Gedanken versunken, als sich Miranda ihm, den Arm voller Birnen, näherte. »Möchtest du eine?« fragte sie.

Grinsend nickte er und nahm sich eine. »Mein Orangentrick funktioniert auch immer noch, falls du eine möchtest.«

»Nein danke, vielleicht später.« Dann sagte sie: »Aber wie kann er denn noch funktionieren?«

»Ich weiß es nicht«, erwiderte er und lächelte erstaunt. »Möglicherweise ist es dem Stoff, den ich bewege, egal, wo ich bin.«

»Aber wir sind nirgendwo.«

»Nein«, widersprach Nakor. »Wir sind irgendwo, allerdings wissen wir nicht, wo.«

»Und uns fehlt der Bezugsrahmen«, fügte sie hinzu.

»Nun, offenbar hast du es verstanden.«

»Also Nakor, du bist wirklich unglaublich fröhlich für jemanden, der gerade erfahren hat, daß er gegen einen Gott antreten soll.«

Nakor schüttelte den Kopf. Birnensaft rann ihm übers Kinn. »Nein, nein. Wir suchen zwar einen Weg, wie wir die Pläne des Gottes vereiteln können, aber wir werden nicht gegen ihn antreten. Wenn die vier Großen Götter ihn nicht vernichten können, wer wären wir dann? Und außerdem gibt es den Plan schon längst, wir müssen nur noch herausfinden, wo der Hase langläuft.«

»Ich glaube, das habe ich nicht ganz verstanden.«

Er erhob sich. »Komm, ich werde es dir erklären.«

Er führte sie zu Pug, Macros und Dominic, die unter einem großen, fremdartigen Baum saßen. »Nun, wie kommt ihr voran?«

»Wir sind das Problem mehrmals durchgegangen, doch uns fehlt die leiseste Ahnung, was wir als nächstes tun sollen.«

»Das kann man schnell ändern«, meinte Nakor.

Macros zog die Augenbrauen hoch. »Ach, tatsächlich? Hättest du die Liebenswürdigkeit, uns deine Einsichten mitzuteilen?«

Nakor nickte und ließ sich in einer fließenden Bewegung in den Schneidersitz nieder. »Wir müssen nur das reparieren, was kaputtgegangen ist.«

Dominic entgegnete: »Das ist genau das, was der Orden von Ishap seit langer Zeit versucht.«

»Das weiß ich wohl«, erwiderte Nakor. »Ich meine aber das alles insgesamt. Sieh mal, es dauert so seine Zeit, wenn man einen toten Gott wieder zum Leben erwecken will. Ganz so leicht ist das nicht.«

Der alte Abt kniff die Augen zusammen, vermutlich wegen der unförmlichen Anrede, wie sie typisch für Nakor war. »Vielen Dank für Euer Verständnis«, gab er trocken zurück.

»Aber seit das alles angefangen hat, gibt es jede Menge Ärger, und wir müssen *jetzt* etwas dagegen unternehmen!« fuhr Nakor fort.

»Als da wäre?« fragte Pug.

»Nun, eine Sache zum Beispiel«, antwortete Nakor. »Diese

Dämonen. Wir können sie doch nicht einfach so herumlaufen lassen. Das bringt nur noch mehr Ärger. Selbst die kleinen sind schon sehr gefährlich.«

»Ich kann mich noch daran erinnern, als Murmandamus' Magier damals, als die Große Erhebung niedergeschlagen wurde, die fliegenden Dämonen in unsere Welt holten. Das hätte mich alarmieren müssen, daß da etwas nicht stimmt. Ich habe es fälschlicherweise für einen Beschwörungszauber gehalten«, gestand Pug ein.

»Man könnte sein ganzes Leben damit verbringen, seine Fehler zu bereuen«, meinte Macros und warf einen Blick in Richtung seiner Tochter. Diese erwiderte seinen forschenden Gesichtsausdruck mit nichtssagender Miene.

»Ja«, stimmte Nakor zu. »Reue hilft uns nicht weiter. Und jetzt zu der anderen Frage. Meiner Meinung nach gibt es da keine besonderen Schwierigkeiten. Wir besiegen die Smaragdkönigin, schicken ihre Armee wieder nach Hause, töten alle Pantathianer, die noch leben – denn sie zum Guten verändern, können wir doch nicht – und verhindern, daß irgend jemand den Stein des Lebens in seine Hände bekommt. Ach ja, und wir müssen die Dämonen dorthin zurückjagen, wo sie hergekommen sind.«

»Ist das alles?« fragte Miranda und sah ihn spöttisch mit großen Augen an.

»Nakor«, meinte Dominic, »Ihr werft da sehr interessante Fragen auf und bietet bestechende Lösungsvorschläge, aber mir fehlen da doch ein paar Hinweise darauf, wie man diese Lösungsvorschläge in die Tat umsetzen kann.«

»Ganz einfach. Wir müssen nur das Loch stopfen.«

»Welches Loch?« fragte Nakor.

»Na das, durch das die Dämonen hereinkommen. Denn das könnte schon sehr bald ziemlich lästig werden.«

Pug seufzte. »Er hat recht. Die Armee der Smaragdkönigin kann uns schon überaus gefährlich werden, doch gegen eine großangelegte Invasion der Dämonen kommt mir die Bedrohung durch die Schlangenmenschen so vor wie eine Bande Raufbolde, die sich einen Betrunkenen vornehmen.«

»Nun ja, ich denke, die Sache mit den Dämonen könnte warten, bis wir die Smaragdkönigin besiegt haben«, meinte Nakor. »Nach allem, was wir bisher über die Dämonen in Erfahrung gebracht haben, sind sie noch nicht in der Lage, ohne weiteres in unsere Welt einzudringen. Und obwohl sie Einfluß auf die Smaragdkönigin ausüben, stellt sie die unmittelbare Gefahr dar. Doch sie wird den Stein des Lebens, so sie ihn erst einmal in der Hand hat, dazu einsetzen, die Dämonen in unsere Welt zu bringen.«

»Irgend etwas ist uns entgangen«, bemerkte Miranda.

»Was willst du damit sagen?« fragte Pug.

»Ich weiß nicht genau.« Von ihrem Gesicht konnte man ablesen, wie besorgt sie war. »Ich habe das Gefühl, daß da noch ein Teilchen fehlt. Denn warum fallen wir sonst nicht über die Flotte her, wenn sie den tiefsten Teil des Ozeans erreicht hat, und versenken sie.«

»Auf diesen Schiffen befinden sich eine Menge pantathianische Priester«, erklärte Nakor. »Sie besitzen vielleicht nicht Pug oder Macros' Macht, doch zusammen –«

»Pug könnte sie in Sekunden vernichten«, unterbrach ihn Miranda. »Ich habe mit eigenen Augen gesehen, was er in der Himmlischen Stadt vollbracht hat; und ich bin keine Anfängerin. Ich studiere seit zwei Jahrhunderten die magischen Wissenschaften, und was er geschafft hat, liegt weit jenseits meiner Fähigkeiten.«

Macros nickte. »Er hat sich in meinen Verstand gedrängt … Sarigs Verstand … und mich herausgerissen wie einen Korken aus der Flasche. Das war schon eine bemerkenswerte Leistung.«

Pug wandte ein: »So einfach können wir die Sache nicht angehen.«

»Und wir können sie *doch* so einfach angehen«, widersprach Miranda. »Wenn wir nicht handeln, werden viele, viele Menschen sterben.«

»Was ist, wenn wir falsch liegen?« gab Pug zu bedenken. »Was, wenn wir dabei sterben?«

»Das Leben steckt voller Risiken«, antwortete Macros' Tochter, und einen Augenblick lang fiel Pug die Ähnlichkeit zwischen Miranda und ihrem Vater deutlicher denn je auf.

»Wenn wir untergehen, wird niemand mehr die Smaragdkönigin davon abhalten, sich den Stein des Lebens zu holen.«

»Und was ist mit Tomas?« erinnerte Miranda ihn.

Pug dachte darüber nach. Schließlich meinte er: »Zuerst müssen wir Tomas von unserem Vorhaben in Kenntnis setzen.«

»Einverstanden«, erwiderte Macros. »Schicken wir Nakor und Dominic zu Tomas.«

»Nein!« widersprach Nakor. »Ich will sehen, was ihr tun werdet.«

»Deine Neugierde ist endlos«, sagte Pug, »doch wir werden auf etwas stoßen, das nach allen Maßstäben schrecklich sein wird.« Als Nakor einen Einwand dagegenhalten wollte, hob Pug die Hand und schnitt ihm das Wort ab. »Du behauptest stets, es gäbe keine Magie, aber du weißt mehr darüber als jeder andere auf Midkemia, außer Macros, Miranda und mir.«

Nakor kniff die Augen zusammen. »Ich wollte dich schon immer etwas fragen«, begann er. »Vor langer Zeit hast du James gesagt, er solle mir, um mich nach Stardock zu locken, sagen: ›Es gibt keine Magie‹.«

Pug lächelte. »Darüber können wir uns unterhalten, wenn dies alles hier vorbei ist.«

Nakor grinste ebenfalls. »Sehr gut, aber wir müssen uns noch einiger Probleme annehmen, ehe wir zurückkehren.«

»Ja«, stimmte Dominic zu. »Keiner von uns darf mit dem Wissen über Nalar nach Midkemia zurückkehren. Allein das Verlangen, dieses Wissen zu besitzen, ist schon gefährlich. Auch wenn der Gott des Bösen ausgesperrt ist, ist Midkemia seine Heimat, und er wird versuchen, jeden, der dafür empfänglich ist, in seine Dienste zu stellen. So, wie Sarig das damals mit Macros getan hat.«

»Bist du in der Lage, unsere Erinnerungen auszulöschen, Dominic?« fragte Pug. »Wir könnten unser Gedächtnis blockieren und so verhindern, daß wir uns erinnern, doch das Wissen wird noch immer vorhanden sein.«

Dominic nickte. »In unserem Orden haben wir es oft mit diesem Problem zu tun, denn wir dürfen niemandem das Geheimnis von Ishap und den anderen Herrschergöttern verraten. Wenn ihr meinen Anweisungen folgt, werden wir ohne dieses Wissen von hier aufbrechen.« Er wandte sich an Macros. »Ihr wart gefährlich nah daran, Nalars Werkzeug zu werden, hätte die Magie von Sarig Euch nicht davor bewahrt. Und auch wenn der Gott der Magie Euch seinen Schutz gewährt hat, wird dieser nicht von Dauer sein.«

»Ich weiß«, erwiderte der Magier, »doch ich mußte erst begreifen, was uns gegenübersteht.«

»Dem kann ich nur zustimmen», sagte Dominic, »wenngleich der Vater Prälat in Rillanon meine Botschaft nicht gern sehen wird.«

»Habt Ihr ihm deshalb das versiegelte Kästchen geschickt?« fragte Miranda.

Dominic nickte. »Jeder Abt im Dienste von Sarth bereitet sich auf die Zeit des Großen Gerichts vor, in der die Abtei zerstört werden wird. Und für diesen Tag haben wir eine Zuflucht vorbereitet, eine, die wir das ›Neue Sarth‹ nennen werden. Diese Zuflucht ist fertig, wir haben nur noch auf das geweissagte Zeichen gewartet.«

»Und dieses Zeichen waren wir?«

Erneut nickte Dominic. »Seit wir uns mit den Großen Göttern beschäftigen, haben wir einiges Verständnis sowohl von ihren Grenzen als auch von ihrer Macht erlangt; sie sprechen auf eine Weise zu uns, die man nicht anders als unzusammenhängend nennen kann. So wurden wir gewarnt, daß einer mit seinen Gefährten kommen würde, der das Geheimnis kennt. Zu diesem Zeitpunkt würde sich die Welt verändern. Ja, eure Ankunft war das Zeichen, auf das hin wir die große Bibliothek von Sarth zum Neuen Sarth schaffen.«

»Und wohin werdet Ihr die Bibliothek bringen?« erkundigte sich Miranda.

»An einen Ort hoch in den Bergen von Yabon, wo sie in Sicherheit sein wird.«

»Aber wenn die Smaragdkönigin den Stein des Lebens in die Hände bekommt, wird nichts mehr sicher sein«, wandte Pug ein.

»Dann sollten wir schnell die eigentliche Ursache hinter all diesen Schrecken vergessen«, meinte Miranda.

Dominic bedeutete ihnen, daß sie sich im Kreis niederlassen und einander die Hände reichen sollten. Dann sagte der alte Geistliche: »Schließt die Augen. Öffnet mir eure Seele. Wenn wir dies vollendet haben, werdet ihr nichts mehr über Nalar wissen. Ihr werdet nur wissen, daß ihr etwas vergessen habt. Doch statt Neugier werdet ihr Erleichterung verspüren. Und ihr werdet einsehen, wie lebenswichtig es ist, sich nicht daran zu erinnern, denn sonst würdet ihr eine Gefahr beschwören, wie ihr sie euch nicht vorzustellen vermögt. Ihr werdet euch nur an soviel erinnern, daß ihr den Kurs, den ihr eingeschlagen habt, weiterverfolgen könnt. Von Nalar werdet ihr nur noch wissen, daß dort draußen, irgendwo, eine große Gefahr lauert, gegen die ihr euch wappnen müßt, doch eine, deren Wesen ihr niemals erforschen dürft.«

Dominic begann mit seinem Zauberspruch, und alle spürten, wie eine seltsame Präsenz in ihren Geist eindrang. Einen kurzen Augenblick lang bemächtigte sich ihrer ein gewisses Unbehagen, ein Hauch von Furcht, der jedoch sofort einer kalten Gewißheit Platz machte, und dann war es plötzlich vorbei.

Pug blinzelte und fragte: »War das alles?«

»Ja«, antwortete Dominic. »An das, woran ihr euch erinnern müßt, könnt ihr euch erinnern. Der Rest ist sicher verschlossen. Und so muß es sein.«

Sie glaubten ihm unbesehen. »Jetzt sollten wir aufbrechen«, fügte Dominic noch hinzu.

»Als erstes bringe ich dich und Nakor nach Elvandar«, erwiderte Pug. Er blickte Miranda und ihren Vater an. »Dann werden wir uns um die Smaragdkönigin kümmern.«

Tomas wartete auf der Lichtung der Kontemplation, wo zuvor Tathar und Acaila über ihre Körper gewacht hatten. In seiner weiß-goldenen Rüstung war er prachtvoll anzusehen. Hinter ihm standen die Krieger von Elvandar, an ihrer Spitze Calin und Rotbaum.

»Ist die Zeit gekommen?« fragte Tomas, sobald sein Freund erschienen war.

»Noch nicht«, entgegnete Pug. »Doch es wird bald soweit sein. Laß eine Botschaft nach Bergenstein und zu den Grauen Türmen bringen. Ruf die Zwerge zu den Waffen. Du weißt, wohin du sie zu führen hast, wenn sie sich versammelt haben.«

Tomas nickte und gab den neben ihm stehenden Elbenboten die entsprechenden Anweisungen. Pug hatte ihren Besuch angekündigt, hatte Tomas in Gedanken gerufen, wie er das vor langen, langen Jahren schon einmal getan hatte. Nakor und Dominic rückten von den drei Magiern ab, während Pug auf Tomas zutrat. »Wir werden die Smaragdkönigin angreifen, bevor sie unsere Küste erreicht. Sollte dieses Unternehmen fehlschlagen, wird der Krieg schließlich auch zu euch kommen. Dir ist bewußt, was auf dem Spiel steht. Deshalb mußt du Dolgan und Halfdan in Dorgin davon überzeugen, dem Königreich zu Hilfe zu kommen.«

Tomas nickte. »Dolgan wird kommen. Unser Verhältnis ist zu gut, als daß er meinen Ruf mißachten könnte. Und Halfdan wird kommen, weil Dolgan es tut.« Er lächelte, und einen Augenblick lang sah Pug, wie unter dem maskenhaften Gesicht dieses fremdartigen Kriegers die Züge seines Jugendfreundes hervortraten. »Die Zwerge aus Dorgin haben es Dolgan noch immer nicht verziehen, daß er sie nicht zum letzten Krieg eingeladen hat.«

Pug ließ den Blick über die Lichtung schweifen, als wolle er die Schönheit und die Ruhe inhalieren, als wolle er sie sich unauslöschlich einprägen. Hier in Elvandar war es früher Abend, also würde es Morgen sein, wenn sie auf die anziehende Flotte stießen.

Pug ergriff Tomas' Hand. »Auf Wiedersehen, mein Freund.«

Tomas drückte Pugs Hand leicht. »Alles Gute! Wir sehen uns bei der Siegesfeier.«

Pug nickte nur.

Er drehte sich um, kehrte zu Macros und Miranda zurück und nahm sie an den Händen. Und schon waren sie wieder verschwunden.

»Gut«, befand Nakor. »Wir haben jede Menge zu tun und viel zu wenig Zeit.«

»Ich fürchte, du hast recht«, stimmte Tomas zu.

»Ich muß zu unserer Abtei in den Grauen Türmen«, erklärte Dominic. »Von dort aus können mich meine Brüder zu jeder anderen Abtei und jedem Tempel im Königreich teleportieren.«

Tomas winkte einen Elb herbei. »Galain, kümmere dich darum, daß morgen früh Pferde bereitstehen.« Er wandte sich an Nakor und Dominic. »Eßt und ruht euch aus. Am Morgen könnt ihr dann aufbrechen.«

»Nein , Sho Pi und ich werden hierbleiben. Ich glaube, man wird uns brauchen.«

Auf Nakors Gesicht fehlte das sonst allgegenwärtige Grinsen. »Fürchtet Ihr Euch?« fragte der Abt.

»Ja«, gestand der kleine Mann offen ein. »Ich weiß, warum Pug dies tut, und ich halte es überhaupt nicht für weise. Er tut es nicht allein, um den Feind zu bekämpfen, sondern auch, um Miranda seine Liebe zu beweisen. Und während sie seine Fähigkeiten vermutlich ganz richtig beurteilt, hat sie die Macht der Smaragdkönigin und der Pantathianer unterschätzt.« Und mit gesenkter Stimme fügte er hinzu: »Und die Macht des dritten Mitspielers.«

Dominic riß die Augen auf und zog Nakor zur Seite. »An was könnt Ihr Euch erinnern?«

»An alles«, sagte Nakor. Die Augen des kleinen Mannes funkelten eigenartig. »Ich habe meine eigenen Methoden, meinen Geist zu schützen, Abt, genauso wie du. Diese drei Magier denken, sie wüßten sehr viel über die verschiedenen Pfade der Magie, doch sie glauben zu stark an einen bestimmten. Du und ich, wir wissen, daß es viele Pfade gibt, daß man auf vielen Wegen zum Ziel kommen kann. Oder überhaupt keine Pfade, wenn man das Ganze aus einer anderen Perspektive betrachtet. Doch sorge dich nicht, ich werde dem Einfluß des Namenlosen nicht erliegen.«

»Wer seid Ihr?« fragte Dominic.

Auf Nakors Gesicht machte sich ein Grinsen breit. »Ich bin nur ein Spieler, der ein paar Tricks auf Lager hat.«

»Wenn Ihr nicht auf unserer Seite stündet, würde ich Euch fürchten.«

Nakor zuckte nur mit den Schultern. »Jene, die nicht meine Freunde sind, fürchten mich sehr wohl, denn, wie ich schon sagte, ich habe ein paar Tricks auf Lager.«

Und mit dieser rätselhaften Bemerkung folgte Nakor den Elben, die sich zur Stadt in den Bäumen aufgemacht hatten, und überließ den alten Abt seinen Grübeleien.

»Und jetzt?« fragte Miranda.

Macros zeigte nach unten. »Dort!«

Die drei Magier schwebten hoch über den Wolken. Unter ihnen breitete sich der Ozean Hunderte von Meilen weit aus. Pug richtete den Blick auf den Punkt, den Macros ihm gezeigt hatte, und entdeckte die Flotte der Smaragdkönigin.

»Sie ist riesig«, staunte Miranda.

»Es sind mehr als sechshundert Schiffe«, sagte Macros. »Fast siebenhundert.«

»Wie sollen wir jetzt vorgehen?« fragte Miranda.

Pug schlug vor: »Folgendermaßen: ich stoße hinunter und stelle mich der Smaragdkönigin und ihren pantathianischen Dienern von vorn. Wenn die Falle, die sie bestimmt für mich aufgestellt haben, zuschnappt, greift ihr beide von der Seite an und überrascht sie.«

»Nein«, widersprach Macros. »Ich werde allein dazustoßen.«

Miranda wollte Einwände erheben, doch Macros schnitt ihr das Wort ab: »Du bringst uns hier fort, falls etwas schiefgehen sollte.«

Sie dachte einen Augenblick lang darüber nach, während ihr Haar im Wind flatterte. Pug fand, daß sie noch nie zuvor so schön ausgesehen hatte. »Also gut«, stimmte sie schließlich zu.

Pug gab ihr einen Kuß. »Belege uns alle mit einem Zauber, der uns zurückbringt.«

»Wohin soll es gehen, falls wir schnell fortmüssen?« fragte sie.

Pug hatte sich über diese Frage bereits Gedanken gemacht. »Nach Elvandar«, antwortete er. »Die Elben sind die besten Heiler der Welt, und vielleicht brauchen wir sie. Außerdem haben sie den besten Schutzzauber, falls uns jemand folgen sollte.«

Sie nickte. »Euch zu sagen, ihr sollt auf euch achtgeben, wäre vermutlich ziemlich dumm.« Sie gab ihrem Vater ein Küßchen auf die Wangen. »Gib auf dich acht.«

Dann küßte sie Pug mit aller Leidenschaft. »Komm gesund zurück.«

Pug und Macros stießen zu der Flotte hinunter. »Werde ich vielleicht in Bälde Schwiegervater?« erkundigte sich Macros.

»Wenn wir alles heil überstehen«, gab Pug zurück.

»Dann werde ich dafür Sorge tragen, daß dir nichts passiert«, meinte Macros.

»Darauf zähle ich«, erwiderte Pug, und Macros lachte.

»Was schlägst du vor?« fragte er.

»Ich halte es für das beste, ihnen direkt gegenüberzutreten.« Pug dachte einen Augenblick nach. »Sie werden mich vermutlich sowieso irgendwo zwischen hier und der Straße der Finsternis erwarten.«

»Sie könnten dich auch erst an der Straße der Finsternis erwarten.«

»Das wäre zu spät. Wenn ich keinen Erfolg hätte, bliebe uns dann keine Zeit mehr, uns neu zu formieren, doch wenn ich jetzt angreife ...«

»Was soll ich tun?«

»Halte dich bereit, um sie gegebenenfalls abzulenken. Sie wissen nicht, daß du zurück bist.« Er fügte murmelnd hinzu: »Wenigstens hoffe ich das.« Wieder mit lauter Stimme fuhr er fort: »Sollte ich in Schwierigkeiten geraten, versuch mir eine Gelegenheit zur Flucht zu verschaffen, aber riskier nicht zu viel; Miranda wird uns ansonsten beide wieder herausholen.«

»Ich werde das tun, was notwendig ist«, erwiderte Macros.

»Dann also los!«

Pug verschwand vor Macros' Augen. Der jüngere Zauberer würde versuchen, sich dem Schiff der Smaragdkönigin so weit wie möglich zu nähern, ehe er sich zu erkennen gab. Macros setzte seine übernatürlichen Sinne ein, machte Pug aus und folgte ihm, während er sich der Flotte näherte.

Pug stieß im Sturzflug über die ersten Schiffe des Flottenverbandes hinunter. An der Spitze formten zwanzig Schiffe ein »V«. Auf jeder Seite schützten weitere zwanzig Schiffe den Hauptteil der Armada. Hinten folgte ein Geschwader schneller Kriegsschiffe, das hin und her kreuzte und sich bereithielt, die Spitze oder die Flanken zu unterstützen, falls dies notwendig werden sollte.

Pug entdeckte das Schiff der Smaragdkönigin inmitten eines riesigen Pulks von Frachtschiffen. Mit Hilfe seiner magischen Sehfähigkeit versuchte er, sein Angriffsziel auszumachen.

Als würde er in eine Kristallkugel blicken, sah er die Smaragdkönigin auf einem Thron mittschiffs, auf einer Galeere, die durch die Wellen tanzte und von drei Bänken Ruderern angetrieben wurde. Umgeben war sie von einer Ehrenwache, die aus den bösartigsten Kreaturen bestand, die Pug je zu Gesicht bekommen hatte. Von jeder ging ein fauliger Gestank aus, den sie wie eine Rauchwolke hinter sich herzogen.

Zur Rechten der Königin stand ein Mensch. Pug hielt ihn für General Fadawah. Sein Gesicht und seine ganze Haltung strahlten unnachgiebige Härte aus. Er wirkte, als wäre er aus Granit gemeißelt. Sein Kopf war glatt rasiert, nur ein kleiner Haarknoten fiel ihm in den Nacken. Im Gesicht trug er rituelle Narben, und Pug erkannte die Symbole; es waren die gleichen, die man ihm von dem Moredhelaufrührer Murad beschrieben hatte. Damals war Prinz Arutha auf der Suche nach der Silberdornpflanze gewesen, dem einzigen Mittel, mit dem er das Leben seiner Angetrauten retten konnte.

Zur Linken der Königin stand eine Gestalt in einer Robe, der äußeren Erscheinung nach ein Pantathianer. Unter der Kapuze dieser Kreatur konnte Pug keinerlei Gesichtszüge entdecken. Vorsichtig sandte Pug einen schwachen Energiestrom aus. Vielleicht konnte er so die magischen Schutzvorrichtungen erkennen. Und tatsächlich entdeckte er welche, die er jedoch allzu leicht umgehen konnte.

Das erregte sein Mißtrauen, und er machte sich daran, die Schutzzauber näher zu untersuchen. Wie er erwartet hatte, gab es noch eine zweite Kette von Alarmzaubern, die von den ersteren, eher unbeholfeneren, verdeckt war und die er beinahe ausgelöst hätte.

Er sah sich die Verteidigungsanlagen seines Feindes genau an und bereitete sich auf den Angriff vor.

Pug sammelte seine ganze Kraft und entschloß sich, die Existenz dieses Schiffes schlicht auszulöschen. Mit den anderen Schiffen und den Schlangenpriestern darauf konnte er sich danach beschäftigen. Während sich um ihn herum Energie ansammelte, spürte Pug auf einmal eine fremdartige Kraft, deren Quelle er nicht sofort ausmachen konnte.

Plötzlich kam Bewegung auf das Schiff unter ihm. Eine Handvoll Gestalten in Roben erschien auf Deck und begann, Schutzzauber zu beschwören.

Aber sie waren zu spät dran, denn Pug setzte einen gewaltigen

Strom magischer Energie frei, der ausreichen mußte, um das ganze Schiff in Flammen aufgehen zu lassen. Eine blutrote Feuerkugel löste sich von seinen Fingerspitzen und zischte wie ein todbringender Komet auf das Schiff der Smaragdkönigin zu. Die Explosion war blendend hell und ohrenbetäubend, doch im gleichen Augenblick erkannte Pug seinen Fehler.

»Flieht«, warnte er Macros und Miranda. »Es ist eine Falle!«

Der Energieblitz traf auf einen Gegenzauber, einen, der direkt in die Materie des Schiffes eingewoben war. Wochenlange Arbeit war dazu notwendig gewesen, und es war das Raffinierteste, was die Pantathianer seit Pugs erster Begegnung mit ihnen unternommen hatten. Das Tuch der Segel, das Pech an den Fugen, die Nägel im Rumpf, das Holz der Spieren – alles war von dieser Gegenmagie durchdrungen. Und sowohl die Schutzzauber als auch die Zaubersprüche der Pantathianer hatten nur dem Zweck gedient, die verräterischen Spuren dieser Magie zu verbergen.

Pug hatte sich kaum auf Verteidigung eingerichtet, als sein eigener magischer Angriff zu ihm zurückgelenkt wurde. Der Feuerball schoß auf dem gleichen Weg zurück und suchte seinen Ausgangspunkt. Um Pug herum explodierten enorme Energien, blendeten ihn und betäubten seine Ohren, ließen ihn gar fast die Sinne verlieren. Reflexartig versuchte er, mehr Abstand zwischen sich und das Schiff zu bringen. Rote Flammen zehrten an ihm, und nur seine unglaubliche Kraft und sein Instinkt bewahrten ihn davor, auf der Stelle zu verbrennen.

Und dann griffen jene auf dem Schiff an, und Pug mußte leiden.

Eine Präsenz enthüllte sich Pug, während er sich alle Mühe gab, der nächsten Schmerzwelle auszuweichen. »Du schwächlicher Magier! Glaubst du, wir hätten nicht mit deinem armseligen Angriff gerechnet? Du bist doch nur ein Bauer in diesem Spiel, das so viel größer ist, als du dir vorzustellen vermagst. Und jetzt stirb!«

In diesem Augenblick schaute Pug das wahre Antlitz seines Feindes. Wo die Smaragdkönigin gesessen hatte, hockte nun ein Dämon auf einem goldenen Thron unter einem Baldachin, der sich quer über die ganze Galeere erstreckte. General Fadawah und die Pantathianer waren ihm unterworfen – hilflos blickten sie zu Pug auf. Um ihre Hälse trugen sie magische Bänder, an denen ebenfalls magische Ketten hingen, die der Dämon in der krallenbewehrten Klaue hielt.

»Ich bin Jakan, und ich werde hier herrschen!«

Todesqualen peinigten jede Faser seines Körpers, als Pugs eigene Schutzzauber außer Kraft gesetzt wurden. Seine Robe ging in Flammen auf, sein Haar, seine Haut begannen zu brennen. Ein Schrei löste sich aus seinen versengten, blasenwerfenden Lungen, seine Augen schrumpften in ihren Höhlen. Sein Geist floh vor dem Schmerz, und als er die Dunkelheit um sich herum spürte, merkte er, wie er durch die Luft fiel.

Dann faßten ihn zwei Arme, und Pug, der vor Qual stöhnte, wurde in die Höhe davongetragen. Jede Bewegung bedeutete unsägliche, unerträgliche Schmerzen. Macros schickte Miranda einen Gedanken: »Bring uns hier raus!«

Selbst die frostige Luft brannte auf Pugs glühendheißer Haut. Um ihn herum erhob sich Dunkelheit.

»Wird er durchkommen?« fragte Miranda. Die Angst stand ihr in das versteinerte Gesicht geschrieben.

»Ich weiß es nicht«, antwortete Tathar.

Dominic und Nakor betrachteten voller Schrecken das Ding, das einst Pug gewesen war. Sein Körper war verkohlt, rauchte noch, und an einigen Stellen trat der weiße Knochen hervor. Acaila sagte nur: »Es ist ein Wunder, daß er überhaupt noch lebt.«

Nakor drängte sich durch die Umstehenden. »Das Leben in diesem Mann ist zäh. Es will ihn nicht verlassen. Wir müssen ihm helfen.«

Nakor hob die Hände über den Kopf und murmelte einen Spruch. Dann legte er Pug die Hände auf die Brust, aufs Herz. »Ich brauche alle Kraft, die ihr erübrigen könnt.«

Augenblicklich begannen die Zauberwirker von Elvandar, ihre

Magie zu wirken. Dominic beteiligte sich, indem er den mächtigsten Heilzauber beschwor, den er kannte.

Nakor spürte, wie ihn die Energie durchfloß, wie sie von seinen Händen in Pugs Brust strömte. Schwach konnte er den flatternden Schlag von Pugs Herz fühlen. Langsam wurde er kräftiger, als würde Pug die Energie der anderen in sich aufsaugen wie ein trockener Schwamm das Wasser.

Nakors Körper kribbelte von der Energie. »Einer von euch muß ihm die Hände auf den Kopf legen.«

Acaila tat dies, und Nakor schloß einen Moment lang die Augen.

Mehr und mehr Elben kamen zusammen, um die Heilung zu beobachten. Tomas reihte sich in den Kreis der Umstehenden ein, welche beiseite traten und ihn zu seinem Freund durchließen. Nakor öffnete die Augen wieder. »Gut. Leg ihm die Hände auf den Hals. Seine Lungen sind verbrannt, und ich brauche Hilfe.«

Erneut schloß Nakor die Augen und lenkte die Energieströme, die in Pugs Körper flossen.

Die Zeit verstrich. Aus Nacht wurde Tag, und immer noch knieten sie vor Pug, ließen ihre eigene Energie in den verletzten Zauberer übergehen und wirkten die uralte Magie von Elvandar.

Gegen Mittag sank Nakor in sich zusammen. Zwei ihm wohlbekannte Hände fingen ihn auf. »Meister?« fragte Sho Pi.

»Es ist schon in Ordnung«, erwiderte Nakor. »Ich brauche nur etwas Ruhe.«

»Ich werde weitermachen«, bot sich Nakors Schüler an, nahm die Position seines Meisters ein und legte Pug die Hände auf die Brust.

Miranda gesellte sich zu Nakor. Ihrem kläglichen Gesichtsausdruck und ihren roten Augen nach mußte sie geweint haben. »Wird er durchkommen?«

»Ich weiß es nicht«, antwortete Nakor. »Ein schwächerer Mann wäre auf der Stelle tot gewesen. Selbst die meisten stärkeren wären inzwischen gestorben, doch ihn hält irgend etwas am

Leben.« Er betrachtete den Mann, der auf der Lichtung im Gras lag. »Wie verletzlich und klein er jetzt aussieht, nicht wahr?«

»Ja.« Mirandas Stimme verriet ihre überwältigenden Gefühle.

Nakor seufzte. Es war ihm deutlich anzumerken, wie erschöpft er war. »Je länger er durchhält, desto größer sind seine Chancen. Solange wir ihn mit unseren heilenden Energien unterstützen und er seinen Lebenswillen nicht verliert, wird er nicht sterben. Ich habe Nicholas einmal erzählt, daß das Leben in manchen Menschen schwach und in anderen stark ist. Bei jemandem wie mir, deinem Vater oder dir selbst ist es sehr stark, sonst hätten wir nicht so viele Jahre hinter uns gebracht, doch bei Pug kommt noch etwas anderes hinzu.« Um sie ein wenig zu trösten, fügte er noch hinzu: »Ich denke, er wird durchkommen.«

Miranda sah ihm tief in die Augen. »Das sagst du doch nur, um mich zu beruhigen, oder?«

Nakor versuchte zu grinsen, was ihm jedoch mißlang. »Du hast recht. Wir tun, was wir können, doch ich habe noch nie einen Mann gesehen, der so schwer verletzt war wie er.« Seine Augen verrieten tiefes Bedauern. Aber dann schob er diese Zweifel beiseite und setzte seine gewohnte fröhliche Miene auf. »Aber was weiß ich schon? Ich bin doch nur ein Spieler, der ein paar Tricks kennt, und Tathar und die anderen Zauberwirker geben alles, was ihnen zur Verfügung steht.« Er tätschelte väterlich ihre Hand. »Er wird wieder gesund werden, ganz bestimmt.«

Sie sah Nakor an und erkannte, daß es leere Worte waren. Dennoch wußte sie die Geste zu schätzen. Sie nickte und ging hinüber zu ihrem Vater.

Nakor blickte hinter ihr her, dann betrachtete er Pugs Gesicht, die nässende, rissige Haut, die verkohlten Arme und Beine. »Aber wenn er es tatsächlich schafft, wird es eine lange, lange Zeit dauern, bis er wieder kämpfen kann.«

Tage vergingen, und Pugs Zustand veränderte sich nicht. Die Zauberwirker, Nakor und Sho Pi wechselten sich ab und behandelten den bewußtlosen Zauberer mit ihrer heilenden Magie, so gut es nur ging. Nur wenn sie vollkommen erschöpft waren, wichen sie von seiner Seite.

Nakor hatte gerade wieder einen halben Tag bei Pug verbracht und gesellte sich nun zu Macros und Miranda, die an einem Feuer saßen und aßen.

»Wie geht es ihm?« erkundigte sich Miranda.

»Sein Zustand ist unverändert«, sagte Nakor und schüttelte sachte den Kopf. »Ich fürchte, er wird schwächer.«

Miranda schossen die Tränen in die Augen. Ihr Kummer war nicht zu übersehen. »Er wird nicht durchkommen, ja?«

Nakor zuckte mit den Schultern. »Ich kann es dir nicht sagen. Es wird noch lange dauern, bis wir es genau wissen.«

Macros legte seiner Tochter die Hände auf die Schultern. »Aber wir haben nicht mehr viel Zeit.«

Nakor nickte. »Ja. Und wieder stehen wir vor einem neuen Geheimnis.«

»Ja«, stimmte Macros zu.

»Ich werde eine Weile schlafen; dann sollten wir mit Tomas und der Königin Rat halten«, schlug Nakor vor.

»Einverstanden.«

Die drei erhoben sich, trennten sich und suchten sich jeder einen Schlafplatz. Doch Nakor fand keine Ruhe, er mußte noch einmal auf die Lichtung zurückkehren und nach Pug sehen. Noch immer lag der Magier reglos da. Das einzige Lebenszeichen war das schwache Heben und Senken seiner Brust. Vielleicht bildete Nakor es sich nur ein, aber es schien ihm, als wären die Atemzüge jetzt ein wenig tiefer und regelmäßiger als zuvor. Abermals staunte er über den enormen Lebenswillen des kleinen Magiers.

Aglaranna sah in die Runde und sagte: »Tathar berichtet, Pug würde durchkommen. Doch wird es noch lange dauern, ehe er das Bewußtsein wiedererlangt, und noch länger, bis er wieder gesund ist. Mit unseren Künsten können wir jedoch seine verbrannte Haut und seine gebrochenen Knochen heilen.«

Überall im Rat war Erleichterung zu verspüren, besonders bei Tomas und Miranda.

»Pug hatte recht, wir hingegen nicht«, meinte Macros.

Mirandas Gesicht trug ihre Schuldgefühle, weil sie Pug zu diesem übereilten Angriff gedrängt hatte, offen zur Schau. »Es war mein Fehler.«

»Entweder liegt die Schuld bei uns allen oder bei keinem von uns. Niemand hat Pug, deinen Vater und dich gezwungen, die Smaragdkönigin anzugreifen. Wir wußten, mit welchem Risiko es verbunden war«, meinte Nakor.

»Sie waren besser vorbereitet, als wir erwartet hatten«, stellte Miranda fest.

»Mehr als das«, ließ sich Macros vernehmen. Er wandte sich an Miranda: »Du warst zu weit von dem Kampf entfernt, um es gesehen zu haben, und kannst es daher nicht wissen.«

»Was?«

»Die Frau, die deine Mutter war, ist nur eine Hülle, eine Illusion. Ich vermute, daß sie seit langem tot ist. Die Kreatur, die an der Spitze der Armee steht, ist ein Dämon. Er hat sich Pug gegenüber als Jakan zu erkennen gegeben.«

»Jakan?« fragte Nakor.

»Ist dir der Name etwa bekannt?« hakte Miranda nach.

»Ich habe ihn tatsächlich schon einmal gehört«, bestätigte der kleine Mann. »Er ist ein Dämonenhauptmann, keiner der ganz großen, doch genießt er einen recht guten Ruf.«

»Wir haben in unserer Geschichte ein- oder zweimal mit diesen Wesen zu tun gehabt«, berichtete Tathar. »Doch wie kommt ihr an dieses Wissen?«

Nakor zuckte mit den Schultern. »Man schnappt eben hier und dort etwas auf.«

»Du kannst einen wirklich zur Weißglut treiben«, fauchte Miranda ihn an.

Nakor grinste. »Deine Mutter hat das auch immer gesagt, als wir noch verheiratet waren.« Er seufzte. »Ich wünschte, ich hätte eine Tochter wie dich.«

Macros entgegnete: »Wünsch dir das lieber nicht!«

Und mit einem Male lachte die Versammlung, gleichermaßen aus Erleichterung über Pugs offenkundige Genesung wie über die spöttischen Bemerkungen. Schließlich machte Nakor wieder ein ernstes Gesicht. »Vor vielleicht einem Jahrhundert bin ich in den Gang zwischen den Welten geraten und habe dort einige Zeit beim Ehrlichen John verbracht. Dort kann man gut spielen.« Er zog eine verdrießliche Miene. »Mit dem Mogeln klappt es weniger gut. Aber egal, jedenfalls habe ich, während ich dort war, etwas über Schwierigkeiten mit den Dämonen gehört.«

»Und was für Schwierigkeiten?« fragte Macros.

»Daß es unter ihnen Unruhe gäbe und daß sie versuchten, die Barrieren zu durchbrechen und aus dem Fünften Zirkel in höhere Reiche einzudringen.«

»Schätzungsweise hat ihnen jemand den Weg frei gemacht«, vermutete Macros.

»Das ist es ja gerade, was mir Sorgen macht«, meinte Tomas. »Den Erinnerungen der Valheru zufolge haben wir mit den Dämonen gekämpft, und von unseren Feinden waren nur die Schreckenslords mächtiger als sie. Doch waren die Schreckenslords und die Dämonen in Reiche verbannt, die weit von unserem entfernt lagen. Ihre Anwesenheit hier, sowohl zur Zeit des Spaltkriegs als auch jetzt, legt nahe, daß ein Wesen von großer Macht hinter all diesen Ereignissen steckt.«

Macros und Miranda wechselten einen Blick. »Ich fühle, daß ich etwas darüber weiß …«

»Darüber wußte«, verbesserte Macros sie. Er wandte sich an die Königin und Tomas. »Hier sind größere Mächte im Spiel, und ich spüre, daß unser Tun seine Grenzen hat. Wir sollten uns unseren nächsten Zug gründlich überlegen.«

»Es ist offensichtlich«, stellte Tomas fest, »daß die Flotte gut geschützt wird und daß ein zweiter Angriff sich kaum als klug erweisen würde.«

»Einverstanden«, meinte Macros. »Vielleicht wissen sie über meine und Mirandas Fähigkeiten nicht Bescheid, doch sie vermuten bestimmt, daß Pug Verbündete mit ähnlicher Macht hat. Dieser Dämon, der den Platz der Smaragdkönigin eingenommen hat, ist vielleicht kein großer Dämonenlord, doch er hat seine Untergebenen fest unter Kontrolle, soviel habe ich gesehen, als ich Pug gerettet habe.

Wir sollten uns zunächst mit dem Risiko befassen, ob die Dämonen in der Lage sind, weitere Hauptmänner und Lords nach Midkemia zu schleusen. Diese Gefahr dürfen wir nicht aus den Augen lassen. Die weltlichen Belange der bevorstehenden Invasion sollten wir jenen überlassen, die am besten darauf vorbereitet sind: Prinz Patrick, Herzog James und Marschall William.«

»Gut«, stimmte Tomas zu, »doch wir werden ihnen zur Seite stehen, wenn es soweit ist.«

»Sehr wohl.« Macros nickte. Er erhob sich und trat in die Mitte des Kreises. »Da Pug verletzt ist, muß ich wieder einmal die Führung in diesem Krieg übernehmen.«

Aglaranna erwiderte: »Damals kamt Ihr zu uns und habt unsere Heimat gerettet, Macros. Eure Weisheit ist hier stets willkommen.«

Macros rieb sich den Bart. »Meine Weisheit ist im Augenblick jedoch sehr eingeschränkt, meine Dame. Früher besaß ich Sarigs Gabe, in die Zukunft zu sehen, dazu die Fähigkeit, mich nach Belieben vorwärts und rückwärts durch die Zeiten zu bewegen. Doch jetzt bleibt mir nur ein dumpfes Gefühl dafür, was wir als nächstes tun müssen.«

»Wir müssen den Spalt finden und ihn für immer versiegeln«, schlug Miranda vor.

»Vielleicht solltet Ihr an jenem Ort mit der Suche beginnen, wo Miranda und Calis die Artefakte gefunden haben.« Es war Tathar, der letzteres vorgeschlagen hatte. »Ich habe die Artefakte so gut studiert wie jeder andere, doch auch wenn ich diese fremde Präsenz, die sie berührt hat, nicht benennen kann, so weiß ich doch um ihre Macht. Es müssen die Dämonen sein, und dort, wo die Artefakte gefunden wurden, muß sich auch der Eingang befinden, durch den sie unsere Welt betreten haben.«

Acaila hob die Hand und nickte zustimmend. »So ist es. Tathar und die anderen Zauberwirker haben in den Artefakten eine Magie festgestellt, die große Macht besitzt und raffiniert entworfen ist, gut verhüllt und maskiert, um über ihren Ursprung hinwegzutäuschen.«

»Das ist wahrscheinlich«, meinte Macros.

Tomas sagte: »Ich werde mit euch beiden gehen.«

»Ich dachte, Ihr würdet Elvandar nie verlassen?« fragte Miranda.

Tomas antwortete: »Ich habe geschworen, Elvandar nicht zu verlassen, außer in größter Not.« Er wandte sich an seine Gemahlin. »Und eine solche Situation ist jetzt eingetreten.«

Das Gesicht der Elbenkönigin zeigte keine Regung, doch ihre Augen funkelten. Dann erwiderte sie ruhig: »Ich weiß.«

Tomas fragte Macros: »Soll ich uns einen Drachen rufen?«

»Nein«, entgegnete Macros. »Miranda weiß, wo der Eingang zu diesem Höhlenlabyrinth liegt. Wenn du mich führst«, wandte er sich zu ihr, »werde ich uns drei dorthinbringen.«

Miranda schüttelte den Kopf. »Das werde ich schon hinbekommen.«

Tomas sprach zu seiner Gemahlin: »Warte und nähre die Hoffnung in deinem Herzen. Ich werde zurückkommen.«

Während Tomas davonging, schwiegen alle, und als er nach ein paar Minuten zurückkehrte, keimte in Macros Ehrfurcht auf, selbst wenn er Tomas auch früher schon so gesehen hatte.

Tomas trug Harnisch, Helm, Haube und Kettenhemd, alles aus gediegenem Gold gefertigt. Sein weißer Waffenrock war mit einem goldenen Drachen geschmückt und wurde von einem schwarzen Gürtel gehalten, und auch die Stiefel waren aus schwarzem Leder gemacht. Die Schwertscheide schien aus Elfenbein gefertigt zu sein, doch sie war leer.

Calin trat zu ihm, zog sein Schwert und reichte es dem Gemahl seiner Mutter. »Ich möchte dir mein Schwert leihen«, bot er seinem Stiefvater an.

Tomas nahm die Waffe entgegen, nickte und schob sie in die Scheide. »Ich werde es dir bald zurückgeben«, erwiderte er. Dann wandte er sich an Macros und Miranda. »Kommt. Es ist an der Zeit.«

Er winkte sie zu sich, und Miranda erhob sich, nahm seine Hand und die von Macros, schloß die Augen, und sie waren verschwunden.

Rotbaum sah auf die leere Stelle, die sie hinterlassen hatten. »Bis ich ihn in dieser Rüstung gesehen habe, hatte ich noch Zweifel. Doch er ist wirklich ein Valheru.«

Acaila widersprach. »Kein wahrer. Ein Umstand, für den wir unendlich dankbar sein sollten.«

Schweigen breitete sich aus.

Ein bitterkalter Wind fegte durchs Gebirge, als sie dort erschienen. Nach dem dämmerigen Abendlicht in Elvandar mußte Miranda gegen das grelle Sonnenlicht blinzeln. Die aufgehende Sonne schien ihr direkt in die Augen. »Dort drüben.« Sie zeigte auf einen Höhleneingang.

Rasch traten sie auf die finstere Öffnung zu. Drinnen hörte das Pfeifen des Windes unvermittelt auf, und Tomas fragte: »Ich kann im Dunkeln sehen, aber was ist mit euch?«

Macros hob die Hand, und ein Nimbus aus Licht umgab ihn und erhellte die Höhle. Der Zauberer blickte sich um.

»Diesen Gang habe ich nur durch Zufall entdeckt«, erzählte Miranda. »Boldar Blut machte gerade ein paar Schlangenkrieger nieder, die uns den Weg versperren wollten, als ich von oben einen schwachen Lichtschein bemerkte.«

Bei der Erwähnung des Söldners aus dem Gang zwischen den

Welten meinte Macros: »Es wäre nicht übel, wenn wir ihn und sein Schwert bei uns hätten.«

»Und all seine anderen exotischen Waffen«, fügte Miranda hinzu.

»Allerdings, bei dem Preis, den er verlangt ...«, murmelte Macros.

Tomas lachte. »Euren Sinn für Humor habt Ihr noch nicht verloren, alter Freund.«

»Nun«, meinte Miranda, »vor uns liegt wenig, über das wir lachen könnten. Hier entlang.«

Sie führte die Gesellschaft in einen Gang, der so niedrig war, daß Tomas sich ducken mußte. Halb kletterten, halb gingen sie einen schmalen, steilen Tunnel hinunter, der in einen weiteren Gang mündete. Rutschend drückten sie sich in eine Nische, die zwei Meter über dem Boden des anderen Tunnels lag.

Nachdem sie hinabgesprungen waren, stellte Macros fest: »Es grenzt an ein Wunder, daß du diesen Ausgang überhaupt entdeckt hast.«

Miranda erwiderte: »Es war ausgesprochen dringend. Boldar ist ein furchterregender Krieger, doch wir haben Elvandar nur deshalb lebend erreicht, weil wir uns durch diesen engen Gang zurückziehen konnten. Sonst wären wir überwältigt worden.«

Macros blickte sich um. In dem Tunnel lagen Knochen und ein abgebrochenes Schwertheft. »Allerdings hat hier scheinbar jemand aufgeräumt.«

Tomas fragte: »Aasfresser?«

»Vielleicht«, antwortete Macros. »Wo geht's lang?« wandte er sich an Miranda.

Sie zeigte ihnen den Weg und machte sich auf, ohne noch etwas zu sagen.

Zweimal mußten sie unterwegs anhalten, nicht, weil sie erschöpft gewesen wären, sondern um sich zu orientieren. Einmal holten sie die Marschverpflegung, die die Elben für sie vorbereitet hatten, aus Macros' Tasche, ein anderes Mal tranken sie aus dem Wasserschlauch, den Miranda trug.

Dann erreichten sie die erste große Halle der Pantathianer. »Irgend etwas ist hier in der Nähe«, stellte Tomas mit gesenkter Stimme fest.

»Ich spüre es ebenfalls«, stimmte Macros zu.

»Dann sind wir uns ja mal wieder einig«, meinte Miranda. »Dort entlang.«

Sie zeigte zum gegenüberliegenden Ende der staubbedeckten Halle. Als sie das letzte Mal hiergewesen war, hatten überall tote und sterbende Pantathianer gelegen. »Von dort oben«, sagte sie, »sind wir in diese Höhle hereingekommen und konnten sehen, wie der Dämon unten mit den Pantathianern kämpfte.« Sie deutete nach oben, wo sich entlang der Wände ein Weg nach oben zog. »Wir sind dort entlanggeschlichen und haben uns an einem Seil bis dorthin heruntergelassen.« An der Stelle, auf die sie zeigte, befand sich der Eingang zu einem weiteren Gang.

»Einige Saaur und Pantathianer haben uns Widerstand geleistet, und wir mußten uns den Weg durch den Gang erkämpfen.« Sie blickte sich um. »Wir waren kurz davor kehrtzumachen, als wir durch jenen Gang geflohen sind.«

Tomas meinte: »Irgendwann werde ich dir erzählen, wie mich ein Geist durch die uralte Mac Mordain Cadal gejagt hat. Ich bin heute nur noch am Leben, weil ich zurückgewichen bin und ihn in dem Tunnellabyrinth abgehängt habe.«

»Erstaunlich, wie gut du dich noch an den Weg erinnern kannst, obwohl es schon ein Jahr her ist und du erst einmal hier warst«, befand Macros.

Miranda erwiderte trocken: »Du wirst dich wundern, an was du dich alles erinnern kannst, wenn dein Leben davon abhängt.«

Sie führte sie zu dem Eingang. »Diesen Tunnel hinunter haben wir die Artefakte gefunden.«

Tomas meinte: »Dorthin können wir auch später noch gehen. Ich wäre geneigt herauszufinden, wer oder was sich dort oben befindet.« Er zeigte auf die Tunnelöffnung, durch die Calis' Kompanie vor einem Jahr hier hereingekommen war.

»In dieser Richtung liegt ein Durchgang zum zentralen Eingang, einem großen senkrechten Schacht, der vom Innersten des Berges bis zum Gipfel führt.«

»Ich weiß«, antwortete Tomas. »Die meisten Höhlen der Valheru wurden so angelegt. Sonst hätten die Drachen die Haupthalle nicht erreichen können.«

Miranda übernahm die Führung, und bald waren sie wieder in einem der langen, dunklen Gänge unterwegs.

Die Zeit verstrich, und sie gingen weiter, ohne Rast zu machen. Zweimal fragte Macros seine Tochter, ob sie eine Pause brauche, doch auf diese Frage antwortete sie jedesmal nur mit einer sarkastischen Bemerkung. Nach der zweiten Zurückweisung beschloß Macros, nicht weiter zu fragen.

Miranda wünschte, sie könnten ihre Magie einsetzen, um sich voranzuteleportieren, doch man war sich einig, daß sie dabei vielleicht etwas übersehen könnten. Und da sie ihr Ziel nicht exakt lokalisieren konnten, bestand das Risiko, daß sie mitten im Gestein wiederauftauchen würden.

Sie stiegen den großen Schacht hinunter, den Miranda beschrieben hatte. Als wäre die Mitte des Berges ausgehöhlt, zog sich eine breite Rampe spiralförmig in die Tiefe und nach oben. Es gab kein Geländer und keine sonstige Randbegrenzung, und bei dem starken Wind hatte man leicht das Gefühl, über den Rand gedrückt zu werden. An verschiedenen Stellen verbreiterte sich die Rampe, aber welchem Zweck dies einst gedient hatte, mochte allein Tomas wissen. Macros dachte, er müsse ihn irgendwann einmal danach fragen, doch im Augenblick wollte der Magier nicht sprechen, solange es nicht unbedingt erforderlich war. Dies war weder der rechte Ort noch die rechte Zeit für erbauliche Gespräche.

Als sie zur nächsten Mündung eines Quertunnels kamen, bemerkten sie einen schwachen, unangenehmen Geruch.

»Es ist ganz in der Nähe«, flüsterte Tomas, und sie betraten den breiten Gang.

Macros schnüffelte; er roch den Gestank der Verwesung. »Ob dort einer ihrer Unterschlupfe ist?« flüsterte er zurück.

Tomas zog zur Antwort das Schwert und ging vorwärts. Macros ließ Miranda den Vortritt und bildete das Schlußlicht. Der Krieger in seiner gold-weißen Rüstung war somit der erste, der eine weitere große Höhle betrat, die sich in der Nähe des Schachtes befand.

Macros sah, wie Miranda plötzlich zur Seite trat, um ihm Platz zu machen, während Tomas ein Kriegsgeheul ausstieß und über den Rand der Rampe sprang. Macros eilte hinterher. Der Anblick, den er zu sehen bekam, ließ ihn jedoch augenblicklich erstarren.

Unten hockte eine schuppige Kreatur und knabberte an einem Knochen. Die Schuppen glänzten schwarz und schwach grünlich. Große, fledermausähnliche Flügel waren auf dem Rücken zusammengefaltet, und der Kopf sah fremdartig aus, ein wenig so wie der eines Krokodils, den man aus grauem Stein geschlagen hat. Oben ragte eine Art Hirschgeweih aus dem Schädel. Falls dieser Schädel von Haut geschützt wurde, war diese so straff, daß man sie auf den ersten Blick nicht erkennen konnte, und so zurückgezogen, daß das eindrucksvolle Gebiß zu sehen war.

Mächtige Schultern gingen in lange Arme über und endeten in Händen, an denen Krallen so groß wie Dolche prangten.

»Ein Dämon«, entfuhr es Miranda.

Doch Macros konzentrierte sich bereits auf einen Zauberspruch, der die Kreatur erstarren lassen sollte. Inzwischen landete Tomas auf dem Steinboden vor ihr. Der Dämon erhob sich. Er war einen guten Kopf größer als der halbmenschliche Krieger, und einen Augenblick lang sorgte sich Macros um Tomas' Sicherheit.

Anstatt anzugreifen, drückte sich die Kreatur an die Wand und sprach.

Es war nur ein einziges Wort in einer Sprache, die Miranda

nicht kannte, doch Macros und Tomas reagierten sofort. Macros brach seinen Zauberspruch ab, und Tomas riß sein Schwert mitten im Hieb herum, so daß Calins Klinge funkensprühend direkt neben dem Dämon eine Kerbe in den Steinboden schlug.

Während die Bestie noch versuchte, Tomas' Hieb auszuweichen, sprang Macros schon hinunter und gesellte sich zu seinem Gefährten. Wieder sprach das Untier das fremde Wort aus, und Tomas trat einen Schritt zurück.

»Was ist los?« fragte Miranda von oben.

Macros stand jetzt neben Tomas; er ließ den Dämon nicht aus den Augen. Das gräßliche Wesen verharrte reglos, als würde es abwarten, und Tomas sagte: »Er ergibt sich!«

»Woher weißt du das?«

Tomas drehte sich zu seiner Freundin um. »Das hat er gerufen. Daß er sich ergibt.«

Miranda sprang jetzt ebenfalls nach unten und landete neben Macros. »Ich spreche ein Dutzend Sprachen. Aber diese habe ich noch nie gehört. Was für eine ist es?«

Tomas sah sie an. Die fremden Züge seines Gesichts waren deutlicher denn je hervorgetreten und verrieten seine Verwirrung. »Es ist die Sprache der Valheru. Die rituellen Worte der Unterwerfung. Unsere Diener haben sie zur Begrüßung gebraucht.«

Miranda blickte von Tomas zu dem Dämon, der sich zusammengekauert hatte, und stieß einen langen Seufzer aus. Wann endlich würde ihr Herz aufhören, so heftig zu klopfen? »Das ist doch schon mal etwas.«

Elf

Alarm

Erik rannte.

Während Trommelwirbel erklangen, jagte er durch die Gänge der alten Burg in Tannerus. Oben an der Treppe kam er zu der Tür, die auf den Hof führte. Mit einem Blick hatte er die Szene vor sich erfaßt: die versammelten Soldaten, die Zeugen der Hinrichtung werden sollten, die vier Männer, die auf Holzkisten standen, die Schlingen, die man ihnen bereits um den Hals gelegt hatte. Erik schrie: »Nein!« und sprang über das Geländer hinab auf den nächsten Treppenabsatz, doch im Lärm der Trommeln ging sein Ruf unter. Er stürzte die letzten Stufen zum Hof hinunter. Die Trommelwirbel verstummten, und Kisten wurden unter den Verurteilten weggestoßen. Erik rannte die letzten zwanzig Meter bis zu seinen Soldaten, die dort in Hab-Acht-Haltung standen. Drei der Männer waren sofort tot, der Ruck hatte ihnen das Genick gebrochen, und der vierte hörte gerade auf zu zucken.

Erik blieb stehen. »Verdammt!« fluchte er.

Den Soldaten wurde befohlen wegzutreten, und die Soldaten der Garnison von Tannerus eilten wieder zu ihren Aufgaben. Niemand wollte länger verweilen als notwendig, während vormalige Kameraden im Wind baumelten.

Atemlos stand Erik da und betrachtete seine Männer, die an dem behelfsmäßigen Galgen hingen. Der Hauptmann hatte nicht lange gezögert, das Urteil zu vollstrecken. Hätte er nur halbwegs anständige Galgen errichten lassen, wäre Erik noch rechtzeitig gekommen. Er blickte in die Gesichter der Toten. Vom Sehen her kannte er sie, doch nicht dem Namen nach. Trotzdem, es waren seine Männer gewesen.

Hauptmann Simon de Beswick wendete sein Pferd und entdeckte Erik. »Etwas nicht in Ordnung, Hauptfeldwebel?«

Erik sah den dandyhaften Offizier an, der gerade erst aus dem Osten zurückbeordert worden war. Zusammen mit einer weiteren Kompanie des Prinzen hatte man Erik ins Feld geschickt, und de Beswick war nur vorübergehend an den Hof des Prinzen versetzt worden, eigentlich sollte er im Norden in einer Kaserne Dienst tun. Die beiden Männer waren sich auf Anhieb unsympathisch gewesen. Owen Greylock war die einzige Person, der gegenüber sich de Beswick höflich benahm, und auch nur des höheren Ranges wegen. Ansonsten hatte er für seine Männer kein Wort übrig, es sei denn, es handelte sich um dienstliche Belange, und er behandelte sie gleichermaßen grob wie herablassend. Erik war für eine Woche mit einer Hälfte seiner Soldaten ins Manöver gezogen, während die andere als Wache in der Kaserne blieb. Doch bei seiner Rückkehr hatte man ihn noch am Tor davon in Kenntnis gesetzt, daß vier seiner Männer gehängt werden sollten. Erik ballte die Rechte zur Faust. »Warum wurden diese Männer hingerichtet?«

»Sie haben gestohlen«, erwiderte de Beswick und zog die Augenbrauen fragend hoch.

»Aber sie waren *meine* Männer!« gab Erik zurück. In seiner Stimme schwang ein bedrohlicher Unterton mit.

»Dann solltet Ihr Euch mehr Mühe mit ihrer Disziplin geben, Hauptfeldwebel. Und in Zukunft sprecht Ihr mich mit ›Sir‹ an.«

Der Hauptmann wollte an ihm vorbeireiten, doch Erik packte die Zügel seines Pferdes. »Ihr hattet kein Recht, meine Männer zu hängen. Wir stehen nicht einmal unter Eurem Kommando!«

De Beswick sagte: »Als Kommandant der Garnison von Tannerus hatte ich das Recht, und ich brauche mein Handeln sicherlich nicht vor Euch zu rechtfertigen, *Hauptfeldwebel.*« Indem er langsam sein Schwert aus der Scheide zog, fuhr er fort: »Wenn Ihr jetzt bitte so gut seid und mein Pferd loslaßt, sonst wäre ich gezwungen, Euch wegen Angriffs auf einen Offizier zu töten.«

In diesem Augenblick tauchte Owen Greylock neben Erik auf. »Steckt das Schwert ein, de Beswick!«

»Hauptmann?« fragte der Garnisonskommandant.

»Das ist ein Befehl«, sagte Greylock ruhig.

Widerstrebend schob de Beswick sein Schwert zurück in die Scheide. Owen legte Erik die Hand auf die Schulter. »Hauptfeldwebel, kümmert Euch um Eure Männer. Diese Angelegenheit werde ich übernehmen.«

Owen wartete, bis Erik gegangen war, dann packte er de Beswicks Stiefel und drückte ihn hoch. Wie Owen erwartet hatte, fiel de Beswick auf der anderen Seite aus dem Sattel, und während sein Pferd davongaloppierte, landete der Hauptmann aus Bas-Tyra im Staub.

Owen riß den jungen Mann am Kragen wieder auf die Beine. Mit einem Blick, den man nur als mörderisch bezeichnen konnte, starrte er dem Hauptmann in die Augen. »Uns steht ein Krieg ins Haus, und Ihr tötet *unsere* Soldaten?«

»Sie waren Diebe«, verteidigte sich de Beswick eingeschüchtert.

»Die Hälfte der Soldaten dieser Armee sind Diebe, Idiot.«

Owen stieß ihn von sich, und de Beswick landete unsanft auf dem Allerwertesten. Greylock beugte sich vor und zeigte in die Richtung, in der Erik verschwunden war. »Dieser Mann da, das ist der beste Soldat, den ich je zu Gesicht bekommen habe. Und ich bilde die Jungs seit dreißig Jahren aus. Wenn dieser Krieg losgeht, Ihr unfähiger Schwachkopf, ist er Eure beste Hoffnung, mit dem Leben davonzukommen. Und wenn Ihr nur den Verstand eines Flohs habt, werdet Ihr versuchen, alles von ihm zu lernen, was er Euch über das Überleben in diesen Bergen beibringen kann. Solltet Ihr ihn noch einmal beleidigen, werde ich ihm die Erlaubnis erteilen, Euch herauszufordern, und wenn Ihr ihm mit dem Schwert gegenübertretet, wird er Euch töten. Habt Ihr verstanden?«

»Ja«, erwiderte der jüngere Hauptmann, aber es war offensichtlich, daß ihm das, was er sich anhören mußte, nicht gefiel.

»Und jetzt geht und kümmert Euch wieder um Eure Angelegenheiten, de Beswick. Ich werde mir inzwischen überlegen, was ich in meinem nächsten Bericht an Marschall William schreibe.«

Der Hauptmann ging davon, doch Greylock rief ihn wieder zurück. »Eins noch, de Beswick.«

»Sir?« fragte der Hauptmann.

»Wenn Hauptmann Calis zugegen gewesen wäre, hätte er Euch auf der Stelle umgebracht, darauf könnt Ihr Euch verlassen.«

Nachdem der junge Kommandant der Garnison abgetreten war, machte sich Owen auf die Suche nach Erik. Er fand ihn in den Quartieren der Soldaten, wo er seine Männer darüber ausfragte, was vorgefallen war.

»Es war doch nichts«, berichtete ein Mann namens Gunther.

»Es war ein Jux, mehr nicht, Hauptfeldwebel. Wir waren müde, weil wir den ganzen Tag paradieren mußten –«

»Paradieren?« fragte Erik dazwischen.

»Ja, in Reih und Glied stehen, rechts um, links um, und solche Sachen.«

Ein zweiter Mann, ein alter Soldat namens Johnson, erklärte: »Na, so machen sie es im Osten, Hauptfeldwebel. Die kämpfen nicht, die marschieren nur.«

»Na jedenfalls, die vier Jungs wollten sich nur ein bißchen Bier stibitzen, sonst nichts. Und das ist doch kein Verbrechen.«

Erik merkte, in welch schlechter Laune seine Männer waren, und das konnte er ihnen auch nicht verübeln. Die Hingerichteten hätte man zu zusätzlichen Wachschichten verdonnern dürfen, im schlimmsten Falle hätten sie ein paar Hiebe mit der Peitsche verdient gehabt. Sie zu hängen war unentschuldbar. Er wollte sich gerade dazu äußern, als Greylock sagte: »Erik, ich würde gern ein paar Worte mit dir wechseln.«

Erik ging zum früheren Schwertmeister von Finstermoor hinüber. »Ich weiß, ich hätte einschreiten müssen.«

Als sie außer Hörweite der Soldaten waren, meinte Owen: »Eigentlich hättest du ihn umbringen sollen, aber darum geht es nicht. Mach einen weiten Bogen um ihn; vielleicht hat er es darauf abgesehen, dich herauszufordern.«

»Warum?«

»Er stammt aus Bas-Tyra, aus einer Familie mit den besten Verbindungen. Sein Vater ist ein Cousin des Herzogs von Ran.«

Langsam dämmerte Erik, worauf Owen hinauswollte. »Demnach steht er vermutlich auch denen von Finstermoor sehr nahe.«

»Vielleicht. Ich weiß jedenfalls, daß sie sich kennen, wie gut, davon habe ich keine Ahnung. Doch er könnte im Auftrag von Mathilda handeln.« Der hagere Mann rieb sich nachdenklich das Kinn. »Oder er ist nur ein Idiot, der glaubt, sich die Gunst der Baroninmutter zu sichern, wenn er jemanden umbringt, der Anspruch auf den Titel ihres Sohnes erheben könnte.«

Erik seufzte. »Wie oft muß ich der Welt noch verkünden, daß ich kein Interesse am Titel meines Vaters habe?«

»Das kannst du beteuern, bis du schwarz wirst. Mathilda wird erst zufrieden sein, wenn du tot bist.«

»Was soll ich bloß unternehmen?«

»Ich werde Herzog James eine Botschaft schicken, damit er diesen Idioten in Absprache mit William an eine Stelle versetzt, wo er ruhmreich für den König fallen kann. Ich werde darum ersuchen, daß man ihm den Befehl über die Katapulte auf den Hafenmauern überträgt, die sie in Krondor gerade bauen.«

Erik zuckte zusammen. »Ich dachte, die würden nur mit Freiwilligen bemannt.«

»So ist es. Muß sich der junge de Beswick also nur noch freiwillig melden.« Owen lächelte. »Du wirst mit deiner Kompanie beim ersten Tageslicht abziehen. Bleib nicht länger hier. Ich muß nach Eggly und die Verteidigungsanlagen dort überprüfen. Wir werden der Smaragdkönigin in diesen Bergen einen anständigen Empfang bereiten, damit ihre Armee dorthin zieht, wo wir sie hinhaben wollen.«

Erik seufzte erneut. So viel war noch zu tun, und so wenig Zeit blieb. Die Flotte war von Novindus ausgelaufen – alle, die jenseits des Meeres unter Calis gedient hatten, wußten das. »Wie sieht es in Krondor aus?«

Owen zuckte nur mit den Schultern. »Die ersten Gerüchte machen die Runde. Ein paar der ängstlicheren Leute verlassen die Stadt. Doch die große Unruhe ist bislang ausgeblieben. An der Grenze zu Kesh gibt es einiges an Bewegung, daher glauben die meisten vermutlich, es würde wieder einmal im Süden Krieg geben.«

»Wenn die Flotte die Straße der Finsternis passiert hat, wird es schwierig werden, die Stadt unter Kontrolle zu halten«, vermutete Erik.

»Ich weiß. Und ich denke, James und William werden für diesen Fall eine Lösung parat haben.«

Erik sagte nichts weiter. Die Flotte der Königin würde die Straße der Finsternis in weniger als einem Monat passieren, zur Zeit des Mittsommerfestes. Er befürchtete, Krondor werde zum Besten des Königreichs geopfert werden müssen, aber vor allem befand sich dort das Mädchen, das er liebte. Während er sich zu seinen Männern aufmachte, um der Kompanie mitzuteilen, daß sie am Morgen die Garnison verlassen würden, fragte er sich, ob er wohl Roo überreden könnte, Kitty aus Krondor hinauszubringen.

Roo sah in die Bücher und meinte: »Ich verstehe das nicht.«

Jason bezog diese Äußerung auf Roos Wissen über Buchführung und setzte an, um es ihm nochmals zu erklären.

»Nein«, unterbrach Roo ihn. »Ich kenne die Summe und die Kalkulationen. Was ich nicht verstehe, ist, wieso wir Geld verlieren.«

»Das Problem ist folgendes. Zu viele ausstehende Rechnungen wurden noch nicht beglichen, während wir immer pünktlich zahlen. Wir müssen Geld leihen, obwohl eigentlich genug in der Kasse sein sollte.«

»Was es jedoch nicht ist«, erwiderte Roo. Er hatte jeden verfügbaren Goldsovereign Herzog James geliehen. »Nun gut, ehe ich das Geld von der Krone zurückbekomme, lerne ich vermutlich vorher fliegen.« Seufzend erhob er sich vom Tisch in seinem Büro. »Was würdest du mir raten?«

Jason, der sich in den vergangenen drei Jahren kaum verändert hatte und immer noch wie der junge Mann aussah, als den Roo ihn kennengelernt hatte, sagte: »Du könntest einige unserer weniger profitablen Unternehmen verkaufen.«

»Schon, aber ich hasse es, mich von meinem Vermögen zu trennen.« Er gähnte. »Ich bin müde.« Er sah aus dem Fenster. Draußen war es dunkel geworden. »Wie spät ist es?«

Jason drehte sich um und sah in den Gang hinaus, wo ein wunderschöner keshianischer Zeitmesser aufgestellt worden war. »Es ist fast sieben.«

»Karli wird vor Wut kochen«, gab Roo zurück. »Ich habe ihr versprochen, um sechs zu Hause zu sein.«

»Ist die Familie in der Stadt?«

»Ja«, antwortete Roo nur, schnappte sich seinen Mantel und eilte den Flur entlang.

Glücklicherweise fand er Karli in eine Unterhaltung mit Helen Jacoby vertieft vor. Die beiden Frauen hatten nach dem Tod von Randolph Jacoby Freundschaft geschlossen, sehr zurückhaltend allerdings, da Randolphs Bruder für den Tod von Karlis Vater verantwortlich gewesen war. Dennoch fühlte sich jede Frau in der Gesellschaft der anderen wohl, und die vier Kinder spielten gern miteinander. Und Roo genoß die Abende, an denen sich beide Familien versammelten.

»Da bist du ja«, empfing ihn Karli. »Das Essen wird gleich aufgetragen.«

Ein Geschrei von »Vater!« und »Onkel Rupert!« erfüllte die Eingangshalle, als die Kinder über ihn herfielen. Lachend drängelte sich Roo durch das Gewirr von Beinen und nach ihm greifenden Händen und machte sich zur Treppe auf.

Als Abigail ihm die Treppe hinauf folgen wollte, sagte Roo: »Ich bin sofort wieder unten, Liebling.«

»Nein«, fuhr sie ihn herrisch an. »Geh weg!«

Sie wandte sich um und ging zum Ende der Halle, wo sie mit gekreuzten Armen stehenblieb. Roo blickte von der Treppe aus zu den beiden Frauen im Salon hinüber. Helen lachte, während sich auf Karlis Gesicht Erstaunen breitmachte.

»Das machen sie alle durch«, erklärte Helen.

Roo nickte und eilte hoch ins Schlafzimmer, wo er sich wusch und ein frisches Hemd anzog. Als er ins Eßzimmer kam, saßen die Kinder am einen Ende des langen Tisches. Roo setzte sich zu Karli und Helen Jacoby ans andere Ende.

Roo bemerkte als erstes Helens neue Frisur. Löckchen fielen ihr in die Stirn, zwängten sich unter einem Kamm hervor. Roo fragte sich, ob es unhöflich wäre, sich nach dem Material zu erkundigen, aus dem der Kamm gemacht war, dann ging ihm auf, daß er so gut wie keine Ahnung hatte, was die neueste Mode in der Stadt des Prinzen betraf.

Er dachte, Sylvia würde das schon wissen, und dann wurde ihm bewußt, wie selten er Sylvia in letzter Zeit bekleidet sah. Außerdem erschien es ihm unanständig, in Gegenwart seiner Frau und Helens an sie zu denken.

»Was hast du denn, Roo?« fragte Helen. »Du wirst ja ganz rot!«

Roo hüstelte. »Ich glaube, ich habe mich verschluckt.« Er machte ein großes Aufhebens und hustete heftig, dann wischte er sich gar nicht vorhandene Tränen aus den Augen.

Helen lachte erneut, und mit Erstaunen nahm Roo zur Kenntnis, wie wunderschön sie war. Er hatte sie schon immer für eine gutaussehende Frau gehalten – keinesfalls die Schönheit, die Sylvia darstellte –, doch in ihrem Abendkleid und mit dem hergerichteten Haar war sie ausgesprochen anziehend.

»Helen hat mir erzählt, wie gut du ihre Gesellschaft führst«, berichtete Karli.

Roo zuckte mit den Schultern. »Das Geschäft läuft fast von

selbst. Tim Jacoby« – beinahe wäre ihm entfahren: ... war zwar ein Schwein, doch er wußte, wie man Geschäfte macht. Doch da die Schwägerin des Mannes hier neben ihm saß, sagte er statt dessen: »hatte alles sehr gut organisiert.«

»Ja, das hatte er allerdings«, stimmte Helen zu.

Die Unterhaltung wandte sich nun dem Thema Kinder zu. Man stellte fest, wie sehr sie schon wieder gewachsen waren. Die Jungen fingen langsam an, sich wie Jungen zu benehmen, die Mädchen wurden richtige kleine Mädchen. Noch immer fühlte sich Roo auf diesem Gebiet so unsicher, als würde er unbekanntes Terrain betreten.

Mit der plötzlichen Erkenntnis, daß er eigentlich nichts über sie wußte, betrachtete er seine eigenen Kinder. Er zollte ihnen kaum Aufmerksamkeit, und mit einem Mal ergriff ihn deswegen ein höchst eigentümliches Gefühl. Vielleicht würde er sich mehr für sie interessieren, wenn sie erst älter wären.

Abermals fiel sein Blick auf Helen Jacoby, und sie erwiderte ihn kurz. Als er spürte, wie er sie anstarrte, fragte er: »Darf ich dir einen Brandy anbieten?«

Karli zeigte Überraschung. Bislang hatte Roo ausschließlich seinen Geschäftspartnern Brandy angeboten.

»Nein, danke«, antwortete Helen. »Ich glaube, es ist Zeit, die Kinder ins Bett zu bringen.«

Die Jacobys fuhren in einer von Roos Kutschen davon, und Karli brachte die Kinder zu Bett. Roo saß eine Weile lang allein in seinem Arbeitszimmer und nippte abwesend an einem Brandy. Sorgenerfüllt ließ er seine Gedanken schweifen; er wußte, der Krieg stand vor der Tür, und es war an der Zeit, die Familie in den Osten oder zumindest auf das Anwesen vor der Stadt zu bringen.

In Gesprächen mit Erik, Jadow Shati und anderen, die ihm vertrauten, hatte er erfahren, daß sich bereits Invasoren auf dem Gebiet des Königreichs befanden. Die meisten hatte man ausgeschaltet, doch wer konnte schon wissen, wie gefährlich eine Reise in den Osten werden konnte, wenn die Kämpfe erst einmal begannen.

Karli schaute herein und fragte: »Kommst du mit ins Bett?«

»Ja«, antwortete Roo, »gleich.« Als seine Frau sich zum Gehen wandte, merkte er an: »Du scheinst Helen und ihre Kinder zu mögen.«

»So ist es«, bejahte Karli. »Unsere Familien stammen aus demselben Ort, und wir haben viel gemeinsam. Und ihre Kinder sind doch wirklich niedlich.«

Eine Idee kam Roo in den Sinn. »Was würdest du dazu sagen, die Jacobys für ein paar Wochen auf unser Anwesen einzuladen, wenn das Mittsommerfest vorbei ist? Die Kinder könnten reiten und im Fluß schwimmen.«

»Roo, die sind doch noch zu klein zum Reiten.«

»Nun gut, dann besorgen wir eben Ponywagen.« Er erhob sich. »Im Sommer ist es fürchterlich heiß in der Stadt, und dort draußen wird es viel angenehmer sein.«

Vorsichtig fragte Karli: »Du versuchst nicht etwa, mich loszuwerden, Roo?«

Alarmiert, daß sie etwas von seiner Affäre mit Sylvia ahnen mochte, nahm er sie in die Arme. »Aber nicht doch. Ich habe nur gedacht, es würde mir gut gefallen, da draußen ein wenig Ruhe im Kreis meiner Familie zu finden.«

»Mit vier Kindern anstelle von zweien wirst du wohl kaum Ruhe finden«, entgegnete Karli.

»Du weißt genau, was ich meine.« Neckend tätschelte er ihren Po und küßte sie. Sie erwiderte den Kuß. »Gehen wir ins Bett.«

Obwohl ihn die Sorgen plagten, gelang es ihm, Karli zufriedenzustellen. Nachdem sie sich geliebt hatten, lag sie in seinen Armen und schlief. Eine seltsame Verwirrung bemächtigte sich seiner, wie es oft der Fall war, wenn er seiner Frau beiwohnte und dabei an eine andere dachte. Nur diesmal war es nicht Sylvia Esterbrook gewesen, sondern Helen Jacoby.

Er erinnerte sich an Gwen, das Serviermädchen in Ravensburg, an das er seine Unschuld verloren hatte, und sagte im stillen zu sich selbst: »Gwen hatte recht; wir Männer sind doch alle Schweine.«

Aber die Müdigkeit bereitete diesem Augenblick der Einsicht ein baldiges Ende, und Roo fiel in tiefen Schlaf.

Erik las den Befehl. »Wir sollen zurück nach Krondor.«

Die Korporale Harper und Reed salutierten und gingen sofort los, um den Soldaten, die überall in den Hügeln verteilt lagen, die entsprechenden Befehle zu erteilen.

Erik rieb sich die Stirn und rechnete. Die meisten der Männer hier draußen gehörten zu den letzten, die ausgebildet werden mußten, zu den letzten, denen die wichtige Aufgabe anvertraut werden sollte, die Ausbreitung der Front der Invasoren soweit einzuschränken, wie Prinz Patrick und seine Berater dies für notwendig erachteten. Viele von ihnen würden auch zur Verteidigung der Stadt eingesetzt werden, und falls Erik die Lage richtig einschätzte, würden jene Einheiten, denen die Verteidigung der Berge übertragen werden sollte, bald in kleinen Gruppen aufbrechen, als Patrouillen getarnt, damit die Spione der Smaragdkönigin wenig zu berichten hätten.

Erik bewunderte Marschall Williams Pläne, denn nun schien es, als würden alle Einheiten, die im Westen zerstreut waren, zur Verteidigung der Stadt zurückgerufen werden.

Er blinzelte in die Sonne. In zwei Wochen war Mittsommer, dann würde sich die Flotte der Smaragdkönigin der Straße der Finsternis nähern. Es war heißer als gewöhnlich zu dieser Jahreszeit, und das bedeutete, daß es einen unerträglichen Sommer geben würde.

Während sich seine Männer versammelten, dachte er darüber nach, daß der Sommer unerträglich werden würde, selbst wenn das Wetter angenehmer würde. Allerdings würde es längst Spätherbst sein, bevor die Invasoren in diese Berge einfielen, und falls man sie bis zum ersten Schnee aufhalten könnte, würde das Königreich überleben.

Harper kehrte zu ihm zurück. »Die Befehle wurden erteilt, Hauptfeldwebel, und in einer Stunde sind wir marschbereit.«

»Sehr gut«, meinte Erik. »Habt Ihr Hauptmann Greylock in den letzten Stunden gesehen?«

»Vor ungefähr einer Stunde, dort drüben.« Der Korporal zeigte die Straße hinunter.

»Wenn die Männer fertig sind, wartet nicht auf mich, sondern brecht mit ihnen nach Krondor auf.« Er sah zum Himmel. »Es wird noch vier Stunden hell sein, und wir sollten gute zehn Meilen schaffen, bevor wir das Nachtlager aufschlagen.«

»Jawohl, Hauptfeldwebel.«

Erik stieg aufs Pferd und ritt los. Bald fand er Greylock, der am Straßenrand stand und eine Karte las.

»Owen«, begrüßte Erik ihn.

»Erik«, erwiderte Owen. »Seid Ihr marschbereit?«

»Bald«, antwortete Erik und stieg ab. »Die Korporale haben die Befehle ausgegeben, und in den nächsten Minuten sollte die Truppe aufbrechen.« Er ließ sich am Straßenrand auf den Boden plumpsen. »Ich schätze, wir sind hier oben fertig.«

»Mit der Ausbildung sind wir fertig«, gab Greylock zurück. Er ließ sein Pferd grasen und setzte sich neben Erik. »Beim nächsten Mal, wenn wir hier oben sind, wird es ernst.«

»Ich habe mir schon tausendmal gewünscht, wir würden noch ein paar Tage oder eine Woche haben, um diese Männer besser vorzubereiten.«

»Du hast wahre Wunder vollbracht«, lobte Greylock. »Ehrlich, Erik, niemand hätte mehr aus den Männern herausholen können. Weder Calis noch Bobby de Loungville.«

»Danke, Owen.« Erik seufzte. »Dennoch frage ich mich, ob es ausreicht.«

»Da bist du sicherlich nicht der einzige, der sich Sorgen macht, mein junger Freund.«

»Hat dir Lord William gesagt, was als nächstes geschieht?«

»Ja«, antwortete Greylock. Er deutete mit dem Kopf die Straße hinunter. »Zumindest, was deinen Teil betrifft. Und den Rest kann ich mir denken.«

»Wir werden Krondor verlieren, nicht wahr?«

»Vermutlich«, gestand Greylock ein. »Du hast mit eigenen Augen gesehen, was mit den Städten passiert, die sich der Smaragdkönigin widersetzen, doch wir müssen sie in Krondor lange genug festhalten, damit sie die Berge erst spät erreicht.«

Erik blickte in den blaßblauen Himmel hoch, der mit dünnen Wolken durchsetzt war. »Wenn das Wetter so bleibt, könnte es ein langer Sommer werden.«

Greylock seufzte. »Ich weiß. Prinz Patrick hat einige Magier beauftragt, das Wetter vorherzusagen, und alle stimmen darin überein, daß es höchstwahrscheinlich ein langer heißer Sommer wird.«

»Warum setzen wir eigentlich keine Magier ein? Die Königin tut es doch auch?« fragte Erik.

Owen lächelte. »Ich denke, wir halten noch einige magische Überraschungen für sie bereit. Kannst du dich noch an Nakors Argumente dafür erinnern, weshalb man keine Kriegsmagie einsetzen sollte? Er hat es uns doch oft genug erklärt.«

Erik lachte. »Ja, ich kann mich noch daran erinnern. ›Ein Magier hat einen Trick. Der nächste Magier setzt seinen Trick dagegen. Ein dritter setzt seinen Trick gegen den zweiten. Der vierte versucht, dem zweiten zu helfen. Dabei stehen sie alle starr rum und geben sich alle Mühe, einander zu übertreffen, und dann kommt die Armee und schlägt ihnen die Köpfe ab‹«, äffte er Nakor nach.

Greylock lachte. »Man kann sich Nakor wirklich genau vorstellen.«

Erik zuckte mit den Schultern. »Aber wenn wir ihren Magiern nichts entgegensetzen, haben sie einen enormen Vorteil.«

Greylock erhob sich. »Ach, meine Knochen werden langsam zu alt, um dauernd durchs Land zu reiten.« Und während er sein Pferd holte, ging er im Scherz in der gebeugten Haltung eines alten Mannes. Erik lachte. Greylock zog dem Pferd die Zügel über den Kopf, dann setzte er den Fuß in den Steigbügel und stieg auf. Im Sattel sagte er: »Erik, je länger du redest, desto mehr hörst du dich wie ein General an und nicht wie ein Hauptfeldwebel. Also stell solche Fragen nicht in Gegenwart des Prinzen, sonst befördert er dich noch.«

Erik mußte erneut lachen. »Mit anderen Worten, ich soll meinen Mund halten.«

»Wie ich schon sagte«, meinte Greylock. »Der Prinz hat noch das eine oder andere As im Ärmel.«

Erik stieg auf sein Pferd. »Wir sehen uns, wenn ich mit meinen Männern wieder in der Stadt bin.«

»Gut.« Greylock nickte. »Ach, eine Sache noch.«

»Ja?«

»Die Kommandanten der verschiedenen Garnisonen wurden alle zu einer letzten Ratsversammlung einberufen, unter dem Vorwand, sie sollten Banapis mit dem Prinzen feiern, aber du kennst den Grund. Demnach wird sich de Beswick ebenfalls in Krondor aufhalten.«

»Ich werde die Augen offenhalten.«

»Gut. Das Fest wird dieses Jahr nicht so sein wie sonst.«

Erik nickte. Seit er in die Dienste des Prinzen getreten war, hatte er Banapis noch nie in der Stadt gefeiert. »Ich werde darauf achten, daß ich mich nicht zu sehr ablenken lasse.«

Erik ritt zu seinen Männern zurück. Seit jenem Tag der Hinrichtung hatte er de Beswick nicht mehr zu Gesicht bekommen. Doch Greylocks Vermutung, der Mann könnte ein Spion von Mathilda von Finstermoor sein, hatte er nicht vergessen. Außerdem hatte Erik noch vier weitere Gründe, den Kerl auch dann nicht aus den Augen zu lassen, wenn dies nicht zutraf.

Erik stand steif im hinteren Teil des Raumes. Er war der einzige, der weder einen Adelstitel trug noch den Offiziersrang bekleidete. Hauptmann Calis und Greylock, die einzigen beiden Männer im Saal, die er ein wenig besser kannte, saßen auf der anderen Seite bei Marschall William, dem Herzog von Krondor und dem Prinzen.

Einige der anderen Männer, Mitglieder des prinzlichen Hofes, Palastoffiziere und Adlige aus der Umgebung, kannte er vom Sehen, obwohl er mit den wenigsten je ein Wort gewechselt hatte. In einer Stunde würde man ihn entlassen, und dann würde er vielleicht ein bißchen Zeit für sich haben, ehe er an die Ausführung der Befehle ging, die sicherlich auf ihn warteten.

Patrick erhob sich. »Meine Lords, meine Herren. Es erfreut mich sehr, euch zu sehen. In ausgewählten Gruppen werdet ihr anschließend über die neueste Lage unterrichtet. Es ist kein Geheimnis, daß eine feindliche Armee auf dem Weg zu uns ist, und in den vergangenen Monaten haben wir unsere Vorbereitungen für die bevorstehende Invasion getroffen.

Einige von euch wissen mehr als andere, und aus Gründen der Staatssicherheit ersuche ich euch, weder untereinander Vermutungen noch Informationen auszutauschen. Geht davon aus, daß euer Nachbar genauso sachkundig ist wie ihr und euch über die Informationen hinaus, die ihr schon besitzt, keine weiteren geben kann. Ich bitte euch also, keine Fragen zu stellen.«

Einige der Adligen schienen über diesen Befehl ein wenig erstaunt zu sein, doch niemand erhob Einwände. Ein paar blickten sich im Raum um und versuchten, die Reaktionen der anderen abzuschätzen.

»Und nun zur generellen Lage. Ich werde euch berichten, was ihr wissen müßt, bevor die Feindseligkeiten beginnen.« Der Prinz machte zwei Junkern ein Zeichen, und die beiden entfernten ein großes Tuch von der Wand. Dahinter kam eine riesige Karte des westlichen Reiches zum Vorschein, von der Fernen Küste bis zu Malacs Kreuz. Der Prinz nahm einen Zeigestock und ging zur linken Seite der Karte. »Hier«, sagte Patrick und zeigte auf die Straße der Finsternis, »erwarten wir die Flotte des Feindes in der nächsten Woche.«

Unter den Adligen erhob sich Gemurmel, doch rasch kehrte wieder Stille im Saal ein. »Bis sie hier angekommen sind« – er zeigte auf einen Punkt nördlich von Endland – »müssen wir vollständig mobilisiert haben. Und aus diesem Grunde werdet ihr euch in der Woche vor Banapis in Sitzungen treffen, Befehle erhalten und alles vorbereiten. Das Mittsommerfest sollten wir so feiern, als wäre nichts geschehen – wir können die Bevölkerung noch nicht aufklären. Doch inzwischen machen bereits die ersten Gerüchte die Runde. Lord James?«

Der Herzog von Krondor berichtete: »Meine Agenten in der Stadt setzen ebenfalls Gerüchte in Umlauf. Wir gehen gar nicht gegen die Kriegsgerüchte vor, doch wir verbreiten den Eindruck, daß die Schwierigkeiten aus Richtung Groß-Kesh kommen. Da Krondor in den letzten zweihundert Jahren keine keshianische Armee mehr gesehen hat, richten sich die Sorgen der Menschen gegenwärtig eher auf steigende Steuern als auf eine unmittelbare Gefahr.«

James' Gesicht verfinsterte sich. »Das wird sich jedoch bald ändern. Wenn die ersten Schiffe aus den Freien Städten und von der Fernen Küste wegen der im Anzug befindlichen Flotte ausbleiben, wird sich rasch die Nachricht ausbreiten, daß etwas von Westen her kommt. Wenn das geschieht, werden wir die Stadttore schließen müssen.«

»Kriegsrecht?« fragte einer der Adligen aus der Umgebung.

»Ja«, antwortete Prinz Patrick.

Herzog James fuhr fort: »Unser Feind ist gefährlich, weit gefährlicher, als die meisten von euch sich vorzustellen vermögen. Wenn wir mit all den Besprechungen, die in der nächsten Woche anstehen, durch sind, werdet ihr die Gefahr wesentlich besser einschätzen können, doch bis dahin akzeptiert einfach, was ich euch jetzt sage: Krondor hat noch nie vor einer solchen Prüfung gestanden.

Wir werden eine Ausgangssperre verhängen und, falls möglich, die Evakuierung der Stadt anordnen, bevor sie eingekreist ist.

Doch sobald der Feind gelandet ist, werden die Tore verschlossen, und dann muß Krondor standhalten.«

»Standhalten?« fragte ein anderer Adliger. »Bekommen wir keine Hilfe aus dem Osten?«

Patrick hob die Hand. »Ruhe. Wie ich bereits gesagt habe, werden wir euch alles mitteilen, was ihr wissen müßt. Und ihr werdet gehorchen.« Sein Tonfall unterband jegliche Diskussion über dieses Thema. Falls sich einer der Adligen dadurch herabgesetzt sah, gab er dies nicht zu erkennen.

Patrick fuhr fort: »Was die Befehlshierarchie anbetrifft, steht diese bereits fest. Erstens, Marschall William ist der oberste Befehlshaber der Armee des Westens.« Er hielt ein Dokument in die Höhe. »Laut Befehl des Königs.« Ein paar Adlige betrachteten das Papier interessiert, zu überraschen schien es jedoch niemanden. Es war Tradition, daß der Marschall von Krondor rangmäßig genauso hoch stand wie ein Herzog, gelegentlich hatte der Herzog von Krondor in der Vergangenheit auch schon beide Ämter innegehabt. Patrick deutete auf Calis. »Hauptmann Calis wird den Rang eines Generals des Königreiches einnehmen.« Patrick hob ein weiteres Dokument in die Höhe. Es dauerte einen Augenblick, bis sich das zuletzt Gesagte gesetzt hatte, dann fiel einigen der Adligen die Kinnlade herunter. Auch Erik war überrascht. Als General des Westens hatte Calis den zweithöchsten Rang in der Armee des Prinzen. Doch als General des Königreiches war er der zweite in der Rangfolge nach Marschall William und stand somit über allen Herzögen des Königreiches.

Calis äußerte dazu lediglich: »Ich möchte jedoch darauf bestehen, auch weiterhin als ›Hauptmann‹ angesprochen zu werden.« Er zeigte auf Erik und fügte hinzu: »Mein Stellvertreter ist Hauptfeldwebel Erik von Finstermoor. Trotz seines bescheidenen Rangs wird er stets in meinem Namen sprechen, wenn er Befehle überbringt.«

Auf diese Verkündung hin erhob sich grollendes Gemurmel im Saal. Patrick zögerte nicht und beendete es sofort, indem er mit dem Zeigestock auf den Tisch schlug. »Diese spezielle Einheit wird unabhängig von der traditionellen Ordnung der Armeen des Westens operieren. Eins möchte ich jedoch von vornherein klarstellen. Falls ihr je von einem Offizier dieser speziellen Einheit, egal welchen Ranges, einen Befehl erhaltet, so werdet ihr ihm Folge leisten, als käme er direkt von der Krone. Habe ich mich verständlich gemacht?«

Niemand im Saal ließ daran einen Zweifel. »Ja, Euer Hoheit«, sagten einige der Adligen.

»Die Einheiten dieses speziellen Kommandos, die alle unter dem Befehl von Lord Calis stehen, also die Krondorischen Späher und andere Hilfstruppen, sind in diesen Befehl mit eingeschlossen. Ihr werdet noch eine vollständige Liste dieser Einheiten erhalten.«

Erik blickte sich um. Einigen der anwesenden Herzöge war die Wut über diesen Befehl deutlich anzumerken, wenngleich sie sich Mühe gaben, dies zu verbergen. Patrick zeigte, daß er gelernt hatte, sein Amt auszuüben und ließ den Zeigestock erneut auf den Tisch knallen. »Meine Lords!« sagte er mit lauter, doch beherrschter Stimme.

Dann sprach er mit normaler Lautstärke weiter. »Wenn dies alles vorüber ist, werdet ihr die Notwendigkeit dieser besonderen Einheiten und die Abweichung von der traditionellen Hierarchie einsehen. Ich brauche euch nicht daran zu erinnern, was wir aus dem Spaltkrieg gelernt haben: ein geeintes Kommando ist unabdingbar. Und da wir nur einen Marschall haben, müssen wir ihm die Entscheidung darüber lassen, wer die Truppen unter seinem Kommando befehligt.«

William fiel daraufhin wie ein Schauspieler auf sein Stichwort ein: »Wir werden die Verteidigung der Gegend um Krondor organisieren und dabei die meisten der Soldaten unter eurem Kommando brauchen. Jene von euch, deren Garnisonen sich in der Nähe befinden, werden am Tag nach Banapis dorthin zurückkehren. Jene, die aus weiter entfernten Garnisonen kommen, werden ihre Truppen in die Garnison des Prinzen verlegen, direkt unter mein Kommando. Einige von euch wird man fragen, ob sie sich für besonders gefährliche Aufgaben freiwillig melden. Nun, ich möchte euch nochmals darauf hinweisen, daß ihr außerhalb dieses Raumes mit niemandem über das hier Gesagte sprechen dürft. Unser Feind ist schlau und hat überall seine Spione, vielleicht auch in eurem Kommando. Daher vertraut niemandem. Für jetzt seid ihr zunächst entlassen, bis wir mit jedem von euch unter vier Augen gesprochen haben.«

Erik wartete, während die Lords des Westlichen Reiches von Krondor den Saal verließen. Einige von ihnen konnten ihre Wut noch immer nur schwer im Zaum halten. Als sich der Raum bis auf Patrick, William, Calis, Erik und einige Beamte des Hofes geleert hatte, sagte Patrick: »Nun, das ist besser gelaufen, als wir uns erhoffen konnten.«

Auf Eriks Gesicht machte sich unverhohlenes Staunen breit. Calis erklärte ihm: »Er meint, es habe wenigstens keinen offenen Aufruhr gegeben.«

William lachte. »Wir haben es bis zur letzten Minute aufgeschoben, ihnen mitzuteilen, daß sie nur eine zweitrangige Rolle spielen werden, doch länger konnten wir es ihnen nicht vorenthalten.«

»Ganz richtig habe ich das alles noch nicht verstanden«, äußerte sich Erik.

»So sollte es auch sein«, erwiderte Calis. Er fragte den Prinzen: »Würdet Ihr mich jetzt entschuldigen?«

»Ja, Ihr solltet Euch besser beeilen«, antwortete Patrick.

Erik warf William einen Blick zu; der sagte nur: »Eine besondere Mission.«

Erik hatte sich längst an Calis' besondere Missionen gewöhnt. Er unterdrückte seine Neugier. »Ja, Sir.«

»Ich habe noch eine Menge zu tun für Euch, Hauptfeldwebel«, sagte William. »Aber Ihr braucht damit nicht eher anzufangen, als bis ich mir all diese Adligen vorgenommen habe. Nehmt Euch den heutigen Abend frei und ruht Euch etwas aus. Von morgen mittag an werdet Ihr bis Banapis von früh bis spät mit Arbeit beschäftigt sein.«

»Ja, Sir«, erwiderte Erik. »Sonst noch etwas?«

»Im Augenblick nicht, aber denkt einmal darüber nach, wer uns von dem letzten Schub Rekruten draußen in den Bergen von Nutzen sein könnte. Morgen mittag möchte ich eine Liste der besten fünfzig auf meinem Schreibtisch haben.«

»Ja, Sir.«

»Ich habe bereits Befehl gegeben, daß dreihundert Eurer besten Männer unter dem Kommando von Colwin und Jadow Shati bei Tagesanbruch aufbrechen. Der größte Teil Eurer Männer wird diese Woche in kleinen Gruppen abmarschieren. Ich werde Euch morgen mittag über den neuesten Stand der Dinge unterrichten. Bis dahin könnt Ihr über Eure Zeit verfügen.«

Erik salutierte, wünschte dem Prinzen, dem Herzog und den anderen einen guten Tag und verließ den Ratssaal. Er eilte in sein Quartier, setzte sich und ging die Liste mit Männern durch, mit denen er gerade aus den Bergen zurückgekommen war.

Zunächst fühlte er sich mit der Aufgabe überfordert. Die Namen sagten ihm gar nichts; wie sollte er fünfzig davon auswählen, die damit eine leicht höhere Überlebenschance bekamen? Dann fiel ihm ein Name ins Auge: Reardon. Er konnte sich an den Mann erinnern, weil er in einer angespannten Situation, wo andere Männer die Beherrschung verloren hätten, nur eine witzige Bemerkung gemacht hatte. Alle in der Nähe hatten gelacht, und die Anspannung hat sich vermindert, und die gestellte Aufgabe war schließlich bewältigt worden.

Er sah das Gesicht des Mannes vor sich, und langsam fielen ihm auch die anderen fünf Männer ein, die zu dieser Gruppe gehört hatten. Dann erinnerte sich Erik an eine weitere Gruppe.

Nach Ablauf einer Stunde hatte Erik fünfzig Soldaten aufgelistet, die er für den Einsatz in den Bergen tauglich hielt. Er fühlte sich wesentlich besser, da er diese unangenehme Aufgabe nun hinter sich wußte, und machte sich zum Waschraum auf, wo sich bereits andere dienstfreie Soldaten wuschen. Er lauschte auf den Klatsch, der ausgetauscht wurde, und nachdem er sich erfrischt hatte, war er überzeugt, daß die ganze Kaserne den bevorstehenden Konflikt spürte.

Schließlich hatte Erik sich frische Kleider angezogen und machte sich so schnell es ging ins Gasthaus Zum Gebrochenen Schild auf. Das Wirtshaus war überaus belebt, aber das hielt Kitty nicht davon ab, hinter dem Tresen hervorzustürzen und ihm in die Arme zu fliegen. Erik lachte, und als ihn das schlanke Mädchen küßte, begrüßte er sie: »Immer mit der Ruhe, Frau. Sollen die Leute denn denken, du würdest gar keinen Anstand besitzen?«

Kitty meinte nur: »Wen interessiert es schon, was die Leute denken?«

Einige der umstehenden Gäste lachten über diese Bemerkung. Und eine der Huren, die Herzog James angestellt hatte, sagte: »Mich bestimmt nicht, Kleines!«

»Wie ist es dir ergangen?« erkundigte sich Erik.

Sie kniff ihm neckend in die Wange. »Ich war einsam. Wann mußt du wieder im Palast sein?«

Erik lächelte. »Nicht vor morgen mittag.«

Kitty kreischte fast vor Freude. »Ich habe heute Frühschicht und brauche nur noch zwei Stunden zu arbeiten. Iß doch etwas, aber trink nicht zuviel mit deinen Kasernengenossen, denn ich habe später noch etwas mit dir vor.«

Erik errötete. Die Gäste, die Kittys Äußerung mitangehört hatten, brüllten vor Lachen.

Erik ging hinüber in die Ecke des Wirtshauses, wo Feldwebel Alfred mit anderen Männern aus Eriks Einheit saß. Erik zog sich einen Stuhl heran, und eines der anderen Mädchen brachte einen Krug Bier und einen frischen Becher für Erik. Sie füllte die anderen Becher wieder auf und überließ die Männer dann sich selbst.

»Warum so ernst?« wollte Erik wissen.

»Befehle«, meinte Alfred.

Einer der anderen, ein Korporal aus Rodez namens Miguel, fügte hinzu: »Wir brechen morgen bei Sonnenuntergang auf.«

Erik nahm einen langen Zug Bier. »So?«

Alfred sagte: »Es geht los.«

Die anderen Soldaten nickten.

Erik, der einzige Mann im Raum, der Calis auf seinen Reisen nach Novindus begleitet hatte, erwiderte: »Nein, losgegangen ist es schon vor langer Zeit.« Er starrte einen Moment ins Leere, dann blickte er seinen Gefährten an. »Aber jetzt ist es hier angekommen.«

Kitty kuschelte sich an Eriks Schulter. »Ich hasse den Gedanken, daß du morgen aufbrechen mußt.«

»Ich weiß«, erwiderte Erik.

»Was hast du?«

»Warum denkst du, ich hätte etwas?«

Sie lagen in ihrem Zimmer. Erik hätte es sich leisten können, ein Zimmer für sie zu mieten, doch er hatte seine Kindheit in einem ähnlichen Verschlag verbracht, und der Geruch von Tieren und Heu, Leder und Eisen war ihm angenehm vertraut.

»Natürlich hast du etwas, Erik. Du machst dir doch Sorgen.«

Erik wog seine nächsten Worte mit äußerster Sorgfalt ab. »Kennst du einen Weg aus der Stadt hinaus?«

»Ich weiß, wo die Tore sind«, ulkte sie.

»Nein, ich meine, falls die Tore geschlossen wären, glaubst du, du würdest irgendwie hinauskommen?«

Kitty richtete sich auf und stützte sich auf einen Ellbogen. »Warum?«

»Antworte einfach: Kennst du einen Weg?«

»Vermutlich keinen, bei dem ich nicht auf Spötter treffen würde.«

Erik dachte erneut nach. Das, was er ihr gleich mitteilen würde, grenzte an Verrat, zumindest setzte er sich über seine Befehle hinweg. »Ich möchte dich um einen Gefallen bitten.«

»Du kannst alles von mir haben.«

»Wenn das Fest nächste Woche zu Ende geht, kurz vor Sonnenuntergang ...«

»Ja?«

»Schleich dich aus der Stadt; verlasse sie mit den Bauern, die in die Dörfer zurückkehren.«

»Wie?« fragte sie. Auf ihrem Gesicht zeichnete sich Verblüffung ab.

»Ich kann dir den Grund nicht verraten, aber ich möchte, daß du nach Banapis nicht mehr in Krondor bleibst.«

»Du meinst, du willst mir den Grund nicht verraten. Aber was hat es damit auf sich?«

»Herzog James hat an jedem Stadttor seine Agenten, die nach Spionen Ausschau halten, aber vermutlich auch Befehl haben, dich oder jeden anderen, der fliehen will, aufzuhalten. Banapis ist die beste Gelegenheit, aus der Stadt zu kommen.«

»Aber warum sollte ich Krondor verlassen?« wollte Kitty wissen.

»Wenn du bleibst, weiß ich nicht, ob du das alles überleben wirst. Mehr kann ich dir bei den Göttern nicht sagen.«

»Du machst mir ja richtig angst«, erwiderte sie. Kitty hatte noch nie zugegeben, vor etwas Angst zu haben.

»Gut. Vor dem, wovon ich dir nicht mehr erzählen darf, mußt du mehr Angst haben als vor Herzog James' langem Arm. Verschwinde aus der Stadt und mach dich zu Roos Anwesen auf. Versteck dich dort. Ich werde mit ihm besprechen, wie wir dich in den Osten bringen können. Und kein Wort zu irgendwem, verstanden?«

»Wo wirst du sein, während ich mich im Osten verstecke?«

»Ich werde in den Krieg ziehen.«

Erik spürte, wie sie sich in seine Arme schmiegte. Ihre heißen Tränen fielen auf seine Brust. »Werden wir uns jemals wiedersehen?«

Er hielt sie fest, strich ihr durchs Haar und küßte sie auf die

Wange. »Ich weiß es nicht, aber ich werde mir alle erdenkliche Mühe geben, meine Liebe.«

Sie erwiderte seinen Kuß. »Ich möchte am liebsten vergessen, was du gerade gesagt hast.«

»Du kannst es bis Banapis vergessen«, sagte Erik.

»Bis Banapis.«

Zwölf

Mittsommer

Mit einer ausladenden Geste umfaßte Roo den Saal.

»Das ist schon was anderes als in Ravensburg, was?«

»Damit hast du allerdings recht«, stimmte Erik zu.

Der Hofsaal war gefüllt mit Adligen, die den Palast zum Mittsommerfest besuchten und nun auf die traditionelle Eröffnung des Festes am Mittag warteten. Erik sah sich um; in ihm stritten zwei gegensätzliche Gefühle miteinander. Banapis war traditionell der fröhlichste Tag des Jahres, der Tag, an dem jedermann im Königreich ein Jahr älter gezählt wurde. Es war ein Tag des Trinkens, des Spielens, der Liebe, des Tanzes, schlicht ein Tag mit allem, was die Menschen gewöhnlich als Vergnügen ansahen. Dienstboten hatten nach Mittag frei, und nachdem sie den Tisch für die Adligen gedeckt hatten, durften sie sich unter sie mischen oder in die Stadt gehen und dort am Fest teilhaben.

In Ravensburg ging das alles viel weniger förmlich zu. Die Dienstboten arbeiteten die Nacht und den Morgen durch, um das Essen vorzubereiten. Am Mittag eröffneten dann die Mitglieder der Winzergilde die Feierlichkeiten mit ihrem Auszug aus dem Rathaus. An diesem Tag gab es in Ravensburg alles umsonst, die reicheren Bürger teilten mit den ärmeren. Was immer aufzutreiben war, kam auf die großen Tische, und um zwölf Uhr begann der Schmaus.

Hier jedoch bekamen manche Diener erst frei, nachdem sich der Prinz und seine Familie zur Nacht zurückgezogen hatten. Einige durften bereits früher gehen, mußten dann jedoch später wieder da sein, um den Platz der anderen zu übernehmen. Gleichgültig, welche Traditionen in anderen Teilen des Königreichs galten, die Familie des Prinzen durfte nicht ohne Bedienung bleiben.

Erik wußte – weil er die Befehle selbst weitergegeben hatte –, daß die Soldaten gewarnt worden waren, sich nicht bis zur Besinnungslosigkeit zu betrinken. Jeder Mann, der offensichtlich betrunken in sein Quartier zurückkam, würde am nächsten Morgen zur Rechenschaft gezogen werden. Unter gewöhnlichen Umständen hätte diese Maßnahme nicht ausgereicht, um die jüngeren Soldaten abzuschrecken, doch die angedrohte Strafe bestand in einem Tag Arbeit an der neuen Mole im Hafen.

Und das war der Grund, weshalb Eriks ansonsten fröhliche Stimmung gedämpft war. Im Hinterkopf dachte er ständig an die bevorstehende Schlacht, und er machte sich Sorgen wegen Kittys geplanter Flucht aus der Stadt.

Und auch sein Gewissen machte ihm zu schaffen. Er hätte besser gleich zu Lord James gehen und ihn darum bitten sollen, Kitty fortzuschicken, doch aus Angst, der Herzog könne seinen Wunsch ablehnen, hatte er den Befehl mißachtet. Sicherlich hatte James Kitty nicht ausdrücklich verboten, Krondor zu verlassen, doch dieser Einwand würde nicht sehr schwer wiegen.

Dennoch, auf der anderen Seite ließ ihn dies relativ kühl. Kittys Sicherheit war am allerwichtigsten. Allein die Angst um seine Mutter und Nathan, ihren Ehemann, bereitete ihm ähnliche Sorgen. Kitty würde, nachdem Roo ihr Schutz gewährt hatte, einen Brief von Erik nach Ravensburg bringen. In diesem Brief würde er Nathan auffordern, mit Freida in den Osten zu gehen.

Natürlich wußte Erik, daß niemand, sollte das Königreich fallen, irgendwo auf Midkemia sicher sein würde, aber die Kämpfe würden sich vielleicht bis nach Finstermoor ausdehnen, und selbst wenn das Königreich schließlich siegen würde, lag Ravensburg einfach auf der falschen Seite der Berge. Mit allergrößter Wahrscheinlichkeit würde es von den Invasoren überrannt werden.

Roo fragte: »Was ist los mit dir?«

Mit gesenkter Stimme antwortete Erik: »Komm mal einen Augenblick mit.«

Roo gab Karli ein Zeichen, daß er bei Erik wäre, und sie nickte. Die Kleinen waren sauber geschrubbt und gekämmt und benahmen sich wie die liebsten Kinder der Welt. Etwa zwanzig der wichtigsten Kaufleute mischten sich als Gäste des Prinzen unter die Adligen, die vor den allgemeinen Festlichkeiten zu einem privaten Empfang geladen waren.

Duncan Avery war in eine Unterhaltung mit Sylvia Esterbrook vertieft, und Erik fragte sich, ob Roo seinen flegelhaften Cousin absichtlich auf das Mädchen angesetzt hatte, damit Karli keinen Verdacht schöpfte.

Roo fragte: »Was gibt's denn?«

»Äh«, begann Erik, »du hast ja Helen Jacoby und ihre Kinder mitgebracht.«

»Ja«, antwortete Roo. »Sie sind schon ein fester Bestandteil meines Lebens geworden.« Er grinste. »Wirklich, Helen ist eine wunderbare Frau, und sie und Karli kommen glänzend miteinander aus. Und die Kinder verstehen sich ebenfalls prächtig.

Aber sag, was hast du auf dem Herzen? Du hast mich doch nicht hier rübergezerrt, um mit mir über Helen Jacoby zu sprechen, oder? Dir brennt doch etwas auf der Seele. Ich kenn dich, Erik von Finstermoor; und du weißt doch, ich bin dein bester Freund. Wenn es um einen Gefallen geht, also bitte, frei heraus damit.«

»Ich möchte, daß du Kitty versteckst«, sagte Erik leise.

Roo riß die Augen auf. Von allen Männern, die nicht zum Hof gehörten, wußte er über die Vorgänge im Königreich am allerbesten Bescheid. Er hatte unter Calis gedient und mit eigenen Augen gesehen, welche Verheerungen die Smaragdkönigin angerichtet hatte. Er war bestens über die Vorbereitungen für den bevorstehenden Krieg informiert, da seine Gesellschaften mehr Geschäfte mit der Krone machten als alle anderen. Und er konnte recht gut einschätzen, was für Verteidigungsmaßnahmen ergriffen wurden, weil seine Wagen Waffen und Proviant durch das ganze Fürstentum beförderten.

Zudem kannte er auch Kittys Status und wußte, wer sie gewesen war, ehe sie von Lord James eingefangen worden war, und was es bedeutete, wenn man dem Herzog von Krondor ins Handwerk pfuschte. Roo zögerte einen Augenblick. »Natürlich.«

Erik war vor Erleichterung völlig überwältigt. Tränen stiegen ihm in die Augen. Er riß sich zusammen und flüsterte: »Danke.«

»Wann willst du sie aus der Stadt bringen?«

Erik sah sich um, ob jemand ihr Gespräch mitanhören konnte, und sagte dann: »Bei Sonnenuntergang. Ich habe ihr normale Kleider und eine Theaterperücke besorgt. Sie wird sich unter die Bauern mischen, die in die Dörfer zurückkehren.

Im Gasthaus Zum Stillen Hahn in der Nähe von Essford habe ich Geld für sie hinterlegt und ein Pferd bereitgestellt. Der Gastwirt hält sie für die Tochter eines reichen Händlers, die mit mir durchbrennen will, und ich habe ihm genug gezahlt, damit er keine Fragen stellt.«

Roo grinste. Er hatte sich vor zwei Jahren Geld von Erik geliehen, um sein Unternehmen zu gründen, und diesen relativ kleinen Betrag Gold hatte er seinem Freund tausendfach zurückgezahlt. »Also hast du endlich eine Verwendung für das Geld gefunden, das ich für dich verdient habe?«

Erik brachte ein schwaches Lächeln zustande. »Ja.«

»Nun, ich hoffe nur, du hast diesem Wirt nicht zuviel bezahlt. Das Gasthaus gehört mir, und du hättest alles umsonst haben können.«

Erik lachte. »Gibt es in Krondor eigentlich noch etwas, was dir nicht gehört?«

Roo blickte hinüber zu Sylvia, die über etwas lachte, was Duncan ihr erzählt hatte, und erwiderte: »Tja, ich fürchte doch.«

Erik ignorierte die Anspielung. »Wann brichst du zu deinem Anwesen auf?« fragte er.

»Morgen. Kitty braucht nur eine Nacht in dem Gasthaus zu

verbringen. Morgen kann sie dann zu mir kommen. Ich werde sie in die Küche stecken.« Er dachte darüber nach und fügte hinzu: »Ich werde mir für Karli und das andere Personal irgendeine Geschichte ausdenken, etwa, daß sie aus einem meiner Gasthäuser kommt oder so, aus welchem, entscheide ich später, und dort Schwierigkeiten gehabt hat.« Er senkte die Stimme. »Und hinterher erzähle ich Karli die Wahrheit, und dann wird sie zufrieden den Mund halten. Romantische Geschichten liebt sie über alles.«

Erik schüttelte den Kopf. »Also gut, Roo. Und vielen Dank.«

»Komm schon«, sagte der kleine Mann. »Wir sollten uns lieber unter die Leute mischen und uns vergnügen. Du wirst wahrscheinlich später noch zum Gebrochenen Schild gehen, oder?«

»Sobald ich von hier wegkann.« Erik lächelte. »Die Leute würden sich fragen, ob wir uns gestritten haben, wenn wir Banapis nicht zusammen feiern.«

Roo schoß plötzlich ein Gedanke durch den Kopf. »Geh mit ihr zum Tempel und heirate sie. Wenn James euch auf die Schliche kommt, wird er dir vielleicht nicht ganz so böse sein, weil du schließlich nur deine Frau vor der bevorstehenden Schlacht in Sicherheit bringen wolltest.«

Erik stand da wie vor den Kopf geschlagen. »Heiraten?« Er sah seinen Freund an. »Daran habe ich überhaupt noch nicht gedacht.«

Roo kniff die Augen zusammen. »Du bist einfach schon zu lange Soldat, mein Freund.«

Beide lachten. Erik wandte sich an Karli, die gerade in diesem Moment zu ihnen trat. »Mrs. Avery, ich überlasse Euren Ehemann jetzt wieder Euch.«

Karli lächelte. »Danke. Die Kinder sind gelangweilt von all dem Gerede der Erwachsenen, und wir gehen mit ihnen zu den Jongleuren und Narren draußen im Hof.«

Roo warnte sie: »Paß bloß bei den Quacksalbern auf! Kauf ja nichts! Ich komme sofort nach.«

Erik bemerkte, daß er nur Spaß machte, und Karli ignorierte ihren Mann einfach. Sie und Helen nahmen die Kinder, verabschiedeten sich von der Gemahlin des Herzogs und gingen hinaus.

Plötzlich durchfuhr sowohl Erik als auch Roo der Schreck, als sie bemerkten, wie Lady Gamina sie anblickte. Beide wußten um ihre Fähigkeit des Gedankenlesens und spürten nun, daß ihr irgend etwas aufgefallen war.

Sie zögerte einen Moment, und dann mischte sich in ihrem Gesicht Traurigkeit mit Niedergeschlagenheit; schließlich kam sie auf Erik und Roo zu. Beide verneigten sich, und Erik begrüßte sie: »Herzogin, es ist uns eine Ehre.«

Lady Gamina erwiderte: »Ihr wart noch nie ein guter Lügner, Erik, also gebt Euch erst gar nicht die Mühe.« Sie warf Roo einen Blick zu und fuhr fort: »Und Ihr, versucht nicht, ihn dazu zu machen. Ehrliche Männer wie Erik sind leider allzu selten.« Sie studierte Eriks Gesicht. »Ich lese nie die Gedanken anderer Menschen, solange mich mein Gemahl nicht zum Wohl des Staates darum bittet« – ihre Augen verrieten bei diesen Worten ein gewisses Bedauern – »aber gelegentlich schnappe ich ungewollt Gedanken auf bei jenen, die nicht merken, daß sie ihre Sorgen ›herausschreien‹. Gewöhnlich hängt dies mit starken Gefühlen zusammen.« Sie lächelte schwach. »Also, warum habt Ihr plötzlich ›heiraten‹ geschrien, Erik?«

Erik errötete fürchterlich. »Es ist nur ... ich werde Kitty heiraten.«

Gamina blickte ihn kurz an, dann lächelte sie erneut. »Ihr liebt sie also, richtig?«

»In der Tat.«

Die alte Dame ergriff Eriks Hand und tätschelte sie sanft. »Dann heiratet sie, junger Mann. Ich weiß nicht, ob es nicht sinnlos ist, jemandem Glück zu wünschen, bei dem, was auf uns zukommt, aber dennoch: Nehmt Euch, was Ihr könnt.« Sie sah über die Schulter zu ihrem Gemahl, der von Adligen umringt war.

»Genießt Eure Jugend, und wenn all das ein gutes Ende finden sollte, bewahrt sie wie einen Schatz. Ich weiß, wie schwierig dies für jemanden ist, der dem König dient. Und ich weiß noch besser, wie es ist, wenn man mit jemandem verheiratet ist, der dem König dient.«

Ohne noch etwas hinzuzufügen, machte sie sich auf den Weg zu ihrem Gemahl.

Roo blickte Erik an und gab ihm mit einem Nicken zu verstehen, daß er mit ihm aus dem überfüllten Empfangssaal kommen sollte. Draußen im Vorraum, der vergleichsweise leer war, flüsterte Roo: »Glaubst du, sie weiß Bescheid?«

Erik nickte. »Bestimmt.«

»Aber sie wird nichts sagen?«

Erik zuckte mit den Schultern. »Vermutlich wird sie ihren Gemahl meinetwegen nicht anlügen, doch freiwillig wird sie es ihm auch nicht erzählen.« Einen Augenblick lang wurde er sehr nachdenklich. »Sie hat so etwas Trauriges an sich.«

Roo zuckte mit den Schultern. »Wenn du es sagst.« Er sah zurück in den Empfangssaal. »Ich sollte besser mal nach Duncan gucken.«

»Genau«, meinte Erik nicht ohne einen gewissen Sarkasmus. Er wußte genau, daß Roo sich nur mit Sylvia unterhalten wollte. »Ich habe noch ein paar Dinge zu erledigen, ehe ich mich zu Kitty aufmachen kann.« Er flüsterte seinem Freund ins Ohr: »Danke. Ich werde ihr sagen, sie soll morgen zu deinem Anwesen gehen.«

Roo flüsterte zurück: »Ich werde sie als Dienstmädchen verkleiden, wenn wir in einem Monat nach Osten reisen.«

»Das wird allerdings knapp.«

»Wenn ich mich früher verdrücke, wird mich der Herzog unter irgendeinem Einwand einsperren, darauf kannst du wetten.« Er drückte Eriks Arm und ging zurück in den Saal.

Erik ging in sein Quartier, wo er seinen schwarzen Wappenrock mit dem blutroten Adler gegen Straßenkleidung wechseln wollte. Als er sich ausgezogen hatte, betrachtete er den roten Vogel einen Moment lang.

Was mochte Calis wohl an diesem Banapis machen, fragte er sich.

Calis sagte: »Dort!«

Anthony schloß die Augen und murmelte leise einige Silben vor sich hin. Die Luft vor ihnen begann zu schimmern. Sie schien sich zu biegen und zusammenzuziehen, und plötzlich befand sich eine Linse vor ihnen, durch die sie deutlich sehen konnten, wie die Smaragdkönigin mit ihrer Flotte die Straße der Finsternis durchquerte.

Der alte Magier schnappte nach Luft. »Das ist vielleicht das Nützlichste, was ich je gelernt habe. Der Zauberspruch krümmt die Luft zu einer kugelförmigen Linse. Das ist sehr passiv, und auf diese Entfernung sollten wir nicht entdeckt werden, es sei denn, die Pantathianer sind außerordentlich mißtrauisch.«

Die beiden Männer standen auf einem hohen Berg, dem südlichsten Gipfel der Grauen Türme, von dem aus man die Straße der Finsternis überblicken konnte. »Setz dich«, meinte Calis. »Du bist ja ganz außer Atem.«

»Das macht nur die Höhe«, erwiderte Anthony und fügte, indem er Platz nahm, hinzu: »Und das Alter.« Er sah hinaus in die Morgensonne. »Und zu dieser unseligen Stunde gezwungen zu werden, in den Bergen herumzuklettern. Der Teleportzauber war doch anstrengender, als ich dachte.«

Anthony war ein schmaler Mann, der auf die Sechzig zuging. Sein Haar, einst hellblond, war inzwischen grau-weiß, doch seine Haut zeigte noch sehr wenig Falten. Er atmete tief durch. »Früher bin ich hier herumgeklettert, ohne gleich in Atemnot zu geraten.«

Calis lächelte seinen alten Freund an. »Ich glaube, du übertreibst. Der südliche Paß liegt mindestens tausend Meter niedriger als dieser Gipfel. Ich bezweifle, ob du jemals so hoch oben warst wie jetzt.«

»Also gut, dann übertreibe ich eben.« Der Schwager des Herzogs von Crydee streckte sich lang auf dem Felsen aus und versuchte, es sich so bequem zu machen wie möglich. »Ich bin zu müde. Was siehst du?«

»Die Vorhut hat die Straße der Finsternis durchquert und schwärmt in Angriffsformation aus. Wie kann ich dieses Ding drehen?«

Trotz der warmen Jahreszeit war der Wind eisig, da sie auf einem Gipfel zweieinhalbtausend Meter über dem Meer saßen. »Ich muß es drehen. In welche Richtung?«

»Zuerst nach rechts. Ich will mir ansehen, wie groß die Flotte ist.«

Anthony hob die Hand und richtete sie parallel zu der Luftlinse aus, dann drehte er die Hand langsam. Die Linse folgte seiner Bewegung.

Auf Calis' erster Reise nach Novindus hatte Anthony ihn begleitet. Er hatte damals als Hofmagier in den Diensten von Herzog Martin gestanden und war in dessen Tochter Margaret verliebt gewesen. Die Reise um die halbe Welt hatte allein dem Zweck gedient, die entführte Margaret und andere Geiseln zu befreien.

Anthony sagte: »Habe ich schon einmal erwähnt, daß die Dinge sich, wann immer du auftauchst, plötzlich sehr zum Schlechten für mich entwickeln?«

»Reiner Zufall«, gab Calis lächelnd zurück. »Dessen bin ich mir sicher.« Er blickte durch die Linse. »Halt sie einen Moment so.« Er betrachtete die Aufstellung der Schiffe. »Verflucht!«

»Was ist?« fragte Anthony.

»Sie sind äußerst vorsichtig.«

»Inwiefern?«

»Ihre Erkundungsschiffe sind viel näher an der Küste, als Nicky gedacht hat.«

»Das ist schlecht.«

»Also wird Nicky es mit Kriegsschiffen zu tun bekommen, und selbst, wenn er siegt, nur wenig Schaden anrichten.«

»Das ist noch schlechter.« Anthony schnüffelte. »Riechst du etwas?«

»Nein. Wieso?«

»War nur eine Frage«, antwortete Anthony und schnüffelte erneut.

»Dreh die Linse noch ein wenig.« Anthony tat wie gebeten, bis Calis sagte: »Halt!« Dann meinte Calis: »Das Schiff der Königin ist von Kriegsschiffen umringt, und …« Er zögerte. »Ist das nicht seltsam?«

»Was?«

»Sieh es dir selbst an.«

Anthony erhob sich mit theatralischem Stöhnen und sah Calis über die Schultern. »Bei den Göttern!«

»Was ist denn?«

»Ich sehe einen Dämon auf ihrem Thron sitzen.«

»Für mich sieht es wie Lady Clovis aus«, meinte Calis.

»Nun, du bist auch kein Magier«, entgegnete Anthony. Er zog eine Tüte mit Puder hervor. »Schnüffle mal daran.«

Calis tat dies und mußte niesen. »Was war das?«

»Tut mir leid, eine der Zutaten ist Pfeffer. Reib es dir nicht in die Augen.«

Calis blinzelte wegen der Tränen und sah wieder durch die Linse. Einen Augenblick lang erkannte er zwei Gestalten auf dem Podest in der Mitte des Schiffes, die Illusion der Smaragdkönigin und den Dämon. »Das würde erklären, was Pug passiert ist.«

»Ich wäre dankbar, wenn du mir das erklären könntest«, erwiderte Anthony. »Schließlich bin ich nur ein ganz einfacher Magier. Um die Wahrheit zu sagen, habe ich mir kaum noch Mühe gegeben, seit man mir meinen Titel verliehen hat.«

»So geht's einem, wenn man in den Adelsstand heiratet«, antwortete Calis.

»Man hat auch nur wenig Zeit für die Magie, wenn man sich um seine Ländereien kümmern muß.«

»Na, bis jetzt hast du Pug doch wunderbar ersetzt«, meinte

Calis trocken. »Glaubst du, daß du dorthin fliegen und diese Kreatur vernichten könntest?«

Anthony schloß die Augen und sang leise einen Zauberspruch, dann schnaubte er, als er die Luft durch die Nase einsog. Er verzog das Gesicht. »Nein, ich fürchte, das könnte selbst Pug nicht.«

»Wirklich? Und warum?«

»Weil ich vielleicht nicht so mächtig bin wie Pug und nicht so schlau wie einige dieser Kerle in Stardock. Aber Magie kann ich sehr wohl riechen.«

»Du riechst Magie?«

»Frag mich nicht. Das gehört zu den Geheimnissen unseres Handwerks.«

»Augenblick, was willst du damit sagen?«

»Ich meine es ernst: ich kann es bis hier oben riechen, und wir sind Meilen entfernt. Dieses Schiff wurde von etwas Großem angegriffen, und das kann nur Pug gewesen sein. Der Geruch, der dort noch in der Luft hängt, rührt von einer enormen Auseinandersetzung magischer Mächte her. Und da diese Kreatur immer noch dort ist, Pug hingegen nirgends zu sehen, müssen wir das Schlimmste annehmen.«

Calis seufzte. »Die Dinge scheinen sich ständig nur zum Schlimmeren zu entwickeln.«

»Können wir jetzt gehen? Mir wird kalt.«

»Gleich. Dreh die Linse doch mal nach links. Ich will mich noch ein bißchen am südwestlichen Horizont umgucken, falls das möglich ist.«

»Es ist wie mit einem Fernrohr; du kannst nur soweit sehen, wie du mit deinen eigenen Augen blicken kannst – wenn du soweit sehen könntest. Für das, was du willst, braucht man allerdings einen Kristall, und ich habe vergessen, einen mitzubringen. Aber selbst wenn wir einen Kristall hätten – die erste Person, die ihn auf diese Kreatur da richtet, würde den Versuch vermutlich mit geblendeten Augen bezahlen.«

»Nun, dann richte die Linse so weit in die Richtung« – Calis zeigte sie ihm – »aus, wie du kannst.«

Anthony tat, worum Calis ihn gebeten hatte. Calis brummte zufrieden.

»Und?« fragte der Magier.

»Die Königin hatte ein Geschwader zur Nordküste Richtung Tulan geschickt. Aber ihre Südflanke ist nur leicht geschützt.«

»Na ja, dort gibt es ja auch nur einsame Inseln und das Trollheimgebirge. Und von einer Trollmarine hat man seit Menschengedenken nichts mehr gehört.«

»Das nicht, aber das keshianische Elarial ist nur eine Woche entfernt, und Li Meth liegt nur zwei Tage weiter westlich. Und die Inseln in der Gegend sind das ideale Versteck für Piraten.«

Anthony schwieg einen Augenblick lang. Dann fragte er: »James?«

»Höchstwahrscheinlich. Er läßt schon seit Monaten das Gerücht von einem Goldtransport aus einem sagenhaften Land verbreiten.«

»Was für ein verschlagener Hundesohn«, staunte Anthony.

»Ich glaube, ich kann Segel sehen«, meldete Calis. Er streckte die Hand in Richtung Südosten aus. »Kannst du die Linse dorthin drehen?«

»Ich bekomme bei jedem Mal Kopfschmerzen«, beschwerte sich Anthony.

»Bitte«, wiederholte Calis.

»Also gut.« Anthony drehte die Linse erneut, und Calis berichtete: »Da kommt eine Piratenflotte aus Durbin und Li Meth. Das müssen an die hundert Kriegsschiffe sein!« Er lachte. »Wahrscheinlich ist jeder Pirat zwischen Elarial und Durbin mit von der Partie.«

Anthony sah es sich an. »Und einige von ihnen scheint die Gegenwart ihrer Nachbarn nicht gerade zu erfreuen.«

»Die Kapitäne von Durbin werden in Li Meth nicht besonders gern gesehen. Drehst du die Linse bitte dorthin?«

Calis beobachtete, wie sich die Linse nach Westnordwest ausrichtete. »Ach, die Queganer!«

»Wie weit entfernt?«

»Zwei Tage vielleicht, wenn ich die Vergrößerung richtig einschätze.«

Anthony machte eine Handbewegung, und die Linse verschwand. »Gut. Jetzt können wir nach Hause.«

»Ja. Ich muß meinen Vater aufsuchen. Wenn Pug wirklich etwas zugestoßen ist, wird er vermutlich darüber Bescheid wissen.« Im stillen dachte er, daß sein Vater auch wissen würde, ob Miranda etwas passiert war. Nakor hatte angedeutet, daß Pug und Miranda zusammen wären, und sein Schweigen nach dieser Äußerung hatte Calis ausgesprochen nachdenklich gemacht.

Er griff in seine Manteltasche und zog eine eigentümliche Metallkugel hervor. Dann winkte er Anthony zu sich, und der Magier legte seinem Freund die Hand auf den Arm und betätigte mit dem Daumen einen Hebel an der Kugel.

Augenblicklich passierten sie das Nichts und fanden sich leicht verwirrt mitten im Hof von Burg Crydee wieder. Dort warteten drei Gestalten auf sie.

»Was habt ihr gesehen?« fragte Herzog Marcus. Der Mann war fast ebenso groß wie Calis und einst von mukulöser Statur gewesen. Doch während man dem Halbelb das Alter kaum ansah, forderte es bei dem fünfzigjährigen Herzog bereits seinen Tribut. Dennoch war Marcus noch immer ein kräftiger Mann, wenn auch sein Haar inzwischen vollkommen ergraut war.

Neben ihm standen zwei Frauen, von denen die eine der Ähnlichkeit nach offensichtlich seine Schwester war. Sie hatte eine gerade Nase wie ihr Bruder und auch die gleichen Augen. Für ihr Alter wirkte sie ebenfalls ausgesprochen kräftig. Lady Margaret, die Schwester des Herzogs und die Gemahlin von Anthony, fragte: »Anthony?«

Er lächelte. »Da oben ist es selbst zu dieser Jahreszeit ganz schön kalt.«

Marcus grinste. »Also wart ihr dort, wo ihr hinwolltet?«

»Laßt uns etwas trinken, während wir uns darüber unterhalten«, schlug der Magier vor.

Die dritte Person, die Herzogin Abigail, meinte: »Das Essen wartet schon auf euch. Wir wußten nicht, wie lange ihr fortsein würdet.« Marcus' Gemahlin fehlte es äußerlich an Vitalität, doch sie ging raschen Schrittes und mit der Geschmeidigkeit einer Tänzerin. Mit einem Lächeln auf den Lippen winkte sie Calis und ihren Schwager zum Hintereingang der Burg.

»Viel haben wir nicht sehen können«, berichtete Anthony. »Die Schlacht hat noch nicht begonnen.« Nach einem Blick auf den Sonnenstand fügte er hinzu: »Vor morgen wird es auch nicht losgehen. Wie weit waren die Queganer noch entfernt, Calis? Zwei Tage?«

»Queganer?« fragte Margaret.

»Wir erklären euch drinnen alles«, meinte Calis.

Sie stiegen die Treppe zum Burgfried hoch. Für Calis war Crydee immer seine zweite Heimat gewesen. Seine Großeltern hatten hier gelebt, und sein Vater war in seiner Kindheit in der Burg Küchenjunge gewesen und hatte im Hof mit den anderen Kindern gespielt.

Während der Überfälle vor dreißig Jahren war die Burg vollkommen zerstört worden. Damals war Calis zu seiner ersten Reise zum fernen Kontinent aufgebrochen, eigentlich nur als Beobachter und Vertreter seiner Eltern. Seitdem war er jedoch zu seinem Leidwesen öfter nach Novindus zurückgekehrt, als ihm lieb war.

Sie durchquerten die große Halle und betraten das Speisezimmer. Dessen Mittelpunkt bildete ein großer Tisch, der nach alter Tradition wie ein Hufeisen geformt war und an dem leicht zwanzig Personen Platz nehmen konnten. Der Herzog und seine Gemahlin saßen für gewöhnlich an der Stirnseite des Tisches, während Gäste und Höflinge der Rangfolge nach an den Seiten plaziert wurden.

Calis sah sich im Saal um. Bunte Banner hingen dort, wo einst alte und zerschlissene die Wände geschmückt hatten. Calis konnte sich aus der Kindheit noch daran erinnern. Es waren die Kriegstrophäen der ersten drei Herzöge von Crydee gewesen.

»Es ist nicht mehr der gleiche Raum, nicht?« fragte Marcus.

»Nein.«

»Wie geht es Vater?« wollte Margaret wissen.

»Gut«, antwortete Calis. »Zumindest beim letztenmal, als ich ihn gesehen habe, und das war vor einem Jahr. Aber er führt ein erfülltes Leben, und ich wüßte nicht, was sich daran geändert haben sollte. Wäre irgend etwas passiert, hätte Mutter euch unverzüglich in Kenntnis gesetzt.«

»Natürlich«, meinte Margaret. »Wir vermissen ihn nur einfach.«

»Ja«, stimmte Marcus zu, »dennoch ist es besser, ihn glücklich und lebendig dort zu wissen, als hier in der Gruft.«

»Nun, wenn wir das alles hinter uns haben, könntet ihr ihn doch besuchen«, schlug Calis vor. »Mutter und Tomas würden sich bestimmt darüber freuen.«

Marcus lächelte, und Calis fuhr fort: »Du solltest öfter lächeln, Marcus; es steht dir gut, und du siehst dann wie dein Vater aus.«

Marcus hatte Anweisung gegeben, nur eine Ecke des Tisches zu decken, damit die fünf nahe beieinander sitzen konnten. Wein, Bier, heißes und kaltes Essen warteten bereits.

Anthony meinte: »Ah, nach ein bißchen Wein wird mir gleich wieder wärmer werden.«

»Es ist noch früh, also trink nicht zuviel, sonst schläfst du ein, ehe das Fest halb vorbei ist.«

Marcus bat alle mit einer Geste, Platz zu nehmen. »Wir müssen uns ein wenig beeilen, denn ich muß um zwölf Uhr im Hof sein, um das Fest zu eröffnen.«

»Es gibt auch gar nicht viel zu erzählen«, meinte Calis und brach sich ein Stück Brot ab. »Offensichtlich ist alles genauso, wie wir es erwartet haben. Mit einer Ausnahme.«

»Und die wäre?« fragte der Herzog.

»Wo die Smaragdkönigin sitzen sollte, auf dem größten Schiff der Flotte, hockt statt dessen ein äußerst häßlicher Dämon. Es sah aus, als würde er seine ›Berater‹ mit magischen Ketten kontrollieren.«

»Ein Dämon!« Auf Marcus' Gesicht zeigte sich Bestürzung.

»Nun, wir haben ja gewußt, daß sie mit im Spiel sind. Ich habe dir doch nach unserer letzten Reise nach Novindus davon erzählt.«

»Aber wir haben geglaubt, sie würden die Pantathianer vernichten und nicht beherrschen.«

Anthony nippte an seinem Wein. »Vielleicht gibt es noch weitere Dämonen.«

»Vielleicht«, stimmte Calis zu und nahm ebenfalls einen Schluck Wein. »Die Menschen beschäftigen sich doch auch ständig mit Politik und sorgen dafür, daß es ständig Krieg gibt. Warum sollten sich Dämonen nicht mit Politik beschäftigen?«

»Ja, warum nicht!« antwortete Marcus.

»Nun, ich glaube, ich muß aufbrechen. Ich muß mit Mutter sprechen«, sagte Calis und erhob sich. »Und ihr müßt das Fest eröffnen. Wenn mein Zeitgefühl mich nicht täuscht, ist es fast Mittag, und das Volk wird es nicht gutheißen, wenn ihr zu spät kommt.« Er streckte die Hand aus. »Vielen Dank für die Hilfe, Marcus. Könntest du mir ein Pferd leihen?«

»Willst du nicht dieses Teleportding der Tsurani benutzen?« fragte Anthony.

Calis warf es ihm zu. »Behalte du es. Du weißt besser, wie man damit umgehen muß, Magier. Und du wirst es bestimmt brauchen. Ruh dich heute nacht aus und geh morgen früh wieder hinauf auf den Gipfel. Nimm Marcus mit und beobachtet beide die Schlacht. Falls du mir eine Nachricht zukommen lassen willst, schicke einen Läufer zum Fluß Crydee. Ich kann innerhalb einer Woche wieder hier sein.

Ich werde nach Elvandar reiten, und wenn Miranda und Pug

dort sind, können sie mich nach Krondor zurückbringen. Wenn nicht, komme ich zurück nach Crydee und benutze das Ding.«

»Auf Wiedersehen, Calis«, verabschiedete sich Marcus. »Du besuchst uns viel zu selten.«

Margaret und Abigail küßten ihn beide auf die Wange, und Anthony schüttelte ihm die Hand.

Marcus bedeutete einem Junker, Calis zum Stall zu begleiten und ihm das Pferd zu geben, welches er sich aussuchte. Dann eilten der Herzog von Crydee und seine Familie zum Haupteingang der Burg, um wieder einmal das Banapisfest feierlich zu eröffnen.

Bei Sonnenuntergang strömten die Bauern und Bürger, die jenseits der Stadtmauern wohnten, durch die Tore hinaus. Die Wachen standen faul daneben und beachteten die Menschen kaum. Erik und Kitty standen im Schatten eines kleinen Gäßchens und hielten sich eng umschlungen.

»Ich liebe dich«, hauchte Kitty.

»Ich dich auch«, erwiderte Erik.

»Wirst du zu mir kommen?«

»Bestimmt«, antwortete Erik. »Ich werde dich finden, wo immer du auch sein wirst.«

Die Straßenlampen wurden angezündet, und in den Geschäften, die noch geöffnet waren, machte man die Türen auf, damit mögliche Kunden sahen, daß noch Licht war. Der Lärm der Straße wurde lauter. Während die Feier die ganze Nacht über andauern würde, gab es doch viele Leute, die noch nüchtern waren, weil sie in der Morgendämmerung ihr neues Tagwerk angehen mußten.

Erik schob Kitty ein Stück von sich. Eine dunkle Perücke lugte unter der Kapuze eines einfachen Bauernmantels hervor. Das Kleid, welches Kitty angezogen hatte, war ebenfalls einfach. Für jeden, der sie nicht einer genauen Untersuchung unterzog, würde sie wie eine Bauerntochter auf dem Weg nach Hause aussehen. Unter dem Mantel trug sie eine kleine Tasche, in der sich ein bescheidenes Vermögen befand, alles Gold, das Erik in dieser kurzen Zeit hatte auftreiben können. Zudem hatte sie zwei Dolche griffbereit.

»Falls irgend etwas schiefgehen sollte, geh zu meiner Mutter nach Ravensburg.« Er grinste. »Sag ihr einfach, du wärest meine Frau.«

Kitty legte den Kopf wieder an seine Brust. »Deine Frau.«

Keiner von beiden konnte es richtig begreifen. Sie waren in den Tempel von Sung der Reinen gegangen und hatten sich in die Reihe der anderen wartenden Paare gestellt, die wie sie gekommen waren, um sich trauen zu lassen. Zu Banapis waren spontane Heiraten nichts Ungewöhnliches, und der Priester hatte sie nur gefragt, ob sie nüchtern wären und wie lange sie sich schon kannten. Die Zeremonie hatte kaum fünf Minuten gedauert, dann waren sie von einem Tempelgehilfen hinausgescheucht worden, damit das nächste Paar an die Reihe kam.

»Ich glaube, du mußt dich jetzt bereithalten«, sagte Erik.

»Ich weiß«, nickte Kitty. Jeden Augenblick konnte eine Gruppe Bauern vorbeikommen, die Erik für geeignet hielt, und dann würde sie ohne Zögern aufbrechen müssen. »Ich will dich nicht verlassen.«

»Ich möchte es auch nicht.« Dann fügte er mit grimmiger Stimme hinzu: »Aber ich möchte ebenfalls nicht, daß dein Leben in Gefahr gerät.«

»Deins auch nicht«, antwortete sie, und er spürte, wie ihre Tränen auf seinen nackten Arm fielen. »Verdammt. Ich hasse es, wenn ich weinen muß.«

»Dann laß es doch einfach!« versuchte er sie aufzumuntern.

Sie wollte etwas erwidern, doch er sagte: »Jetzt!«

Ohne einen letzten Abschiedskuß drehte sie sich um und gesellte sich zu einer jungen Frau, die neben einem Heuwagen ging, auf dem ein halbes Dutzend Kinder saß. Ein alter Mann lenkte den Wagen, und dahinter folgten drei Männer und eine weitere Frau.

Kitty sprach die junge Frau an: »Entschuldige?«

Während der Wagen durch das Tor rollte, war Kitty von einer Seite vor den Augen der Wachen verborgen. Sie warf einen Blick auf die andere Wache und tat derweil so, als wäre sie in ein Gespräch mit der jungen Frau vertieft.

Erik hörte, wie sie sagte: »Du bist nicht zufällig aus Jenkstedt?«

»Nein«, antwortete die junge Fremde. »Unser Hof liegt nur wenige Meilen vor der Stadt.«

»Ach, ich habe dich mit jemandem verwechselt, den ich aus Jenkstedt kenne. Du siehst genauso aus, na ja, eigentlich bist du viel hübscher.«

Das Mädchen lachte. »Du bist die erste, die mich hübsch nennt«, erwiderte es fröhlich, während der Wagen das Tor hinter sich ließ.

Erik spitzte die Ohren, um auch noch die nächsten Worte zu verstehen, doch die Stimmen gingen im Lärm des Festes unter. Er wartete einen Moment ab, ob Alarm geschlagen werden würde. Doch er hörte nur das muntere Treiben der Stadt, und schließlich holte er tief Luft und machte sich zum Palast auf. Er entschied, es sei das Beste, sich dort blicken zu lassen. Falls er nach Kitty gefragt würde, könnte er irgendeine Ausrede vorschieben, und im Palast würde es den ganzen Abend so rege zugehen, daß kaum jemand ihre Abwesenheit bemerken würde.

Als Erik verschwunden war, traten zwei Gestalten aus dem Schatten auf der anderen Straßenseite, wo sie sich verborgen hatten. Dash wandte sich an seinen Bruder: »Ich gehe dem Mädchen nach.«

»Wozu? Wir wissen doch, daß sie entweder zu Averys Anwesen oder nach Ravensburg unterwegs ist. Woandershin würde er sie nie schicken.«

»Aber Großvater will es genau wissen«, meinte Dash.

Jimmy zuckte mit den Schultern. »Gut, gut, aber du wirst den besten Teil des ganzen Festes verpassen.«

»Das wäre nicht das erste Mal«, erwiderte Dash, »daß ich wegen Großvater auf etwas verzichten muß. Wenn Vater nach mir fragt, denk dir was aus. Und falls das Mädchen nach Ravensburg will, werde ich wohl erst in einer Woche zurücksein.«

Jimmy nickte und mischte sich unter die Menge. Sein jüngerer Bruder ging in die andere Richtung, schlüpfte durchs Tor und behielt den Heuwagen im Auge.

Als der nächste Tag dämmerte, kämpften zwei Flotten miteinander. Sie waren im Morgengrauen aufeinandergestoßen, lange vor Sonnenaufgang. Und jetzt, wo die Sonne zwar noch nicht über die fernen Berge geklettert war, doch den Morgen schon in helles Licht tauchte, war die Schlacht so gut wie entschieden.

Nicholas fluchte und brüllte: »Übermittelt Belfors und seinen drei, sie sollen gegen den Wind segeln! Sie versuchen uns an die Küste zu drängen!«

Der Mann oben im Mast, der die Signale gab, rief: »Aye, aye, Admiral!« und begann mit den Flaggen zu winken. Bald rief er: »Befehle wurden bestätigt, Admiral!«

Die Schlacht lief miserabel. Wenn er noch mehr Schiffe verlor, würde sich Nicholas zurückziehen müssen, und obwohl er nicht daran zweifelte, seinem Gegner davonsegeln zu können, hinterließ der Gedanke an das Fehlschlagen seines Planes einen arg bitteren Geschmack in seinem Mund.

Von allen Söhnen seines Vaters ähnelte Nicholas diesem am meisten, wenn es darum ging, ein gesetztes Ziel zu erreichen. Und er hatte sich vorgenommen, der Flotte der Smaragdkönigin ordentlich einzuheizen. Der Gegner kannte die Ferne Küste gut genug, um zu wissen, daß Gefahr für die Flotte aus dem Norden, von Tulan her drohte. Nur wenn James' Plan funktionierte und die Schiffe von Kesh und Queg die Flotte ebenfalls angriffen, wie Nicholas hoffte, würde für das Königreich überhaupt etwas herausspringen.

Er hatte es nur mit Kriegsschiffen zu tun, und das wurmte ihn noch zusätzlich. Die Truppenschiffe hatte er nicht einmal zu Gesicht bekommen, und allein ein Gedanke tröstete ihn: Falls die Queganer und Keshianer wirklich angriffen, würden sie es mit wesentlich weniger Eskortschiffen zu tun haben.

Da er keinen Sinn darin sah, hier zu sterben und sein Kommando mit sich in den Tod zu reißen, rief Nicholas: »Befehl zum Rückzug!«

Eine rote Fahne wurde gehißt, während der Ausguck wild mit seinen Flaggen winkte. Zwei Schiffe waren gerade dabei, ein anderes zu entern und konnten sich deshalb nicht ohne weiteres in Sicherheit bringen.

Nicholas ging seine Möglichkeiten durch und befahl schließlich, die Schiffe sich selbst zu überlassen. Jedes der Schiffe war mit einem Dutzend Fässer Feueröl ausgestattet, das bei einer drohenden Übernahme in Brand gesetzt werden sollte. So hoffte man, wenigstens das bedrängende feindliche Schiff mitzerstören zu können.

Die Flotte von der Fernen Küste bestand aus den besten Hochseeseglern der Welt, und die Schiffe waren außerordentlich schnell. Sobald der Befehl erteilt worden war, wendeten die Schiffe gegen den Wind und brachten genügend Abstand zwischen sich und die langsameren Schiffe aus Novindus. Nur ein paar Kriegsgaleeren konnten es für einen kurzen Spurt mit den Schiffen des Königreichs aufnehmen, doch nur solange, bis die Sklaven müde wurden.

Nicholas beobachtete, wie sich seine Flotte erfolgreich zurückzog, und fragte: »Kapitän Reeves, wie lautet das Ergebnis?«

Sein stellvertretender Offizier, der Sohn des Barons von Carse, ein Mann, der sein Leben auf Schiffen verbracht hatte, war der eigentliche Kapitän der *Königlicher Drache*, wenngleich er niemals einen Befehl gab, sobald sich der Admiral an Bord befand. »Sieben feindliche Schiffe versenkt, drei in Brand gesetzt, fünf weitere schwer beschädigt.« Beide Männer trugen die Uniform der königlichen Marine – blaue Jacken und weiße Hosen, wie man sie auf Patricks Befehl hin eingeführt hatte –, doch selbst vom Prinzen von Krondor persönlich ließ Nicholas sich nicht zwingen, einen dieser neuen Hüte – Zweispitze – aufzusetzen, wie sie im östlichen Königreich üblich waren. Statt dessen trug Nicholas einen schwarzen Hut mit breiter Krempe und einer ausgeblichenen roten Feder, ein Erbe seiner ersten Seefahrt als Junge mit dem legendären Amos Trask. Kein Mann der Flotte wagte es, sich über diesen Hut lustig zu machen.

»Und bei uns selbst?«

»Wir haben sechs Schiffe verloren, fünf weitere werden so gerade eben Carse erreichen.«

Nicholas fluchte. Mindestens fünfundsechzig Schiffe waren gegen seine eigenen sechzig Schiffe angetreten, und das Ganze war ein wenig erfolgreiches Manöver gewesen.

Nicholas blickte zur Morgensonne hoch. »Befehle, Kapitän Reeves.«

»Ja, mein Lord?«

»Signalisiert der Flotte, sie solle sich nach Westen wenden. Soll der Gegner doch denken, wir wollten zu den Sonnenuntergangsinseln.« Er packte die Reling am Quarterdeck. »Bei Sonnenuntergang drehen wir nach Süden bei. Und noch vor der Dämmerung morgen früh wenden wir uns in Richtung Osten und greifen sie an, während sie gegen die aufgehende Sonne gut zu sehen sind und wir noch durch Dunkelheit gedeckt werden.«

»Verstanden, Sir!«

Nicholas beobachtete, wie die schwerfälligen Schiffe der Smaragdkönigin zurückfielen, schließlich nach Süden beidrehten und den Versuch aufgaben, die Schiffe des Königreichs einzuholen. Er sah, daß im Osten eins der Schiffe, welche er hatte zurücklassen müssen, langsam unterging, während das andere geenterte Schiff brannte.

»Das war noch lange nicht das Ende«, murmelte Nicholas in sich hinein.

Dreizehn

Improvisation

Calis kniete.

»Wie lange befindet er sich schon in diesem Zustand?« fragte er in der wohlklingenden Sprache des Volkes seiner Mutter.

»Seit Wochen«, unterrichtete ihn Calin, sein Halbbruder.

Pug lag bewußtlos in der Mitte der Lichtung, noch immer an der gleichen Stelle, wo er angekommen war, während die Zauberwirker alles Erdenkliche taten, um sein Leben zu retten. »Tathar?« fragte Calis.

»Wir denken, er wird langsam wieder kräftiger. Die Wunden heilen ebenfalls, doch auch nur sehr, sehr langsam.«

Calis betrachtete den reglosen Magier. Sein Körper war über und über mit Schorf und Narben bedeckt, abgestorbene Haut pellte sich, als wäre sie von der Sonne verbrannt. Darunter kam rosige frische Haut zum Vorschein. Haare, Bart und Augenbrauen waren gleichfalls versengt worden, und so wirkte der Magier beinahe jünger als sonst.

Acaila berichtete: »Wir haben versucht, seinen Geist anzusprechen, ganz vorsichtig natürlich, doch niemand konnte ihn erreichen.«

Calis erhob sich. »Wir hatten uns so auf ihn verlassen.«

Calin meinte: »Ich glaube, er hat unvorsichtig gehandelt, doch das kann man hinterher immer leicht sagen. Als er das Risiko eingegangen ist, hat er es vermutlich für lohnend gehalten.«

Calis nickte. »Die Flotte der Smaragdkönigin im tiefsten Teil des großen Ozeans zu versenken hätte uns die Sache viel leichter gemacht.« Er schüttelte bedauernd den Kopf. »Aber ich hätte ihn lieber gesund in Sethanon gesehen.«

Calin sagte: »Tomas wird nach Sethanon gehen.«

»Was ist mit den Drachen?«

Calin wirkte besorgt. »Sie haben ihre Zweifel. Nicht an Tomas' Wort, sondern daran, ob wirklich so viel auf dem Spiel steht. Denn trotz all ihrer Weisheit fehlt ihnen das Vermögen, jene Magie zu begreifen, die hier am Werke ist.«

Calis blickte seinen Halbbruder eine Weile lang an. Schließlich fragte er: »Kann ich mich kurz mit dir allein unterhalten?«

Calin brachte mit einer Handbewegung sein Einverständnis zum Ausdruck und winkte den jüngeren Mann mit sich. Als sie sich ein Stück von den anderen entfernt hatten, fragte Calis: »Miranda?«

»Wir haben noch keine Nachricht von Miranda und Macros erhalten, seit sie Pug zurückgebracht haben. Sie sind mit Tomas aufgebrochen, um weitere Informationen über die Dämonen unter den Bergen zu suchen, wo sie sie zuerst entdeckt haben.«

Calis sah hoch in die Bäume von Elvandar. Lange Zeit schwieg er, und auch sein Halbbruder sagte kein Wort. Wie es bei den Elben üblich war, wußte Calin, daß sein Gegenüber aussprechen würde, was ihm auf der Seele lag, wenn der rechte Moment gekommen war.

Nach einigen Minuten Stille äußerte sich Calis dann. »Ich vermisse sie.«

Calin legte ihm die Hand auf die Schulter. »Liebst du sie?«

»Auf gewisse Weise«, bejahte Calis. »Nicht so, wie man sich unter den Eledhel liebt; es fühlt sich überhaupt nicht so an wie das, was man mir über das Erkennen erzählt hat. Doch wir haben uns gefunden, als all dies begonnen hat, und sie füllt einen dunklen, kalten Platz in meinem Herzen aus wie noch niemand zuvor.«

»Falls dieser Platz noch immer dunkel und kalt ist, wenn sie nicht anwesend ist, dann ist er nicht tatsächlich ausgefüllt.« Calin setzte sich auf einen großen Felsstein. »Als dein Vater deine Mutter zum erstenmal gesehen hat, war ich dabei; ich hielt ihn nur für einen Jungen ohne Adel, der von ihrer Schönheit hingerissen war, für einen Jungen, der keine Ahnung von den Gefühlen zwischen Mann und Frau hat.« Er seufzte. »Ich konnte mir nicht vorstellen, was die Zukunft bringen würde.«

Calis kannte die Geschichte, wie seine Mutter Burg Crydee besucht hatte, als die Tsurani die Ferne Küste bedrohten, und wie sein Vater zum erstenmal einen Blick auf die Elbenkönigin erhascht hatte.

Calis fuhr fort: »Du bist noch sehr jung, mein Bruder. Wenn du auch schon viel gesehen und viel erlebt hast, so hast du immer noch nicht begonnen, dich selbst zu verstehen. In vielerlei Hinsicht bist du ein Mensch, in anderer einer von uns. Dein Vater hat dies seinerzeit, als er zum erstenmal zu uns kam, für sich selbst sehr bald erkannt, und für einen menschlichen Jungen hat er in all der Zeit viel gelernt.«

»Vater ist einzigartig. Er besitzt ein Wissen, welches zehntausende Jahre in die Geschichte zurückreicht.«

»Wirklich?« fragte Calin.

Calis blickte seinen Halbbruder an. »Ashen-Shugar?«

Calin erwiderte: »Macros hat mir ein paar Tage vor seinem Aufbruch etwas erzählt. Seiner Meinung nach besitzt Tomas zwar die Erinnerungen von Ashen-Shugar, doch Erinnerungen sind stets zweifelhaft.«

Calis seufzte. »An dieser Geschichte ist aber auch alles zweifelhaft.«

Calin stimmte ihm zu. »Ich habe längst aufgehört, logisch zu denken, wenn es den Feind betrifft.« Sein Blick schweifte ins Leere. »Als dein Vater nach dem Spaltkrieg zu uns kam, dachte ich, das Schlimmste würde hinter uns liegen. Der Krieg mit den Tsurani war vorbei, und die Gefahr, daß die Moredhel die Valheru durch den offenen Spalt zurückholen könnten, war gebannt.« Er lächelte halb, und Calis konnte sich in diesem Lächeln wiedererkennen. »Und nun stellen wir fest, daß Mächte, die viel rätselhafter und viel riesiger sind, ihre Finger im Spiel haben.«

»Was meinst du damit?« fragte Calis, während er sich mit gekreuzten Beinen zu Füßen seines Halbbruders niederließ.

»Hier sind ursprüngliche Mächte am Werke, Mächte, neben denen die Valheru wie kleine Ungemächer erscheinen. Andere Mächte wiederum treten ihnen entgegen. Ich fürchte, du und ich und alle, die wir lieben, könnten zwischen ihnen zermalmt werden.«

»Besitzen diese Mächte Namen?«

»Viele«, sagte Calin. »Ich spreche von den Göttern.«

»Ein Krieg der Götter?« fragte Calis.

»Das wäre die einzige Erklärung, in der all das zusammenpaßt, was wir bislang erfahren haben und die gleichzeitig noch Sinn ergibt.« Der jung wirkende Elb fuhr fort: »Tomas und ich haben uns oft über seine Erinnerungen unterhalten. Er zählt mich zu seinen ältesten Freunden, noch aus der Zeit unseres ersten Besuchs in Crydee. Vieles von dem, an das Tomas sich erinnert, ist dadurch gefärbt, wie Ashen-Shugar das Universum sah. Manches wurde auch durch die Magie geprägt, die Macros benutzte, als er vor langer Zeit mein Bewußtsein mit seinem verbunden hat, dennoch muß Tomas immer wieder darüber nachdenken, was er als wahr annehmen kann.«

»Die Chaoskriege?«

Calin nickte. »Wir können uns heute abend ausführlich darüber unterhalten, nachdem wir mit Mutter gespeist haben.«

Calis erhob sich gleichzeitig mit seinem Bruder. »Ich sollte ein bißchen mehr Zeit mit ihr verbringen.«

»Es sind Jahre vergangen, seit wir dich zum letzten Mal zu Besuch hatten«, erwiderte Calis ohne die geringste Schuldzuweisung, doch mit deutlichem Bedauern. »Leicht denkt man, wir hätten noch soviel Zeit vor uns, doch wir wissen beide, wie vergänglich das Leben ist.«

»Das ist allerdings wahr«, stimmte Calis zu. »Ich verspreche, daß ich, falls wir das alles überleben, auf einen langen Besuch zurückkommen werde.«

»Warum willst du nicht bei uns bleiben?«

Calis zuckte nur mit den Schultern, während sie sich auf den Weg zum Hof der Elbenkönigin machten. Unterwegs wurde Calis von vielen Elben begrüßt. Calis lächelte und erwiderte jeden Gruß. Als die Brüder kurz unter sich waren, sagte er: »Ich weiß nicht, ob mein Platz hier ist. Mein Leben ist weder das eines Menschen noch das eines Elben oder das eines Valheru.«

»Es ist ein Erbe der Magie«, meinte Calin. »Du mußt es für dich selbst bestimmen, denn niemand besitzt die Weisheit, diese Entscheidung für dich zu treffen.« Nachdem er einen Augenblick nachgedacht hatte, fügte er noch hinzu: »So mußte es auch dein Vater tun. Solange das Zeichen der Valheru noch existiert, wird er nie frei von Verdacht sein.«

»Ich verstehe«, antwortete Calis.

Sie erreichten eine Lichtung, die vom Geschrei spielender Kinder erfüllt war. Ein halbes Dutzend junger Elben rannten hinter einem Ball her und schossen ihn einander zu.

»Fußball? In Elvandar?« fragte Calis.

Calin lachte. »Siehst du die beiden dort drüben?« Er zeigte auf Zwillinge, die Calis nie zuvor gesehen hatte.

»Ja?«

»Sie haben es den anderen beigebracht. Die beiden stammen von jenseits des Meeres. Miranda hat sie und ihre Mutter hergebracht. Ihr Vater ist auf den Gesegneten Inseln.«

»Haben uns viele von drüben erreicht?«

»Nicht genug«, bedauerte Calin, während sie ihren Weg fortsetzten. Der Ball flog zu ihnen herüber, und Calis stoppte ihn mit dem linken Fuß.

Lachend brachte er den Ball hoch, stieß ihn mit dem Kopf einige Male in die Luft und schoß ihn dann zu einem der Kinder zurück, das ihn mit dem Knie annahm und zum Staunen der anderen darauf balancierte. »In Crydee habe ich an den Sechstagen immer mit Marcus gespielt, wenn ich Großmutter und Großvater besucht habe«, erzählte Calis.

Der eine der Zwillinge, der den Ball angenommen hatte, schoß ihn zu seinem Bruder, und dieser gab ihn an ein drittes Kind weiter. Die Zwillinge warfen Calis einen mißtrauischen Blick zu. »Ihr guckt aber ernst«, rief dieser ihnen zu.

Als sie nicht antworteten, erklärte Calin: »Sie haben noch Schwierigkeiten mit der Sprache ihres Volkes.«

Calis nickte. In dem Dialekt, wie er in den Flußlanden von Novindus gesprochen wurde, rief er: »Gut gespielt!«

Sofort hellten sich die Gesichter der beiden auf. »Kannst du uns nicht beibringen, wie man das mit den Kopfbällen macht?« fragte einer.

Calis ging in die Hocke. »Leider muß ich morgen wieder aufbrechen, aber eines Tages kehre ich zurück, und dann werde ich es euch beibringen.«

Der andere Zwilling fragte: »Versprochen?«

Calis nickte. »Ganz bestimmt.« Die Jungen rannten wieder zum Spiel, und Calis wandte sich an seinen Halbbruder. »Sie haben sich versichert, ob sie sich auf meine Zusage verlassen können.«

»Weil sie unter Menschen aufgewachsen sind. Es ist schon sehr schwierig für die Ocedhel. Was für uns ganz natürlich ist, fällt ihnen sehr schwer. Sich an unser Leben zu gewöhnen ist nicht so leicht.«

Trocken meinte Calis nur: »Das kann ich nur allzugut verstehen.«

»Dein Konflikt wird seine Lösung finden«, erwiderte Calin, »eines Tages.«

Calis nickte und fügte leise hinzu: »Wenn ich diesen Tag noch erlebe.«

In der Morgendämmerung brannten die Schiffe. Nicholas' Flotte hatte bei Sonnenuntergang den Sichtkontakt zur Flotte der Smaragdkönigin verloren. Er hatte nach Süden beigedreht und alle Segel setzen lassen, die die Rahen hielten. Zwei Stunden später hatte die Flotte in Richtung Osten auf die Straße der Finsternis gewendet.

Noch lange vor der Dämmerung waren sie mit dem Anblick von Feuern am Horizont belohnt worden, während sie gleichzeitig an den ersten verkohlten Rümpfen vorbeifuhren, die bis zur Wasserlinie abgebrannt waren und nun sanken. Es handelte sich sowohl um Schiffe der Königin als auch um keshianische. Der Ausguck sichtete weitere Feuer im Westen.

Als die Sonne aufging, erblickte Nicholas die riesige Flotte, die noch immer darauf wartete, in die Straße der Finsternis einzufahren. Er konnte kaum richtig beurteilen, wie viele Schiffe die Passage schon hinter sich hatten; vielleicht ein Drittel?

Im Süden gingen die Kämpfe weiter. Dort hatten sich die Schiffe aus Elarial mit den Kriegsschiffen der Königin angelegt.

Kapitän Reeves fragte: »Wo sind die Eskortschiffe?«

Nicholas rief: »Wir haben sie!« Zum Ausguck brüllte er: »Alle Schiffe zum Angriff!«

Während der Befehl übermittelt wurde, wandte sich Nicholas an Reeves. »Wir haben die Schiffe, mit denen wir gestern gekämpft haben, überholt.« Er rechnete. »Jetzt haben wir ungefähr eine Stunde Zeit, so viel Schaden wie möglich anzurichten, ehe sie in Sicht kommen. Was sie sonst noch an Kriegsschiffen hat, wird von den Keshianern beschäftigt, und der Rest ist schon durch die Meeresenge hindurch!«

Er ging zum Quarterdeck und rief: »Ballistas bereitmachen!«

Die Ballista-Mannschaften rannten zum Bug des Schiffes, wo zwei riesige, armbrustähnliche Kriegsmaschinen standen. Von jeder konnte man ein mit einer Eisenspitze bewehrtes Geschoß von der Länge dreier Männer abschießen, um ein gegnerisches Schiff an der Wasserlinie oder in der Takelage zu beschädigen. Anstelle der gewöhnlichen Geschosse wurden nun welche benutzt, die mit todbringendem queganischem Feueröl gefüllt waren. Mit ihnen zu hantieren war gefährlich, denn der kleinste Fehler konnte die *Königlicher Drache* selbst in Brand setzen.

Hinter Nicholas schwärmten die verbliebenen siebenundvierzig von ehemals sechzig Schiffen in Angriffsformationen aus. Nicholas' Schiff verlangsamte die Fahrt, damit die beiden Flügel der Flottille gleichziehen konnten, um so den größtmöglichen Schaden an den vor ihnen im Wasser dümpelnden Schiffen der Smaragdkönigin anzurichten, die auf den Befehl zur Einfahrt in die Straße der Finsternis warteten.

Nicholas rief: »Waffenmeister! Feuer frei!«

Der Offizier am Bug rief zurück: »Aye, aye, Admiral!«

Zwei der größeren Schiffe am Ende der Flotte wendeten und wollten einen Gegenangriff starten. Zwar schwankten sie heftig, dennoch bildeten sie eine potentielle Gefahr. Der Ausguck meldete: »Sie haben Katapulte, Admiral!«

Nicholas sagte nur: »Das habe ich auch schon bemerkt.« Eine riesige Kriegsmaschine auf dem Heck des am nächsten liegenden Schiffes hatte ein großes Netz voller Felsbrocken losgeschleudert. »Setzt lieber Euren Helm auf, Kapitän Reeves.«

»Aye, aye, Sir«, antwortete der Angesprochene ruhig, während sich das Netz am höchsten Punkt seiner Flugbahn öffnete und einen Hagel von Steinen – jeder so groß wie der Kopf eines Mannes oder größer – freigab.

Doch das flinke Schiff des Königreichs drehte einfach nach links ab, und die Felsbrocken platschten, ohne Schaden anzurichten, ins Wasser. »Das hätte uns die ganze Takelage ruinieren können, Sir«, meinte Kapitän Reeves.

»Mehr nach Steuerbord«, befahl Nicholas.

Der Rudergänger führte den Befehl aus, und der Bug des Kriegsschiffes richtete sich jetzt direkt auf die Backbordseite des gegnerischen Schiffes. Sie waren jetzt nahe genug, daß Nicholas beobachten konnte, wie die Katapult-Mannschaft eilig bemüht war, ihre Kriegsmaschine neu zu laden. »Die falsche Entscheidung«, meinte Nicholas nur. »Dauert zu lange, bis die Katapulte wieder geladen sind, und währenddessen haben die Männer keine Deckung.«

Als hätten sie seine Gedanken gelesen, feuerten die Bogenschützen in der Takelage eine Salve auf die Katapult-Mannschaft des feindlichen Schiffes ab. Die Königlichen Marineinfanteristen waren eigentlich Landsoldaten, wenngleich sie durchaus ihre Erfahrung mit dem Kampf auf Schiffen hatten. Sie setzten ihre kurzen Bögen mit großem Erfolg ein. Dann gab der Waffenmeister den Befehl, die Steuerbord-Ballista abzufeuern, und das Geschoß traf das feindliche Schiff in der Mitte und explodierte in einem Feuerball. Männer schrien auf, und Nicholas sah, wie überfüllt das Hauptdeck mit Soldaten war, die zum Teil von den Monaten auf See krank wirkten. Wenigstens zwanzig gingen brennend über Bord. Andere versuchten verzweifelt und ebenso vergeblich, die Flammen auszuschlagen, mußten zu ihrem Entsetzen jedoch das Geheimnis queganischen Feueröls entdecken. Einmal entzündet, konnte man es höchstens noch mit Sand ersticken. Jene, die Eimer voller Wasser darauf gossen, beschleunigten nur das Ausbreiten der Flammen.

Nicholas riß den Blick von dieser grausigen Szene los und lenkte seine Aufmerksamkeit wieder auf den Kurs des Schiffes. »Hart nach Backbord«, befahl er. »Wir sind verteufelt nah dran, und ich will nicht mit ihnen zusammenstoßen, weil wir keinen Platz zum Wenden haben.«

Der Befehl wurde weitergeleitet, und die anderen Schiffe der Flottille taten ein Gleiches und entluden ihre feurigen Geschosse. Anschließend drehten sie ab, um nicht mit den Schiffen, die sie angegriffen hatten, zusammenzustoßen.

Der Ausguck rief von oben herunter: »In der Mitte der brennenden Schiffe befinden sich zwei Kriegsgaleeren, Admiral.«

»Sie wollen vermutlich herauskommen und mit uns kämpfen«, meinte Nicholas, »aber ihnen fehlt der Raum zum Manövrieren. Suchen wir uns weitere Ziele, die wir in Brand schießen können, ehe sie einen Weg heraus finden.«

Er ließ die Flottille einen südlichen Kurs einschlagen, dorthin, wo die Keshianer die Invasoren bereits angegriffen hatten. Im dichten Rauch konnte Nicholas kaum mehr etwas erkennen. »Ausguck!«

»Sir?«

»Haltet Ausschau nach ihrem nördlichen Geschwader. Wenn Ihr sie entdeckt, will ich augenblicklich unterrichtet werden.«

»Aye, aye, Sir!«

Eine Stunde lang dauerte die Jagd. Männer schrien und starben, und noch immer schienen die gegnerischen Schiffe ohne Zahl zu sein. Nicholas hatte vier Schiffe getroffen, und er näherte sich gerade dem fünften, als der Ausguck meldete: »Schiffe im Norden, Admiral.«

»Wie viele?«

»Mindestens zwanzig Segel … dreißig … nein, vierzig!«

»Es ist ihr nördliches Geschwader, das endlich gemerkt hat, daß wir sie überholt haben«, stellte Kapitän Reeves fest.

Nicholas fluchte. »Seht Euch diese fetten schlingernden Frachter an! Wir könnten einen nach dem anderen ohne Gefahr versenken.«

Dann meldete der Ausguck: »Admiral! Die beiden Kriegsgaleeren haben gewendet und sich aus den sinkenden Schiffen befreit!«

»Jetzt wird die Sache interessant«, meinte Reeves.

Nicholas nickte. »Ein bißchen mehr Zeit wäre nicht schlecht. Waffenmeister!«

»Sir?« kam als Antwort.

»Wie sieht es mit unseren Munitionsvorräten aus?«

»Wir haben noch vierzig Geschosse, Admiral.«

Nicholas rief dem Ausguck zu: »Wie weit sind die beiden Galeeren entfernt?«

»Weniger als eine Meile, Admiral.«

»Reeves, wer von uns ist im Norden?«

Der Admiral kannte die Aufstellung der Flottille genausogut wie Reeves, doch er wollte sie aus dem Munde eines anderen hören, damit seine Gedanken feste Formen annahmen.

»Sharpes Geschwader, Wells' Geschwader, die Reste von Turners Gruppe und ein Drittel der schnellen Kutter.«

Nicholas rief: »Befehle! Sharpe und Wells sollen nach Norden und die feindlichen Schiffe abfangen. Sie sollen sie angreifen und aufhalten, aber sich nicht in Entermanöver verwickeln lassen.«

Der Ausguck antwortete: »Verstanden«, und begann, die Befehle mit Flaggen zu übermitteln.

»Und dann sollen die Kutter die beiden Galeeren in Brand schießen!«

Nicholas wußte, daß er damit das Schicksal einiger dieser schnellen kleinen Schiffe besiegelte. Sie besaßen nur eingeschränkte Offensivkraft, doch wenn zumindest zwei oder drei nahe genug herankamen, konnten sie die Galeeren unter Beschuß nehmen. Währenddessen konnten die großen Kriegsschiffe drei weitere Dutzend der Truppenschiffe unter idealen Bedingungen versenken.

»Die Befehle wurden bestätigt, Sir!« rief der Ausguck.

Die Seeschlacht dauerte den ganzen Morgen an, und eine Stunde vor Mittag wurde gemeldet, daß die Übermacht der feindlichen Kriegsschiffe zu groß wurde. Das nördliche Element der Flotte der Smaragdkönigin hatte Wells' und Sharpes Geschwader links liegenlassen, als deutlich wurde, daß diese sich nicht auf Zweikämpfe einlassen würden. Jetzt hielt es auf das Zentrum der Schlacht zu. Die Kutter hatten inzwischen eine der Galeeren in Brand geschossen, die zweite umzingelt. Von den Galeeren ging ein wahrhaft unablässiger Pfeilhagel auf die Schiffe nieder. Mit ruhiger Präzision bedienten die Mannschaften der Galeeren ihre Ballistas, und bei jedem Schuß wurde einer der kleinen Kutter beschädigt oder versenkt.

Nicholas warf einen letzten Blick auf den Schaden, den er angerichtet hatte. »Kapitän Reeves, es ist an der Zeit, Kurs auf Frihaven zu nehmen!«

Kapitän Reeves zögerte nicht, da er eine weitere riesige Kriegsgaleere entdeckt hatte, die sich den beiden ersten aus dem Gemenge der Truppenschiffe heraus näherte. Kapitän Reeves gab den Befehl an den Rudergänger weiter, und Nicholas rief: »Waffenmeister!«

»Sir«, antwortete dieser mit heiserer Stimme, weil er seit Stunden den stinkenden Rauch brennenden Feueröls geatmet hatte.

»Ich würde es begrüßen, wenn Ihr dieser Galeere, die auf uns zukommt, noch ein Geschoß in den Rachen werft.«

»Aye, aye, Sir.«

Während das Schiff krängte, wurde die Ballista abgefeuert, und das brennende Geschoß traf den Decksaufbau der Galeere. Flammen breiteten sich explosionsartig im oberen Drittel des Bugs aus, doch nur die Männer auf Deck fanden den Tod. Von unter Deck hörte man weiter den gleichmäßigen Schlag der Trommeln, und die Galeerensklaven trieben das Schiff unerbittlich auf die *Könglicher Drache* zu.

Nicholas schätzte die Situation ab. Wahrscheinlich würden sie der Galeere nicht mehr entkommen können. »Ausguck!«

»Aye, Sir?«

»Besitzt die Galeere einen Rammbock?«

»Einen eisenbeschlagenen, Sir, in Höhe der Wasserlinie.«

»Nun, Reeves«, sagte Nicholas, »solange nicht plötzlich Wind aufkommt, fürchte ich, daß Euer Schiff versenkt werden wird.«

»Mit dem Risiko muß man stets leben, Sir«, erwiderte der Angesprochene ausdruckslos.

Die Männer standen da und beobachteten schweigend, wie das riesige Kriegsschiff auf sie zuhielt. Sein Bug war inzwischen vollständig in Flammen aufgegangen. Reeves sah nach oben und befahl: »Bramsegel setzen, Mr. Brooks.«

Der erste Offizier brüllte den Befehl, und sofort lösten die Männer Seile und richteten die Rahen aus.

Die *Königlicher Drache* krängte hart nach Backbord, als die Galeere sie erreichte. Nicholas konnte die Hitze des Feuers über die schwindende Entfernung spüren. Seine Infanteriesoldaten nahmen das Deck des feindlichen Schiffes unter Feuer.

»Waffenmeister!« schrie Nicholas.

»Sir!«

»Die Soldaten sollen den Rudergänger unter Beschuß nehmen.«

»Aye, Sir!«

Ohne noch auf die Wiederholung des Befehls zu warten, bedachten die Bogenschützen in der Takelage das Heck der Galeere mit Pfeilen. Nicholas wußte nicht, ob sie den Rudergänger sehen konnten, doch bei diesem Pfeilhagel war es nur zu wahrscheinlich, daß dieser sich duckte und das Ruder sich selbst überließ. Wenn die Galeere auch nur wenige Meter vom Kurs abwich, konnte dies die *Königlicher Drache* retten.

Nicholas beobachtete in stiller Faszination, wie das feindliche Schiff weiter unerbittlich auf sie zuhielt. Er konnte hören, wie der Schlag der Trommeln von unter Deck schneller wurde, und wußte, daß der Befehl zum Rammen erteilt worden war. »Ich denke, Ihr solltet Euch besser etwas zum Festhalten suchen, Kapitän Reeves.«

»Aye, Sir.«

Und dann bewegte sich die *Königlicher Drache* leicht, krängte noch mehr, während der Wind zunahm. Ob es der Beschuß durch Pfeile oder der beißende Rauch vom Bug des eigenen Schiffes war, der Steuermann auf der Galeere korrigierte jedenfalls den Kurs auf sein Ziel nicht.

Stahl kreischte über Eisen, und der Rudergänger der *Königlicher Drache* wurde vom Steuerrad fortgeschleudert, als die Ramme der Galeere das Ruder des königlichen Schiffes traf. Das dumpfe Knirschen dauerte noch an, während das Feuer von der Galeere auf das Besansegel der *Drache* übergriff. »Befehl zum Feuerlöschen, Kapitän Reeves«, sagte Nicholas ruhig.

»Sir«, antwortete der Kapitän. Er erteilte die entsprechenden Befehle, und die Mannschaft lief zu den Sandeimern. Die Männer in der Takelage schnitten Seile durch, um das brennende Segel zu lösen.

Als würde sie geschoben, schoß die *Königlicher Drache* plötzlich voran, und ein anderer Seemann eilte zum Steuerrad, neben dem der Rudergänger bewußtlos lag. »Nun, Reeves«, sagte Nicholas, »es scheint, als hätte es die Vorsehung einen Augenblick lang gut mit uns gemeint.«

»Sir«, erwiderte der Kapitän, der mit Erleichterung beobachtete, wie sich der Abstand zwischen den beiden Schiffen vergrößerte. »Ich hoffe nur, daß wir ihnen so bald nicht wieder so nahekommen.«

»Einverstanden –«, sagte Nicholas, und dann riß er unvermittelt die Augen auf. Er blickte an sich hinunter und sah den Schaft eines Pfeiles aus seinem Bauch ragen. Blut rann auf seine weiße Hose. »O verdammt«, fluchte er. Seine Knie gaben nach.

Weitere Pfeile gingen in der Takelage über ihren Köpfen nieder. Die Schützen der Galeere hatten ins Blaue hinein auf die *Drache* gefeuert, in der Hoffnung, jemanden zu treffen. Kapitän Reeves rief: »Volle Kraft voraus!«

Männer kletterten in der Takelage herum, und die Flotte des Königreichs zog sich aus der Seeschlacht zurück. »Bring den Admiral unter Deck!« rief Reeves.

Kurze Zeit später lag Nicholas in seiner Koje, während sich der Schiffsarzt seiner Wunde annahm. Kapitän Reeves trat ein und fragte: »Wie geht es ihm?«

»Schlecht, Sir«, antwortete der Arzt. »Ich befürchte das Schlimmste. Wenn wir ihn bis Frihaven am Leben halten können, wird ihn dort vielleicht ein Priester retten können. Aber in meinen Kräften steht dies nicht.«

Der Kapitän nickte und kehrte aufs Quarterdeck zurück, wo ihn sein erster Offizier erwartete: »Mr. Brooks?«

»Wir haben die *Prinz von Krondor*, die *Königlicher Mauersegler* und etwa zwanzig Kutter verloren. Wir haben schätzungsweise dreißig oder mehr ihrer Truppenschiffe und ein halbes Dutzend Kriegsgaleeren versenkt.«

Reeves sah nach hinten, wo die feindliche Flotte jetzt nur noch wie eine schwarze Masse erschien. »Hat das denn überhaupt kein Ende mit denen?«

»Offensichtlich nicht, Sir.« Dann fragte der erste Offizier: »Wie geht es dem Admiral?«

»Es steht auf Messers Schneide.«

»Können wir nach Tulan zurückkehren?«

»Nein, wir setzen mit voller Kraft voraus Kurs auf Frihaven. So lauten die Befehle.«

»Aber der Admiral?«

Reeves entgegnete: »Das sind *seine* Befehle.« Er seufzte. »Wir werden in Frihaven eine Woche warten und uns dann auf den Weg nach Krondor machen.« Leise fügte er hinzu: »So lauten die Befehle.«

»Was dann?«

»Ich weiß es nicht. Solange Lord Nicholas sich nicht wieder erholt hat, liegt alles in den Händen von Lord Vykor in Krondor.«

Der erste Offizier bemerkte, wie beunruhigt sein Kapitän war. Prinz Nicholas, der jüngste Sohn von Prinz Arutha, war Admiral der Flotte des Prinzen gewesen, solange er denken konnte. Er war der Mann, der die Flotte zusammengehalten hatte, und darüber hinaus gehörte er auch zum Königshaus, als jüngster Bruder des Königs. Wenn er jetzt sterben würde, zu einem Zeitpunkt, an dem das Königreich seine Flotte am dringendsten brauchte, wäre dies eine kaum vorstellbare Tragödie.

Reeves, der hier draußen Nicholas' Stellvertreter war, sagte: »Befehl an die Flotte: Ich übernehme das Kommando. Die Nachricht von der Verwundung des Prinzen soll übermittelt werden. Und dann gilt der Befehl: Volle Kraft voraus mit Kurs auf Frihaven.«

»Aye, Sir.«

Nakor betrachtete Pug. Calis fragte: »Wird er bald aufwachen?«

»Vielleicht. Vielleicht auch nicht. Wer kann das schon sagen?«

Der Isalani sah zu, wie sein Schüler, von den Zauberwirkern

unterstützt, weiter seine Heilkräfte spendete. Nakor hatte zusammen mit Calis, Calin und ihrer Mutter am Abend zuvor gegessen. Dabei hatten sie besprochen, wie sie jetzt weiter vorgehen sollten.

Nakor hatte zugestimmt, mit Calis nach Crydee zu reiten, von wo aus sie mit Hilfe des Teleportgegenstandes der Tsurani nach Krondor weiterreisen wollten. Sho Pi würde in Elvandar bleiben und helfen, Pug zu heilen.

»Ich wünschte nur, ich wüßte, was dort drinnen vorgeht«, sagte Nakor.

»Wo drin?« fragte Calis.

»In Pugs Kopf. Irgend etwas passiert da, aber nur die Götter wissen, was.«

Pug schwebte in einem Nichts, und abermals wußte er, daß seine Seele sich von seinem Körper getrennt hatte. Nur diesmal war er nicht mit den Zauberwirkern von Elvandar verbunden, so wie beim letzten Mal. Er wußte nicht einmal, wie er ins Nichts geraten war. Das Letzte, an das er sich erinnerte, war der Augenblick vor dem Angriff auf die Flotte der Smaragdkönigin. Dann hatte es einen blendendhellen Blitz gegeben, und nun schwebte er im Nichts.

Zwar konnte er fühlen, wie die Zeit verstrich, doch er wußte nicht, wie lange er sich schon hier befand. Im Nichts gab es keine Möglichkeit, sich zu orientieren, weder räumlich noch zeitlich.

Dann hörte er eine Stimme: *Sei gegrüßt.*

Pug antwortete in Gedanken: *Wer ist da?*

Plötzlich war Pug an einen anderen Ort versetzt, ein Reich der Schatten, doch noch immer ein Ort ohne einen räumlichen Bezugsrahmen. Riesenhafte Gestalten, in deren Gegenwart Pug sich wie ein Zwerg vorkam, umringten ihn. Sie waren nah genug, daß er ihre Größe spüren konnte, doch zu weit entfernt, um ihre ganze Form zu erfassen. Man konnte ihre Gestalt als menschlich bezeichnen, wenn man es mit dem Begriff ›menschlich‹ nicht so genau nahm. Jede saß auf einem riesigen Thron. Pug spürte, daß diese Gestalten lebten, obwohl sie eher Statuen glichen, die aus dunklem Stein unbekannter Herkunft gehauen waren.

Pug versuchte, Einzelheiten zu erkennen, aber es war, als könnte sein Verstand das Bild vor sich nicht begreifen. Er wandte sich von Gestalt zu Gestalt, und immer, wenn er eine Einzelheit zu erkennen glaubte, entzog sie sich seiner Wahrnehmung.

»Wer hat gesprochen?« fragte er laut, doch der Hall seiner Stimme trug nicht durch die Luft. Er hörte sie nur im Kopf.

Eine der Gestalten löste sich aus der Dunkelheit. Sie trug eine schwarze Robe. Pug wartete geduldig, während sie sich ihm näherte, und schließlich zog sie den Schleier zurück, der ihre Gesichtszüge verhüllte. Pug fragte: »Kenne ich Euch?«

»Wir haben uns bereits kennengelernt, Magier«, antwortete eine eisige Stimme, und Pug schien es, als würde sie ihn wie eine gefrorene Klinge durchbohren.

»Kims-Kragma!« sagte er.

Die Göttin nickte.

Pug blickte sich um und stellte fest: »Aber dies ist nicht Euer Reich.«

»Letztendlich gehört alles zu meinem Reich«, entgegnete die Göttin des Todes. »Doch dies ist nicht der Ort, an dem unser voriges Treffen stattgefunden hat.«

»Wer sind diese riesigen Gestalten?«

Die Göttin hob die Hand. »Es sind die Sieben, Die Alles Beherrschen.«

Pug nickte. »Und wo sind wir?«

»Wir sind im Reich der Götter«, antwortete die Göttin. »Dieses ist der Ort, an dem du dich zu befinden wähntest, als du Macros den Schwarzen der Seele von Sarig entrissen hast.« Sie machte eine kleine Geste mit der Hand, und ein schwaches Bild der Himmlischen Stadt erschien und füllte das untere Drittel der riesigen sieben Großen Götter. »Aber das ist nur eine andere Ebene der Wahrnehmung. Trotz deiner Fähigkeiten, wie sie kaum je ein Sterblicher besessen hat, kannst du unsere Realität nicht wahrhaft begreifen.«

Pug nickte. »Was mache ich hier?«

»Du bist hier, um eine Entscheidung zu treffen.«

»Welche?«

»Du mußt das Leben oder den Tod wählen.«

Pug fragte: »Kann ich diese Entscheidung wirklich selbst treffen?«

»Du schon, Magier.« Sie legte ihm die Hand auf die Schulter. Statt Unbehagen fühlte Pug eine seltsam tröstende Berührung. »Du wirst mein Reich niemals ohne deine eigene Zustimmung betreten, denn auf dir liegt ein Fluch.«

»Ein Fluch?«

»Du wirst ihn zunächst nicht als solchen begreifen, doch schließlich wirst du wissen, worin er besteht.«

»Ich verstehe nicht.«

Die Göttin schob Pug vorwärts. Weitere Gestalten erschienen vor ihm, die meisten von ihnen standen reglos mit geschlossenen Augen da. Eine oder zwei hatten die Augen aufgeschlagen und sahen ihn an, während er vorbeiging.

»Dies ist die größte Nähe, Pug von Crydee, aus der ein Sterblicher die Götter betrachten darf.« Pug blickte die Göttin an. Jetzt sah sie wieder so aus wie damals, als Tomas und er sie in ihrer Halle besucht hatten. Nur wirkte sie kleiner. Bei jenem Besuch hatte sie hoch über sie aufgeragt.

»Wieso sind wir diesmal gleich groß?«

»Das ist lediglich eine Sache der Wahrnehmung«, erklärte sie und trat einen Schritt von ihm zurück. Augenblicklich ragte sie hoch über ihm auf. »Wirf einen Blick auf die Herrscher.«

Als Pug dies tat, konnte er nur mehr die Fundamente ihrer Throne sehen; sie selbst erschienen wie ein fernes Hochgebirge, ihre Körper verloren sich wie Berggipfel im trüben Himmel.

Die Göttin nahm wieder ihre ursprüngliche Größe ein.

»Was habt Ihr mir zu sagen?« fragte er.

»Du stehst an einem Scheideweg. Dir bieten sich drei Möglichkeiten. Entweder läßt du jetzt von deinem Leben ab und betrittst mein Reich. Dann wirst du für das Gute, was du vollbracht hast, belohnt. Oder du wählst ein ewiges Leben.«

»So wie Macros?«

»Macros geht von Vermutungen über seine Existenz aus, die nicht zutreffen. Des Zauberers Schicksal entspricht nicht dem, was er glaubt.«

»Ihr sagtet, ich hätte drei Möglichkeiten zur Wahl.«

»Die dritte besteht darin, daß der Fluch aufgehoben wird und du jetzt zu den Lebenden zurückkehrst, aber du wirst den Verlust jener, die du liebst, erfahren, den Schmerz Tausender und den Stachel des Versagens am Ende deines Lebens. Du wirst mit dem Gefühl der Vergeblichkeit sterben.«

Pug sagte: »Egal, welche Wahl ich treffe, alle Möglichkeiten erscheinen mir gleich schwierig.«

»Ich werde dir etwas verraten, Pug«, sagte die Göttin. »Deine Position in diesem Universum ist einzigartig. Macros hat dein Potential erkannt, als du noch ein Säugling warst, und hat dich dort zurückgelassen, wo man es erkennen würde. Durch sein Eingreifen wurde deine Ausbildung bei den Tsurani so modifiziert, daß du mit Erhabener Magie nach Midkemia zurückkehrtest. Er sorgte dafür, daß du den Spaltkrieg überlebtest. Wegen dieser Eingriffe des Zauberers spielst du jetzt eine Rolle, die wesentlich wichtiger ist, als man bei deiner Geburt hätte vorhersagen können. Du bist in der Lage, die Säulen zu erschüttern, welche die Götter tragen. Und das konnte nicht unbemerkt vonstatten gehen.

Doch indem Macros dies tat, hat er auch andere Dinge heraufbeschworen, von denen du nicht einmal etwas ahnst. Am Ende bist du es, der den Preis für seine Einmischung bezahlen muß. Und dieser Preis wird fürchterlich sein.«

Pug zögerte nicht. »Ihr laßt mir keine Wahl. Ein schrecklicher Feind steht vor der Tür, der alles zerstören wird, was ich liebe. Ich muß leben.«

»Dann werde ich dir das Leben geben. Du wirst vieles wissen, und du mußt handeln.« Sie legte ihm die Hand auf die Augen.

Plötzlich spürte Pug, wie das Nichts zerriß. Ein fürchterlicher Schmerz schoß durch seinen Körper.

Er richtete sich auf, während sich ein heiserer Schrei aus seiner Kehle löste.

Nakor stützte ihn. »Trink.«

Ein bitteres Kräutergebräu benetzte seine Lippen, und Pug trank. Er blinzelte und spürte, wie sein ganzer Körper vor Schmerz pulsierte. Nakor sagte: »Dies wird deine Schmerzen lindern.«

Pug konzentrierte sich, und der Schmerz ließ nach. »Ich werde mit dem Schmerz schon zurechtkommen.« Seine Stimme klang wie die eines Fremden. »Hilf mir hoch.«

Sho Pi, Calis, Calin und Aglaranna standen dabei, als sich der Magier auf die wackligen Beine erhob. Eine Robe wurde ihm gebracht, und Pug sagte: »Bei den Göttern, wie sehe ich nur aus.«

»Es wird wieder heilen«, versprach ihm Nakor. »Ein guter Heilpriester wird selbst die Narben zum Verschwinden bringen können.« Er legte dem Magier die Hand auf die Wange. »Obwohl du das vermutlich selbst erledigen kannst. Irgendwann müssen wir uns mal über deine Fähigkeiten unterhalten.«

Pug lächelte, wobei sein Gesicht schmerzte. »Über deine aber auch.«

Nakor erwiderte das Lächeln. »Wir wollten nur einen letzten Blick auf dich werfen, bevor wir uns verabschieden.«

»Gut. Wohin wollt ihr?«

Calis antwortete: »Nakor und ich wollten nach Crydee. Anthony besitzt eine dieser alten Teleportkugeln der Tsurani, und mit ihrer Hilfe wollten wir uns nach Krondor versetzen.«

Pug sagte: »Gebt mir einen Tag Ruhe, und morgen werde ich uns drei direkt nach Krondor bringen.«

Er blickte sich um. »Wie lange war ich bewußtlos?«

»Zwei Monate«, antwortete Nakor.

»Welches Datum haben wir heute?«

»Zwei Tage nach Banapis«, sagte Calis.

»Dann ist die Flotte der Smaragdkönigin ...?«

»In der Straße der Finsternis angekommen«, antwortete der jüngere Sohn der Elbenkönigin. »Anthony und ich haben ihre Ankunft beobachtet.«

»Miranda? Macros?« fragte Pug. Er blickte sich in der Gruppe um. »Tomas?«

»Während du bewußtlos warst, sind sie aufgebrochen, um unter dem Ratn'gari-Gebirge nach Antworten zu suchen«, erklärte Calis. »Willst du zu ihnen?«

»Ich glaube nicht«, entgegnete Pug. »Du und ich, wir werden anderenorts gebraucht.«

»In Krondor?«

»Zuerst dort; dann müssen wir nach Sethanon.«

Calis wandte ein: »Ich habe noch viel zu erledigen, ehe ich nach Sethanon kann.«

»Nein«, entschied Pug. »Du mußt mit mir kommen.«

»Woher weißt du das?« fragte Calis.

»Das kann ich dir nicht beantworten«, gab Pug zurück. »Ich weiß nur, daß es so ist.« Er sah die Elbenkönigin an und verneigte sich. »Meine Dame, wenn Euer Gemahl zurückkehrt, laßt ihn bitte wissen, wo ich mich aufhalte.«

Aglaranna nickte. »Zuerst müßt Ihr essen und ruhen. Ihr seid nur mit magischen Mitteln am Leben erhalten worden, und Euer Körper ist geschwächt.«

»Eine Tatsache, der ich mir schmerzlich bewußt bin«, antwortete Pug, während er die Augen verdrehte und in Nakors Arme sackte.

Nur langsam kam er wieder zu Bewußtsein, doch schließlich erwachte Pug. Sho Pi hielt bei ihm Wache. »Wie lange?«

»Einen Tag, eine Nacht, und den größten Teil des heutigen Tages.«

Pug richtete sich auf. Seine Haut juckte, und seine Muskeln protestierten. Obzwar er noch immer schwach war, fühlte er sich, als könne er wieder aufstehen. Unsicher erhob er sich und sah sich um. Er fuhr sich mit der Hand über das Kinn und bemerkte, daß sein Bart wieder wuchs. Man hatte Pug in einen kleinen Raum gebracht, der aus dem Inneren einer riesigen Eiche herausgeschlagen worden war. Als er durch einen schweren Vorhang trat, bemerkte er, daß dieses Zimmer an den Garten von Tomas und der Königin angrenzte. Aglaranna saß bei ihren Söhnen und besprach sich leise mit ihnen.

Calin begrüßte Pug: »Willkommen.«

Pug setzte sich langsam zu ihnen und gestattete Sho Pi, ihn am Ellbogen zu stützen. »Vielen Dank für alles, was ihr für mich getan habt«, sagte Pug.

»Wir helfen nur jenen, die darum kämpfen, all dies zu beschützen«, erwiderte die Königin und umfaßte mit einer Handbewegung Elvandar.

»Oder noch mehr als das«, meinte Nakor, indem er die Lichtung betrat. »Die ganze Welt.«

»Für die Eledhel ist Elvandar die ganze Welt«, antwortete die Elbenkönigin daraufhin.

Nakor ließ sich neben Pug nieder und betrachtete ihn. »Du wirst es überleben.«

»Danke. Ohne diese Versicherung hätte ich es nicht geglaubt«, gab Pug trocken zurück.

Nakor lachte. »Wann brechen wir nach Krondor auf?«

Pug blickte zum Himmel. Es dämmerte bereits. »Es ist schon Abend. Wir sollten morgen früh aufbrechen.«

»Es wird guttun, noch eine Nacht zu ruhen«, meinte Sho Pi.

»Und außerdem, Nakor, habe ich noch etwas mit dir zu besprechen«, wandte sich Pug wieder an den kleinen Isalani.

Calis fragte: »Das da wäre?«

»Etwas – ich bitte um Entschuldigung – das zwischen mir und Nakor bleiben muß«, antwortete Pug.

Calis zuckte mit den Schultern. »Wenn es so sein soll. Aber ich werde froh sein, wenn ich wieder in Krondor bin. Ich habe noch viel Arbeit vor mir.«

Pug entgegnete: »Du mußt mit mir nach Sethanon kommen.«

Calis kniff die Augen zusammen. »Ich habe meine Pflichten.«

»Mag es sein, wie es will, aber du mußt nach Sethanon.«

»Wegen meines Vaters?« fragte Calis.

»Vielleicht hat es damit etwas zu tun, aber ich glaube eher, es handelt sich um etwas, das nur du persönlich erledigen kannst.«

»Und was?« fragte die Königin.

Pug seufzte. »Ich weiß es nicht.«

Nakor lachte wiehernd. »Du hörst dich ja plötzlich an wie ich.«

Pug zuckte jedoch nur mit den Schultern. »Ich kann dir nicht sagen, woher ich es weiß, Calis. Aber du mußt am Ende in Sethanon sein. Und du darfst nicht riskieren, zu spät oder gar nicht dort hinzukommen. Aus diesem Grund kannst du nicht an der Schlacht teilnehmen. Du mußt sofort nach Sethanon.«

Calis wirkte hin- und hergerissen. Pug und sein Vater waren fast legendäre Gestalten, Männer, an deren Macht und Weisheit niemand zweifelte, doch er mußte sich mit William, James und den anderen um die Verteidigung der Stadt des Prinzen kümmern. »Dennoch, es warten zu viele Aufgaben auf mich.«

»Es gibt andere Männer, die diese Aufgaben übernehmen können«, erwiderte Nakor. »Doch falls Pug recht hat, gibt es nur einen Mann, der in Sethanon sein muß, wenn sich diese Schlacht ihrem Ende nähert.«

»Warum?« fragte Calis.

»Wir werden es erfahren, wenn es soweit ist.« Nakor grinste ihn an. »Dann werden wir alles erfahren.«

Calis fragte: »Was ist mit den anderen – mit meinem Vater, mit Macros und mit Miranda?«

Nakor zuckte mit den Schultern. »Die haben sicherlich ihre eigenen Sorgen.«

Macros schüttelte den Kopf. »Immer, wenn ich glaube, ich hätte alles gesehen, was es zu sehen gibt, taucht plötzlich etwas Neues und Verblüffendes auf.«

Miranda und Tomas konnten nur zustimmen, während der Dämon unruhig auf dem Boden hin- und herrutschte. Sie hatten sich mit ihm unterhalten, seitdem er zum erstenmal gesprochen hatte, und waren auf ein Problem gestoßen. Der Dämon selbst schien kaum Verstand zu besitzen, und eine andere Intelligenz beherrschte ihn. Das Problem lag darin, daß diese Intelligenz den Dämon nur bis zu einem gewissen Grad unter Kontrolle halten konnte. Zweimal hatten sich Miranda und Macros anhören müssen, wie die Kreatur tagelang vor Wut gebrüllt hatte.

Doch nach Ablauf eines Monats waren alle Parteien zu einem Einverständnis gekommen.

Der Dämon wurde von einem Wesen namens Hanam beherrscht, einem Hüter des Wissens von der Saaur-Heimatwelt Shila. Gemeinsam hatten die vier – Macros, Hanam, Miranda und Tomas – in Einzelteilen ein Bild der Ereignisse zusammengefügt.

Eine dunkle Macht, von der Macros und Miranda nur wenig wußten und deren Name ihnen unbekannt war, hatte die Priester einer Stadt namens Ahsart beeinflußt und sie dazu gebracht, die uralte Barriere zwischen dem Dämonenreich und Shila zu öffnen. Die Dämonen waren über die Welt Shila hergefallen und hatten das alte Reich zerstört.

Die Pantathianer waren wie von der Vorsehung geschickt aufgetaucht und hatten den verbliebenen Saaur Zuflucht auf Midkemia angeboten, wenn sie dafür eine Generation lang – dreißig Jahre – den Schlangenpriestern dienen würden.

Die halbe Zeit war die Stärke der Saaur auf dem Kontinent Novindus angewachsen, dann hatten sie der Smaragdkönigin geholfen, eben diesen Kontinent zu erobern, als Vorbereitung ihres Angriffs auf das Königreich.

Miranda seufzte. »Wie es scheint, haben wir zwei Möglichkeiten.«

»Die da wären?« fragte Tomas.

»Wir können den Betrug der Pantathianer an den Saaur öffentlich machen und ihnen so die Gelegenheit geben, sich aus dem Krieg zurückzuziehen, oder wir suchen den Eingang zum Dämonenreich und versiegeln ihn.«

»Wir müssen beides tun«, stellte Tomas fest.

Macros sagte: »Es gefällt mir zwar nicht, aber Tomas hat recht.«

»Können wir nicht eine Sache nach der anderen erledigen?« fragte Miranda.

Die Stimme des Dämons klang wie knirschende Steine, als Hanam sich äußerte: »Der König der Dämonen, Maarg, wütet und hat schon viele seiner eigenen Art getötet. Er weiß nicht, daß die Pantathianer als eigenständige Macht zu existieren aufgehört haben.« Mit der krallenbewehrten Klaue zeigte er auf einen Gang. »Der Spalt zwischen Shila und dieser Welt ist nur einen halben Tagesmarsch von hier entfernt. Doch auf der anderen Seite warten Tugor und seine Untergebenen.« Der Dämon streckte die Arme aus und erreichte so von Klaue zu Klaue eine Spannweite von drei Metern. »Ich bin nur halb so groß wie er, und mir fehlt seine Verschlagenheit.«

Tomas meinte: »Mit einem Dämon würde ich wohl fertigwerden.«

»Aber es ist ihre Anzahl«, wandte Macros ein. »Vom Dämonenkönig selbst einmal abgesehen, würde es wohl keiner der ihrigen mit einem von uns aufnehmen können.« Er blickte seine Tochter an. »Auch mit dir nicht, wenn du ein bißchen auf Draht bist.«

»Besten Dank«, erwiderte sie trocken.

»Doch ein Dutzend oder mehr von ihnen ...« Macros schüttelte den Kopf. »Da sähe die Sache schon ganz anders aus.«

Tomas sagte: »Wir zögern noch, obwohl jeder Tag, den wir verweilen, die vor uns liegenden Aufgaben schwieriger macht.«

Macros antwortete: »Es gibt Zeiten, in denen Stärke demonstriert werden muß, und Zeiten, in denen man im Verborgenen handelt.« Er hob den Finger. »Tomas, du bist bei der Verteidigung von Sethanon unverzichtbar. Ich schlage vor, daß du mit Hanam versuchst, die Saaur abtrünnig zu machen.«

Tomas sagte: »Können wir nahe genug an ...« Er blickte Hanam fragend an.

»... Jatuk, Sohn von Jarva.«

»Können wir nahe genug an Jatuk herankommen, um ihn von dem Verrat in Kenntnis zu setzen?«

»Und wird er einem Dämon und einem Valheru Glauben schenken?«

Macros zuckte mit den Schultern.

»Wenn ich ihn dazu bringen kann, mir zuzuhören ... Ich weiß Dinge, die nur der Meister des Wissens der Saaur weiß. Wenn ich mit Shadu, dem Schüler, welcher meinen Platz eingenommen hat, sprechen kann, werde ich ihn bestimmt überzeugen können, daß es sein alter Meister ist, der in diesem Körper sitzt.«

»Was ist mit euch?« fragte Tomas.

»Meine Tochter und ich müssen den Spalt zwischen dem Dämonenreich und unserer Welt schließen«, erklärte Macros. »Vielleicht wird Maarg darauf kommen, daß er von einem der seinen, die er hierhergeschickt hat, betrogen worden ist, selbst wenn er nicht weiß, welcher seiner Hauptmänner das ist.«

»Wenn Maarg erkennt, daß er verraten wurde«, meinte Hanam, »wird sein Zorn ohnegleichen sein. Er wird einen Angriff durch den Spalt befehlen, egal, wie viele seiner Untergebenen dabei den Tod finden sollten, doch falls er diese Welt erreicht, wird sie dasselbe Schicksal erleiden wie Shila. Am Ende wird alles Leben den Dämonen als Fressen dienen.«

»Haben sie eine Ahnung, was sie in Sethanon erwartet?« fragte Tomas.

Tomas und Macros hatten sich lange darüber auseinandergesetzt, ob und wieviel dem Meister des Wissens der Saaur über Sethanon anvertraut werden dürfte. Schließlich hatten sie die Notwendigkeit gesehen, ihn einzuweihen.

»Nein«, antwortete Hanam. »Jakan weiß nur, daß er mitten in einem grausamen Eroberungskrieg die Führung einer Armee übernommen hat. Und das gehört zu seiner Natur wie nur irgend etwas. Er verspeist jeden Abend einen der Seinen, um seine Macht zu erhalten, und seine Männer glauben, daß sie immer noch der Smaragdkönigin dienen.

Ich glaube, er hat den Plan, diese Welt leerzufressen und dann Maarg herauszufordern. Doch sollte er den Stein des Lebens in die Finger bekommen, wird er ihn für einen großen Gewinn halten. Wer weiß, was dann geschieht?«

Macros seufzte. »So ist es also beschlossene Sache. Du, Tomas, mußt unseren krallenbewehrten Freund zu seinem früheren Schüler bringen, damit dieser ihn anhört.«

»Da ist noch etwas«, meinte der Meister des Wissens in Dämonengestalt.

»Was?«

»Ihr müßt mich vernichten, sobald Jatuk überzeugt wurde. Denn es ist ein harter Kampf, diesen Körper und seinen Verstand zu beherrschen, und ich weiß nicht, wie lange mir dies noch gelingt. Noch habe ich die Oberhand, doch schon bald kann das vorbei sein.«

»Na wunderbar«, meinte Miranda und erhob sich.

»Wir werden zuerst den Spalt nach Shila suchen«, sagte Macros, »und dann werden wir in diese Welt wechseln und den Eingang in der Stadt Ahsart finden. Und ihn schließen.«

»Unglücklicherweise habt ihr dabei etwas übersehen«, wandte Hanam ein.

»Und zwar?«

»Maarg könnte sich bereits auf Shila befinden; falls das der Fall ist, müßt ihr zunächst den Dämonenkönig töten, ehe ihr den Spalt schließen könnt.«

Macros blickte seine Tochter an, und keiner von beiden wußte darauf etwas zu erwidern.

Die Personen dieses Buches

ACAILA – Anführer der Eldar am Hofe der Elbenkönigin
AGLARANNA – Elbenkönigin in Elvandar, Gemahlin von Tomas, Mutter von Calin und Calis
AKEE – Angehöriger der Hadati
ALFRED – Korporal aus Finstermoor
ANDREW – Priester von Ban-ath in Krondor
AVERY, ABIGAIL – Tochter von Roo und Karli
AVERY, DUNCAN – Cousin von Roo
AVERY, HELMUT – Sohn von Roo und Karli
AVERY, KARLI – Gemahlin von Roo, Mutter von Abigail und Helmut
AVERY, RUPERT »ROO« – junger Händler aus Krondor, Sohn von Tom Avery

BORRIC – König der Inseln, Zwillingsbruder von Prinz Erland, Bruder von Prinz Nicholas, Vater von Prinz Patrick
BROOK – Erster Offizier der *Königlicher Drache*

CALIN – Thronfolger von Elvandar, Halbbruder von Calis, Sohn von Aglaranna und König Aidan
CALIS – »Der Adler von Krondor«, Sonderbeauftragter des Prinzen von Krondor, Herzog am Hofe, Sohn von Aglaranna und Tomas, Halbbruder von Calin
CHALMES – Hoher Magier in Stardock

D'LYES, ROBERT – Magier aus Stardock

DE BESWICK – Hauptmann in der Armee des Königs
DE SAVONA, LUIS – früherer Soldat, heute Mitarbeiter von Roo
DOLGAN – König der Zwerge des Westens
DOMINIC – Abt der Abtei von Ishap in Sarth
DUBOIS, HENRI – Giftmischer aus Bas-Tyra
DUGA – Söldnerhauptmann aus Novindus
DUKO – General in der Armee der Smaragdkönigin
DUNSTAN, BRIAN – der »Kluge«, Anführer der Spötter, war früher unter dem Namen Lysle Rigger bekannt

ERLAND – Bruder des Königs und des Prinzen Nicholas, Onkel von Prinz Patrick
ESTERBROOK, JACOB – wohlhabender Händler in Krondor, Vater von Sylvia
ESTERBROOK, SYLVIA – Jacobs Tochter

FADAWAH – Oberster General der Armee der Smaragdkönigin
FREIDA – Eriks Mutter

GALAIN – Elb in Elvandar
GAMINA – Adoptivtochter von Pug, Stiefschwester von William, Gemahlin von James, Mutter von Arutha
GARRET – Korporal in Eriks Kompanie
GRAVES, KATHERINE »KITTY« – Diebin in Krondor
GREYLOCK, OWEN – Hauptmann in Diensten des Prinzen, später General
GUNTHER – Nathans Lehrling

HAMMON – Leutnant in der Armee des Königs
HARPER – Feldwebel in Eriks Kompanie
HANAM – Hüter des Wissens der Saaur

JACOBY, HELEN – Gemahlin von Randolph, Mutter von Nataly und Willem

JAMES – Herzog von Krondor, Vater von Arutha, Großvater von James und Dash
JAMESON, ARUTHA – Graf am Hofe des Prinzen, Sohn von Herzog James
JAMESON, DASHEL »DASH« – jüngerer Sohn von Arutha, Enkel von James
JAMESON, JAMES »JIMMY« – älterer Sohn von Arutha, Enkel von James

KALIED – Hoher Magier in Stardock

LIVIA – Tochter von Lord Vasarius

MARCUS – Herzog von Crydee, Cousin des Prinzen Patrick, Sohn von Martin
MARTIN – ehemals Herzog von Crydee, Großonkel von Prinz Patrick, Vater von Marcus
MILO – Besitzer des Gasthauses »Zur Spießente« in Ravensburg, Vater von Rosalyn
MIRANDA – Magierin und Verbündete von Calis und Pug

NAKOR DER ISALANI – Spieler, Benutzer von Magie, Freund von Calis und Pug
NATHAN – Schmied in Ravensburg, früherer Meister von Erik, verheiratet mit Freida
NICHOLAS – Admiral der Flotte des Westens, Prinz der Königlichen Familie, Onkel von Prinz Patrick

PATRICK – Prinz von Krondor, Sohn des Prinzen Erland, Neffe des Königs und des Prinzen Nicholas
PUG – Magier, Herzog von Stardock, Cousin des Königs, Vater von Gamina

REEVES – Kapitän der *Königlicher Drache*

ROSALYN – Tochter von Milo, Gemahlin von Rudolph, Mutter von Gerd

RUDOLPH – Bäcker in Ravensburg, Gemahl von Rosalyn, Stiefvater von Gerd

SHATI, JADOW – Feldwebel in Calis' Truppe

SHO PI – früherer Gefährte von Erik und Roo, heute Schüler von Nakor

SUBAI – Hauptmann der Krondorischen Späher

TITHULTA – Pantathianischer Hohepriester

TOMAS – Kriegsherr von Elvandar, Gemahl von Aglaranna, Vater von Calis, Erbe der Kräfte von Ashen-Shugar

VASARIUS – Queganischer Adliger und Kaufmann

VON FINSTERMOOR, ERIK – Soldat bei Calis' Blutroten Adlern

VON FINSTERMOOR, GERD – Sohn von Rosalyn und Stefan von Finstermoor, Neffe von Erik

VON FINSTERMOOR, MANFRED – Baron von Finstermoor, Halbbruder von Erik

VON FINSTERMOOR, MATHILDA – Baroneß von Finstermoor, Mutter von Manfred

VYKOR, KAROLE – Admiral der königlichen Flotte des Ostens

WILLIAM – Marschall von Krondor, Pugs Sohn, Gaminas Adoptivbruder, Onkel von Jimmy und Dash